Je me suis évadé d'Auschwitz

RUDOLF VRBA

Avev Alan Bestic

Je me suis évadé d'Auschwitz

RÉCIT

Traduit de l'anglais par Jenny Plocki et Lily Slyper

J'AI LU

TITRE ORIGINAL
I Cannot Forgive

L'édition originale de Je me suis évadé d'Auschwitz *a été publiée en 1963 en Angleterre par Sidgwick et Jackson, sous le titre* I Cannot Forgive. *Grove Press Inc. (New York) en a fait paraître une nouvelle édition en 1986 sous le titre* Escape from Auschwitz (I Cannot Forgive). *La traduction en français a été réalisée à partir de ces deux éditions. Elle serre au plus près la version anglaise, et ce pour être fidèle au ton du récit fait par Rudolf Vrba (prononcer Verba) au journaliste anglais Alan Bestic.*

Dans cet esprit et avec l'accord de Rudolf Vrba, le titre Je me suis évadé d'Auschwitz *a été retenu pour l'édition française. Le livre est, en effet, écrit à la première personne du singulier.*

Toujours en accord avec Rudolf Vrba, les deux annexes des éditions anglaises ont été supprimées : Annexe 1, la déposition faite par le docteur Vrba à l'ambassade d'Israël de Londres le 16 juillet 1961 pour être lue au procès d'Adolf Eichmann à Tel-Aviv ; Annexe 2, l'extrait du Rapport sur le camp d'extermination de Belzec rédigé par le capitaine SS Kurt Gerstein. Elles ont été remplacées par le Rapport rédigé après leur évasion d'Auschwitz en avril 1944 par Rudolf Vrba et Franz Wetzler, rapport jamais publié en France, qui figura parmi les pièces d'accusation au procès des criminels de guerre nazis de Nuremberg.

Les traductrices, Jenny Plocki et Lily Slyper qui, avant même l'accord d'un éditeur, avaient pris l'initiative de tra-

duire le livre de Vrba et sont quelque peu responsables de sa parution ont, en septembre 1986, rencontré l'auteur à Paris. D'un commun accord quelques notes ont été ajoutées. Elles sont clairement signalées. Mais l'ensemble du texte est conforme à la première version anglaise.

Un mot encore : rencontrer un personnage légendaire comme Rudolf Vrba est émouvant. Un héros — si l'on ose encore employer ce mot tant galvaudé, ce n'est pas si fréquent. Soixante-deux ans, père et même grand-père, grand — environ un mètre quatre-vingt —, droit, élégant, souriant, affable, il semblait surtout préoccupé en septembre à Paris par la rentrée universitaire à Vancouver où il enseigne. Un homme normal, un héros en civil. Venu apprendre à Paris le français puisqu'il va être publié en français (sa septième langue).

Émile Copfermann

I

Parce que trois boutons manquaient à sa veste rayée de détenu, Yankel Meisel mourut le 17 juillet 1942, jour où Heinrich Himmler visita le camp d'Auschwitz. Ce fut sans doute la première et la dernière fois de sa vie qu'il se permit un tel laisser-aller.

La plupart d'entre nous aimaient bien le vieux Yankel, petit homme que nous n'avions pas appris à connaître vraiment, il gardait toujours ses yeux noirs d'ours en peluche rivés au sol, il se glissait d'une tâche à l'autre sans le moindre bruit, obéissait à tous les ordres et essayait de se fondre dans l'anonymat terne et gris du camp.

S'il eut jamais une ambition, je suis sûr que ce fut celle d'être invisible, finalement il ne réussit pas à atteindre cet objectif si convoité et j'ai toujours pensé que le fait de ne pas l'avoir atteint l'avait moins blessé que de se voir exécuté de façon si spectaculaire car il détestait se faire remarquer.

Au moment où Himmler et sa suite approchaient du portail d'Auschwitz, Yankel Meisel fut projeté par sa propre négligence en pleine lumière. Son chef de *block* repéra le col ouvert de sa veste, il fut matraqué à mort et escamoté en un clin d'œil quelques minutes avant que le maître n'arrivât pour inspecter les lieux.

Yankel ne sut jamais qu'il mourut le jour où l'avenir d'Auschwitz fut scellé. Nous qui avions été plus soigneux n'apprîmes que progressivement ce qui nous attendait.

A ce moment-là, je n'étais au camp que depuis dix-sept

jours et savais peu de choses sur ce qui se passait autour de moi et encore moins sur ce qui se préparait. La visite de Himmler dominait toutes nos pensées ; depuis des jours en effet nous n'avions parlé à peu près que de cela.

Environ une semaine plus tôt, alors que nous allions nous coucher, notre chef de block fit irruption dans notre baraquement. Aussitôt, comme il était de règle, nous fimes silence : cet homme contrôlait notre destin immédiat.

C'était un détenu mais un droit commun, un assassin pour être précis, ce qui le plaçait un échelon au-dessus de ceux dont le seul crime était d'être juif, et comme il était Allemand cela rehaussait d'autant son statut dans la hiérarchie du camp.

Il nous déclara :

« Dans une semaine un événement très important se produira dans la vie du camp. Nous aurons la visite du Reichsführer Himmler. Les instructions concernant les détenus sont les suivantes :

« Si l'on s'adresse à vous, vous répondrez autant que possible par oui ou par non, de la manière la plus simple et respectueuse : "Jawohl, melde gehorsam", "Nein, melde gehorsam". Si cela ne suffit pas et qu'on vous pose des questions sur les conditions de vie dans le camp, vous répondrez : "Je suis très heureux ici, merci Monsieur."

« Tout, absolument tout dans le camp, doit être parfaitement propre et ordonné, quiconque ne suivra pas aveuglément les instructions sera puni avec la plus extrême sévérité. »

Quand je me couchai ce soir-là, j'étais plus tendu qu'à l'ordinaire — comme nous tous d'ailleurs. Nous savions que la moindre bévue en présence du Reichsführer [1] pouvait nous valoir le fouet, la pendaison ou les deux. Le chef de block était encore plus tendu que nous ; il se mit dès le lendemain à nous faire répéter la visite avec la hargne d'un sergent-major d'une académie prussienne de cadets.

1. Équivalent au grade de maréchal dans l'armée française (N.d.T.).

Il nous fit aligner et aboya :

— Je suis le Reichsführer. Voyons comment vous vous comportez devant moi.

Il parcourut les rangs lentement, petit tueur singeant un grand tueur, nous inspectant en détail à tour de rôle.

S'il apercevait des ongles sales ou des galoches mal noircies, il accablait d'injures le coupable, l'assommait de sa lourde canne. Il nous examina même derrière les oreilles, comme à l'école maternelle. Puis, il se mit à rôder dans les blocks à la recherche des lits qui n'étaient pas faits au carré.

Au fur et à mesure que les jours passaient, la tension montait et se propageait dans tout le camp, touchant non seulement les détenus mais aussi les gardes. Les SS qui n'étaient pas précisément des modèles de patience en arrivèrent même à s'invectiver entre eux. Les malades furent examinés de près et ceux qu'on ne trouvait pas présentables furent immédiatement exterminés. On distribua des tenues propres et les détenus furent autorisés à se laver chaque jour de la tête aux pieds.

Mais aucun d'entre nous, garde ou détenu, n'arrivait à se détendre et à acquérir un tant soit peu d'assurance à chacune de ces répétitions. Quand arriva le jour de la visite, nous avions atteint le point de rupture. Alignés dans la torpeur bienveillante du soleil dont les rayons semblaient adoucir les barbelés du camp mais certainement pas calmer nos nerfs, nous restâmes au garde-à-vous de longues heures, l'esprit et le corps vides, transpirant de chaleur et de peur.

Malgré les macabres circonstances de ce rassemblement, il est probable que nous formions une troupe finalement assez présentable. Nous nous tenions en ligne, figés, devant nos blocks respectifs, nets et droits dans nos tenues comme des zèbres bien dressés. J'étais un des zèbres les mieux en vue, délibérément placé au premier rang devant mon block car après seulement dix-sept jours de camp j'avais encore assez bonne mine.

J'étais donc aux premières loges. Non seulement j'étais au premier rang mais comme notre block se trouvait juste à côté du portail où l'on pouvait lire l'exaltante devise « Arbeit Macht Frei [1] », j'allais être inévitablement l'un des premiers à voir Himmler arriver. C'était, croyez-moi, un privilège dont je me serais volontiers passé. Trop en évidence pour être en sûreté, j'étais face aux SS, officiers et soldats, aux uniformes méticuleusement repassés, bottes luisantes au soleil et nerfs à vif, alignés au garde-à-vous sur la place d'appel.

La situation ne m'était rendue tolérable que grâce à la musique de l'orchestre d'Auschwitz, formé de musiciens incomparables qu'on avait traînés ici de toutes les capitales d'Europe. Son chef avait été directeur de l'Orchestre Philharmonique de Varsovie, et pendant que nous attendions il essayait de nous apaiser en dirigeant à la perfection l'air fameux de l'opéra tchèque *La Fiancée vendue* : « Pourquoi ne serions-nous pas joyeux quand Dieu nous en donne la force ? »

Ce n'était sans doute pas le chant le plus approprié pour des hommes qui vivaient constamment avec l'odeur nauséabonde de la mort dans les narines et qui savaient qu'à n'importe quel moment ils risquaient d'y apporter leur propre contribution. Curieusement, peu d'entre nous pensaient à l'avenir : tout ce qui comptait alors c'était le moment même de l'arrivée du Reichsführer Himmler. Pour une fois nous pensions comme les SS, eux non plus ne voulaient à aucun prix d'incident.

Soudain, la musique s'arrêta. Du coin de l'œil, car je n'osais pas tourner la tête, je vis le chef d'orchestre interroger du regard un SS qui se trouvait posté près du portail et qui devait l'avertir dès que le cortège serait en vue. Il était là, baguette en suspens, immobile, prêt à attaquer le morceau de musique en l'honneur de l'illustre invité.

A cet instant la catastrophe éclata, celle que chaque acteur redoute. Le moment d'horreur que seules les grandes occasions suscitent, la crise qui ne survient que dans les moments fatidiques.

---

1. « Le travail rend libre. »

Au dixième rang notre chef de block découvrit que Yankel Meisel n'avait pas le nombre réglementaire de boutons à sa veste. Il fallut quelques secondes pour qu'il réalisât l'énormité du crime ! Le chef de block l'assomma alors d'un seul coup et une rumeur sourde s'éleva dans les rangs. Je vis les SS échanger des regards inquiets et le chef accompagné de deux de ses sbires traîner Yankel à l'intérieur du baraquement.

Hors de notre vue, ils se conduisirent comme s'ils avaient été déshonorés et trahis. Yankel fut battu à mort. Dans un accès de frénésie, ils le rouèrent de coups, essayant de l'effacer, de le rayer de leur tête et du monde. Et lui, qui avait oublié de coudre ses boutons, n'eut pas même le bon goût de mourir rapidement et en silence. Il hurla. C'était un hurlement puissant qui s'élevait, discordant, dans l'air chaud et tranquille. Puis cela se transforma soudain en une plainte de cornemuse abandonnée qui n'en finit pas de gémir. Cela dura, dura, dura, inondant le vide créé par le silence, saisissant d'effroi des esprits déjà tendus au maximum, couvrant même le bruit inquiétant des coups sourds et irréguliers. A ce moment-là, je pense que tous nous haïssions Yankel Meisel, le vieux petit juif qui gâchait tout, qui nous créait à tous des ennuis par sa révolte longue, inutile et solitaire.

Maintenant, il geignait. Je vis un officier SS, le visage inondé de sueur, faire un signe de tête vers notre block. Deux sous-officiers s'y précipitèrent. Et ce fut le silence.

Les SS sortirent du bâtiment d'un pas mesuré et reprirent leur place. Le chef de block et ses deux tueurs maladroits suivirent en traînant les pieds, humiliés, offensés par l'injustice de leur sort. Pourquoi, de tous les blocks, le leur devait-il se faire remarquer juste quand Himmler était sur leurs talons et parmi tous les hommes pourquoi Yankel Meisel, si effacé, devait-il faire tout ce tapage ?

Sur l'estrade le chef d'orchestre n'avait pas bougé, le regard toujours fixé sur le SS posté près du portail, celui qui devait donner le signal. La musique suspendue à sa baguette, rien d'autre ne comptait pour lui. Discrètement, le signal fut donné, Himmler et sa suite n'étaient plus qu'à vingt pas.

La baguette se mit en mouvement avec une précision délicate et l'orchestre suivit, obéissant, superbe, vif avec un extrait d'*Aïda* : « La Marche Triomphale ». Le portail s'ouvrit. Une longue Mercedes noire, décapotable s'avança lentement avec une grande dignité dans le camp d'Auschwitz. A l'avant, il y avait le chauffeur et un officier SS à chemise brune, à l'arrière se trouvait le Reichsführer Heinrich Himmler et Rudolf Hoess, premier commandant du camp, et dans leur sillage de nombreux officiers de haut rang. La procession se déplaçait à un pas d'enterrement ce qui se révéla par la suite être l'exacte vérité : une procession funèbre.

L'automobile s'arrêta devant l'orchestre. Himmler sortit, souriant, agréablement surpris par la musique. Il écouta un instant puis fit quelques pas vers notre block tout en bavardant avec Hoess et tandis qu'il s'approchait, je fus submergé par une inexplicable sensation de soulagement. Des heures durant, nuit et jour, nous avions redouté cet instant. Nous avions vécu dans la crainte rien qu'en y pensant jusqu'à ce que Himmler fut devenu, dans notre esprit, un ogre tout-puissant, un démon furieux d'une laideur repoussante qui allait nous réduire en pièces si nos ongles étaient sales. Et il était là parmi nous, se déplaçant avec l'aisance et le charme naturel de l'aristocratie anglaise, aussi détendu que s'il s'était trouvé dans une réception mondaine. Comme un aristocrate anglais, il semblait avoir le talent de mettre les autres à l'aise, apparemment sans effort.

Le Lagerführer [1] Aumeyer, second de Hoess, s'avança avec raideur, claqua des talons et son bras fendit l'air pour le salut nazi. Himmler sourit, l'accueillit gentiment et l'intégra aussitôt dans le petit groupe amical de ceux qui l'entouraient. Le Lagerführer se détendit immédiatement et fit preuve d'une jovialité respectueuse.

---

1. Sous-chef de camp SS (N.d.T.).

Je fixais intensément ce groupe qui lentement se dirigeai vers moi car j'étais à tel point conditionné que je voyais en eux des êtres extraordinaires. C'étaient certes des nazis, mais de grands nazis. Haïssables, bien sûr, mais quand même des hommes hors du commun. Des individus qui décidaient de la vie et de la mort de millions d'êtres.

Je fixais horrifié leurs uniformes aux plis de pantalons parfaits, aux chemises immaculées et je sentais en moi l'incroyable fossé qui nous séparait, alors qu'ils n'étaient qu'à cinq pas de moi.

Himmler lui-même se rapprochait. Je scrutais son visage pâle, flasque, dont l'expression semblait tolérante et condescendante, mi-ennuyée, mi-amusée. Ses lunettes, sans montures, brillaient au soleil. Contrairement aux autres, son uniforme ne semblait pas avoir été fait pour lui, et je pensais : « Cet homme n'est pas un monstre. On dirait plutôt un maître d'école, un très ordinaire maître d'école. »

J'appris, des années plus tard, qu'il avait été professeur de mathématiques avant de devenir l'architecte des camps d'extermination de Hitler. Pour lui la mort n'était qu'une simple arithmétique, des rangées de chiffres dans un livre de comptes bien tenu.

Il était arrivé à ma hauteur. Des photographes, obséquieux, s'empressaient devant lui, les Leicas cliquetaient, les caméras ronronnaient. Ils cherchaient à se placer au bon endroit pour filmer, se rejetant en arrière, tantôt des genoux, tantôt de l'estomac, animés d'une grande frénésie, à la recherche de l'angle de vue le plus neuf, le plus inattendu sur ce petit moment d'histoire, avançant, reculant comme font les remorqueurs autour d'un transatlantique.

Il atteignit le bout de la rangée, tourna, revint sur ses pas, jetant avec un intérêt poli un coup d'œil sur les détenus. A nouveau il passa tout près de moi, si près que j'aurais pu le toucher, et un bref instant nos yeux se rencontrèrent. C'était un regard froid, impersonnel, qui semblait ne rien voir. Pourtant je me surpris à penser : « S'il découvre ce qui se passe ici peut-être cela ira-t-il mieux, peut-être la nourriture deviendra-t-elle meilleure, peut-être serons-nous moins battus, peut-être... verrons-nous un peu plus de justice par ici, ça nous changerait. »

J'avais déjà, vous l'avouerais-je, oublié comme tous les autres Yankel Meisel et cela parce que Himmler souriait. Je me rappelle avoir pensé : « Si seulement on lui laisse tout voir, si seulement il insiste pour tout voir... les gazages, les crémations, les brutalités, tout. »

Il insista vraiment pour tout voir. C'est ce que j'appris juste après la guerre quand Rudolf Hoess écrivit son autobiographie dans sa cellule à la prison de Cracovie avant d'être pendu à la potence qu'il avait lui-même dressée à Auschwitz.

Son éditeur me demanda de vérifier sur épreuves l'authenticité de cet atroce récit et je pus lire :

« Il (Himmler) monta alors sur le mirador du portail et se fit indiquer les différentes parties du camp. En même temps que le système de drainage en cours de construction, on lui montra l'étendue des travaux envisagés. Il vit les détenus au travail et les différents quartiers, les cuisines, l'hôpital. J'attirai constamment son attention sur les défauts du camp et il les vit lui-même.

« Il vit les victimes décharnées par la maladie dont les causes lui furent expliquées crûment par les médecins. Il vit le block-hôpital bondé. On lui apprit le taux de mortalité des enfants du camp tsigane et il vit là des enfants atteints d'une terrible maladie appelée noma[1]. Il vit aussi les baraquements terriblement surpeuplés, les latrines et les salles d'eau rudimentaires et insuffisantes. Les médecins l'avertirent des taux élevés de morbidité et de mortalité et lui en donnèrent les raisons. Tout lui fut expliqué de la façon la plus précise, il vit toute la réalité mais il ne broncha pas...

« Il assista à une opération complète d'anéantissement d'un

1. Gangrène de la joue frappant les enfants, toujours mortelle (N.d.T.).

transport de juifs qui venait d'arriver. Il passa un court instant à regarder la sélection des juifs valides sans y faire la moindre objection. Il ne fit aucun commentaire concernant le processus d'extermination, il resta silencieux. Pendant le déroulement, il observa discrètement les officiers et les sous-officiers y compris moi-même...

« Dans le camp des femmes il vit l'extrême encombrement des baraquements, l'insuffisance des latrines, le manque d'eau. Il se fit aussi montrer les stocks de vêtements... Il vit partout les défauts de l'organisation. Le détail complet du système de rationnement et des suppléments pour les travailleurs de force lui fut expliqué.

« Dans le camp des femmes, il assista à une bastonnade, (une prostituée qui ne pouvait s'empêcher de chaparder tout ce qui lui tombait sous la main) histoire d'en voir les effets... »

Il ne faut surtout pas croire que le Reichsführer consacra tout son temps au travail, non, il prit aussi soin de se divertir. Entre les corvées, il remplit ses obligations mondaines. Le premier jour, par exemple, il alla au dîner offert aux visiteurs et aux officiers du camp d'Auschwitz. Il insista pour être présenté à chacun d'eux, bavarda avec eux, les interrogeant sur leur travail, leur famille. Plus tard, il rendit visite à Hoess, fut charmant avec sa femme et ses enfants, s'intéressa à leur mobilier et dit au commandant que sa maison devrait être agrandie, n'était-ce pas une résidence officielle ! Puis, avant de partir, il dit : « J'ai vu votre travail et les résultats obtenus. Je suis satisfait. Je vous remercie de vos services. Vous êtes promu au rang d'Obersturmbannführer [1]. »

En réalité, il était loin d'être satisfait de ce qu'il avait vu, mais ce n'étaient pas les conditions effroyables du camp qui le tourmentaient, non, ce qui le tourmentait c'était l'inefficacité évidente des méthodes employées pour exterminer les juifs qui commençaient à arriver par milliers de toute

1. Lieutenant-colonel (N.d.T.).

l'Europe. Les chambres à gaz étaient faites avec des moyens de fortune, l'incinération des corps dans des tranchées gaspillait honteusement un précieux combustible. En outre, les Allemands qui occupaient alors la ville polonaise voisine d'Auschwitz se plaignaient des odeurs fétides qui en parvenaient.

Pour un ancien professeur de mathématiques, le manque de rigueur de l'ensemble du système était insupportable, toute l'organisation étant laissée au hasard. Et c'est ainsi qu'il donna des ordres pour la plus grande, la plus efficace usine d'extermination que le monde ait jamais connue. Des ordres pour des chambres à gaz en béton armé et d'immenses fours crématoires capables d'absorber jusqu'à douze mille corps en vingt-quatre heures : ce qui fut fait.

Des ordres pour la mise en place de l'énorme machine qui avala deux millions cinq cent mille hommes, femmes et enfants en trois ans et qui les vomit en spirales innocentes de fumées noirâtres.

En janvier 1943, Heinrich Himmler revint à Auschwitz. Cette fois je fus content de le voir arriver, je ne nourrissais plus le moindre espoir de le voir améliorer notre sort, soit par bienveillance, soit par un quelconque sentiment de justice ! Non, sa présence était la bienvenue seulement parce qu'elle signifiait que ce jour-là il n'y aurait aucun matraquage ni aucune exécution imprévus.

Une fois encore, nous fûmes alignés, tirés à quatre épingles, les malades derrière et les bien portants devant.

Une fois encore, l'orchestre joua, les talons claquèrent et les bottes luisantes dansèrent devant le maître.

Une fois encore, il passa le camp au peigne fin à la recherche de la moindre particule de poussière mais cette fois aucun Yankel Meisel ne fut le grain de sable qui risquait d'enrayer la machine.

Bien qu'il conduisit son inspection avec sa minutie habituelle, ce n'était évidemment que le hors-d'œuvre : il restait à attaquer le plat de résistance.

En effet, le but principal de sa visite était de voir par lui-même les briques et le mortier, fruits des plans élaborés à Auschwitz lors de sa visite sept mois plus tôt, la mise en marche de la première usine à tuer à la chaîne, la seule au monde ; l'inauguration du jouet flambant neuf du commandant Hoess, ses fours crématoires. Une bien belle chose : ccnt vingt mètres de long, soixante mètres de large, contenant quinze fours pouvant brûler chacun trois corps à la fois en vingt minutes, un monument en béton à la gloire de son constructeur Herr Walter Dejaco.

Incidemment, c'est avec un intérêt certain que les survivants d'Auschwitz, qui esclaves comme moi construisirent ce monument, apprendront que Herr Walter Dejaco pratique toujours son art à Reutte, petite ville du Tyrol autrichien. En 1963, il fut chaudement félicité par Monseigneur Rusk, évêque d'Innsbruck, pour la construction d'un nouveau presbytère pour le curé de la paroisse de Reutte.

En 1943, par contre, la guerre faisait rage et il pouvait montrer d'autres facettes de son talent. L'industrie de l'extermination n'en était qu'à ses balbutiements mais, grâce à son efficacité, elle était en train de faire des pas de géant vers la gloire, ce matin-là, pendant la visite de Himmler.

Il assista à une impressionnante démonstration gâchée seulement par un horaire qui aurait causé bien du souci dans plus d'une petite gare allemande. Le commandant Hoess, impatient de faire admirer le fonctionnement parfait de son nouveau jouet, avait prévu l'arrivée ce jour-là d'un transport spécial de trois mille juifs polonais et leur massacre à la dernière mode nazie.

Himmler arriva à huit heures, le spectacle devait commencer une heure plus tard. A neuf heures moins le quart, les nouvelles chambres à gaz avec leurs pommes de douches factices et leurs écriteaux « SOYEZ PROPRES », « RESTEZ CALMES » étaient pleines à craquer. En effet, les gardes SS s'étaient assurés, en tirant des coups de feu à l'entrée, que pas un millimètre carré ne serait perdu. Cela encouragea ceux qui étaient déjà à l'intérieur à s'éloigner des portes et on fit ainsi entrer encore plus de victimes. Puis, des bébés et des petits enfants furent jetés par-dessus les têtes des gens et les portes furent fermées et hermétiquement scellées.

Un SS portant un masque à gaz réglementaire se tenait sur le toit de la chambre à gaz, prêt à verser les granulés de cyclon B qui dégagerait de l'acide cyanhydrique. C'était ce jour-là un poste d'honneur, il aurait rarement l'occasion d'avoir des spectateurs si « distingués » et il était sûrement aussi contracté que s'il avait eu à donner le départ du derby d'Epsom.

A 8 h 55 la tension était devenue presque insupportable. L'homme au masque à gaz ne cessait de remuer ses boîtes de granulés, au-dessous de lui se tenait un public très attentif.

Aucun signe du Reichsführer qui était parti déjeuner avec le commandant Hoess. Quelque part un téléphone sonna. Toutes les têtes se tournèrent dans cette direction. Un sous-officier se dirigea en courant bruyamment vers l'officier de service, le salua d'un geste brusque et délivra en haletant son message. Le visage de l'officier se rembrunit mais il ne dit pas un mot. Le message était le suivant : « Le Reichsführer n'a pas encore fini son petit déjeuner. »

Chacun se détendit un peu. Il y eut un autre appel téléphonique. Un autre sous-officier en sueur remit un autre message. L'officier de service jura dans sa barbe et murmura quelque chose à ceux qui, du même grade que lui, l'entouraient. Le Reichsführer, semblait-il, déjeunait toujours. Le SS sur le toit de la chambre à gaz s'accroupit. A l'intérieur de la chambre à gaz, des hommes et des femmes, fous de détresse, ayant enfin compris ce qu'était une douche à Auschwitz, se mirent à crier, à hurler, à frapper faiblement dans les portes, à l'extérieur personne ne les entendit. Les nouvelles chambres à gaz étaient insonores aussi bien qu'étanches au gaz. Même si on les avait entendus personne n'y aurait prêté la moindre attention, les SS ayant leurs propres soucis !

La matinée s'étirait et les messages allaient et venaient. A 10 heures le petit déjeuner-marathon n'était toujours pas terminé. A 10 h 30 les SS étaient pratiquement immunisés contre les fausses alertes et le SS sur le toit restait accroupi même quand le téléphone sonnait au loin.

A 11 heures, avec exactement deux heures de retard, une voiture s'arrêta. Himmler et Hoess en sortirent et s'entretinrent un moment avec les officiers supérieurs présents. Himmler écouta attentivement leurs explications détaillées concernant le processus en cours. Il alla d'un pas tranquille vers la porte scellée et par le judas profond jeta un regard rapide aux êtres que l'on allait supplicier.

Il retourna poser de nouvelles questions à ses subalternes. Finalement, tout était prêt, on pouvait commencer.

D'une voix cinglante, un ordre fut donné au SS sur le toit. Il souleva une plaque ronde, jeta rapidement dans l'ouverture les granulés sur la tête de ceux qui se trouvaient au-dessous de lui. Il savait, tout le monde savait, que la chaleur dégagée par les corps entassés permettrait aux granulés de se gazéifier en quelques minutes aussi ferma-t-il la plaque rapidement.

Le gazage avait commencé.

Après avoir attendu le temps nécessaire pour s'assurer de la bonne circulation du poison, Hoess invita courtoisement son hôte à jeter encore un coup d'œil par le judas. Pendant quelques instants Himmler regarda ce qui se passait dans la chambre de la mort, manifestement impressionné, puis il se tourna vers le commandant pour poser une nouvelle série de questions.

Ce qu'il avait vu semblait l'avoir satisfait et mis de bonne humeur. Bien que fumeur occasionnel, il accepta une cigarette d'un officier et tandis qu'il en tirait quelques bouffées maladroites, il riait, plaisantait. Cet intermède de détente ne voulait pas dire que l'on allait s'éloigner de l'essentiel. Il les quitta plusieurs fois pour observer le cycle mortel à travers le judas, et quand, à l'intérieur, tous les suppliciés furent morts, il prit un vif intérêt à la suite de l'opération.

Des élévateurs emportèrent les corps vers les fours crématoires mais la crémation ne commença pas immédiatement. On arrachait les dents en or, on coupait les cheveux des femmes qui allaient assurer l'étanchéité des ogives des torpilles. Les corps des juifs riches, remarqués auparavant par leur apparence, allaient être disséqués. Quelques rusés n'auraient-ils pas trouvé le moyen de cacher à l'intérieur d'eux-mêmes des bijoux, des diamants peut-être !

Comme on peut en juger ce n'était pas une affaire simple et pourtant la nouvelle machine se révéla tout à fait performante entre les mains d'un personnel qualifié. Himmler attendit jusqu'à ce que la fumée s'épaissît au-dessus des cheminées, puis il regarda sa montre.

Il était une heure, l'heure de déjeuner. Il serra les mains des officiers supérieurs, rendit gaiement et négligemment leur salut aux sous-officiers et remonta dans la voiture avec Hoess.

Auschwitz était enfin opérationnel et à une échelle telle que le vieux Yankel Meisel aurait hoché la tête d'étonnement et d'incrédulité. Il n'avait jamais eu beaucoup d'imagination et l'idée d'une destruction massive rationalisée l'aurait complètement dépassé.

Naturellement il n'avait jamais entendu parler de LA SOLUTION FINALE, encore moins du rôle qu'Auschwitz allait y jouer.

II

J'étais assis dans la salle à manger, ne prêtant aucune attention à la grammaire russe ouverte devant moi, car je savais qu'il était inutile de continuer à étudier. J'entendais ma mère arpenter la cuisine de son pas lourd juste à côté, heurter violemment les casseroles comme si elle leur en voulait personnellement, signe évident que nous allions nous disputer et il y avait certainement de quoi.

Une heure plus tôt je lui avais annoncé mon intention de partir pour l'Angleterre rejoindre l'armée tchèque en exil ; aux yeux de ma mère, de notre petite ville de Trnava à cinquante kilomètres de Bratislava, l'Angleterre était aussi lointaine que la jungle inexplorée du Pérou.

Sa voix, aigre de colère, s'éleva au-dessus des bruits discordants de la cuisine et m'atteignit forte et claire par la porte ouverte :

— Va donc jusqu'à la lune, coupe-toi un morceau de fromage vert, mais sois de retour pour le dîner [1].

Je ne répondis rien. Une délicieuse odeur, merveilleux mélange d'escalope viennoise, de strudel aux pommes et de pommes de terre sautées, vint me distraire momentanément de la discussion qui, de toute façon, ne faisait que commencer.

— Je ne sais vraiment pas d'où tu sors ! Tu ne ressembles à personne de ma famille. D'abord cette histoire d'appren-

1. Dicton tchèque (N.d.T.).

dre l'anglais et comme si ça ne suffisait pas le russe maintenant !

Elle renifla. Encore des bruits de casseroles. Des bougonnements qui pouvaient s'adresser à moi aussi bien qu'aux escalopes :

— Du russe ! Tu ne peux pas faire comme tout le monde et apprendre un métier honnête ? Je me demande où tu vas chercher toutes ces idées de grandeur !

Je fermai la grammaire russe et entrai dans la cuisine :

— Maman, je ne vais pas me laisser déporter comme un mouton qu'on mène à l'abattoir.

Les casseroles ne faisaient plus aucun bruit, ma mère s'essuya les mains sur son grand tablier à plis, me lança un regard long, perspicace et pénétrant, soupira et dit :

— Non, sans doute que non, en un sens tu as raison.

Puis elle se précipita vers le réchaud à gaz et retira vivement du feu une casserole comme si elle sauvait un enfant des flots du Danube.

— Tiens, regarde ce que tu m'as fait faire, me dit-elle sèchement, tu m'as fait brûler les pommes de terre !

Voilà qui était un crime grave dans notre famille, maman étant une excellente cuisinière et fière de l'être.

Toute mère juive se serait fait du souci d'avoir un fils de mon acabit. Il faut préciser que dans le Protectorat indépendant de Slovaquie [1], sous la présidence du Père Tiso — qui s'était engagé à lutter aux côtés des bienfaiteurs nazis — il était entendu que les juifs resteraient à leur place et ne pourraient s'élever au-dessus de leur condition. C'était interdit par la loi.

Ce n'était pas tant les lois qui inquiétaient ma mère, c'était plus une affaire de conscience, un désir de faire ce qui était

1. Après l'entrée des troupes allemandes à Prague en mars 1939 la Slovaquie fut déclarée « Etat indépendant » (N.d.T.).

considéré comme juste. Son esprit avait été si bien conditionné par les chefs spirituels de la communauté qu'elle avait plus ou moins accepté le statut de citoyen de seconde zone comme une chose raisonnable et qui allait de soi.

Quand je m'étais mis à étudier l'anglais par exemple, elle n'avait pas cessé de marmonner et de s'inquiéter comme le ferait une famille anglaise dont le fils refuserait de jouer au cricket et à la place choisirait le base-ball. Elle tenait mes études pour des excentricités.

Quand de surcroît je voulus apprendre le russe, elle s'inquiéta si fort de mon équilibre mental qu'elle m'emmena chez le médecin. Par bonheur lui aussi étudiait le russe, il put ainsi rassurer ma mère, il souligna que si mes ambitions pouvaient paraître insolites elles n'étaient pas anormales aux yeux de la médecine.

Si je fais un retour en arrière et essaie de comprendre l'attitude que j'avais à l'époque, je suis tout à fait étonné. Comment avais-je pu accepter si facilement tant de choses ? Maintenant j'en conclus que les lois restrictives furent introduites si discrètement qu'elles nous enveloppèrent, pratiquement à notre insu, comme une douce chute de neige.

J'en pris conscience pour la première fois à quinze ans lorsque mon nom fut rayé des listes de mon lycée. Les cours particuliers m'étaient aussi interdits et je n'avais pas davantage le droit d'étudier seul chez moi, loi évidemment impossible à appliquer et dont je n'avais cure.

Néanmoins, comme je ne pouvais plus aller au lycée, je me mis à travailler. Au travail je m'aperçus qu'il y avait deux barèmes de salaires : un pour les juifs et un pour tous les autres ; quand j'étais au chômage je vis que je me retrouvais toujours parmi les derniers de la queue à l'office de placement. On donnait d'abord de l'embauche aux non-juifs et nous avions de la chance s'il restait quelque chose pour nous.

Ensuite vinrent les restrictions sur les déplacements. Nous n'avions le droit de vivre que dans certaines villes puis dans certains quartiers, les plus pauvres. Les voyages étaient également limités, nous ne pouvions nous déplacer qu'à de courtes distances sans autorisation préalable. C'est ainsi que le système du ghetto s'installa peu à peu en Slovaquie. Tout cet état de choses me déplaisait souverainement et pourtant j'acceptais peu ou prou ces réalités comme quelques-uns des faits désagréables de l'existence. Même lorsqu'il fut décrété que les juifs devaient porter l'étoile jaune sur leurs vêtements, je le fis sans y attacher trop d'importance. C'est seulement lorsque les lois de déportation furent prises par le gouvernement que brusquement je me rebellai.

Je ne sais pas exactement ce qui déclencha ma révolte — peut-être était-ce parce que je venais d'avoir dix-sept ans et qu'enfin mes yeux se dessillèrent. Peut-être était-ce parce que du jour au lendemain, par décret, je devins juif au lieu de Slovaque. Plus vraisemblablement, c'était parce que je n'acceptais pas d'être chassé de mon propre pays.

Le plan prévu était le suivant : on nous informa posément que tous les juifs seraient envoyés dans des « réserves » en Pologne où nous apprendrions à travailler et où nous pourrions construire nos propres communautés. Les hommes jeunes et robustes partiraient les premiers, précisait le communiqué, ce qui semblait raisonnable en apparence. Nous n'avons compris que bien plus tard le motif réel de ce dispositif, écarter ceux qui pourraient former le noyau central d'une résistance potentielle.

Je ne savais pas que la « réserve » était un camp d'extermination dénommé Auschwitz, un endroit où j'étais supposé mourir avec décence et sans bruit. Tout simplement je ne pouvais pas supporter l'idée que je n'étais plus un citoyen à part entière et qu'en conséquence je devais être isolé tout comme un Indien de l'Amérique du Nord. La seule différence entre lui et moi était que l'Indien restait dans son pays.

Ma mère était une femme énergique et de caractère indépendant. Elle avait monté un petit atelier de couture à partir de rien. Elle aimait n'en faire qu'à sa tête mais si on réussissait à la convaincre du bien-fondé d'une cause, elle acceptait la nouvelle situation de si bon cœur qu'elle la prenait totalement en charge.

Elle lança une escalope viennoise brûlante devant moi et dit :

— Comment comptes-tu te rendre en Angleterre ?

— Par la Hongrie, puis la Yougoslavie. Si je vois que je ne peux pas aller plus loin je rejoindrai les partisans titistes.

Elle se tut un instant. Je savais qu'elle pensait aux frontières que j'aurais à traverser, aux gardes Hlinka slovaques [1] en uniformes noirs, singeant les SS le plus possible, aux patrouilles hongroises frontalières à la gâchette facile, aux mille et un dangers que je rencontrerais sur ma route à travers les frontières enchevêtrées de l'Europe en guerre. Après avoir ruminé ces funestes pensées, elle me dit calmement :

— Tu auras besoin de vêtements et d'argent.

Les vêtements elle en fit son affaire. Pour l'argent ce fut plus difficile.

Et pourtant quelques jours après, elle vint à moi et me dit :

— Tiens mon fils. Ce n'est pas beaucoup mais c'est ce que je peux faire de mieux.

C'était environ deux mille francs [2] le prix de mon voyage pour l'Angleterre.

Entre-temps, j'avais étudié mon itinéraire. Je décidai de me rendre à Sered, ville située du côté slovaque de la frontière et ensuite de marcher à travers la campagne jusqu'à Galanta à environ une douzaine de kilomètres à l'intérieur de la Hongrie. Un de mes amis d'école avait de la famille dans cette ville qui, pensait-il, pourrait m'aider. Le problème était d'aller de Trnava à Sered, ville bien au-delà des limites permises aux juifs qui avaient obtenu le droit de voyager. Evi-

---

1. Hlinka, 1864-1938 , prêtre slovaque, fonda une milice militaire, équivalente aux milices françaises de la zone libre pendant l'Occupation, qui entre autre arrêtait les juifs (N.d.T.).

2. Équivalent de nos francs d'aujourd'hui (N.d.T.).

demment il n'était pas question de prendre le train, les voyageurs étaient constamment contrôlés et j'aurais été presque immédiatement arrêté. Marcher était encore plus dangereux, il m'aurait fallu traverser des endroits où je n'étais pas connu, et j'aurais donc été suspecté et pris en un rien de temps.

Ma mère trouva la solution. Depuis qu'elle avait accepté la situation, elle cachait bien ses sentiments et c'est donc d'un ton très naturel qu'elle me dit :

— Prends donc un taxi. Ton père connaissait un homme qui te conduira sans poser trop de questions.

Cela me sembla ridicule. Prendre un taxi pour s'envoler vers la liberté. Cependant en y réfléchissant je compris que ma mère avait raison. Il me fallut encore une semaine avant d'être prêt à partir. Le chauffeur de taxi, homme austère et corpulent, à la moustache tombante jaunie par le tabac, à l'expression triste de chien de chasse, n'était pas très heureux d'avoir à faire ce voyage, si on me trouvait dans sa voiture lui aussi serait arrêté. Néanmoins, au nom de l'amitié il accepta de m'emmener et je sus aussitôt que je pouvais lui faire entièrement confiance.

C'est ainsi que début mars 1942 je dis adieu à ma mère, la remerciai de tout ce qu'elle avait fait pour moi et pris mon sac. Son visage montra peu d'émotion et elle me dit simplement :

— Fais attention à toi et n'oublie pas de changer de chaussettes.

Quand le taxi s'éloigna je ne me retournai pas, non que je fusse trop bouleversé pour cela mais j'étais très occupé à arracher l'étoile jaune de mon épaule.

Puis je m'étalai sur la banquette de cuir usé et j'eus bien du mal à contenir mon excitation. J'avais en poche les deux mille francs de ma mère, une carte et une boîte d'allumettes. Peu de choses pour le voyage que j'entreprenais mais je n'avais que dix-sept ans et il me restait à apprendre à calculer les risques.

Une demi-heure plus tard, nous aperçûmes les lumières de

Sered et pendant tout ce temps le chauffeur et moi avions à peine échangé quelques mots. Nous sentions la tension monter en chacun de nous et converser semblait totalement déplacé.

C'est seulement à notre arrivée en ville quand je sortis du taxi pour le payer que nous devînmes un peu plus loquaces. Il me dit que la course se montait à quatre cents couronnes soit quatre mille francs ce fut un moment embarrassant pour nous deux. De ma poche je sortis les deux mille francs et les lui tendis. Il les regarda tristement un court instant, se gratta la tête, joua avec sa moustache et dit enfin dans un énorme soupir :

— Tu ferais mieux d'en garder la moitié. Tu en auras besoin. Donne-moi un mot pour ta mère et nous règlerons cela ensemble.

Il n'était pas juif mais c'était sûrement un ami. J'essayai de le remercier mais il remonta en voiture et s'éloigna rapidement avant que j'aie trouvé les mots pour le faire. Sa mission, dangereuse en ce qui le concernait, était terminée.

Je saisis mon sac et regardai Sered. De vives lumières et des rires engageants me parvenaient des cafés alentour. Les gens pressés rentraient chez eux, fouettés par la neige fine qui tombait. A l'autre extrémité de la rue, j'aperçus un gendarme qui venait dans ma direction. Aussitôt, je me détournai de ces lumières, de ces rires et je me mis à marcher jusqu'à ce que je sois de nouveau en pleine campagne loin de la chaleur trompeuse de la ville.

Après avoir étudié ma boussole à la lueur d'une allumette, je me dirigeai vers ce que j'espérais être la frontière hongroise et Galanta. La neige tombait dru maintenant et non seulement j'avais froid mais je me sentis soudain très seul. L'excitation que j'éprouvais depuis mon départ retomba dans l'obscurité hostile et quelque chose qui ressemblait beaucoup à de la peur prit sa place.

Je marchai pendant des heures tout en m'efforçant sans cesse de calmer mes nerfs à vif, et tout à coup je vis des lumières devant moi, c'était Galanta. J'étais en Hongrie.

J'accélérai le pas et à cinq heures du matin, je pénétrai dans la ville déserte, toujours sur mes gardes dans la crainte de tomber sur une patrouille de police. Sans grande difficulté, je trouvai la maison de mon ami, soulagé mais totalement épuisé je frappai à la porte, je n'avais jamais vu une porte aussi impressionnante.

Un long silence s'ensuivit. Je frappai encore, plus fort cette fois et après ce qui me sembla une éternité, j'entendis des pas feutrés approcher. La porte s'entrebâilla et une bonne me regarda d'un air effrayé. Puis, elle me claqua la porte au nez. Je frappai encore et appuyai sans interruption sur la sonnette que je vis sur le côté de la porte, tout en jetant des regards derrière moi de peur de voir surgir un policier.

J'entendis d'autres pas, des murmures et j'arrêtai de sonner. La porte s'ouvrit une deuxième fois. Une belle grande femme en robe de chambre, au regard méprisant, se tenait devant moi. Je lui dis aussitôt :

— Je suis Rudi Vrba, un ami de Stefan. Il m'a dit que si je venais chez vous...

Elle m'interrompit et me dit très lentement en continuant à m'examiner :

— Vous êtes un ami de Stefan ?

— Oui, nous sommes allés au lycée ensemble.

Elle me dévisagea un long moment, et avec très peu d'empressement elle ouvrit la porte un peu plus en me disant :

— Vous feriez mieux d'entrer.

J'étais très surpris. Bien sûr il n'était que cinq heures et demie du matin mais malgré cela je m'attendais à un accueil un peu plus chaleureux de la part de la famille de mon vieux copain d'école.

Comme je m'avançais, gêné, dans le magnifique vestibule, j'aperçus mon image dans le long miroir mural. Un garçon à l'aspect bizarre, au teint olivâtre me regardait. Ses cheveux étaient en désordre et ses vêtements couverts de boue. Les yeux bordés de rouge, il avait un regard sauvage, il ressemblait à un mélange de brigand et de clochard, en tout cas pas si peu que ce soit à un étudiant. Je me tournai vers mon hôtesse et dis d'une voix faible :

— Je suis désolé mais je marche depuis Sered. Je n'ai pas pu faire autrement que de prendre à travers champs.

Son visage s'assombrit et comme dans un murmure elle me dit :

— Vous voulez dire que vous êtes arrivé ici illégalement ?

Je fis signe que oui. Elle leva ses beaux yeux au ciel, soupira profondément, hocha la tête plusieurs fois comme pour remettre ses idées en place et dit :

— Je crois que vous feriez bien de prendre un bain. Nous parlerons en prenant le petit déjeuner.

La bonne me conduisit dans une somptueuse salle de bains, ne me lâchant pas du regard comme si j'avais eu une bombe dans ma poche. Elle ouvrit les robinets de la baignoire et s'enfuit aussi vite que ses petites jambes maigrelettes le lui permettaient.

Ce bain fut une merveille, j'y restai voluptueusement une demi-heure. Ma fatigue s'évanouissait dans l'eau chaude et parfumée. Quand j'en sortis, je vis que mes vêtements que j'avais laissés dans un cabinet de toilette, avaient été soigneusement nettoyés et repassés.

Je descendis me sentant un autre homme, plus sûr de moi et ayant de nouveau une apparence aimable. Mon hôtesse et son mari, un homme robuste, élégant, aux cheveux argentés, m'attendaient devant une table bien garnie. Ils ne voulurent d'abord parler que de Stefan, me laissant manger tranquillement, et ce n'est que lorsqu'ils pensèrent que j'avais fini de prendre mon petit déjeuner, qu'ils abordèrent les questions sérieuses. Doucement mon hôte me dit :

— Je pense que tu es au courant des conditions actuelles en Hongrie ?

J'avalai ma troisième tasse de café et répondit gaiement :

— Non.

Je me sentais à l'aise, propre et bien nourri.

— Bien je vais te mettre au courant. Ici, non seulement

nous avons la loi martiale ce qui en soi est déjà terrible, mais en ce moment les relations entre la Slovaquie et la Hongrie pourraient difficilement être plus mauvaises. Les autorités savent qu'il y a un certain trafic à la frontière et tous ceux qui aident un Slovaque sont immédiatement arrêtés et accusés d'avoir hébergé un espion.

Mon superbe petit déjeuner me pesa soudain sur l'estomac, je me sentis de nouveau sale :

— Vous voulez dire... je suis un danger pour vous ?

Il acquiesça. Je me levai d'un bond pour partir mais il me fit signe de me rasseoir immédiatement.

— Ne sois pas si pressé, dit-il, tout cela va demander un peu d'organisation. Si tu sors seul dans la rue, tu seras ramassé dans les cinq minutes qui suivent, d'ailleurs je n'arrive pas à comprendre comment tu n'as pas été déjà arrêté.

Il alla au téléphone et appela plusieurs numéros. En moins d'une demi-heure la maison sembla pleine de monde. Après une discussion animée, il fut décidé que je devais aller à Budapest aussi vite que possible. De nouveau je me levai. Avec impatience cette fois, mon hôte me demanda :

— Où vas-tu ?

— A la gare.

— Dieu tout-puissant, cria-t-il, es-tu fou ? Je t'ai déjà dit que tout cela demandait à être organisé.

Ce fut tout à fait le cas. Un homme m'accompagna à la gare. Un autre acheta mon billet — un billet de seconde classe — car si les voyageurs de troisième classe étaient très bavards et risquaient de me poser des questions embarrassantes, ceux de première pouvaient facilement me signaler aux autorités, je n'avais pas l'allure d'un voyageur de première classe.

Un troisième me remit un exemplaire du journal fasciste local pour me donner l'apparence d'un antisémite et un quatrième me glissa environ trente pengoes. Le billet, l'argent et le journal me furent remis subrepticement par ces hommes qui me frôlèrent sans me regarder et à neuf heures, quatre heures après mon arrivée à Galanta, j'étais dans un express qui quittait la ville. Le train sifflait à travers la campagne et adossé à la banquette je faisais semblant de dormir. Je sentais avec plaisir dans ma poche les trente pengoes et les mille francs de ma mère, mais surtout je possédais un bien beaucoup plus précieux que l'argent, l'adresse d'un résistant clandestin socialiste que mes amis de Trnava m'avaient donnée. D'après eux, Pista, c'était son nom, devait m'aider à poursuivre mon voyage. Je me rendis immédiatement à son domicile, un petit logement inconfortable dans un quartier ouvrier. Une femme vêtue de noir me reçut avec nervosité et me dit :

— Il est parti. Va voir son frère, il pourra peut-être te mettre en contact avec lui.

Elle griffonna l'adresse, qui m'envoyait dans un quartier plus élégant, je partis vite avec le sentiment qu'enfin je maîtrisais la situation. On me fit entrer aussitôt comme si j'étais un ami de longue date et on m'offrit du café et des gâteaux. Tout en mangeant je leur racontai mon histoire.

Le frère du résistant clandestin m'écouta sans commentaires avec un sourire sarcastique :

— C'est un tantinet gênant me dit-il, je suis membre de l'organisation fasciste locale.

Je me raidis et j'eus envie de vomir, j'étais fait comme un rat et pour couronner le tout j'avais tout raconté jusqu'à impliquer mes amis de Galanta. Je glissai un coup d'œil vers la porte et vers la fenêtre mais à mon grand étonnement mon fasciste éclata d'un rire sonore :

— Tout doux l'ami détends-toi, un grand nombre d'entre nous sont entrés au parti fasciste. C'est bon pour les affaires et pour la santé ! Reste ici tant qu'il le faudra jusqu'à ce qu'on voie ce qu'on peut faire de toi.

Je restai chez lui une dizaine de jours et puis je pensai que j'abusais de son hospitalité. C'est comme cela qu'un beau jour je lui dis :

— Je dois trouver du travail. Je vais aller chez les sionistes et leur demander de me procurer des papiers et du travail.

Cela me semblait une idée raisonnable mais elle n'enthousiasma pas mon hôte.

— Mon ami, je ne crois pas que tu seras bien accueilli.

— Pourquoi pas ? Ils doivent m'aider !

Il haussa les épaules et retourna aux dossiers du parti étalés sur la table.

Ce même après-midi j'allai au siège de l'organisation sioniste à Budapest, l'O.M.Zs.A[1]. Là je racontai mon histoire en détail à un homme d'une trentaine d'années au visage sévère.

Il réfléchit un moment avant de me répondre :

— Tu es à Budapest illégalement, c'est bien ce que tu essaies de me dire ?

— Oui.

— Tu te rends compte que tu ne respectes pas les lois actuelles ?

Je fis oui en hochant la tête, et je me demandai comment un homme aussi obtus pouvait occuper ce qui semblait être un poste de haute responsabilité.

— Et tu espères trouver du travail sans papiers ?

— Avec de faux papiers.

Je ne l'aurais sûrement pas choqué davantage si je m'étais mis à déchirer le Talmud et à sauter dessus à pieds joints.

Il ouvrit la bouche une, deux fois et cria :

— J'espère que tu réalises que je ne peux rien faire d'autre que de te livrer à la police ?

Ce fut mon tour d'être sidéré, de rester bouche bée. Un sioniste livrant un juif à la police fasciste ! Il y avait de quoi devenir fou.

— Sors d'ici, oiseau de mauvais augure !

Je sortis immédiatement, totalement désorienté.

Il me fallut presque trois ans avant d'apprendre ce que représentaient exactement l'O.M.Zs.A. et ses membres.

---

1. Association nationale des juifs hongrois (N.d.T.).

Mon ami le fasciste ne fut pas autrement surpris quand je lui racontai ce qui s'était passé. Mais il tomba d'accord avec moi sur le fait qu'il fallait être prudent et qu'il était sage de quitter Budapest, le plus que zélé bureaucrate sioniste risquant de me donner à la police encore plus vite que je ne le croyais.

C'est ainsi que je fus de nouveau le centre d'une conférence familiale. Il y fut décidé que je retournerais en Slovaquie et que des amis m'attendraient à Trnava avec de faux papiers qui établiraient que j'étais un aryen bon teint. Je ne voyais qu'un défaut à ce plan par ailleurs excellent.

— Le trajet de Galanta à Sered n'est pas exempt d'embûches, leur dis-je. Que se passera-t-il si je suis en retard ?

— Ne te fais aucun souci, ils sont au courant des difficultés, ils t'attendront six jours.

Je compris que j'avais affaire à des hommes qui étaient non seulement patients mais aussi très courageux. En effet, s'attarder une semaine dans une ville-frontière c'était aller au-devant d'une arrestation, quasiment la chercher. L'organisation que j'avais connue à Galanta fonctionna en sens inverse. A la gare de Budapest, un billet, de l'argent, un journal fasciste me furent remis par des hommes différents.

Je montai dans l'express et trois heures plus tard je me trouvais à la sortie de Galanta, marchant à travers la campagne vers la frontière.

Je me sentais l'âme d'un vétéran. Après tout le paysage m'était familier maintenant et j'avais appris beaucoup de choses depuis l'adieu à ma mère environ quinze jours plus tôt. Je me sentais passablement tranquille tandis que j'avançais péniblement dans la boue.

C'est alors que l'imprévisible se produisit ! Dans l'obscurité une voix rauque cria :

— Halte-là !

Je m'arrêtai et me retournant lentement, j'aperçus vaguement les silhouettes de deux gardes-frontières hongrois.

Une lune blafarde éclairait les canons de leurs fusils. Je fis vite volte-face et commençai à courir, plongeant désespérément en avant, m'enfonçant dans le sol lourd. J'entendis d'autres cris puis des coups de feu. Je m'arrêtai, haletant, terrifié.

Si j'avais eu un peu plus d'expérience, il est évident que je ne me serais pas arrêté car leurs chances de m'atteindre dans le noir en pleine course étaient fort minces. Je ne devais acquérir ces connaissances de stratégie militaire que plus tard, bien plus tard.

Donc, je me retournai et leur fis face. Ils avançaient prudemment vers moi, fusils en joue. Puis tandis que l'un me tenait en respect, l'autre s'approcha de moi. Il retourna son fusil et me frappa à la tête avec la crosse, je tombai dans la boue molle. Je reçus un violent coup de botte à l'aine qui me fit tordre de douleur tandis que le ciel tournoyait au-dessus de moi. J'entendis une voix lointaine me dire : « Où vas-tu ? » Dans un souffle je répondis : « A Budapest. » « Lève-toi. » J'essayai en vain, alors ils me soulevèrent et me traînèrent au poste-frontière tout en me matraquant. Là, il y avait une dizaine de gardes qui me dévisagèrent nonchalamment. Pour eux je faisais partie de la routine habituelle de leurs nuits. Paresseusement, ils commencèrent à me questionner et on me demanda encore :

— Où te rends-tu ?

— A Budapest.

Un poing s'écrasa sur ma bouche et m'envoya contre le mur.

— Qui connais-tu à Budapest ?

— Personne.

Un caporal au visage grêlé tira lentement son revolver, le lança en l'air, le rattrapa par le canon et avec la crosse me frappa en pleine figure ; en tombant j'eus l'impression que la pièce se remplissait de mille feux d'artifice. Très lentement je revins à moi, ouvris les yeux et vis une botte briller à quelques centimètres de mon visage. Les voix étaient lointaines et des mains me remirent sur pieds.

— Tu es un espion, avoue !

Je clignai des yeux, le regardant stupidement en secouant la tête, j'avais le goût du sang dans la bouche et mes lèvres étaient tellement enflées que je pouvais à peine parler, je ne pus que murmurer :

— Je vais à Budapest.

Ce furent les derniers mots que je prononçai dans la demi-heure qui suivit, en effet une espèce de routine s'était établie : une question — un coup, une question — un coup etc. Même si j'avais voulu répondre je n'aurais pu le faire incapable que j'étais de rassembler deux idées. Peu à peu, je devenais insensible aux coups peut-être parce que j'étais à demi-conscient de ce qui m'arrivait. Quand subitement ils s'arrêtèrent de frapper. A travers un brouillard je vis tout le monde se mettre au garde-à-vous précipitamment. Avec un gros effort je tournai la tête et vis un officier élégamment vêtu devant la porte.

Maintenant au moins, pensai-je, il n'y aura plus de coups. Plus de sauvagerie. Les officiers se conduisent comme des gentlemen.

C'était un homme lourd, à la trentaine accusée, au visage lisse. Il alla s'asseoir à sa table avec un soupir triste comme s'apitoyant sur lui-même. Pendant quelques minutes, il examina soigneusement tout ce que les soldats avaient sorti de mes poches : un mouchoir plutôt crasseux, quelques pièces de monnaie et quelques petits bouts de papier sans importance. Il poussa un autre profond soupir comme pour demander au bon dieu d'avoir pitié de tous les officiers en service.

Il leva la tête et me regarda un instant. Ce n'était pas un regard antipathique, il semblait plutôt dire que nous étions tous les deux victimes de circonstances que nous trouvions également désagréables et qu'il eut mieux valu pour nous tous que l'on ne m'eût pas arrêté.

Je commençais à me détendre un peu, les soldats n'avaient pas trouvé ce que je possédais de plus important, l'argent que j'avais cousu dans la braguette de mon pantalon. Je savais aussi que je n'avais aucune preuve écrite, aucune adresse, rien qui puisse trahir mes amis de Budapest.

Son visage et sa voix étaient presque doux lorsqu'il me posa la question rituelle :

— Où vas-tu ?

— A Budapest. Je suis un juif slovaque et je ne veux pas être déporté. Je viens de traverser la frontière.

Son front se plissa et il commença à tripoter un des morceaux de papier. Il le défroissa et me lança un regard plein de reproches. Quelque chose dans son comportement fit que je me mis aussi à fixer le bout de papier et immédiatement mon estomac se tordit de douleur en le reconnaissant, c'était un ticket de tram de Budapest.

Calmement il se leva, fit le tour de la table et me frappa adroitement par deux fois. Deux soldats se tenaient respectueusement derrière moi pour me redresser en vue du prochain assaut et des nouvelles questions.

— Où habitais-tu à Budapest ?

— J'ai vécu à la dure, dans les jardins, où je pouvais, n'importe où.

Je ne vis pas venir le coup suivant qui pourtant me jeta brutalement dans les bras des soldats.

— Tu es un espion. Qui sont tes complices ?

— Je ne suis pas un espion. Je suis un réfugié. Je n'ai pas de complice.

Maintenant j'avais très peur, pas pour moi, mais pour tous ceux qui m'avaient aidé, mon ami fasciste et ceux qui m'avaient fait sortir de la capitale. J'avais peur que cet homme au visage délicat ne me fasse parler car c'était manifestement un expert en la matière.

D'un air las, il tendit la main. Un soldat lui remit une petite matraque. Les deux soldats qui se trouvaient derrière moi m'obligèrent à aller vers une table, où il se mit à travailler mon visage avec une efficacité qui semblait rendre bien inutiles les précédents efforts de ses subordonnés.

Les coups lacéraient mon visage, des coups rapides, violents qui tombaient avec une régularité aussi monotone que les questions.

Des noms, des adresses se bousculaient au bout de ma langue pour être immédiatement refoulés dans une lointaine région de mon cerveau par une force en moi que je ne soupçonnais pas.

— Tu es un espion. Qui sont tes amis ? Où habitent-ils ?

Mes yeux disparurent sous des bourrelets de chair, mon sang se figea. Les limites du monde semblaient s'être accrochées à cette matraque et, bien que je ne puisse plus rien voir, pas un moment je ne perdis conscience. Elle irradiait mon cerveau mais n'arrivait pas à le contrôler complètement — quelque chose le maintenait ailleurs. Malgré les trois heures de matraquage que me fit subir le sémillant officier, il ne réussit pas à prendre possession de mon âme. C'est alors qu'il s'arrêta, non par lassitude mais par conviction que je disais la vérité. Son unique problème devint comment se débarrasser de moi rapidement et sans bavures, car ni dans sa vie ni au poste-frontière, il n'y avait de place pour du menu fretin tel que moi. Vaguement je l'entendis dire à deux soldats :

— Ramenez-le à la frontière. Traitement habituel.

Traitement habituel ! Bien que meurtri au plus haut point, je compris que j'allais être tué et jeté quelque part dans le no man's land. Je n'en fus pas trop effrayé, je ressentais au fond de moi un mélange de fierté de n'avoir pas parlé et de soulagement de savoir mes amis saufs.

Ils me traînèrent de nouveau dans les champs et l'air frais me ranima un peu. Au bout d'un moment quand je compris que nous étions près de la frontière, nous nous arrêtâmes et l'un des soldats me dit :

— Donne-moi ton argent !

Un court instant insensé, je crus que je pourrais acheter ma survie. Je sortis l'argent de mon pantalon et le lui tendis.

— Jette-le par terre, sale Slovaque.

Je le jetai. Sans me quitter des yeux, il le ramassa, le mit dans sa poche et dit :

— Continue de marcher.

Je continuai d'avancer, malade d'avoir été aussi idiot. Bientôt on ralentit et on s'arrêta encore. J'entendis un soldat murmurer :

— On est dans la merde, je crois qu'on est en Slovaquie.

L'autre jura tout bas, grommela d'un air méchant :

— Ça veut dire qu'on ne peut plus tirer dessus. Au moindre coup de feu, ils lâcheront les chiens et nous aurons les mitrailleuses pointées vers nous.

— On ferait mieux de lui régler son compte à la baïonnette.

Je me retournai très vite et vis l'un d'eux venir vers moi baïonnette au canon. Je poussai un cri. Il me frappa et me fit tomber, se jeta sur moi et appuya sa main sur ma bouche. Son collègue scrutait l'obscurité comme un chat effrayé. La baïonnette était sur ma gorge, déjà je la sentais piquer ma peau quand tout à coup je ne sentis plus rien, le soldat qui était sur moi se leva lentement. Ils se tenaient là tous les deux, figés, silencieux et subitement je compris qu'ils avaient encore plus peur que moi. Des minutes passèrent. L'un d'eux chuchota :

— Lève-toi, va-t-en.

Je me levai et commençai à m'éloigner d'eux. Je marchai pendant une quinzaine de mètres puis je me mis à courir en zig-zag essayant d'échapper à une balle qui ne vint jamais.

Je courus comme un fou pendant une centaine de mètres avant de trébucher et de tomber. J'étais à bout de force, de résistance, à bout de tout. Je gisais le visage enfoui dans la terre, grognant d'épuisement, vaincu, presque inconscient.

Combien de temps suis-je resté ainsi, je n'en sais rien. Quelques minutes ou quelques heures peut-être. Ai-je dormi ou perdu conscience ? Quand finalement mes yeux s'ouvrirent douloureusement je sentis un chien haleter contre ma joue. Tout ce que je vis fut le rayon perçant d'une torche qui me lacérait le visage comme un couteau. J'entendis une voix dire en slovaque :

— Jésus ! il est encore vivant.

Quelqu'un me remit sur pied. C'était un garde-frontière slovaque qui me regardait fixement, complètement abasourdi, il me dit:

— Tu devrais être mort. On les trouve toujours morts.

Il appela un autre garde et à deux ils me traînèrent à travers champs jusqu'à un village. Là, ils frappèrent à la porte d'une auberge jusqu'à ce que le propriétaire descendît ouvrir en grommelant. Voyant mon visage si bien décoré par les Hongrois, mes vêtements déchirés et tachés de boue et de sang, son humeur changea aussitôt. Il nous fit entrer rapidement, et, quelques minutes plus tard, j'étais étendu dans un immense fauteuil et je buvais de l'eau-de-vie à petites gorgées. Une femme apparût, portant une bassine d'eau tiède, et gentiment elle commença à me nettoyer le visage. Le brouillard se dissipa en même temps que le sang disparût et je compris que j'étais à nouveau parmi des êtres humains. Malgré tout, les gardes-frontières devaient faire leur travail, ils m'emmenèrent au poste de police et me questionnèrent. Je leur racontai tout. Le garde qui m'avait sorti de la boue fronça les sourcils et dit :

— Ah bon, tu ne veux pas être transféré dans un autre pays ! Tu ne veux pas travailler, sale youpin ! Je devrais te donner une raclée telle que ta mère ne puisse pas te reconnaître mais c'est déjà fait !

Il me poussa dans une cellule, m'enferma et s'en alla s'occuper de ses affaires.

Etendu sur le châlit, ankylosé, je m'assoupis ; une voix me réveilla, la voix d'une vieille femme. Elle disait :

— Monsieur le juif, dormez-vous ?

Je compris qu'elle venait de derrière les barreaux de la cellule. Me soulevant avec un effort douloureux, je répondis non.

A travers les barreaux tombèrent quelques cigarettes et un peu de nourriture. La nouvelle qu'un juif avait été ramassé quelque part le long de la frontière s'était, semble-t-il, rapidement propagée dans ce village slovaque et il s'était trouvé une chrétienne pour penser à celui qui était étendu seul, avec sa faim, dans la cellule.

III

Le mois de juin est toujours beau en Slovaquie, en 1942 il fut exceptionnel. Le soleil était chaud en permanence. Les champs étaient recouverts de blés ambrés luxuriants qui se balançaient paresseusement dans la brise légère, les oiseaux chantaient à tue-tête comme pour fêter ce spectacle.

Même derrière les barbelés du camp de Novaky, le monde semblait beau. La seule personne qui n'arrivait pas à s'abstraire, ne fût-ce que quelques instants, de ses soucis pour contempler le paysage, c'était Monsieur le juif.

Ils m'y avaient amené, le lendemain de mon arrestation, et, maintenant assis sur le rebord du bat-flanc, je ruminais l'ironie de la situation et me traitais en silence de tous les noms. Durant des semaines je m'étais précipité par monts et par vaux, esquivant les balles, réussissant à surmonter les pires punitions, risquant ma vie et celle des autres en un effort désespéré pour éviter la déportation et tout ce que j'avais réussi c'était de me trouver sur la rampe de lancement elle-même.

A mon arrivée on m'avait jeté dans un baraquement qui contenait plusieurs centaines d'hommes, la plupart bien plus âgés que moi. Je ne comprenais toujours pas pourquoi j'étais là ni ce qui allait m'arriver mais, en écoutant les conversations autour de moi, je fus vite fixé.

Conversations pénibles, ennuyeuses, lugubres, tournant sans fin autour de pots-de-vin inutiles, de promesses non tenues, de corruption, de mensonge, d'injustice et surtout de transports.

Quand arriverait le prochain train ? Y aurait-il un prochain train ? Est-ce que toute activité ferroviaire avait été abandonnée ? Des heures durant ils jonglaient avec ces questions fastidieuses dans le grand baraquement de bois, comme des gosses avec une balle en chiffon sur un terrain vague.

Je compris alors que j'étais dans un camp de transit et que la prochaine étape se trouvait quelque part en Pologne, où l'on m'apprendrait comment un être humain civilisé travaille, où mes vices de juif seraient gommés et où j'aiderais à bâtir une nouvelle communauté honnête.

Je finis par jurer tout haut et, quand ma rage se fut un peu calmée, je me mis à examiner la situation sous tous les angles possibles.

Un homme grand, légèrement chauve, sur le châlit à côté du mien, était en train d'expliquer :

— Je lui ai donné cinq cents couronnes et il m'a dit que je n'avais aucun souci à me faire. Et voilà où j'en suis.

Je l'interrompis :

— Dites-moi, dis-je, quelles sont nos chances de sortir d'ici ?

Son monologue cessa. Je sentis une douzaine de paires d'yeux se fixer sur moi. Quelqu'un rit et dit :

— Ecoutez-le ! Il n'est là que depuis hier et déjà monsieur veut rentrer chez lui !

Un commerçant corpulent me regarda froidement et lança :

— Doux Jésus, il ne nous manquait que cela. Un faiseur d'histoires !

L'homme qui avait perdu cinq cents couronnes fit un signe de tête vers la porte et dit ;

— Derrière cette porte, il y a deux gardes Hlinka. Essaie de passer, ils te tireront comme un lapin. Tu ne sors de ce block que pour aller aux latrines et encore avec un fusil braqué sur toi.

Tout ça ne semblait guère encourageant mais en examinant la situation de plus près je vis qu'elle n'était pas désespérée.

J'appris que Novaky était divisé en deux camps, le camp

de transit où on attendait les transports pour la Pologne et le camp de travail où des juifs plus favorisés étaient supposés travailler pour le gouvernement slovaque. Tout le monde lorgnait vers le camp de travail. Chacun tentait d'y entrer : c'était un répit en attendant ce que nous réservait l'avenir mais tout le monde n'avait pas les qualifications requises qui étaient soit de l'argent, soit de l'influence dans le mouvement sioniste, soit de réelles connaissances. Les médecins, les menuisiers, les forgerons par exemple avaient de grandes chances de passer cette frontière vitale.

J'étais exclu d'office. Je n'avais ni influence, ni métier, ni argent.

Néanmoins j'avais suffisamment roulé ma bosse pour savoir qu'il y a toujours une porte de sortie et je ne fus pas long à la trouver.

Les gardes Hlinka avaient besoin de quelqu'un pour aller chercher la nourriture au camp de travail et la porter au camp de transit.

Je fus immédiatement volontaire ; les autres me laissèrent prendre ce poste car ils savaient que je n'avais rien à manger et eux recevaient encore des colis. Cela voulait dire qu'ainsi je pouvais sortir des baraquements sans avoir à aller aux latrines ; aussitôt je me rendis compte que j'avais trouvé la porte de sortie non seulement vers l'air libre et le soleil mais aussi vers la liberté. Tout le monde voulait aller au camp de travail mais personne ne songeait vraiment à s'évader et c'est pourquoi ce camp n'était entouré que d'un minable barbelé totalement inefficace, surveillé par un garde qui patrouillait seul sur une distance d'environ mille mètres.

Je remarquai aussi que mon escorte était bien plus intéressée à s'alimenter et à boire de la slivovitz dans la cuisine qu'à me contrôler. Si j'avais voulu, j'aurais pu m'esquiver le jour même sous les barbelés et mon absence serait passée inaperçue pendant au moins une heure. L'expérience cependant m'avait appris la prudence. Je savais maintenant qu'un homme en fuite a besoin de vêtements. Avant de partir, il me fallait transférer un peu d'équipement au camp de travail et trouver quelqu'un à qui le confier.

Ainsi pendant quelques jours j'observais les visages des gens que je côtoyais chaque fois que j'allais au camp de travail. Aucun de ces visages arrogants et mous d'hommes riches ne m'inspirait confiance. Il me fallut une bonne semaine pour choisir un homme qui serait prêt à aider un autre que lui-même.

C'était un plombier, petit et assez gros, qui semblait occupé à réparer sans arrêt les robinets de la cuisine. Il souriait beaucoup et chantait en travaillant, un optimiste parmi tous ces sombres pessimistes.

Il me fallait être sûr. Un jour j'enlevai ma veste et lui dis :

— Veux-tu me la garder jusqu'à demain ? Il fait trop chaud aujourd'hui.

Il abaissa sa clef anglaise et me lança un long regard pénétrant. Il sourit et dit :

— Bien sûr, je la mets dans mon casier dans le baraquement.

Le lendemain, j'apportai une paire de chaussettes, c'était cette fois l'épreuve décisive. Il ne pouvait que comprendre que je ne me souciais pas du temps qu'il faisait, que je ne pensais qu'aux barbelés. D'un air détaché je lui dis :

— Peux-tu me les ranger quelque part ?

Il les prit sans dire un mot et les fourra rapidement dans sa poche.

J'avais trouvé mon homme.

Après cela, je transportai ma toute petite garde-robe au camp de travail chaussette par chaussette pour ainsi dire. Je réussis même à prendre un jour ma sacoche, donnant une excuse idiote à ma non moins idiote escorte. Naturellement tout cela me demanda du temps mais au bout de six semaines j'étais prêt à partir.

Non seulement la chance me souriait mais elle volait à ma rencontre. Avant de partir, il me restait un dernier problème à résoudre, l'éternel problème de l'argent. Mes derniers sous avaient disparu depuis longtemps dans les gosiers des gardes-frontières hongrois, quand tout fut réglé comme par miracle.

Dans le camp de transit, j'étais devenu l'ami d'un grand et beau jeune homme qui s'appelait Josef Knapp de Topolcany, ma ville natale. Comme moi, il avait essayé sans succès de rejoindre l'Angleterre en passant par la Hongrie.

— Mon dieu, Rudi, me dit-il un jour, je dois être le type le plus malchanceux du monde. A Topolcany, à quelques kilomètres d'ici, il y a ma fiancée, l'une des plus belles filles que tu aies vues de ta vie. Nous allions nous marier à l'automne. J'ai aussi un père qui a tellement d'argent qu'il n'arrive pas à le compter. Et je suis là à Novaky, attendant que l'on m'expédie Dieu seul sait où, dans un wagon à bestiaux dégoûtant de saleté.

Vite, peut-être un peu trop vite je lui dis :

— Tu as de l'argent ?

Il acquiesça, l'humeur sombre :

— Que ne donnerais-je pour la voir seulement cinq minutes !

— Tu as de l'argent ici au camp ?

— Bien sûr et autant que je veux dehors.

— Ecoute Josef, je pars d'ici ; je me faufile sous les barbelés dans quelques jours. Et si tu venais avec moi ?

Après cela ce fut ridiculement simple : je persuadai le garde que j'avais besoin d'un assistant pour m'aider à transporter la nourriture car la population du camp augmentait. Il fut d'accord sans y prêter beaucoup d'attention et trois jours plus tard j'étais dans la cuisine du camp de travail avec mon banquier. Discrètement je dis à mon ami le plombier :

— Est-ce que je peux avoir mon équipement ?

Il me fit signe que oui et sortit nonchalamment de la cuisine.

Je jetai un regard à celui qui m'escortait et le vis entièrement occupé à manger goulûment un gros morceau de viande ; je suivis le plombier, Knapp à mon côté. Dans son block mon dévoué serviteur me tendit ma sacoche avec toutes mes affaires bien rangées dedans puis il me glissa cinq cents couronnes dans la main (environ deux mille francs) et me dit :

— Bonne chance, que Dieu te protège !

Il disparut avant même que je n'aie eu le temps de le remercier.

Le soldat de garde semblait s'être évanoui, Knapp et moi passâmes sous les barbelés et trois minutes après nous glissions le long des berges escarpées d'un ruisseau qui s'écoulait lentement à travers la forêt. Dix minutes encore et nous nous enfoncions dans cette forêt, riant comme des fous. C'était une explosion de joie pure. Novaky était derrière nous, Novaky et ses tristes mines, ses conversations ennuyeuses et défaitistes, ses lamentations. Le soleil jaillissait à travers les arbres tandis que nous cheminions : pour moi jamais le paysage slovaque n'avait été plus beau.

Nous marchions depuis à peu près deux heures quand nous entendîmes un bruit bizarre. En plein cœur de la forêt, les acclamations d'une foule s'élevaient et tout à coup faiblissaient, nous rappelant une musique rythmée que nous n'avions pas entendue depuis longtemps. Josef réfléchit un instant et dit :

— Je connais cet endroit. Crois-le ou non il y a un stade de foot dans cette forêt. J'y allais chaque dimanche !

Il se tourna vers moi avec un sourire :

— C'est dimanche, il y a un match. Qu'est-ce qu'on attend ?

Nous n'attendîmes pas longtemps. Nous fîmes presque la course jusqu'au stade et bientôt tous deux, deux fugitifs d'un camp de transit, criions à tue-tête à s'enrouer, injuriant l'arbitre, les joueurs et les juges de touche. Pendant une heure nous nous sentîmes comme immergés dans ces images directement issues du passé. A la mi-temps nous bûmes de la bière, mangeâmes des saucisses et fîmes de l'œil aux filles. Puis, nous nous replongeâmes dans la foule, submergés par les cris, qui effaçaient tout souvenir de Novaky et tout souci pour l'avenir.

Il fallut quelques heures pour que nous reviennent en tête

exactement qui nous étions et où nous étions. Après le match nous avons flâné dans la forêt, continuant à mâchonner des saucisses comme des promeneurs. Quand la nuit tomba, nous nous allongeâmes dans un champ de blé et nous endormîmes immédiatement, ivres de liberté. A minuit cependant nous fûmes tous deux réveillés. On entendait au loin le roulement sourd d'un train et son long sifflement solitaire. Nous restâmes assis en silence, le guettant jusqu'à ce que nous puissions voir ses fanaux perçant l'obscurité et le rougeoiement du foyer à l'intérieur de la locomotive. Quelques minutes après il passa devant nous, c'était un train de marchandises avec ses wagons cahotant, cliquetant les uns contre les autres. Toujours assis, silencieux, nous le regardâmes s'éloigner jusqu'à la disparition dans la nuit des lumières du dernier wagon.

Josef dit alors :

— Je me demande ce qu'il transporte : du bétail? du charbon?

Je regardai disparaître le train venu de Dieu sait où et allant Dieu sait où avant d'ajouter :

— Ou des juifs!

Nous nous mîmes debout tant bien que mal et reprîmes notre marche.

Un sifflet lointain brisa les dernières illusions créées par le match de foot. Nous nous dirigeâmes vers le village de Velke Uherce où Josef avait des amis. Il ne pouvait entrer à Topolcany, il y était beaucoup trop connu; et c'est ainsi que moi, qui n'étais jamais retourné dans ce village depuis l'âge de trois ans, j'allais entrer en contact avec sa fiancée de sa part.

— Donne-lui tout simplement le nom du village, dit Josef, elle saura dans quelle maison me trouver. Elle s'occupera de toi et, une fois que je l'aurai vue, je ferai ce qu'il faut pour que tu aies tout ce dont tu as besoin.

Cela me semblait prometteur. Maintenant j'avais un riche commanditaire! Nous nous séparâmes à quelques kilomètres de Velke Uherce et je partis pour Batisovce où je savais que je pourrais prendre un train pour Topolcany.

Il n'était que cinq heures quand j'atteignis les faubourgs de la ville, une heure dangereuse. Si j'entrais dans Batisovce je risquais d'être arrêté car, à cette heure-là, il n'y aurait dehors que la police. Aussi pour tuer le temps, je me promenai dans le cimetière campagnard, m'assis sur une tombe et attendis. Là, j'étais sûr d'être en sécurité — qui aurait l'idée de visiter un cimetière à cinq heures du matin ? Ma théorie était raisonnable mais elle se révéla fausse. A cinq heures trente, une vieille paysanne entra et posa un bouquet de fleurs sur une tombe. Elle me jeta un regard en passant et puis elle sortit en trottinant, pensant sans doute combien il était triste de voir un être jeune aussi désespéré.

A huit heures, j'étais à la gare de Batisovce et une heure plus tard à Topolcany. Assis dans le salon d'une petite maison bien propre de la proche banlieue, je racontai mon histoire à Zuzka, l'amie de Josef. Elle m'écouta sans broncher, pouvant à peine me croire puisqu'elle pensait qu'il était en Hongrie. Elle me dit :

— Je cours le rejoindre. Maman s'occupera de toi jusqu'à mon retour, je ne serai pas longue.

Sur ces mots elle partit après avoir raconté une version assez embrouillée de mon histoire à ses parents dont les sentiments envers moi semblaient pour le moins contradictoires.

— Bien entendu tout ami de Josef est notre ami, remarqua papa avec un rire gêné, mais en ce moment les choses sont un peu difficiles. Vous savez, ils rassemblent les juifs de Topolcany. C'est donc... plutôt embarrassant.

Je compris tout à coup que je n'étais pas dans une maison juive. Si on m'arrêtait chez eux ce serait plus qu'un peu difficile, franchement dangereux pour eux. Pas étonnant que les pauvres vieux tremblent de peur rien qu'à me voir !

— Cela vous dérangerait-il beaucoup, dit papa, son visage ridé comme une vieille pomme, si nous vous mettions dans la remise ?

Je répondis que la remise serait un palais comparé à Novaky et je m'y rendis, suivi de maman et d'un énorme repas. Tout en mangeant parmi les bêches, les fourches et les râteaux, je pensais : Bientôt Zuzka reviendra avec un peu d'argent. Alors, en route pour Trnava pour y prendre les faux papiers que mes amis hongrois m'avaient promis.

Quelques heures plus tard, maman revint avec un autre repas. Je lui demandai si Zuzka était de retour mais elle hocha la tête négativement et, au fur et à mesure que les repas se succédaient, je me faisais de plus en plus de soucis. Après tout Velke Uherce n'était éloigné que d'une demi-heure et ils savaient tous les deux que j'attendais.

Je dormis cette nuit-là dans la remise. Le lendemain matin maman m'apporta le petit déjeuner et toujours pas de signe de Zuzka. A ce moment-là je n'étais plus inquiet mais furieux. L'homme que j'avais aidé à sortir de prison me laissait tranquillement tomber. Il avait obtenu ce qu'il voulait — sa fiancée — et moi j'étais de trop. Malgré tout, je décidai de lui donner encore une journée, je me disais qu'ils ne s'étaient pas vus depuis si longtemps ! L'ennui fut que papa n'était pas aussi patient. Cet après-midi là, il vint me voir, l'air gêné, à tel point que j'eus presque pitié de lui.

— C'est bien ennuyeux, dit-il, mais elle n'est pas revenue.

Je ne dis rien.

— Les temps sont si dangereux, la police, les rafles etc.

Je me levai, vidai ma sacoche, mis dans ma poche tout ce que je pus, et enfilai une deuxième paire de chaussettes sur la première — c'était la façon la plus facile de les emporter. Je laissai ma sacoche dans la remise. Les gens aux sacs bien remplis sont toujours suspects. Je le remerciai de son hospitalité et me dirigeai vers Topolcany, ma ville natale.

Je marchais en proie à des sentiments contradictoires. Je me sentais agréablement nostalgique tandis que surgissaient du fond de ma mémoire des souvenirs me permettant de reconnaître un bâtiment ici ou là. Je voyais des gens d'âge mûr et je me demandais s'ils se souvenaient de mon père. D'une certaine façon je me sentais chez moi à Topolcany. Mais d'autre part c'était une promenade bien inconfortable.

Les chaussures qui m'avaient porté dans mes allées et venues à travers la frontière hongroise, dans et hors des prisons, n'avaient pratiquement plus de semelles.

Je traînais comme un vagabond et bien que j'eusse encore les deux mille francs que mon ami le plombier m'avait donnés, je savais que je ne pouvais pas faire de folies.

La réponse à ce problème me vint en passant devant une maison que je savais être juive. Il n'y avait pas d'étoile de David fixée sur la porte mais les signes étaient là sans erreur possible : les signes des temps. Dans le jardin sur rue, il y avait des meubles. Ces gens étaient sur le point d'être déportés. Sitôt qu'ils auraient disparu, les autorités vendraient ces meubles aux enchères pour des nèfles et s'assureraient le soutien d'un autre « Quisling » en lui faisant cadeau de la maison.

Je marchai dans l'allée bien ordonnée qui longeait le petit jardin et frappai. Un homme grand aux traits anguleux qui ressemblait à un ex-maître d'école ouvrit la porte et je lui racontai mon histoire en détails.

Il m'écouta sans m'interrompre et quand j'eus fini il me dit :

— Je connaissais votre père mais je suis navré je ne peux rien pour vous.

Il fit un geste vague dans la direction des meubles et continua :

— Vous voyez ce qu'il en est. Nous avons peu d'argent et nous aurons besoin de chaque centime pour le voyage.

Je lui dis très vite que je ne voulais pas d'argent et ajoutai timidement :

— Mais si vous aviez une vieille paire de chaussures !

Il disparut sans mot dire et revint tenant à la main des chaussures marron presque neuves.

— Tenez, dit-il, prenez-les. Elles sont à mon fils, il n'en aura plus besoin. Il est parti il y a deux mois.

Ces chaussures dont j'avais peut-être rencontré le propriétaire à Novaky, m'allaient parfaitement et me remontèrent merveilleusement le moral. A telle enseigne que je valsais en descendant la rue. Je vis une « crèmerie » et décidai de fêter ma chance : la liberté est une telle ivresse que le lait que je bus avait le goût léger du champagne. Même la vue d'un gendarme entrant dans la « crèmerie » à grands pas ne me troubla pas. C'était un homme de haute taille, d'âge mûr, arborant une moustache monumentale ; son sabre cliquetait à son côté, sa carabine était accrochée à son épaule et son revolver dans l'étui de sa ceinture brillante. Il salua gaiement les gens assemblés, me sourit et je lui rendis son sourire avec joie.

A cet instant, même les gendarmes, la branche la plus active des forces de police, ne pouvaient abattre mon optimisme. Je finis mon lait, sortis et me promenai au soleil. Il était encore trop tôt pour aller à la gare et attraper le train de Trnava, aussi sur un coup de tête je décidai de faire un court voyage sentimental afin de revoir la maison où j'étais né.

J'avais encore en mémoire la photographie de la rue. Chaque porte me rappelait quelque chose. Mon esprit vagabondait loin de là lorsque j'entendis derrière moi des grincements de freins. C'était le gendarme. Il se dressait au-dessus de moi sur sa bicyclette aussi haute qu'un cheval et me dit cérémonieusement :

— Bon après-midi, puis-je voir vos papiers, s'il vous plaît !

Je le dévisageai incapable de prononcer une parole. Pour moi il n'était pas un simple gendarme d'une petite ville de province. Il était les gardes-frontières hongrois avec leurs crosses de fusils, il était Novaky et ses conditions sordides, il était le train qui venait de Dieu sait où et qui allait Dieu sait où. Je poussai un cri et me mis à courir comme un fou, à l'aveuglette, le crissement de son vélo me mettant les nerfs à vif. Je pouvais entendre le cliquetis de son sabre et je pensais à sa carabine, je savais qu'il en ferait usage en dernier ressort. Me cachant comme je pouvais, j'atteignis un kiosque au bout de la rue et tournai autour. Il s'élança derrière moi. Quatre fois nous fîmes le tour du kiosque puis je fis un brusque crochet et remontai de nouveau la rue, malade de panique.

La bicyclette s'essouflait, toujours grinçante. Je savais qu'il me fallait rester dans cette rue, le long des maisons que je connaissais si bien ; sinon, dès que je serais sur les routes, il n'aurait plus aucun mal à m'atteindre avec sa carabine.

Il était maintenant à ma hauteur. Je m'arrêtai, me retournai, me lançai de nouveau vers le kiosque. Par-dessus mon épaule, je pouvais le voir descendre de vélo, le retourner pour gagner du temps, sauter sur la selle comme un cavalier.

Nous parcourûmes cette rue de haut en bas, tout essoufflés, cassant notre course à chaque tournant. Comment fit-il pour ne pas mettre son sabre dans les rayons de son vélo, je ne le saurai jamais ; en tout cas il ne fit pas de faux mouvement et il savait que je me fatiguerais avant lui. Les gens s'arrêtaient pour regarder cette poursuite forcée. La foule augmentait. Ils nous applaudissaient tous les deux — ce qui était tout à fait mauvais pour moi car il devait absolument m'arrêter : c'était un point d'honneur sinon il ne pourrait jamais plus paraître dans Topolcany la tête haute.

Désespérément je cherchais un trou où me cacher. Puis la peur arracha à ma mémoire une image et je me souvins d'une allée qui aboutissait dans les prés et débouchait sur la liberté. Je la trouvai, m'y précipitai et tombai dans un entrelacs de beaux immeubles neufs. On avait urbanisé les prés de mon enfance !

Je m'arrêtai, haletant, trempé de sueur. J'entendis les cliquetis du vélo sur le sol derrière moi, me tournai et vis le gendarme se tenir au-dessus de moi, sabre au clair. Il hurla :

— Arrêtez ou je frappe !

Nous étions tous les deux à bout de forces, j'avais perdu. Plus tranquillement il me demanda :

— Etes-vous juif ou voleur ?

— Je suis juif.

Lentement il abaissa son sabre. Le souffle encore coupé il ajouta :

— Vous avez de la chance, si vous aviez été un voleur je

vous aurais abattu. Sachez qu'à vous poursuivre je me suis fait mal aux genoux en soulevant mon vélo.

Nous restions là à retrouver notre souffle et à nous étudier du regard quand finalement il cessa de souffler et dit :

— Je ne vous reproche pas de vous être mis à courir. J'ai fait de même quand les cosaques nous attaquèrent sabre au clair sur le front russe.

Je compris à ce moment-là que j'avais été attrapé par un homme au caractère bien trempé, un homme qui avait combattu pour les Habsbourg pour pratiquement rien en échange, un homme qui avait chèrement payé l'expérience acquise. Mais il lui restait à faire son devoir et il le fit.

Il devait m'exhiber devant toute la ville, montrer que le fugitif n'avait pu échapper à la justice et que lui, son représentant, apportait la preuve que le droit triomphait toujours. Sabre au côté il me fit avancer dans les rues à travers la foule qui quelques minutes auparavant m'avait acclamé et qui maintenant me fixait avec effroi, se demandant qui j'avais tué.

Il ne me parla pas jusqu'au poste de police et là il me dit :

— Savez-vous pourquoi je vous ai demandé vos papiers ?

Je fis non de la tête.

— Quand je vous ai vu à la crèmerie vous portiez deux paires de chaussettes, deux paires de chaussettes par cette chaleur !

Ces deux paires de chaussettes m'ouvrirent les portes d'Auschwitz.

Au poste de police l'atmosphère était détendue. Ils me dirent :

— Donnez-nous trois mille francs et vous êtes libre.

L'offre me parut raisonnable mais je n'avais pas cette somme. Je leur donnai tout ce que j'avais jusqu'au dernier centime, enfin tout ce qui me restait des deux mille francs que l'on m'avait donnés avant mon évasion de Novaky : environ mille six cents francs. Je les regardai partager équitablement cette somme et, quand ils eurent empoché leurs dividendes, l'un d'eux se tourna vers moi en souriant et me dit :

— Désolé, ce n'est pas assez, il va falloir vous renvoyer à Novaky.

Cela déclencha l'hilarité générale et en regardant sur le bureau du sergent je compris pourquoi. Il y avait là un mandat d'arrestation et une description complète de ma personne, et ce mandat avait sûrement été envoyé à tous les postes de police de Slovaquie : même si j'avais eu trente mille francs cela n'aurait rien changé à l'affaire. Ils ne pouvaient rien faire d'autre que de me renvoyer d'où je venais.

Pour tuer le temps, ils me questionnèrent sans y attacher d'importance. L'un d'eux me dit :

— Vous avez une tante dans cette ville. Pourquoi ne pas lui demander de l'argent ? Si vous voulez on lui fait dire que vous êtes là.

Je les priai de n'en rien faire. J'étais bien payé pour savoir que cela ne servirait à rien. Ils n'insistèrent pas et se mirent à discuter de mon sort pour la nuit à venir, car normalement le poste de police fermait le soir et ils rentraient tous chez eux.

Après avoir longuement discuté, le sergent s'approcha, et s'adressant à moi d'homme à homme :

— Ecoutez, Vrba, nous allons vous enfermer dans une cellule et vous resterez seul ici jusqu'au matin. Ne vous laissez pas abattre, ça pourrait être pire.

Tirant sur sa moustache, il me lança un regard noir de dessous ses sourcils broussailleux. Il essayait de me dire gentiment quelque chose de désagréable : après tout j'étais un enfant de Topolcany et j'avais droit à un peu de sympathie. Enfin il bougonna :

— Ne faites rien d'idiot. Comprenez que si on vous trouve mort demain matin on n'aura plus qu'à vous enterrer, ça ne serait pas drôle, au fond, un garçon de Topolcany !

Je lui répondis qu'effectivement ce serait loin d'être drôle et que je n'avais nullement l'intention de me tuer. Il me sourit, me donna quelques cigarettes, m'enferma seul dans une cellule où je pouvais tranquillement penser à l'a·enir !

Le lendemain matin ils m'emmenèrent à la gare. De nouveau la foule me regarda passer. Juste avant d'entrer une petite fille blonde en pleurs se précipita vers moi et me mit un paquet dans les bras. C'était ma petite cousine, Lici, âgée d'environ treize ans. Des années plus tard, j'appris que quelqu'un lui avait dit que son cousin Rudi était emmené par la police. Elle avait couru dans une boutique et, avec son argent de poche, elle n'avait pu m'acheter que des cerises.

Des gardes Hlinka me prirent en charge à la gare. Nous ne fîmes pas grande conversation durant le trajet de retour vers Novaky mais ils ne dédaignèrent pas mes cerises.

Aucune fanfare, ni guirlande de fleurs ne m'attendaient à mon arrivée au camp. Les hommes qui étaient censés me surveiller avaient été punis à cause de mon évasion. Le sergent responsable du poste de garde me reçut avec une joie évidente et d'une voix amène il me dit :

— Bonjour Monsieur. Nous vous attendions. Quel plaisir de vous revoir !

Tout en me faisant un petit salut militaire il m'envoya son poing dans la figure. Je heurtai violemment une table qui s'en alla à son tour heurter un groupe de gardes en train de boire leur café. Le café se répandit sur leurs uniformes, ce qui aggrava mon cas. Lentement ils m'entourèrent : avec leurs poings, leurs bottes et leurs fusils ils me tabassèrent consciencieusement, à tour de rôle, afin que nul d'entre eux ne se sentît frustré. Puis tout à coup cela cessa aussi vite que cela avait commencé.

Je les vis tous regarder d'un petit air humble vers la porte et tournai la tête dans la même direction. Un officier SS se trouvait là, les regardant avec mépris :

— Veillez à ce que cet homme ne retourne pas au camp, dit-il. C'est un faiseur d'histoires, gardez-le au poste et assurez-vous qu'il fasse partie du prochain convoi.

Ce n'était pas par sympathie pour moi que ce SS arrêta la raclée. Il pensait sans doute que les gardes risquaient de me tuer et une telle nouvelle répandue dans le camp pouvait semer un grand désordre parmi les détenus et les bouleverser. Les SS ne voulaient pas les inquiéter, ils voulaient les voir entrer docilement dans les chambres à gaz sans qu'aucun incident ne soit à craindre.

En tout cas, la clique des Hlinka fût impressionnée. Ils me regardèrent avec d'autres yeux, j'étais autre chose qu'un ballon de foot qu'on pouvait se renvoyer de l'un à l'autre. J'avais une certaine importance et en conséquence ils me conduisirent dans une cellule spéciale où on m'enferma. Un homme immense en uniforme de soldat slovaque leva la tête et me regarda. Il portait un insigne qui montrait qu'il était juif, son visage comme le mien était couvert de bleus mais contrairement à moi c'est avec un large sourire de bienvenue qu'il me reçut.

— Bonsoir, dit-il. Qui es-tu ?

— Je m'appelle Vrba. Rudi Vrba.

— De Topolcany ?

— Je suis né à Topolcany.

Il se leva et éclata de rire.

Je ne voyais rien de drôle ni dans mon nom ni dans le fait d'être né à Topolcany jusqu'à ce qu'il me dise :

— Ton père faisait des affaires avec le mien. Il nous devait beaucoup d'argent à sa mort. Ne t'en fais pas, tu n'es pas obligé de me rembourser immédiatement. Tiens, prends un morceau de salami, bois un verre d'eau.

Il s'appelait Fero Langer. Il était le fils d'un riche marchand de Telgart. Il avait été enrôlé dans les détachements juifs de travail forcé de l'armée slovaque et avait cru pouvoir tirer avantage de cet uniforme pour entrer au culot à Novaky aider un de ses parents qui devait être déporté.

— L'ennui fut, ajouta-t-il en riant, qu'ils me déclarèrent déserteur. Prends encore du salami, ensuite nous jouerons aux quilles.

Un mètre de salami pendait sur la porte. J'en mordis un morceau et le regardai étonné :

— Aux quilles ?

— Oui, regarde, comme ça.

Il prit une miche de pain, la cassa en deux, posa une des moitiés au bout de la cellule, avec l'autre il fit des petites boulettes aussi dures que possible. Il en fit rouler une vers la demi-miche debout et la manqua d'une lieue puis me dit très sérieusement :

— A ton tour, jouons pour du salami.

Quatre jours durant nous jouâmes aux quilles avec comme enjeu le salami accroché à la porte. Malgré l'expérience acquise pendant ces quatre jours il restait encore un bon morceau de salami car jouer aux quilles avec des boulettes de pain n'est pas une mince affaire. A la fin de ces quatre journées, Fero perdit son partenaire. Les gardes ouvrirent la porte de la cellule et me firent sortir, le transport m'attendait. J'étais triste de quitter la cellule mais juste avant mon départ j'eus un brin de chance. Je reçus un colis de ma sœur avec des vêtements, du fromage, un gâteau et des confitures. Je voulus partager avec Fero si généreux avec son salami mais il refusa tout net et c'est l'inverse qui se produisit : bien plus tard, quand j'ouvris mon paquet dans le train, je vis qu'il y avait glissé subrepticement le reste de son salami.

Quand on m'amena au convoi, je m'aperçus qu'on me traitait comme un personnage important ; tandis que les gardes se perdaient dans des vérifications sans fin, contrôlant, recontrôlant les papiers et les gens, j'attendais sur le quai mon paquet d'un côté, un garde avec une mitraillette de l'autre. Un garde pour moi tout seul, un garde pour des douzaines de détenus, c'était flatteur !

Quand enfin on monta dans les wagons, je pus m'assurer que j'avais encore un traitement de faveur : dans tous les autres wagons il y avait un garde, dans le mien il y en avait deux et avant le départ du train ils prirent soin de me prévenir :

— Essaie de t'échapper et tu es un homme mort.

Malgré ce conseil amical, j'étais persuadé que quelque part au long de ce voyage je trouverais le moyen de leur fausser compagnie mais quand nous arrivâmes à Zwardon, à la frontière de la Slovaquie et de la Pologne, je commençai à perdre vraiment confiance.

C'est là que les Hlinka nous quittèrent et que les SS prirent la relève. Même le mécanicien fût changé. En les examinant attentivement je compris que nous avions affaire à une structure sans faille. Ces hommes avec leurs mitraillettes, leurs visages impassibles, faisaient moins de bruit que les gardes slovaques mais il était évident qu'une fois qu'ils commenceraient à tirer il serait très difficile de les arrêter et qu'ils ne rateraient pas leur cible.

On ferma la porte du wagon. Par la fenêtre je pouvais voir les gardes slovaques s'attarder dans la gare. Le train s'ébranla et je me dis alors : Après tout... je suis quand même un mouton que l'on mène à l'abattoir !

IV

Comment des gens serrés comme des sardines dans ces wagons qui nous emmenaient vers le nord, au rythme lancinant des roues, auraient-ils pu au début s'intéresser les uns aux autres ? Ils avaient tous leurs problèmes, ils étaient tous prisonniers de questions sans réponses. Comment tout cela était-il arrivé ? Pourquoi ? Qu'allait-il leur arriver maintenant et à ceux qu'ils avaient laissés derrière eux ? Et, bien sûr, où allaient-ils ? Arrachés à la civilisation, ils y étaient encore rattachés par le cordon ombilical de la vie domestique, ils se faisaient du souci pour des vétilles : avaient-ils fermé le compteur à gaz ? avaient-ils fermé à clé la porte du jardin ? avaient-ils pensé à annuler la livraison du lait, des journaux ?

Notre wagon — dans lequel les gardes slovaques avaient réussi à entasser quatre-vingts personnes plus les bagages — était un petit monde tragique où chacun vivait son drame personnel. Et pourtant, malgré cela, malgré l'affolement, la peur, l'intense inconfort physique, chacun avait une pensée émue pour les Tomasov.

Je les avais aperçus au moment où nous traversions la frontière slovaque, un grand jeune homme brun d'environ vingt ans, se frayant un chemin vers moi à travers l'encombrement du wagon, tirant derrière lui une ravissante jeune fille blonde, et, parmi cette marée de visages humains je reconnus Tomasov que j'avais quelquefois rencontré dans la ville où j'habitais... Nous nous saluâmes en criant très fort puis, tout en sueur, haletant, il réussit à me rejoindre. Je lui demandai en regardant la jeune fille :

— C'est ta sœur ?

— Non, me répondit-il avec un sourire timide et fier, je te présente ma femme. Nous nous sommes mariés il y a quinze jours parce que... parce que tu sais bien que Monseigneur Tiso a promis que les familles ne seraient pas séparées par la déportation.

Je comprenais. Monseigneur Tiso, la marionnette slovaque, le Quisling, avait effectivement fait cette promesse : le résultat fut un nombre incroyable de mariages parmi les très jeunes gens à travers le pays, ces amoureux espérant ainsi ne pas être séparés.

En regardant les deux jeunes gens, obligés de passer leur lune de miel dans ce wagon puant en route vers Dieu sait quelle destination, je me demandais ce que l'avenir allait leur réserver. Mais cela était du domaine des hypothèses. Pour le moment, quelque chose devait être fait. Je répandis donc la nouvelle sur-le-champ et la réaction fut immédiate. Ils furent couverts de cadeaux : certains leur donnèrent à manger, d'autres des colifichets et ceux qui n'avaient rien leur présentèrent leurs vœux de bonheur. Quelqu'un sortit une bouteille d'alcool qu'il avait réussi à emporter malgré l'interdiction formelle et nous fêtâmes la plus étrange cérémonie de mariage qui ait sans doute jamais existé.

Nous bûmes à la santé de la mariée, du marié, à leurs parents respectifs et à leurs futurs enfants, tandis que Tomasov et sa jeune épouse rougissaient d'émotion dans un coin de notre wagon.

Etant donné les circonstances ce fut une bien belle fête mais, quand elle se termina, il restait un problème à régler. Un tout jeune couple que l'on vient d'unir a droit à une chambre nuptiale, c'était difficile à organiser dans un lieu où les gens étaient tellement entassés. Nous ne pouvions nous allonger et dormir un peu qu'à tour de rôle, tandis que les autres restaient debout. Quand même, nous fîmes ce qu'il fallait. On s'organisa, on déplaça les bagages et malgré les protestations véhémentes des Tomasov, nous trouvâmes finalement le moyen de leur préparer un coin aussi intime que possible pour dormir.

Les Tomasov réussirent à faire fondre la carapace dont les gens s'étaient enveloppés pour se protéger. Après la cérémonie du mariage une sorte de courtoisie s'installa malgré les conditions exécrables qui poussaient les gens à se mettre en colère, à se quereller, à se sauter à la gorge pour des riens. Nous comprîmes tout à coup que nous étions dans la même galère, tous, slovaques et juifs, précipités ensemble vers un destin encore inconnu.

Cela se manifesta par de petits détails. Quand un homme voulait aller aux toilettes — un seau dans un coin — il s'excusait poliment de déranger, se frayait un chemin comme s'il traversait une salle de bal pleine de danseurs et quand il y était enfin arrivé les autres se détournaient discrètement.

Ceux qui avaient à manger partagèrent avec ceux qui n'avaient rien emporté. Le salami pour lequel Fero Langer et moi-même avions joué à l'étrange jeu de quilles — et qu'il avait à mon insu mis dans mon sac avant que je ne quitte Novaky —, le salami donc ne dura pas longtemps mais tant qu'il dura ce fut pour tous. Quand il fut terminé et qu'il ne me resta que mon pot de confiture, les autres partagèrent avec moi ce qu'ils avaient.

Les vieux furent entourés d'égards. A Zilina, par exemple, les portes s'ouvrirent et l'on poussa dans le wagon une vieille dame d'environ quatre-vingts ans, un paquet ratatiné de vieilles dentelles fleurant bon la lavande. Je l'aidai à se redresser et elle me remercia d'un vieux mot charmant comme si je l'avais aidé à descendre de voiture et non à s'installer dans un wagon à bestiaux dégoûtant de saleté. Immédiatement on lui trouva une place près du seau afin de lui épargner d'avoir à faire le trajet et la gêne qui pouvait en résulter. Ces braves et pathétiques tentatives de vivre des existences normales dans ce qui n'était après tout qu'une prison mobile, n'avaient qu'un seul but. Elles aidaient à détourner les gens des questions qui ne cessaient de les obséder : Comment ? Pourquoi ? Quoi ? Vers où ? Pendant un bon laps de temps elles ne furent pas soulevées. Puis le vieux Isaac Rabinowic, un petit homme maigrichon de Bratislava, se fit soudain entendre de dessous son grand chapeau noir à large bord :

— Ce doit être la volonté de Dieu.

Il était resté coincé dans le wagon surpeuplé pendant des heures et je crois bien que ce furent ses premières paroles depuis notre départ.

Ces mots dénotaient plutôt la surprise que la piété ou la résignation, comme s'il venait subitement de découvrir enfin pourquoi il avait été arraché de chez lui. Ceux qui étaient près de lui l'approuvèrent poliment mais peu d'entre eux dans ce wagon étouffant pensaient que l'on pouvait rendre le créateur responsable de ce voyage. La plupart avaient le sentiment d'avoir été piégés par tout un filet d'intrigues et non par un décret divin. Nous avions senti depuis un certain temps le filet se resserrer autour de nous et nombreuses furent les méthodes employées pour sortir de ses mailles.

Quelques-uns par exemple avaient essayé la corruption. Sans succès. Parmi eux il y avait une dame Polanska, une forte femme, riche selon les normes de son village de la Slovaquie centrale. Elle était tout contre Isaac Rabinowic, l'étouffant presque et, tout en pensant qu'il était d'une classe inférieure à la sienne, cela n'allait pas l'empêcher de raconter tous ses ennuis à ceux qui pouvaient l'entendre.

« Je suis allée trouver le commandant des Hlinka de mon village. Après tout, pourquoi ne l'aurais-je pas fait puisque j'avais été à l'école avec sa sœur et quand il avait marié sa fille en avril dernier, je lui avais prêté ma plus belle argenterie pour la cérémonie ? Inutile de vous préciser qu'ils l'ont gardée mais là n'est pas la question — bien que cette argenterie m'ait été offerte par ma mère à l'occasion de mon mariage. Ce qui m'a fait mal c'est l'hypocrisie de cet homme.

« Au cours de cette visite, je me suis montrée très discrète, j'ai simplement déposé dix mille couronnes dans une enveloppe sur la table, et un peu plus tard, il m'a dit que je n'avais rien à craindre. Non, il ne me l'a pas vraiment dit comme ça mais il m'a donné l'impression que la seule chose qu'il avait à faire était de barrer mon nom de la liste.

« Et qu'est-il arrivé, je vous le demande ? »

Son énorme poitrine, comme un édredon rempli de duvet, se souleva d'émotion, écrasant le pauvre Isaac de son poids pendant qu'elle continuait :

— Il prend mon argent et puis il m'oublie. Après avoir prétendu être un gentleman il se révèle être un sinistre sire, corrompu, sans une once d'honnêteté dans son misérable cœur !

Quelques-uns avaient essayé de prouver qu'ils n'étaient pas juifs. Sans succès. Janko Sokol, un bûcheron de haute taille debout près de moi à côté de la fenêtre, mâchonnant un petit bout de salami, enchaîna :

— Je me demande ce que je fabrique ici. Moi, je suis un sale goy ! Et parce que j'ai été élevé par une famille juive, on me fout à la porte de chez moi et de mon pays. Je leur ai même fourni un certificat de baptême signé par le prêtre de la paroisse, précisant que j'avais été adopté par des juifs quand j'étais bébé. Ils m'ont rétorqué que c'était un faux !

— Ils ont probablement regardé tes « païes [1] », Jacko, grimaça un voisin. Je parie que tu es circoncis comme nous tous.

Quelques-uns avaient essayé de faire comprendre qu'ils étaient indispensables à la vie de leur communauté. Sans succès.

M. Ringwald — tout le monde l'appelait Monsieur —, riche homme d'affaires de Zwolen dont le costume, qu'il avait sans doute payé très cher, était à présent tout froissé et taché, nous raconta :

— Mon affaire faisait vivre toute la ville et c'est ce que je leur ai dit. Eh bien qu'ont-ils fait ? Ils me l'ont confisquée et ils l'ont donnée à mon principal concurrent, un aryen qui

1. Papillotes.

avait été violemment antinazi. Il faut le voir maintenant !

— Je le connais, c'est un malin, renchérit Mme Polawski, il est membre des Hlinka à présent, un sale Quisling !

Toutes ces histoires étaient intéressantes, nous ne savions pas alors qu'elles allaient se répéter un million de fois à travers l'Europe.

Je ne disais rien. Je n'avais choisi aucune de ces méthodes tortueuses pour échapper au filet. Je n'avais ni argent, ni magasin, ni usine, aucun ami parmi les sionistes ou les rabbins, pas plus que parmi les prêtres, pas d'ami pour me donner un certificat me lavant de toute suspicion religieuse ou raciale. Ma méthode était moins subtile.

Je m'étais battu mais jusqu'à présent, moi aussi, sans succès. J'entendais bien continuer à me battre et c'est la raison pour laquelle je me cramponnais avec acharnement à la fenêtre. Je n'admirais pas le paysage mais, comme je ne pensais qu'à m'évader, j'étudiais l'itinéraire pour pouvoir le reconnaître sur le chemin qui me ramènerait chez moi car je continuais à croire que ce voyage n'était qu'un intermède infiniment désagréable avant mon retour pour prendre possession des faux papiers préparés par la résistance.

Mais au fur et à mesure que nous nous enfoncions en Pologne, mon optimisme commença à me lâcher. L'état des choses se détériorait rapidement dans le wagon. L'atmosphère s'alourdissait, plus question de faire des efforts de politesse. Les conditions sanitaires devenaient carrément dangereuses pour tous et si nous avions encore suffisamment de nourriture, nous n'avions plus d'eau.

Les gens riaient encore mais d'un rire crispé. On entendait encore parfois des discussions railleuses, mais d'une raillerie forcée, trompeuse, virant à l'aigre.

Nous apercevions des villes dans le lointain et les hommes essayaient de les identifier.

— C'est Cracovie, disait l'un.

— Ne sois pas ridicule, c'est Katowice.

— Mais non, vous avez tort tous les deux, c'est Czestochowa.

Dans une certaine mesure, ces disputes m'aidaient à m'abstraire de l'amère réalité. Je regardais ces villes comme le ferait un touriste ; après tout je n'étais qu'un gamin et je les voyais pour la première fois. Au plus profond de moi, cependant, je sentais bien que tout ce bavardage n'avait qu'un seul but : nous empêcher de penser à la soif, qui pour certains commençait à être une torture. Toute discussion cessa dès que l'un d'entre nous murmura :

— Quand allons-nous nous arrêter pour prendre de l'eau ?

Il y avait aussi des images difficilement soutenables. Quand nous traversions une rivière, ceux qui se trouvaient près des fenêtres la regardaient avec des désirs fous. Des réclames pour la bière, telles que : « Buvez Seybusch... c'est bon pour la santé » nous accablaient.

Petit à petit le besoin d'eau prenait possession de nous et chassait toute autre pensée.

Enfin le train ralentit et stoppa. Nous étions à Czestochowa. Pour la première fois depuis vingt-quatre heures, les wagons furent ouverts et des SS armés jusqu'aux dents hurlèrent :

— Un seul homme par wagon sort chercher de l'eau. Personne d'autre ne bouge.

Notre homme à nous ne fut pas assez rapide. Bien avant qu'il n'eût atteint les pompes, l'ordre claqua :

— Tout le monde dans les wagons.

Il hésita, je l'entendis dire à un SS :

— Je n'ai pas encore rempli mon bidon.

Il reçut un coup de fusil sur l'épaule et revint vers nous le bidon vide. Les portes du wagon se fermèrent et les chaînes furent mises en place avec fracas. Le silence régnait, un silence de mort, nous étions tous anéantis. Pourtant il restait un espoir. Nous nous aperçûmes que les chaînes qui fermaient les portes des wagons étaient assez longues pour nous permettre de les entrouvrir de quelques centimètres. Nous les ouvrîmes un peu et là juste devant nous, un spectacle incroyable. De l'eau, des litres et des litres, coulait, répandue partout. Quel sacrilège à nos yeux !

Des soldats allemands en route pour le front russe se lavaient, s'ébattaient dans l'eau comme des phoques. D'autres se promenaient en petits groupes, buvant du schnaps, riant, criant avec l'exubérance caractéristique de ceux qui vont affronter la mort. La plupart d'entre eux étaient déjà à moitié ivres.

Je leur criai :

— Hé, donnez-nous un peu d'eau !

Ils se tournèrent vers nous et répondirent :

— Qu'est-ce que vous avez à offrir en échange ? De la bouffe, de l'argent ?

L'eau apparemment valait son pesant d'or. Il y eut un bref conciliabule et on leur montra un salami qui sembla leur plaire.

Quelques-uns d'entre eux vinrent vers nous pour prendre nos bidons. Immédiatement un SS pointa sa mitraillette sur eux, en criant :

— Allez-vous en ! Eloignez-vous de ce wagon ! Ouste ! C'est interdit.

Les soldats se tournèrent lentement vers lui, lui firent face sans bouger d'un pouce. Il se déchaîna et glapit :

— Allez-vous-en, vous m'avez entendu ! Déguerpissez !

L'amitié ne régnait pas entre les SS et les soldats. Le soldat de la Wehrmacht mit la main sur la crosse de son revolver et dit doucement :

— Écoute, vieux. Nous partons nous battre sur le front russe, tandis que vous autres planqués à l'arrière vous promenez une bande de sales youpins d'un bout à l'autre de ce pays. Tire-toi avant que je m'énerve.

Un autre soldat qui astiquait sa mitraillette avec amour grimaça :

— Ne provoque pas notre héros, Franz. Il n'a aucune envie de partager son butin avec quelqu'un de ton genre.

Ils continuèrent à harceler le SS tout en riant entre eux. Celui-ci tint bon un moment puis, à travers l'entrebâillement de la porte du wagon, nous le vîmes tourner les talons et partir d'un pas rapide. Il avait soupesé ses chances, elles ne lui étaient pas favorables. Les soldats remplirent nos bidons et prirent le salami. Le train s'ébranla de nouveau lentement et je vis le soldat à la mitraillette arrêter de frotter celle-ci, regarder le train démarrer avec sur le visage une expression bizarre, cynique presque. Puis il se tourna et cracha de dégoût.

Je me demandais tandis que le train s'éloignait si c'était le spectacle de tant de juifs entassés qui l'avait bouleversé ou la vue de ce SS bouffi d'orgueil ; je regardais sa mitraillette avec envie, que n'aurais-je pas donné pour l'avoir entre les mains !

Pendant quelque temps nous fûmes plus heureux mais au fur et à mesure que le niveau d'eau baissait nous perdions tout courage. Bientôt malgré le rationnement que nous nous étions imposés la soif recommença à nous tenailler.

Une autre gare nous apporta de nouveaux espoirs. Là aussi il y avait des soldats mais l'affaire fut plus dure à traiter avec ceux-là. Ils nous rirent au nez quand on leur proposa du salami et nous demandèrent carrément de l'argent. De nouveau un conciliabule eut lieu. De l'argent fut extirpé de cachettes invisibles. Un homme donna son alliance en or, la regarda un instant et dit avec un sourire désabusé :

— Enfin c'est une chance que j'aime tant ma femme, sinon il y a bien longtemps que j'aurais vendu cette bague.

L'argent, l'or passèrent par les interstices des portes. Les bidons furent remplis une fois de plus et l'homme qui avait donné son alliance se mit à regarder en silence par la fenêtre en nous tournant le dos. Quelques heures passèrent, les heurts et les cliquetis des wagons me firent comprendre que nous ralentissions et atteignions une autre gare. Cette fois notre wagon se trouva juste à côté d'une locomotive dont on remplissait d'eau le réservoir. L'eau descendait bruyamment par un épais tuyau, tombant moitié dans le réservoir, moitié sur la voie.

Je regardais fixement cette chute d'eau scintillante et me tournai vers le mécanicien qui s'appuyait hors de la cabine, flegmatique, ne prêtant aucune attention au train étrange venu de nulle part. Je lui tendis par la fenêtre un de nos bidons et lui demandai :

— Voulez-vous le remplir d'eau s'il vous plaît Monsieur ?

Nous étions si près l'un de l'autre que nous aurions pu nous serrer la main mais il n'avait pas l'air de le vouloir, bien au contraire, il continua obstinément à fixer l'horizon. Je jetai un coup d'œil le long des voies et je vis que les SS qui surveillaient le train ne regardaient pas de notre côté ; je lui dis en insistant :

— Allons, l'ami, donne-moi de l'eau.

Continuant à regarder droit devant lui, il finit par me dire sans tourner la tête :

— Je ne vais pas me faire fusiller pour vous autres, bande de salauds !

En y réfléchissant aujourd'hui je peux comprendre son attitude. Des ordres précisaient que tout civil surpris en train d'aider les gens des convois serait immédiatement fusillé et les SS n'hésitaient jamais. Une balle dans la nuque est un prix élevé à payer pour remplir d'eau un bidon.

A l'époque je n'étais pas aussi tolérant. Je vis les cheminots retirer de la locomotive le gros tuyau qui continua à se vider sur la voie. Je contemplais la citerne qui contenait Dieu seul sait combien de mètres cubes d'eau et tandis que notre wagon s'éloignait, j'injuriai de tout cœur le mécanicien pour sa lâcheté et sa méchanceté.

Mais enfin nous avions assez d'eau pour tenir encore un peu, suffisamment pour que les discussions reprennent. Où allions-nous ? A quoi ressembleraient les zones de repeuplement ? Une petite fille d'environ neuf ans demanda à son père :

— Y aura-t-il des écoles, des terrains de jeux, là-bas, comme il y en a chez nous ? Y aura-t-il beaucoup d'enfants ?

Il ne répondit pas immédiatement. Quelques instants le silence envahit le wagon, tout entier soumis à la voix perçante de l'enfant. Puis son père passa gentiment la main dans ses cheveux et lui dit :

— Oui, ma chérie, il y aura des écoles, des terrains de jeux, tout ce que tu veux. Tu t'y plairas mieux qu'à la maison.

Elle serra sa main et sourit. Je crois que nous lui fûmes tous reconnaissants de ce mensonge, dit si rapidement et sans frémir.

Tous, bien sûr, savaient que les zones de repeuplement ne ressembleraient en rien à leurs lieux habituels. Et pourtant, ils étaient tous arrivés à se convaincre qu'ils y trouveraient un endroit où ils pourraient vivre, travailler et élever leurs enfants. Un petit doute les troublait, l'ombre d'un doute jeté par des lettres que quelques-uns avaient reçues de ceux partis avant eux.

Zachar, un petit épicier de Trnava, dit avec mélancolie :

— Je parie qu'il y aura des camps de travail ou une sorte de ghetto. Enfin, c'est quand même mieux qu'un camp de concentration et nous serons mieux nourris qu'à Novaky. Et puis ce n'est pas pour toujours. La guerre finira dans quelques mois et alors nous rentrerons chez nous.

Ce qui amena des discussions sur la guerre. Il n'y avait en nous aucun doute que les Allemands seraient battus, peut-être parce que nous ne pouvions pas supporter l'idée d'une victoire allemande. Ce qui semblait nous préoccuper était combien de mois s'écouleraient avant la fin de la guerre; même cela pouvait paraître insignifiant face à la question essentielle : qu'allait-il nous arriver demain ou le jour suivant ?

La fille de Zachar, âgée de seize ans, des taches de rousseur sur le visage et une longue natte dans le dos dit :

— Ma cousine est partie avec le premier transport, elle m'a écrit l'autre jour pour me dire que tout allait bien. La nourriture est bonne, ils ne travaillent pas trop dûr !

Elle s'arrêta un instant, perplexe, puis tout en continuant de se polir les ongles elle ajouta :

— Il y a cependant une chose que je n'arrive pas à comprendre. Elle m'écrit que sa mère m'envoie ses amitiés, or sa mère est morte depuis trois ans.

— Il y avait aussi quelque chose d'étrange dans la lettre que j'ai reçue de ma sœur, dit une jeune femme un peu grasse qui nourrissait son bébé. Elle me raconte que le vieux Jakob Rakow est en pleine forme. Mais Jakob est mort dans un accident de voiture il y a longtemps.

Une ombre légère s'abattit sur nous en même temps que le doute nous agrippa. Des lettres froissées apparurent, sorties de toutes sortes de sacs et de bagages, chacune fut analysée mot après mot. Dans certaines on se référait à des gens morts depuis longtemps, dans d'autres à des événements qui n'avaient pas pu se produire et ces incohérences inquiétaient tout le monde.

Ce n'est que plus tard que j'eus la réponse à ces énigmes. Les lettres étaient écrites à Auschwitz sous la menace de revolvers et juste avant la mort de ceux qui les écrivaient. Elles étaient écrites sur ordre pour donner confiance à ceux qui n'avaient pas encore été déportés ; les nazis savaient que la moindre résistance à la déportation par connaissance des faits réels pouvait ruiner le plan élaboré avec tant de soin.

Donc, il arrivait que les détenus réussissent à glisser sous une forme déguisée, presque toujours invraisemblable, ce qui leur semblait pouvoir être compris comme un avertissement. Cet acte de défi demandait beaucoup de courage et le malheur, sinon la tragédie voulut que ceux qui recevaient ces phrases sibyllines, pourtant adroitement écrites, s'acharnent invariablement à les décrypter comme des anomalies et à expliquer celles-ci surtout par des étourderies. La raison en est peut-être qu'ils voulaient à tout prix croire aux zones de repeuplement.

Il en fut ainsi dans notre wagon. Les lettres furent lues, les erreurs soulignées et balayées sous un déluge d'explications toutes plus vraisemblables les unes que les autres.

Les doutes subsistaient toutefois mais enfouis dans les replis les plus secrets de l'âme. Ceux qui tentaient de les exposer et de les analyser étaient ignorés ou on se moquait d'eux avec mépris.

Une seule personne dans notre wagon fut en mesure de prévoir clairement l'avenir et je pense que ce fut plus par intuition que par raisonnement. Ce fut Izak Mozkovic, un frêle jeune homme de vingt-deux ans, d'apparence brouillonne.

Peut-être exprimait-il franchement sa pensée parce qu'il avait l'habitude que l'on se moque de lui, depuis que les rabbins l'avaient enlevé à sa misérable demeure et l'avaient mis dans une école rabbinique, réservée aux fils de riches. Ses parents, juifs orthodoxes, avaient évidemment été ravis de l'honneur fait à Izak. Mais le garçon fut très malheureux car ses facultés intellectuelles ne lui permettaient pas de faire face à ces études. Il devint la risée des autres élèves et, quand il quitta l'école sur un échec complet, ses parents pour la première fois entendirent parler de ces moqueries.

Izak était l'image même de la caricature du juif et c'est sans doute pour cela que les Hlinka l'arrêtèrent et le torturèrent, tout simplement parce que son visage ne leur revenait pas.

Après cela il devint de plus en plus morose, comme s'il ne cessait de ruminer ses souvenirs, conscient qu'il n'était qu'un pauvre clown. Toujours est-il qu'il se secoua en entendant ses compagnons peindre de couleurs idylliques les zones de repeuplement. Brusquement il interrompit la conversation. De son timbre aigu, chantant, il cria :

— Imbéciles que vous êtes, si vous croyez que nous allons vraiment dans des zones de repeuplement, vous vous trompez lourdement ! Nous allons tous mourir.

Un silence embarrassé suivit, comme s'il avait proféré quelque obscénité. Puis une voix s'éleva avec un rire forcé :

— Écoutez qui ose nous traiter d'imbéciles !

Un autre dit :

— Izak, as-tu écouté les rabbins ? Ont-ils lu l'avenir pour toi ? Ou as-tu appris à le faire toi-même à l'école ?

C'était un humour lourd et cruel qui fit taire Izak pour le reste du voyage. Très vite il fut oublié alors que plus tard on se souvint de ses paroles prémonitoires.

A Lublin, par exemple, ses paroles prirent soudain un sens. Le convoi traversa lentement la gare et s'arrêta un peu plus loin. Les portes glissèrent et s'ouvrirent et l'on vit tout le long du train un cordon de SS, fusils et mitraillettes pointés vers nous. Des officiers, croix de fer épinglée sur leurs uniformes élégants, marchaient en brandissant des cannes ou des cravaches.

Nous les regardions fixement, inquiets de ce qui allait se passer. Nous ne restâmes pas longtemps dans l'incertitude car, tout le long du train, les officiers crièrent :

— Tous les hommes entre seize et quarante-cinq ans dehors !

Sur le moment, personne ne bougea parce que tout simplement nous ne pouvions en croire nos oreilles. Ce que nous entendions était un démenti formel aux principes énoncés par Monseigneur Tiso, président de la Slovaquie. Sans relâche il avait souligné dans les journaux et à la radio qu'« un des principes de la chrétienté veut que les familles ne soient jamais séparées. Ce principe sera fidèlement observé pour les juifs qui seront envoyés dans les nouvelles zones de peuplement ».

Il ne faisait aucun doute que les SS n'avaient ni lu ni entendu les discours du président. Ils s'avancèrent, menaçants, vers les wagons ouverts et hurlèrent :

— Vous avez entendu ? Tous les hommes entre seize et quarante-cinq ans dehors. Les autres restent où ils sont.

Lentement la vérité s'infiltra dans nos cerveaux engourdis par le choc. Lentement tous les hommes valides sautèrent des wagons, tandis que leur femme, leurs sœurs, leurs filles, leurs fils, leur père et leur mère nous regardaient, déchirés par de nouveaux doutes, de nouvelles craintes.

Ils nous rassemblèrent, troupeau loqueteux, le long du train. Nous ne réalisions toujours pas ce qui se passait. Même quand les portes du wagon eurent claqué, scellant de leur bruit les séparations définitives, la vérité ne nous apparût pas sur le champ.

Tomasov, pour qui nous avions préparé la chambre nuptiale, comprit le premier ; soudain il fit un bond vers le wagon en hurlant :

— Ma femme est à l'intérieur, laissez-la sortir !

Une cravache tailla da sa joue, le renversant dans la poussière. Il se releva en tremblant, la joue en sang et essaya encore de rejoindre le wagon. Cette fois le SS ne le rata pas et se mit à le frapper avec une vigueur accrue. Il le cloua au sol et pendant une minute entière lui porta des coups avec une efficacité d'expert.

Nous vîmes tout cela en silence, sidérés par la vitesse des événements. Derrière les portes cadenassées des wagons, ils étaient tous silencieux, glacés d'horreur. Cependant, simultanément tout devint clair et nous comprîmes enfin à quel point Tiso nous avait trompés.

A travers les barreaux des fenêtres étroites, à travers les fentes des portes, des mains se tendirent suppliantes et les hommes se précipitèrent pour les saisir. Ils n'en eurent pas le temps. Les SS s'interposèrent distribuant de violents coups de cravache et de canne. Ils frappèrent les hommes mais aussi les mains tendues, celles ridées des vieux, celles dodues des petits. Le train avança tout à coup, s'arrêta et lentement prit le départ. Plus fort que le bruit de la locomotive, que le sifflement de la vapeur, que le heurt des wagons les uns contre les autres, s'élevèrent les lamentations des femmes, les cris des enfants aux poignets meurtris et cassés.

J'avais de la chance. J'étais seul. Pas d'épouse, de mère, de fille dans le convoi. Pour tous mes compagnons ce fut un moment de désespoir total. Leur famille avait disparu bien trop vite pour qu'ils aient pu réagir.

Je vis Tomasov se relever péniblement. Il regarda désespéré, les yeux vides, le convoi qui s'éloignait ; traînant les pieds il reprit sa place dans les rangs. Sur son visage le sang se mêlait à la boue et ses vêtements étaient déchirés. Je lui parlai, il me fixa sans répondre, l'œil hagard.

Un officier SS nous inspecta comme un fermier le bétail dans une foire aux bestiaux. Puis il hurla :

— Vous avez une longue marche à faire. Ceux qui n'ont pas la force de porter leurs bagages peuvent les mettre dans les camions.

Nous ne les avions pas encore remarqués mais dès que cela fut fait mes compagnons s'y précipitèrent. Je ne lâchai pas mon sac car je venais de me rappeler les mots de ce pauvre imbécile d'Izak, celui que même les rabbins n'avaient pas réussi à éduquer.

— *Imbéciles que vous êtes ! Si vous croyez que nous allons dans des zones de repeuplement vous vous trompez. Nous allons tous mourir !*

Je ne croyais pas à la dernière partie de sa prédiction. Je n'avais aucunement l'intention de mourir. La première partie me semblait cependant tout à fait raisonnable — un à un les mensonges s'effondraient. Je résolus de ne pas lâcher mon sac et de ne pas le perdre de vue. C'est à partir de ce moment-là que je décidai de ne plus faire confiance à personne.

Les SS préparèrent la marche en nous assenant des coups pour nous mettre en rang. Puis on se mit en route, non au pas des sections d'assaut nazies, mais au pas imposé par ces hommes armés de fusils, de bâtons et de fouets. Je jouai un instant avec l'idée de me faire la belle, mais un coup d'œil au nombre des SS qui nous entouraient m'en ôta vite l'envie. Je savais que je serais abattu avant d'avoir couvert deux mètres.

D'autres furent plus braves ou plus fous. Quelques pas devant moi, un homme se mit subitement à courir vers le bas-côté de la route. Un feu nourri l'atteignit à l'estomac, l'envoya bouler sur le dos, tordu de douleur, dans la poussière. Après quoi une discipline nouvelle s'installa dans nos rangs : nous avions tous compris qu'en tant que tireurs les SS faisaient honneur à leurs instructeurs.

Ils nous firent traverser les bas quartiers de Lublin ; ils essayaient encore de faire croire que les nazis étaient des gentlemen plutôt que des marchands d'esclaves. Avec nous ils n'avaient pas à forcer leur image et, une fois en rase campagne loin de la ville, je découvris que nos geôliers n'étaient pas seulement des menteurs mais aussi des voleurs. Un SS qui marchait près de moi me demanda l'heure, je regardai ma montre et lui répondis. Immédiatement, je sentis le canon de son fusil contre mon cou et sans faire de bruit il m'intima :

— Donne-moi ta montre.

Je la lui donnai. Je ne vis aucune raison de discuter. Ce petit larcin semblait sans la moindre importance comparé à l'avenir qui nous attendait tandis qu'on semblait se diriger vers un camp de concentration.

Je vis les miradors, les fils de fer barbelés et de nombreuses rangées de baraquements sordides. Un énorme portail s'ouvrit devant nous et tout en marchant nous aperçûmes des hommes en uniformes de prisonniers. Je fus tout d'abord simplement surpris puis au bout d'un moment je reconnus des visages et je fus complètement bouleversé.

Ce n'était pas des criminels. Quelques-uns étaient originaires de ma ville : je vis des hommes d'affaires et des commerçants que je connaissais, des garagistes, des maîtres d'école, des libraires, le champion de billard du club local et le gars qui m'avait chipé ma première petite amie, le fils du rabbin, le fils du boucher, le fils du forgeron qui était capable de tordre une pièce de monnaie avec ses dents. Ils étaient tous là et ils se ressemblaient tous, tenue rayée en lambeaux, le crâne rasé.

Je savais maintenant que je leur ressemblerais vite. Mes cheveux seraient rasés, bientôt j'allais perdre mon identité dans ce camp de concentration qui s'appelait Maïdanek, école préparatoire à l'université d'Auschwitz.

L'avenir était sombre, seulement adouci par l'idée que les vieux, les enfants et les femmes n'étaient pas avec nous. Je pensais alors que la vie pour eux serait plus facile, la séparation avait été une bénédiction.

Comment aurais-je su qu'ils étaient en route pour Belzec? Précurseur primitif de la machine à exterminer d'Auschwitz. Là-bas, ils devaient être gazés par les vapeurs mortifères des tuyaux d'échappement. Là-bas, leurs corps devaient être brûlés dans des tranchées ouvertes car les fours crématoires n'étaient encore qu'à l'état de projet.

V

L'existence des camps de concentration ne m'était pas inconnue. Pendant des années des rumeurs sinistres s'étaient répandues en Tchécoslovaquie comme dans toute l'Europe : rumeurs sur des mondes clos, sordides, où le fusil, la matraque et le fouet faisaient la loi ; où la majorité des gens mouraient de mauvais traitements, de faim, exécutés ; où des détenus émaciés survivaient un jour, une semaine, un mois, fixant sans espoir un horizon de barbelés, tandis que des miradors on les surveillait sans relâche.

J'avais beau avoir été préparé, la réalité, première vision d'un camp en activité, m'ébranla fortement. Je n'avais pas peur pour moi-même car j'étais bien décidé à vivre, sinon à m'évader. C'est toute l'atmosphère horrible du camp que je trouvais nauséabonde, l'odeur s'infiltrait dans mes narines comme celle du sang desséché.

Tandis que nous traversions Maïdanek, divisé en sections strictement séparées les unes des autres et entourées de barbelés, des prisonniers squelettiques nous murmuraient :

— Avez-vous à manger ? Avez-vous quelque chose dans les poches ?

Ils parlaient sans nous regarder. Ils continuaient de travailler, creusant, balayant, promenant des brouettes qui menaçaient de déboîter de leurs épaules leurs bras décharnés.

Nous jetâmes le peu que nous avions à leurs pieds, avec précaution, d'un geste vif du poignet. Je compris là combien la vie dans un camp de concentration dégrade les êtres humains.

Ils se jetèrent sur ces débris comme des chacals, en se battant, en rugissant ; je vis alors un autre aspect du camp de concentration, étranger à toute mentalité normale, tout à fait insoutenable. Une demi-douzaine d'hommes bizarrement vêtus se rua sur eux avec des matraques, les frappant indistinctement. Les détenus ignorèrent les coups, continuèrent de fouiller dans la boue jusqu'à ce que l'un d'eux se détache du groupe en courant ; je le vis fourrer dans sa bouche un morceau de fromage dégoûtant tandis que ces gardes inquiétants le poursuivaient en continuant à le battre.

J'étais intrigué par ces hommes et les observais de près. Visiblement, ils avaient de l'autorité mais plus visiblement encore ils n'avaient rien à voir avec les SS. Ils étaient vêtus comme des clowns, pourtant ils ne me donnaient pas envie de rire.

L'un d'eux portait une veste d'uniforme verte horizontalement rayée d'or comme celle d'un dompteur de lion, une culotte de cheval d'officier de l'armée austro-hongroise et une coiffure qui tenait de la casquette militaire et de la barette de prêtre.

Un autre portait une veste rayée de détenu sur un pantalon de soldat allemand des années 1910, noir avec une large bande rouge sur le côté. Un troisième portait l'uniforme complet de détenu, manifestement fait sur mesure avec un pli de pantalon à rendre jaloux un soldat de la garde royale.

Il était évident que c'était des prisonniers et, d'après le triangle vert sur leurs uniformes, un certain nombre d'entre eux étaient des droit commun. Je pris alors conscience de l'existence de cette nouvelle élite des camps, recrutée pour faire le sale boulot quotidien avec lequel les SS ne désiraient pas se salir les mains. Il m'apparût clairement qu'ils remplissaient leur tâche avec une efficacité, un empressement et une brutalité qui égalaient sinon surpassaient ceux de leurs maîtres.

C'était les infâmes kapos, rouage essentiel de la structure

des camps de concentration et d'extermination en Europe, des hommes qui avaient droit de vie et de mort sur les autres détenus et qui ne s'en privaient pas.

L'idée que les gros chiens mangeaient les petits, que les plus puissants battaient les autres, était particulièrement déplaisante. Pourtant un coup terrible m'attendait, bien plus terrible pour moi. Ce coup me vint de Vrbicky.

Je l'avais bien connu à Trnava comme tout le monde. Vrbicky était une personnalité, certains l'aimaient, d'autres le méprisaient, d'autres encore l'évitaient car s'associer à lui apportait souvent des ennuis.

Il avait environ vingt-six ans, était chauffeur de poids lourds, et menait une vie de bâton de chaise. Il avait une femme et des enfants mais lorgnait toutes les filles de la ville. Les gens bien de la communauté juive le détestaient parce qu'il buvait trop et qu'il trompait sa femme. Les moins orthodoxes dont je faisais partie ne pouvaient s'empêcher de l'aimer. Il était agréable, facile à vivre et maniait la queue de billard aussi bien que Yehudi Menuhin son archet.

Et, tout à coup, je le vis maniant le fouet avec la dextérité sauvage d'un SS. Un détenu rampait devant lui, essayant comme un chien de lui échapper, mais il n'y avait pas d'échappatoire au fouet de Vrbicky. Le fouet s'élevait, retombait avec une régularité précise et monotone, je regardais avec horreur le visage de ce vieux copain que j'avais connu nonchalant, lubrique et grand buveur.

Son regard naguère paresseux était devenu dur comme l'acier, sa bouche rieuse pincée en un rictus déplaisant. Vrbicky avait été remodelé, peut-être avait-il enfin trouvé sa vocation, le seul et unique travail qu'il pouvait faire avec efficacité et enthousiasme. Il était bien trop occupé pour me remarquer et j'en fus bien aise —, je ne voulais plus rien avoir à faire avec lui. Vrbicky était devenu un kapo en habits de clown, au fouet sanglant.

Nous fûmes conduits vers un baraquement sur lequel on lisait « Consigne ». C'était tellement imprévu que j'eus presque envie de rire. On avait l'impression qu'on venait d'arriver dans une gare, qu'on se préparait à y déposer les bagages pour être libre de visiter la ville tranquillement, mais il n'y avait pas de ville et bientôt il n'y aurait plus de bagages.

Je tendis mon sac contenant toutes mes richesses, les vêtements que ma mère m'avait envoyés à Novaky et mon pot de confiture qui n'était pas encore vide. Un homme méticuleux me donna un ticket comme si j'allais revenir le chercher une heure ou deux plus tard et le lança sur le sol.

Je le vis atterrir avec un bruit de verre cassé et la confiture commença à s'écouler lentement. Je pensai : S'ils veulent utiliser mes chemises et mes chaussettes, il faudra qu'ils les lavent.

Tandis qu'on nous emmenait de section en section, je vis d'autres personnes de Trnava mais il me fut impossible de leur parler avant d'arriver à la porte de la cinquième section. Là nous nous arrêtâmes un moment et je vis Erwin Eisler. Erwin avec son long visage, sa forte carrure, ses mouvements lents et son cœur d'étudiant zélé et attentif. Je repensais à Trnava, aux jours où nous nous moquions d'Erwin à propos des filles qui le faisaient rougir. Il avait toujours une bonne excuse pour ne pas venir au café avec nous.

J'avais d'autres souvenirs encore, par exemple, quand Erwin et moi allâmes rendre nos livres aux autorités locales ; les juifs, n'ayant plus le droit d'étudier, ne devaient rien posséder qui puisse le leur permettre. J'étais reparti tristement, les mains vides, et Erwin m'avait murmuré :

— Ne t'en fais pas, j'ai gardé le livre de chimie.

Nous avions donc continué de travailler en secret chez lui ou chez moi sur cet unique livre qui nous restait. Bien des années après la guerre ces études clandestines devaient se révéler payantes. Quand j'entrai à l'université technique de Prague je m'aperçus que l'ouvrage était toujours en usage.

A présent Erwin Eisler n'était plus étudiant. Il était détenu et faisait semblant de travailler avec une brouette devant la porte de la 3ᵉ section ; il attendait pour voir si les nouveaux venus avaient quelque chose à manger.

J'attirai son attention. Il leva la tête, son visage semblait encore plus long avec ses os saillants et sa peau tendue. Comme une étincelle, une lueur de reconnaissance s'alluma dans ses yeux pour disparaître aussitôt ; il se pencha sur sa brouette et fit semblant de ne pas me voir.

— Comment ça se passe ici ?

Il me jeta un regard indifférent et prit un air sceptique. Ce n'était pas tant le désespoir qu'on lisait sur son visage — il était bien trop gentil pour dire toute la vérité — mais plutôt un signe pour me faire comprendre de m'attendre au pire.

— Est-ce qu'ils vous prennent tout ?

— Tout.

— Peut-on vivre ici ?

— Un certain temps... peut-être.

Ce fut une étrange conversation faite plus de gestes et de mimiques que de paroles. Mais je compris exactement ce qu'Eisler essayait de me dire : nous allions tous mourir.

J'aurais dû le croire. Après tout, il connaissait Maïdanek et il était intelligent mais je ne le crus pas. Les autres pouvaient bien mourir, moi, j'allais vivre. La porte s'ouvrit. Eisler, penché sur sa brouette, murmura :

— Rien dans les poches ?

— Désolé, non, plus rien.

Il me lança un dernier sourire ironique. Nous entrâmes. Je n'ai jamais revu Erwin Eisler, je suis sûr qu'il est mort à Maïdanek.

Quelqu'un hurla :

— Aux bains !

On nous entassa dans un baraquement sinistre qui empestait très fort le désinfectant.

— Déshabillez-vous !

Nous nous déshabillâmes, je sautai dans un des trous. Derrière moi un vieil homme, frêle et faible à la fois, essayait d'y entrer doucement.

— Plus vite, vieux con !

Un bâton s'abattit sur son maigre dos nu, le plongeant face la première dans l'eau sale.

Nous nous retrouvâmes dehors juste à temps pour les voir emporter nos vêtements. J'étais là, frissonnant, et pour la première fois je regardai autour de moi avec attention.

Il y avait de misérables baraquements en bois partout. Des baraquements, des barbelés, et au-delà, rien. Pas un arbre, pas un buisson, la désolation. Maïdanek avait été rejeté de la civilisation.

Cela était déprimant mais ce qui nous parvenait d'autres sections l'était bien davantage : des cris, des bruits de bastonnade et parfois un coup de feu.

Nous pouvions apercevoir des détenus courant désespérément, fuyant devant un bâton ou tentant d'éviter une balle. Dans notre groupe nu et tremblant le moral fléchissait et des idées de mort nous envahissaient.

Je continuais de penser que je pourrais m'en sortir tout en me rendant quand même compte que mes chances s'étaient amenuisées. Autour de moi, je voyais des hommes qui avaient abandonné la lutte, tout espoir les avait quittés.

Et là, dans cette lugubre atmosphère de mort, se produisit l'un des plus beaux exemples de courage tragi-comique qu'il m'ait été donné de voir.

A côté de moi se tenait Ignatz Geyer qu'à Trnava nous avions surnommé bien mal à propos Nazi. Nous avions couru les filles ensemble, Nazi avec beaucoup de succès. Lui aussi était sûr qu'il allait mourir. Il avait raison. Il fut exécuté peu après mais il avait décidé de mourir avec dignité. Il n'allait pas se laisser avilir.

Il nous regarda tous et dit en souriant :

— Quelle minable collection de queues !

Le groupe s'agita. Quelqu'un rit. On se sentit un peu moins abattu.

— J'ai une idée, dit Nazi, faisons un concours, à qui a la plus grande !

C'était peut-être ridicule, c'était peut-être enfantin, c'était sûrement vulgaire mais cela fit resurgir l'humour qui nous manquait terriblement.

Pour mémoire, Nazi gagna le concours. Il regarda l'objet de son premier prix, sourit et dit :

— Quel dommage, tu ne serviras plus mais tu n'as pas mal vécu !

De nouveau les kapos se mirent à hurler et nous conduisirent vers une autre section, une autre étape, le rasage. Ils commencèrent par la tête, puis pendant que nous étions juchés sur des tabourets ils nous rasèrent le corps. Nazi m'inspecta d'un regard railleur et me dit :

— Les filles de Trnava ne te reconnaîtraient plus, Rudi, tu n'aurais plus grand succès le samedi soir !

Il avait raison. Non seulement j'étais un détenu mais j'en avais aussi l'aspect. Oui, les filles de Trnava étaient bien loin maintenant !

Ils nous jetèrent quelques vêtements : un pantalon, une paire de galoches, une casquette informe. Je les mis. Ensuite un Oberkapo, le grand chef de tous ces laquais, vint nous faire un cours. Il nous parla d'abord de l'appel :

— Chaque matin et chaque soir rassemblement devant les blocks en rangées de dix exactement. Quand le SS de service arrivera, l'ordre sera donné : « Découvrez-vous ! » Quand il partira : « Couvrez-vous. » A exécuter promptement et avec ensemble. Les négligents seront battus. Personne ne doit bouger et ceux qui le feront seront immédiatement tués. Chaque fois que vous passez devant un SS à l'intérieur du camp, vous retirez votre casquette à peu près à trois mètres de lui avant de le croiser et vous ne la remettez que lorsque vous l'aurez dépassé.

Et ainsi de suite. Nous étions les troupes d'une armée sans armes, soumises à une discipline bien plus sévère que celle en vigueur dans l'armée allemande.

Il y avait un point cependant, concernant l'appel, que l'Oberkapo avait omis de préciser. Non seulement on comptait les vivants mais aussi les morts. Ils étaient empilés avec soin derrière nous, pathétique amas de corps, quelques-uns décharnés par la faim, quelques-uns tout couverts de taches de sang des coups reçus, quelques-uns étaient morts simplement parce qu'ils n'avaient plus envie de vivre. C'était les morts de la nuit.

La faim était le principal fléau. Des savants allemands avaient calculé que les rations étaient suffisantes pour conserver un homme en vie durant trois mois pour une fois leurs calculs se révélaient faux.

Les bastonnades, les tueries garantissaient un taux de mortalité élevé auquel on pouvait ajouter à coup sûr la dysenterie. Un grand nombre de nouveaux arrivants en souffrait, ils étaient liquidés immédiatement puisqu'ils ne pouvaient pas travailler.

Le lendemain matin après l'appel, les kapos rassemblèrent le bétail. Certains furent emmenés dans les usines qui se trouvaient à proximité du camp, ces esclaves travaillaient à grossir les bénéfices des industriels allemands. D'autres, comme moi par exemple, furent mis au travail dans le camp même.

Nous étions des maçons mais à l'époque je ne savais pas vraiment ce que nous construisions. Maintenant je sais que j'aidais à l'expansion d'une vaste entreprise d'extermination, une entreprise qui allait anéantir six millions d'individus de la surface de la terre.

Maïdanek était un précurseur primitif d'Auschwitz.

Tout en transportant les briques et le bois, j'appris quelques-unes des lois non écrites des camps de concentration que l'Oberkapo n'avait pas mentionnées. Ce matin-là par exemple un homme près de moi se mit soudain à courir vers les barbelés. Il fut tué bien avant de les atteindre. On aurait pu croire qu'il s'agissait d'une crise subite de folie ou d'un suicide prémédité. Qui sait ? La leçon pour moi fut de ne jamais m'approcher des barbelés car même le simple soupçon de vouloir s'évader signifiait la mort.

Un peu plus tard, d'un ton de voix normal, je me mis à parler à mon voisin. La matraque d'un kapo m'envoya par terre. J'appris à me taire.

Je vis des hommes battus pour des fautes vénielles : marcher trop lentement, oublier d'enlever leur casquette sur le passage d'un SS, que sais-je encore? J'appris que ceux qui se tenaient tranquilles s'en tiraient plutôt mieux. Ceux qui protestaient en criant étaient battus encore plus sauvagement parce qu'ils dérangeaient. Ceux qui couraient étaient pourchassés par trois ou quatre kapos dont c'était devenu un des sports favoris. J'appris à demeurer immobile et silencieux même quand les kapos s'acharnaient sur moi.

J'appris ainsi l'art de survivre, ensuite l'art de vivre c'est-à-dire à m'adapter le mieux possible aux effroyables conditions du camp. Par exemple, je découvris le téléphone arabe du camp ce qui me permit d'entrer en contact avec d'autres sections. C'est par ce moyen que je pus organiser une brève et silencieuse réunion de famille.

Un ami slovaque qui transportait du bois de la Section 2 où nous étions à la Section 3, me dit un jour :

— Ton frère Sammy est à la Section 3.

Cette nouvelle me porta un coup très dur. Je savais que mes deux frères devaient à leur tour être déportés vers ces mythiques régions de repeuplement. Une fois ou deux l'idée m'avait effleuré qu'ils pouvaient être à Maïdanek mais je la repoussais violemment, pensant impossible de les retrouver dans cet immense camp, retranché de la vie et du monde. Voilà que j'apprenais que Sammy était à quelques mètres de moi.

Mon instinct me poussa vers les barbelés qui séparaient les sections, mon bon sens me retint : être surpris près des barbelés même de ceux qui séparaient les sections était synonyme de mort. Je décidai donc que si nous devions nous rencontrer, il fallait que ce soit soigneusement organisé.

Je savais que de telles rencontres avaient lieu le soir après l'appel quand il ne restait que peu de kapos à rôder dans les parages. Mon ami, le messager transporteur de bois me confirma qu'il s'arrangerait pour que Sammy soit à un endroit précis près des barbelés le soir suivant.

J'arrivai à l'heure prévue et je vis qu'il me fallait attendre mon tour. Déjà deux personnes se parlaient de part et d'autre des barbelés et un groupe attendait, dispersé à une dizaine de mètres, la fin de leur rencontre. On ne pouvait s'approcher des barbelés qu'un à la fois, plusieurs avaient toutes les chances d'attirer l'attention des kapos.

De l'autre côté un groupe aussi attendait son tour et alors, bien que le crépuscule fut presque tombé, je reconnus mon frère, le grand et brun Sammy qui avait dix ans de plus que moi. Nous nous vîmes presque en même temps et nous échangeâmes un bref salut de la main.

Deux autres personnes s'approchèrent des fils pour s'entretenir brièvement. J'étais le suivant. Je ressentis un pincement d'émotion intense, d'attente et de peur aussi car nous prenions tous les deux un grand risque. Je cessai de marcher de long en large, immobile prêt à bondir presque comme un coureur au départ d'une course. Je vis l'homme qui se tenait de notre côté des barbelés se retourner et comme je m'apprêtais à prendre sa place j'entendis un hurlement, un fort bruit de bottes.

Les kapos envahirent la scène, matraquant jusqu'à l'inconscience l'homme qui se tenait près des barbelés. Tout le monde s'esquiva, disparaissant dans les ténèbres.

Le lendemain on m'apprit que Sammy avait été changé de section, je ne le revis jamais. J'appris qu'il réussit à survivre aussi longtemps que Maïdanek vécut mais quand Maïdanek disparut, tous y compris Sammy disparurent aussi.

Dès que je sus me débrouiller dans ce dédale répressif, dès que j'eus appris les mille et une façons d'échapper à la mort, je pus réfléchir à la poursuite du projet que je n'avais pas abandonné depuis mon départ de Trnava quelques mois auparavant. J'étais toujours décidé à m'évader un jour ou l'autre et jamais l'aiguillon n'avait été aussi fort qu'à ce moment-là.

J'étais convaincu que les dirigeants sionistes de Slovaquie, qui encourageaient leurs ouailles à se rendre sans histoire dans les nouveaux territoires, ignoraient ce qui se passait réellement. J'étais également convaincu que si seulement on pouvait avertir les gens, ils résisteraient, s'uniraient et se battraient. Je savais aussi que toute déportation de milliers de gens deviendrait impossible s'ils opposaient la moindre résistance. Si je pouvais m'échapper et réussir d'une façon ou d'une autre à franchir la frontière slovaque, il me serait donné de sauver des milliers de gens car je savais maintenant à quoi servait Maïdanek.

Il me fallut quelques jours pour comprendre son véritable but. J'avais remarqué que des gens disparaissaient de notre section, j'avais d'abord cru qu'ils étaient transférés ailleurs. J'avais observé la caravane journalière quittant l'hôpital, colonne pathétique de malades, de vieux et de mourants, qui se dirigeait, trébuchante, vers un bâtiment à une certaine distance de là, un bâtiment avec une haute cheminée. Quelques-uns marchaient, d'autres étaient soutenus par ceux qui étaient un peu plus solides, d'autres enfin étaient transportés dans des brouettes.

J'avais remarqué qu'ils ne revenaient jamais. Je m'étais demandé ce qui se passait dans ce bâtiment, mais selon une autre loi non écrite, bien établie dans les camps, je n'avais pas posé de questions, c'était trop dangereux. Je n'appris la vérité que parce que je surpris un kapo donnant un ordre, d'apparence banale, à un détenu :

— Porte ces briques au crématoire.

Je vis l'homme les transporter dans sa brouette. Je le vis se diriger vers le bâtiment à la haute cheminée et je sus alors pourquoi les débris humains de l'hôpital ne revenaient jamais.

Ce fut une raison impérative de plus pour sortir de Maïdanek. Si je n'étais pas exécuté, si je n'étais pas battu à mort, je pouvais un beau jour m'écrouler de faim et me retrouver à l'hôpital, ce qui finalement signifierait : partir en fumée. Même quand ma vie personnelle s'améliora de façon incroyable, même quand j'obtins un travail que tous mes compagnons d'infortune m'envièrent, je continuai à chercher la faille dans la solide carapace du camp.

Un jour que je chargeais du bois je remarquai un kapo bien bâti d'un certain âge qui me regardait avec attention. Je me mis à travailler un peu plus vite, histoire d'éviter les ennuis et après un court instant, il vint à moi et me dit en tchèque :

— Eh, toi, viens avec moi. J'ai un boulot pour toi !

Je le suivis promptement tout en me demandant ce qu'il me voulait. Il me conduisit devant un énorme tas de pommes de terre et me lança :

— Porte ça aux cuisines et vite !

Pour renforcer ses paroles il me donna un coup de bâton dans le dos, mais je ne sentis rien tant j'étais éberlué par ma chance.

A Maïdanek, travailler aux cuisines voulait dire manger. Manger voulait dire survivre. Même si un SS sadique, qui répondait au sobriquet de Boxer, en gardait les portes pour s'assurer qu'on ne volait rien, il était en général tout à fait possible d'attraper une pomme de terre cuite et de la manger sans se faire remarquer. C'était naturellement un risque puisque Boxer se vantait de pouvoir tuer un homme d'un coup de poing, mais le risque valait la peine d'être couru.

Pendant une bonne heure je chargeai les pommes de terre tandis que le kapo tchèque faisait semblant de me surveiller. Chaque fois que Boxer regardait de notre côté, il me donnait quelques coups dans le dos et me lançait quelques jurons, mais dans l'ensemble il fut plutôt chic avec moi.

Il y avait plusieurs raisons à cela. D'abord je travaillais bien, ensuite j'étais Slovaque et je parlais sa langue, enfin sous son uniforme de kapo battait encore un cœur tchèque.

Il avait été membre des Sokols, organisation sportive quasi

militaire, violemment antinazi, il avait été arrêté en 1939. Depuis il avait connu Dachau et Sachsenhausen avant d'être envoyé à Maïdanek, comme kapo et tout en voulant conserver ce privilège réel, il y avait encore en lui une étincelle de patriotisme.

Je mangeai bien ce jour-là, ajoutant à mon maigre régime de soupe anémique et de pain deux ou trois pommes de terre que le kapo avait délibérément laissé tomber, ce devait d'ailleurs être mon jour de chance car le même soir j'appris des nouvelles étonnantes.

Après l'appel, un des kapos hurla :

— Est-ce que parmi vous bande de salauds, il y a des paysans ? Nous envoyons quatre cents hommes dans une ferme, si vous pensez en être capables, donnez vos numéros.

Travailler dans une ferme ! Un voyage en train !

Une sortie légale de Maïdanek, au lieu de ramper sous les barbelés et de récolter au passage une balle dans le dos ! Je fus un des premiers à m'inscrire sur un millier de volontaires et j'eus la chance de faire partie des quatre cents élus.

Le lendemain, le kapo tchèque vint à nouveau me chercher à mon travail et me remit au transport des pommes de terre. A nouveau nous bavardâmes plus ou moins amicalement, tandis que de temps en temps il me donnait un coup ou deux pour montrer au vigilant Boxer qu'il était consciencieux.

— Tu sais, me dit-il enfin, tu travailles bien. Je pourrais t'avoir un boulot fixe aux cuisines.

Si on m'avait fait cette proposition quelques jours plus tôt, j'aurais sauté dessus comme un brochet sur un vairon, à présent tout était différent. J'avais un visa pour le vaste monde.

— Merci beaucoup, répondis-je, mais je vais bientôt quitter le camp.

— Où vas-tu ?

— Dans une ferme. Le train part dans quelques jours.

Je hissai un sac de pommes de terre sur mon dos et automatiquement il me donna un coup.

— Es-tu fou ? Est-ce que tu sais où il va ce train ?

— Non.

Je jetai les patates dans la cuisine et allai en chercher d'autres. En passant devant le farouche Boxer Milan le kapo me donna un fort coup sur la nuque et aussitôt que nous fûmes hors de portée de voix, il me dit d'un ton sec :

— Il va à Auschwitz. J'ai vu les papiers. Si tu as deux sous de jugeote tu resteras ici. Reste dans cette cuisine et tu vivras.

Je vis que mon refus d'accepter son offre généreuse le mettait en colère mais je ne pouvais rien y faire car les possibilités d'évasion qui m'étaient ainsi offertes me tentaient bien plus que quelques pommes de terre.

— Ça ne sera pas pire que ce merdier, ni Auschwitz ni ailleurs.

Il me frappa violemment dans le dos. Je n'avais rien fait de répréhensible mais ma bêtise l'irritait.

— Écoute jeune fou, gronda-t-il, j'ai été à Dachau. C'était pas du gâteau mais quand on voulait punir quelqu'un avec la plus extrême sévérité on l'envoyait à Auschwitz. *Vas-y et tu mourras !*

Par pure exaspération, il ponctua ses paroles d'un grand coup.

Je savais que ses conseils étaient désintéressés et donnés par amitié pour moi, c'était le militant sokol qui s'exprimait. Je décidai malgré tout de ne pas en tenir compte.

Je pris, ainsi que les événements le montrèrent, une sage décision, pourtant, en ce qui concernait Auschwitz il n'avait pas tort, même s'il se trompait pour Maïdanek. De ceux qui restèrent personne ne survécut à Maïdanek mais parmi ceux qui furent envoyés de Maïdanek à Auschwitz je fus le seul survivant.

La fin de Maïdanek fut décrite avec minutie par un SS, Erich Mussfeldt, qui vécut les derniers jours du camp et fut ensuite transféré à Auschwitz pour être finalement pendu à Cracovie.

Il écrivit :

Le 3 novembre 1943 Maïdanek cessa d'exister. L'opération prit le nom de code « Fête des Moissons ». Derrière les Sections 5 et 6 du camp et à environ cinquante mètres du nouveau crématoire en construction, d'immenses tranchées furent creusées. Environ trois cents détenus y travaillèrent durant trois jours et trois nuits. Il y avait trois fosses principales de deux mètres de profondeur et 100 mètres de longueur.

Un détachement spécial de détenus fut envoyé d'Auschwitz à Maïdanek. Les chefs de la police et des SS venaient de Cracovie, Varsovie, Radom et Lublin, plus environ cent sous-officiers SS. Le quatrième jour, le 3 novembre, le camp fut réveillé à cinq heures du matin et ceinturé par des patrouilles armées d'environ cinq cents hommes.

En face du crématoire, devant l'entrée il y avait deux camions munis de haut-parleurs qui diffusaient à un niveau assourdissant de la musique militaire et de la musique de danse.

A six heures du matin la grande opération fut déclenchée. Les juifs furent conduits dans les blocks de la Section 5 où ils reçurent l'ordre de se déshabiller.

Ensuite le commandant Thumann coupa les barbelés entre la section et les fosses. Des SS armés jusqu'aux dents s'assemblèrent de chaque côté d'un espace de la largeur d'une avenue au milieu de laquelle on fit courir les prisonniers nus vers les fosses.

On les poussa dans les tranchées et ceux qui s'y trouvaient déjà furent allongés et tassés pour faire de la place. Puis les SS debout sur les bords les tuèrent à la mitrailleuse. On empila les vivants sur les morts jusqu'à ce que les fosses fussent pleines.

Hommes et femmes furent tués séparément. Toute l'opération continua jusqu'à 17 h. Les SS qui participaient aux exécutions étaient fréquemment relevés et durant tout ce temps les haut-parleurs continuèrent à déverser de la musique de danse ou des marches militaires.

Je suivis toute l'opération de mon poste dans le crématoire. Elle était organisée de façon militaire. Un officier surveillait toutes les étapes et informait par radio les différents chefs de police de son déroulement, indiquant le nombre de tués et ainsi de suite.

Ce jour-là dix-sept mille personnes des deux sexes furent exécutées à Maïdanek. On laissa seulement en vie trois cents femmes chargées de trier et de classer tout ce qui avait été pris et trois cents hommes du détachement spécial 1005 pour transporter les corps hors des fosses et les brûler.

Un SS me raconta que les juifs de ce détachement avaient essayé de s'évader et qu'en conséquence les survivants furent obligés de travailler chaînes aux pieds.

Quand l'opération fut terminée, les fosses furent recouvertes d'une mince couche de terre. On me donna l'ordre d'éliminer immédiatement toute trace et de brûler les morts. Le 4 novembre je faisais entrer le bois et le 5 novembre la crémation commença. Au fond des fosses pas entièrement pleines, on plaça le bois et les corps par-dessus. On arrosa ce bûcher avec de l'alcool méthylique, on fit de même dans chaque fosse.

Quand les cendres furent refroidies des détenus de mon détachement spécial durent les sortir des fosses. De ces cendres qui contenaient encore des os une poudre fut extraite dans une usine spéciale équipée d'un moteur électrique pour être utilisée comme engrais. Des sacs furent remplis de cet engrais et emportés en camion vers des entrepôts SS.

Le travail fut contrôlé par un officier du service de sécurité qui s'assura que toute trace avait bien été éliminée. Avant la crémation on enleva les dents en or des morts et tout ce qui avait de la valeur fut expédié selon les règles. Cette dernière opération prit le nom de code « Reinhardt ».

Si j'étais resté à Maïdanek j'aurais terminé ma vie comme engrais mais d'autre part Auschwitz n'était pas une ferme où un jeune homme pouvait mener une saine vie compagnarde. Comme centre d'extermination Maïdanek n'était que de la petite bière.

Mais, à ce moment-là je n'avais aucune idée de ce qui allait se passer pas plus qu'aucun d'entre nous d'ailleurs. Sauf, bien sûr, les organisateurs SS et si on nous l'avait dit, l'aurions-nous seulement cru, il restait encore à conditionner nos cerveaux à accepter l'existence de ces énormes usines de mort.

Le jour du départ arriva. J'avais fait mes adieux à Milan qui avait simplement secoué la tête et grommelé :

— Tu verras que j'ai raison. Tu regretteras ta décision.

Ensuite les quatre cents hommes furent rassemblés, entourés de kapos et de SS, pour moi ce fut un moment important non seulement parce que je quittais Maïdanek mais pour un motif plus trivial. On allait nous donner des vêtements civils. Sans aucun doute des vêtements ayant appartenu à des morts mais cela ne nous troublait pas. Nous allions de nouveau avoir l'air de gentlemen.

Je reçus une veste, un pantalon et luxe inouï une chemise. Et ce n'était pas tout. Ajoutant une dernière touche d'élégance à ma tenue je reçus un chapeau. Il est vrai que l'élégance n'était pas leur véritable souci, ils ne voulaient que cacher nos têtes rasées des regards indiscrets du monde extérieur. Leurs motivations m'étaient indifférentes, avec ce chapeau j'avais l'impression d'aller à un mariage.

Nous restâmes debout pendant des heures, pour les vérifications, contre-vérifications. Ce n'est seulement que vers le soir que nous vîmes les colonnes de SS se former de chaque côté de la nôtre et nous partîmes juste douze jours après mon arrivée à Maïdanek.

Ce fut pour moi un moment d'émotions contradictoires. J'étais plein de joie et j'étais triste. Quelque part dans ce camp tentaculaire et sans âme qui semblait rétrécir derrière moi au fur et à mesure que j'avançais, il y avait mon frère Sammy. Au fond de moi je savais qu'il ne survivrait pas.

A la gare de Lublin, l'officier SS chargé de la garde du train ne mâcha pas ses mots. Il savait qu'il n'avait pas à faire à des civils déboussolés croyant être en route vers des zones de repeuplement. Il savait que nous étions des prisonniers déjà expérimentés, endurcis et habitués à la vie du camp et à celle du train.

D'une voix sans timbre qui ne reflétait ni haine ni mépris, il dit :

— On vous donnera de la nourriture pour le voyage. Économisez-la car je ne sais pas combien de temps ça va durer. Et attention, inutile de tenter une évasion.

On nous distribua la nourriture — du pain, de la confiture et du salami —, l'officier fit siffler son fouet et nous grimpâmes dans les wagons. Les grandes portes se fermèrent en claquant et le train, après un mouvement convulsif, démarra lentement.

J'observai les quatre-vingts hommes de mon wagon, cherchant parmi eux un complice éventuel disposé à saisir toute possibilité d'évasion. Soudain un visage familier m'apparut Josef Erdelyi qui avait été avec moi à Novaky. Non seulement nous étions des amis mais un autre lien nous unissait, j'avais été à l'école avec sa fiancée.

En jouant des coudes, je me frayai un chemin vers lui et je lui murmurai tout bas que j'allais essayer de m'échapper. Il fut immédiatement intéressé et nous nous mîmes à examiner attentivement notre prison ambulante.

On regarda la petite ouverture sous tous ses angles mais il n'y avait pas grand-chose à en tirer, elle était protégée par d'épais barreaux. Josef se gratta la tête et me dit :

— Et le plancher ? Nous pouvons peut-être y faire un trou par lequel nous passerons quand le train ralentira.

C'était apparemment une bonne idée sauf que deux obstacles majeurs nous sautèrent aux yeux. Nous ne savions pas à quel endroit du train se tenaient les gardes, pas plus que nous ne savions à combien de wagons de la locomotive nous étions, celle-ci n'ayant pas encore été accrochée au train quand nous avions été enfermés. D'un commun accord, nous décidâmes d'attendre le premier arrêt où, pensais-je, le sort nous serait plus favorable.

La nuit était tombée et je savais par mon expérience à la frontière hongroise, que les coups tirés sur une cible se déplaçant constamment avaient peu de chance d'atteindre leur but dans l'obscurité surtout si deux cibles couraient dans des directions opposées. Mais très vite, il fallut déchanter, nous nous aperçûmes que le commandant SS n'était pas un imbécile. Après quelques heures je sentis le train ralentir, dépasser une gare et stopper brusquement. Les portes grincèrent en s'ouvrant. Des SS commencèrent à nous ordonner de descendre avec des hurlements. Josef et moi-même regardâmes le cordon de mitrailleuses tout autour du train et nous nous sentîmes défaillir.

Peut-être restait-il quand même une petite chance, un petit trou dans le filet mais ce mince espoir fut vite réduit en poussière.

L'officier SS au fouet hurla :

— Vous allez être comptés et vous serez comptés plusieurs fois au cours du voyage. Si, à quelque étape que ce soit, un homme est porté manquant, deux hommes de son wagon seront fusillés sur le champ.

Mes espoirs s'évanouirent et à côté de moi Josef murmura :

— T'en fais pas, pense à la ferme.

C'était en effet une pensée réconfortante. Les champs seraient plus difficiles à garder et pour notre tranquillité d'esprit c'était une bénédiction d'ignorer que la ferme en question était Auschwitz.

Et on continua. Après pratiquement vingt-quatre heures de voyage, il n'y avait plus rien à manger mais là n'était pas l'essentiel. Nous n'avions plus d'eau et dans la chaleur suffocante du wagon surpeuplé la soif commença son travail de sape ; nous savions aussi qu'il n'y avait aucun espoir d'obtenir de l'eau dans une gare puisque notre train s'en arrêtait bien loin et nous regardions à chaque fois les SS boire l'eau de leur bidon tandis que l'on nous comptait.

Le voyage dura exactement deux jours et demi. Enfin le train ralentit pour un dernier arrêt. Je regardai par la fenêtre pour voir où nous étions. Je vis apparaître un étrange spectacle. Je vis des miradors mais ils étaient vides. Je vis des bâtiments en briques, solidement construits, contrastant fortement avec les sordides baraquements en bois de Maïdanek. Manifestement c'était un camp de concentration mais tout à fait différent de tous ceux que nous avions connus.

Nous nous arrêtâmes. Les portes s'ouvrirent et les gardes nous firent mettre en rang et nous ordonnèrent de marcher.

J'étais aux abords d'Auschwitz.

VI

Il était neuf heures du soir ce 30 juin 1942, heure agréable, le crépuscule tombait, estompant les réalités, accentuant la beauté du paysage de sa douce lumière. Je découvrais des buissons et des arbres, contraste apaisant après la désolation et le vide absolu qui environnaient mon dernier camp, c'était un bon point pour Auschwitz.

Les galoches en bois qu'on m'avait données à Maïdanek faisaient un bruit inhabituel. J'étais de nouveau sur une route goudronnée, une route civilisée, à cent lieues de la poussière, des gravats, de la pourriture de Maïdanek. Deuxième bon point pour Auschwitz.

Ce n'était que de premières impressions, fugitives, à peine conscientes. Je me concentrais sur ce qui nous attendait, sur ce camp qui jusque-là n'était qu'une ombre noire dans la nuit tombante et dont les caractéristiques se révélaient à nous au fur et à mesure que nous nous approchions.

J'avais vu le projecteur en sautant du wagon. Fixe, il éclairait un rayon d'environ cinquante mètres autour de l'entrée. A présent nous étions dans sa lumière, en vue du grand portail en fer forgé à double battant, du mirador où était placé le projecteur et des SS.

Ces hommes en uniforme vert, impeccables, me donnèrent le premier soupçon qu'Auschwitz était différent de tous les autres endroits que je connaissais déjà. J'avais vu beaucoup de SS mais pas exactement comme ceux-là. Ils étaient alignés sur le côté droit de la route, placés à deux mètres l'un de l'autre, comme des statues, tenant en laisse de la main gauche un berger allemand et de la main droite une mitraillette ou un fusil. Ils étaient impassibles. De leurs silhouettes raides, immobiles, se dégageait une impression d'efficacité froide et impitoyable, leur vue me laissa perplexe.

Nous étions pourtant déjà surveillés de très près. Il y avait assez d'armes pour nous supprimer tous en quelques minutes. Que leur fallait-il de plus ? Pourquoi tous ces chiens ? Étions-nous de dangereux assassins ? des saboteurs ? la fine fleur des armées alliées ? Bizarre, cela n'avait aucun sens.

En vérité, rien n'avait de sens pour moi ce premier soir à Auschwitz ; à chacun de mes pas mes sentiments changeaient du tout au tout. Je regardai à nouveau le portail et vis pour la première fois tout en haut l'inscription en grandes lettres de cuivre : « Arbeit Macht Frei. » Le travail rend libre. Bientôt ce slogan allait faire de nous de lamentables guignols. Pourtant en ce soir de juin j'y croyais et cela me donnait du courage. « Le travail rend libre », j'étais jeune et fort et prêt à travailler autant qu'ils le désiraient.

Un énorme poteau rouge et blanc, semblable à une barrière de passage à niveau, se releva lentement devant le portail qui s'ouvrit en même temps. On nous fit entrer par rangs de cinq, un SS nous compta et aussitôt l'image réconfortante que m'avait inspirée l'inscription sur le portail disparût.

Un SS nous observait, un Oberscharführer — sergent-chef — l'un des hommes les plus grands qu'il m'ait été donné de voir, un géant de près de deux mètres, les deux mains posées sur une immense matraque qui lui arrivait presque au menton. Ce n'était pas sa haute stature, ni son faciès de gangster, ni son regard fixe, ni l'indifférence avec laquelle il nous observait qui le faisaient immédiatement remarquer, bien que tout cela y participât. C'était l'atmosphère qui l'entourait, une atmosphère diabolique de mort, quelque chose qui me fit instinctivement penser que dans cette longue carcasse il n'y avait pas une once de pitié, pas une once de bonté ou même de respect.

Et cette fois ma première impression fut la bonne. Nous nous trouvions en face de Jakob Fries [1], l'une de ces brutes intégrales produites par Auschwitz, qui engendra tant de meurtriers.

Pour moi Fries est Auschwitz et le restera à jamais.

Nous le dépassâmes et je vis un autre spectacle qui me glaça les sangs. De chaque côté du portail, il y avait une double rangée de poteaux en ciment blanc, surmontés d'une ampoule électrique. Sur chaque poteau dans une douzaine d'isolateurs en porcelaine passaient des fils électriques qui vraisemblablement encerclaient entièrement le camp, le courant haute tension qui circulait dans tous les fils signifiait la mort immédiate.

A ce moment-là le projecteur se mit à tourner et pour la première fois je vis le mirador avec précision. C'était une construction bien conçue avec des fenêtres sur trois côtés, le quatrième était ouvert et on y voyait un SS debout derrière une table sur laquelle était posée une mitrailleuse.

Le système de sécurité d'Auschwitz était le suivant : une série de miradors entourait le camp, ainsi que des barbelés sous haute tension et un éclairage permanent qui faisait que personne, absolument personne, ne pouvait se déplacer la nuit sans être repéré.

Je n'avais jamais vu une telle surveillance et j'en ressentis une profonde démoralisation, n'étais-je pas venu ici dans le but principal de m'évader ! Mais plus encore que démoralisé,

---

1. A Nuremberg en 1952 Jakob Fries fut condamné à quatorze ans de prison pour des crimes commis contre des prisonniers politiques allemands au camp de concentration de Sachsenhausen. Huit ans plus tard il bénéficiait d'une libération conditionnelle accordée par le ministre de la Justice du chancelier Adenauer. Il fut de nouveau arrêté le 12 juin 1961 pour des crimes combien plus importants commis à Auschwitz mais cette fois il bénéficia d'une libération provisoire sous caution en attendant sa comparution devant la Cour de Francfort. Au début de 1963 cependant, le Procureur général abandonnait les poursuites contre lui parce qu'il avait déjà été condamné à quatorze ans de prison dans un procès précédent et qu'il était hautement improbable que sa peine soit augmentée.

je fus abasourdi. Que gardaient-ils donc dans ce camp étrange ? Avec ses rues goudronnées et propres, ses devises exaltantes, ses chiens, ses brutes et ses doubles rangées de barbelés meurtriers ! Quel était donc le trésor enfermé ici ? Tout de même cette énorme machine anti-évasion n'avait pas été mise en place uniquement pour garder quelques milliers de juifs insignifiants !

Eh bien j'avais tort. Des trésors, bien sûr, Auschwitz en renfermait : de l'or, des bijoux, de l'argent, des vêtements, des prothèses, des cheveux et même des cendres, sous-produits de l'incinération. Mais les mesures de sécurité concernaient bien les détenus insignifiants que nous étions. En effet, Himmler avait décidé que personne ne s'évaderait. Le reste du monde ne devait jamais connaître l'existence de cet endroit, la plus efficace des usines à tuer.

On continua à avancer dans le camp, toujours des rues goudronnées entre les rangées bien alignées de baraquements en briques rouges. Auschwitz avait été construit avant la guerre pour l'armée polonaise, et chaque construction portait un numéro bien éclairé, le long de rues qui avaient elles-mêmes des noms anodins : rue des Cerises, rue du Camp, etc. A côté de chacune des plaques de « rues », on pouvait voir une belle gravure comique, par exemple un SS bottant les fesses d'un détenu qui lui-même en tombant en faisait tomber un autre et ainsi de suite. Images d'un humour grossier qu'un artisan avait adroitement gravées. Partout je voyais propreté, ordre et fermeté, une main de fer dans un semblant de gant de velours. On nous emmena jusqu'au block 16, un bâtiment de deux étages et on nous fit descendre dans la cave. Sur l'un des murs il y avait un robinet et instinctivement on se précipita dessus, on n'avait rien bu depuis deux jours et demi mais avant de l'avoir atteint on entendit un bruit de bottes venant de l'escalier et une voix rugir :

— Du calme.

Un homme trapu nous observait comme l'aurait fait un boucher dans un abattoir. Il portait un pantalon de prisonnier bien repassé, une veste militaire bleue boutonnée jusqu'au menton et une barrette noire. C'était un kapo évidemment, mais pas clownesque comme ceux, indisciplinés, que nous avions connus à Maïdanek. Cet homme investi d'autorité était un vétéran, le triangle vert sur sa veste m'indiqua que c'était un droit commun, ce n'est que plus tard que j'appris qu'il était un assassin.

Autour de lui se tenaient des kapos de moindre importance. Les mains sur les hanches il cria :

— Le chef de block c'est moi. Vous êtes au camp de concentration d'Auschwitz et il vaut mieux ne pas l'oublier. On n'est pas dans un sana, vous n'êtes pas ici pour faire une cure ou passer des vacances. Ici chacun a une chance de survivre mais celui qui enfreint les règlements n'en a absolument aucune. Quiconque me fera lever la nuit à cause d'une bagarre apprendra de quel bois je me chauffe. Quiconque circulera dehors en pleine nuit sera abattu. Obéissez ou vous le regretterez.

Il nous regarda avec dégoût. Nous avions gâché sa soirée par notre arrivée tardive. Puis il remarqua nos regards tournés vers le robinet sur le mur et ajouta plus calmement :

— Il n'est pas interdit de boire cette eau. Mais si vous le faites vous aurez la dysenterie et votre prochaine étape sera le crématoire. Il n'y a pas de place ici pour les mauviettes. Ne buvez que du thé. Vous en aurez demain matin. Et rappelez-vous ceci, ici il y a les bien-portants ou les morts.

Il remonta d'un pas lourd l'escalier suivi de ses assistants et je le regardai partir, perplexe. C'était visiblement un homme dur et impitoyable, pourtant il avait eu l'honnêteté de nous avertir de ne pas boire cette eau. Tout ce que je venais d'apprendre sur Auschwitz jusque-là me paraissait sévère mais fonctionnel, contrairement au chaos de Maïdanek, et puis il y avait... « Arbeit Macht Frei. » Une consolation, illusoire peut-être ! Couché sur le sol de la cave, je m'endormis.

Le lendemain matin à cinq heures le bruit de ferraille d'un gong nous réveilla et je pus entendre le camp se remettre à vivre. De partout nous parvint le claquement des galoches, en regardant par la fenêtre qui se trouvait au niveau du sol, je les vis courir, des centaines de paires de jambes, sans corps, s'affairant, se bousculant, trébuchant mais toujours courant comme s'il s'agissait de sauver leur vie.

Ils continuaient leur chemin sans fin et sans but, le bruit de leurs pas était ponctué d'ordres stridents, du son sourd des coups, de cris, de plaintes désespérées. Un nouvel Auschwitz m'apparaissait !

Notre porte fut poussée avec violence et une équipe de détenus entra portant des tonneaux de thé fumant. Tandis que nous buvions goulûment, le chef de block arriva et dit : « Aujourd'hui vous pouvez vous promener dans le camp. Il n'y a pas encore de travail pour vous. »

Dès que nous eûmes bu le thé jusqu'à la dernière goutte, on nous rassembla, toujours vêtus en civil, pour l'appel. Tout cela pour moi était de la routine, j'avais tout appris à la dure à Maïdanek. Aussitôt que ce fut terminé, je commençai à déambuler dans le camp, comme un touriste, avec Ipi Müller, un homme âgé qui avait fait le voyage avec moi dans le même wagon depuis Maïdanek. Il me semblait âgé mais il n'avait sans doute pas plus de quarante-cinq ans, tout en marchant il me dit :

— Je vais peut-être trouver mon fils ici.

Je savais tout sur son fils. Il m'en avait beaucoup parlé pendant le voyage, c'était à ses yeux un grand violoniste. J'avais pensé alors qu'Ipi était vraiment un homme bien : tout pauvre tailleur slovaque qu'il était, il avait payé des leçons de violon à son fils et même dans le wagon répugnant il ne pensait qu'à lui plutôt qu'à sa propre personne. Je lui répondis :

— Oui, Ipi. Nous allons sûrement le trouver.

A cet instant-là un orchestre se mit à jouer de la musique militaire. Ipi se figea, ses yeux brillèrent et sur son fin visage ridé un doux sourire apparut. Il m'attrapa le bras et en nous tournant vers la musique, nous vîmes l'orchestre près du portail, sur une estrade.

Toujours accroché à mon bras, Ipi me dit dans un murmure :

— Il est sûrement là Rudi. Il est sûrement en train de jouer.

Nous nous dirigeâmes vers l'orchestre mais nous n'arrivâmes jamais assez près pour voir si le fils d'Ipi en faisait vraiment partie car subitement le camp se transforma. Nous entendîmes crier « AU TRAVAIL », l'ordre était hurlé de partout à la fois répercuté comme un écho. Puis, le claquement des galoches reprit, plus rythmé cette fois et nous vîmes, venant de chaque section des milliers et des milliers d'hommes, comme une armée de fourmis, défilant en rangées régulières de cinq. Le portail s'ouvrit et la colonne apparemment sans fin quitta le camp.

Je les observais attentivement et j'étais affreusement bouleversé. Quelques-uns semblaient en forme, mais dans l'immense majorité ils étaient décharnés, blafards, squelettiques. Ils se déplaçaient avec des mouvements saccadés de marionnettes, s'efforçant de suivre le rythme des bien-portants comme si leur vie en dépendait, d'ailleurs c'était le cas. Je devais vite apprendre que ceux qui ne pouvaient pas travailler étaient tués soit dans les chambres à gaz, soit par une injection de phénol dans le cœur, faite par un membre du « service de santé », le SS Josef Klehr.

La pitié toutefois fit vite place à des préoccupations plus égoïstes. Ces hommes allaient Dieu sait où mais au moins ils laissaient derrière eux pour un temps les miradors et les fils à haute tension. Mes envies d'évasion, mises à mal la veille au soir me revinrent, ce qui montre à quel point j'étais encore naïf.

Le camp semblait vide à présent. Cependant, ceux qui y étaient restés n'étaient pas inactifs. Ils s'affairaient à des tâches mystérieuses, toujours en courant, tandis que les kapos hurlaient et que les SS les surveillaient, indifférents. Ceux qui traînaient étaient matraqués, fouettés, je n'arrivais pas à comprendre ce qui justifiait une telle frénésie.

Un cri derrière moi me rejeta dans la réalité. Je fis un saut de côté juste à temps pour éviter d'être renversé par une énorme charrette tirée par un groupe de prisonniers ukrainiens. Elle s'arrêta devant la porte d'un grand bâtiment sans fenêtres à quelques pas de là, je m'en approchai, curieux de ce qu'ils allaient charger.

Les doubles portes s'ouvrirent, deux prisonniers sortirent, ils bavardaient en polonais et riaient. Les Ukrainiens tournèrent la charrette pour qu'elle se trouve perpendiculaire au bâtiment, au niveau des six marches devant les portes.

Les Polonais cessèrent leur bavardage, ils se placèrent face à face, les bras légèrement écartés, tendant les paumes ouvertes vers le ciel comme deux lutteurs prêts à se battre. J'essayai de regarder à l'intérieur, mais il faisait trop sombre et j'étais trop de côté. Je remarquai que deux des Ukrainiens avaient grimpé à l'arrière de la charrette et attendaient, tendus eux aussi. Je me dis qu'il allait se passer quelque chose d'intéressant.

Ce fut le cas, en effet. Subitement, de l'obscurité du couloir, un cadavre humain nu jaillit comme une flèche, tête la première, bras tendus. Les Polonais l'attrapèrent au vol, chacun par une cheville et un poignet, et l'expédièrent vers la charrette.

Il s'écrasa sur les planches, maigre, gris, tordu. Les Ukrainiens le saisirent et coururent — oui coururent — vers l'autre extrémité de la charrette, ils l'étendirent correctement puis coururent en sens inverse saisir un autre pauvre corps déformé, le traînèrent et le posèrent sur le précédent.

Les cadavres arrivaient vite à présent comme tirés par des canons. Ils sortaient comme des oiseaux étranges, des plongeurs, les visages tournés vers le sol et la tête la première. Les Polonais les réexpédiaient et ils tombaient au rythme régulier d'un métronome de cauchemar : slap, slap, slap.

Les Ukrainiens transpiraient, les empilaient par piles de dix, soigneusement, la tête de l'un entre les jambes de l'autre pour gagner de la place ; slap, slap, slap. Un autre, un autre, encore un autre. Ils volaient, pitoyables oiseaux, vides, légers, la peau tendue sur les os. De temps à autre le rythme était rompu par la sortie d'un corps plus lourd, dont la tête était tuméfiée et le corps sanglant couvert d'excréments. Même alors les Polonais ne flanchaient pas, ils ne travaillaient que par réflexes. Leurs muscles se raidissaient et le fardeau allait s'écraser lourdement avec un bruit mat qui ébranlait la charrette.

Les Ukrainiens se courbaient, ils grognaient en soulevant les corps lourds pour les poser sur le haut de la pile. Tandis qu'ils repartaient en courant, je pouvais voir le sang couler lentement des têtes blessées et souiller les autres corps sous eux.

En dix minutes le plancher disparut sous quinze piles de dix. Les Ukrainiens se hissèrent au sommet du chargement, chevilles enfoncées dans la chair morte. Ils ne pouvaient plus courir à présent ; deux autres Ukrainiens grimpèrent sur le tas, se placèrent à l'autre extrémité de la charrette, et il y eut un léger changement de méthode, les corps furent jetés des deux Ukrainiens de l'arrière aux deux de l'avant et ils continuèrent à les empiler. Le bruit changea aussi. Le choc des corps sur le bois fit place à un son émoussé de chair heurtant la chair, bien que parfois un bras ou une jambe cognât les bords de la charrette, interrompant cette sinistre symphonie. Un dernier cadavre disloqué, gris, chauve, bouche ouverte, vint tomber et ce fut fini. Les Polonais fermèrent les portes, se détendirent et reprirent leur conversation joyeuse. On lança des couvertures aux hommes debout sur le chargement macabre, ils les étendirent sur les corps.

Nous, les nouveaux, nous à qui le travail devait apporter la liberté, nous restions là à fixer la charrette, hypnotisés par ce que nous avions vu. Deux cents cadavres venaient d'être entassés en moins de quinze minutes. Le sang de ceux qui avaient été battus avait eu le temps de goutter à travers les corps serrés, il tombait de la charrette et formait une flaque rouge sombre sur le sol propre !

L'un de nous s'exclama :

— Qui sont-ils ? Ils n'ont pas l'air juifs.
— Des Ukrainiens peut-être. Ils sont toujours très durs avec les Ukrainiens.
— Ou des Polonais !
— De toute façon ils ne sont pas Slovaques, dit Ipi Müller, absolument pas Slovaques !

Pour des raisons aussi ridicules les unes que les autres, il était réconfortant de s'entendre dire qu'ils n'étaient pas Slovaques. C'est vrai nous nous sentions complètement étrangers à ce spectacle, nous, encore en vêtements civils. Tout cela ne pouvait arriver qu'à d'autres, qu'à ceux venant de mondes totalement différents. Nous n'étions pas des morceaux de viande. Nous étions des êtres humains. Nous n'étions pas encore dans le bain. Nous voulions échapper à une vérité qui tôt ou tard allait nous rattraper.

Les quatre Ukrainiens sautèrent de la charrette. Un kapo donna des ordres tranquillement. Six Ukrainiens robustes se mirent dans les brancards, firent pivoter la charrette jusqu'à ce qu'elle soit parallèle à la porte du bâtiment. Quelques autres se mirent à l'arrière et un contre chaque roue.

— Hue ! Hue ! commanda le kapo.
— Hue ! Hue ! répondirent en écho les « chevaux » de la charrette et ils tirèrent comme un seul homme. Lentement la charrette s'ébranla, grinçante et brinquebalante. Par-ci par-là le balancement détachait un bras ou une jambe de l'enchevêtrement des corps, ils pendaient sur le côté et ils s'agitaient comme pour dire un dernier adieu à la maison des morts.

Je suivis la charrette du regard tandis qu'elle prenait de la vitesse. « Les chevaux » trottaient à présent et la charrette vacillait tellement que j'eus l'impression qu'elle allait verser avec son chargement, mais non ces hommes savaient ce qu'ils faisaient, il était évident que ce n'était pas leur première course au bâtiment en briques rouges sans fenêtres. La flaque s'étalait, s'infiltrant dans le goudron. Deux détenus arrivèrent avec des balais-brosses et se mirent à nettoyer.

Je leur jetai un regard vague, les voyant à peine tant j'étais loin, suivant en pensée le chancelant wagon de la mort. Quand ils se redressèrent et se tournèrent vers moi, je fus atterré. J'avais devant moi deux de mes amis de Trnava ! Otto Pressburger et Ariel Engel. Leur état me rapprocha un peu plus de la terrible vérité d'Auschwitz.

Quatre mois auparavant, Otto à la forte carrure, aux yeux noirs dans un visage rond, était venu danser avec moi et nous avions rivalisé auprès des filles. Son visage semblait long maintenant que toute chair avait disparu de son corps décharné. La transformation de Ariel Engel était encore plus effrayante. On aurait dit qu'Auschwitz avait choisi chacune de ses caractéristiques pour les effacer avec soin.

Autrefois, on se moquait de son élégance. Maintenant c'était sa tenue zébrée qui le tournait en dérision. Autrefois, il était un bel athlète accompli, il avait une belle allure soignée qui maintenant s'affaissait comme celle d'un très vieil homme, affamé de surcroît. Il était bon musicien, très apprécié dans les soirées, il savait si bien jouer de la balalaïka ! A présent toute sa joie de vivre avait disparu, remplacée par une apathie frappante. J'allai vers eux. Leurs visages s'éclairèrent un instant et puis redevinrent mornes, nul n'avait envie de rencontrer des amis à Auschwitz. Otto me dit :

— Je te croyais en Hongrie. Je pensais que tu avais réussi.

Je hochai la tête. A ce moment-là, la Hongrie était le cadet de mes soucis, ce qui m'importait c'était de résoudre l'énigme posée par ce camp sinistre.

— Que se passe-t-il ici, Otto ? Qu'est-il arrivé à ces pauvres diables ?

— Quels pauvres diables ?

— Ceux de la charrette.

Il me jeta un regard rapide, étonné de mon ignorance, oubliant que je venais d'arriver et que je ne savais rien des habitudes du camp.

— C'est la moisson de la journée.

Il vit à mon expression que je n'avais toujours pas compris. C'est pourquoi il m'expliqua tout, patiemment, comme s'il s'adressait à un enfant.

— Ils sont morts cette nuit. Certains de faim, d'autres de maladie, d'autres encore parce qu'ils ont été frappés un peu trop fort, ça arrive tout le temps.

J'écoutais avec effroi ces mots simples sans réussir à les digérer complètement. Aussi je changeai de sujet et je lui demandai comment lui et Ariel étaient arrivés à Auschwitz.

— Nous sommes arrivés ici avec une fournée de six cents de Trnava, dit-il, il n'en reste que dix.

— Les autres, qu'est-il arrivé aux autres ?

Il haussa les épaules et dit :

— Ils ont eu les sales boulots. On leur a fait brûler des prisonniers de guerre russes qui avaient été tués par les SS. Après cela, ceux qui avaient survécu devaient mourir, ils en savaient trop.

— Et toi, et tes frères ?

Il me répondit presque machinalement comme s'il me donnait l'heure, ou me lisait les résultats d'un match de football. Ce n'était pas par manque de sensibilité qu'il me parla ainsi mais par fatalisme.

— Mes frères sont morts, tous les quatre. Quant à moi, à toi, qu'allons-nous devenir ? Les chances de survie sont minces, ce n'est qu'une question de jours, de semaines, peut-être de mois.

C'était de bien sombres paroles et pourtant il parvenait malgré tout à y glisser une lueur d'espoir. Il me faisait un compte rendu exact et précis de la situation, on pouvait cependant entendre au son de sa voix qu'il n'était pas encore brisé.

Ariel Engel était bien différent. D'une voix déjà éteinte, il dit :

— D'ici peu nous volerons tous à travers cette porte. Dans quelques jours peut-être, ce n'est qu'une question de temps.

Je le regardai. Dans ses yeux autrefois riants et gais, on pouvait voir se profiler l'ombre de la mort.

Otto rit gauchement et dit :

— Ne t'occupe pas d'Ariel. C'est un pessimiste.

Un kapo vociférant, fouet à la main, interrompit la conversation. Otto et Ariel partirent d'un pas rapide vers une tâche mystérieuse et sans importance et moi je restai là à ruminer leurs paroles, à les passer au crible. Je décidai après mûre réflexion que survivre était possible pour des gens comme Otto et moi qui avaient en eux la volonté de vivre, mais pas pour les Ariels du camp qui avaient déjà accepté la mort.

Le lendemain notre situation changea. Nous portions encore nos vêtements, ce qui était un désavantage car les autres prisonniers s'écartaient de nous, effrayés de parler avec des nouveaux, ces idiots dangereux dont l'ignorance pouvait leur apporter des ennuis. Patience, nous étions sur le point de devenir des membres à part entière du club d'Auschwitz.

On nous conduisit aux douches et on nous fit déshabiller. Les kapos hurlèrent :

— Aux douches !

Un instant nous restâmes devant la porte, hésitants, nous étions quatre cents et il n'y avait de place au plus que pour trente, que fallait-il faire ?

Les kapos trouvèrent vite la solution à ce problème. Promptement ils circulèrent à travers notre groupe de corps nus et à coups de matraque nous entassèrent tous dans la petite salle de douche, puis de forts jets d'eau glacée entraînèrent la saleté qui nous collait à la peau en même temps que le sang de nos nouvelles blessures. Confusément, à travers le bruit de l'eau et le désarroi indescriptible dû à la panique j'entendis nos nouveaux maîtres crier :

— Dehors, tous ! Plus vite, sales porcs !

On se rua sur la porte, se battant pour sortir. Les kapos revenus parmi nous frappaient nos corps mouillés pour nous mettre en rang, un rang frissonnant et sans défense sous le soleil de juillet. Ils nous firent avancer toujours nus d'une cinquantaine de mètres vers un endroit où d'autres prisonniers notèrent nos noms et nos lieux de naissance comme pour une inscription dans une université nouvelle et mystérieuse. Ce fut la dernière fois que j'utilisai mon nom officiellement, pour les deux ans à venir, maintenant j'étais le détenu n° 44070. Je n'allais jamais l'oublier car l'étape suivante dans la cérémonie d'initiation était le tatouage.

Derrière une table étaient assis deux détenus, un Français connu dans tout le camp sous le nom de Léo-le-tatoueur, un Slovaque qui s'appelait Eisenberg. Ils étaient d'un naturel plutôt gai et plaisantaient volontiers à propos de la situation, demandant poliment au bétail où il voulait être marqué : le bras gauche, le droit, sur le dessus ou le dessous du bras. Il y avait quelque chose d'étrangement comique d'avoir le choix en de telles circonstances, c'était un peu comme de demander à un condamné à la guillotine de quel côté il désirait la raie dans les cheveux juste avant son exécution. Pour mémoire, je choisis le dessus de mon avant-bras gauche et à ce jour j'ai conservé ma marque.

Ensuite vinrent les vêtements, les tenues zébrées. Une veste, un pantalon, un chapeau déformé et des galoches. C'était bien sûr humiliant mais moins que d'être nu et je les enfilai avec soulagement.
Je faisais maintenant partie du troupeau, un numéro en rayures, anonyme, inconnu qui, s'il se déplaçait vite et ne se mêlait de rien, passerait inaperçu.

Toutes ces activités, douches, enregistrement, tatouage, habillage, furent très longues. Commencées le matin, elles n'étaient pas terminées le soir. J'étais en général parmi les premiers dans la queue, ce qui signifiait que je devais attendre que tous les autres soient passés par chaque étape ; tandis qu'on continuait à distribuer les vêtements, je remarquai deux jeunes détenus polonais en pleine conversation. Leurs vêtements attirèrent mon attention. Ils semblaient sortir de chez un bon tailleur. Leurs casquettes de forme régulière étaient portées crânement. Le pli de leurs pantalons était impeccable, leur veste parfaitement à leur taille, l'ensemble leur donnait une confiance en eux-mêmes qui frisait l'arrogance. Ils tranchaient sur tous les autres, parce qu'ils étaient robustes et bien nourris. Aucune trace de pâleur carcérale sur leurs visages, ils étaient au contraire bronzés et en bonne santé. Voici, décidai-je, des hommes qui connaissaient le secret de la survie et qui pourraient m'aider.

D'un pas délibéré, j'allai vers eux et me présentai. Ils cessèrent leur conversation et me dévisagèrent avec perplexité un moment, j'eus soudain l'impression d'être un petit garçon de sixième qui aurait eu l'audace d'interrompre des élèves de terminale. Enfin, l'un d'eux me sourit et me dit d'un air condescendant :

— Tu es nouveau, n'est-ce pas ?

— Oui, je suis ici depuis deux jours et vous depuis quand êtes-vous là ?

Ils échangèrent un sourire amusé, indulgent. Le plus grand me dit :

— Deux ans.

Deux ans ! Mon cœur fit un bond dans ma poitrine et je me rappelai les propos démoralisants d'Ariel et même ceux d'Otto, mes amis avaient parlé jours, semaines et mois, je pus rejeter avec soulagement leur pessimisme outrancier, visiblement ils ne savaient pas de quoi ils parlaient. Les deux Polonais continuaient à me regarder avec un sourire narquois, amusés par l'impertinence et l'ignorance de ce nouveau venu. Je leur rendis leur sourire et dit :

— Deux ans, bien, très bien. Des imbéciles m'ont affirmé qu'ici on ne durait pas plus de quelques jours.

J'avais dû, à mon tour, prendre un petit air condescendant car l'attitude de ces deux aristocrates du camp changea immédiatement. Non seulement ils étaient offusqués qu'un blanc-bec ose les féliciter mais surtout irrités par l'insinuation qu'il pourrait égaler leur exploit d'endurance.

— Écoute l'ami, lança l'un d'eux d'une voix sèche, nous

étions un millier à notre arrivée ici, nous ne sommes plus que quatre. Sais-tu ce que je ferais à Auschwitz si j'étais juif comme toi ?

Je secouai la tête et attendis, avec le sentiment d'avoir été remis à ma place mais je restai attentif à tous les conseils que je pouvais glaner de ces deux jeunes, n'étaient-ils pas la preuve irréfutable que survivre était possible. Un instant il se tut, resta là à me regarder, paupières baissées, avec un air à la fois cynique et de commisération, puis son visage se détendit, il rit doucement :

— Si j'étais toi, dit-il d'une voix encore rieuse, je courrais me jeter sur les barbelés, ils te tueraient bien avant que tu aies pu les atteindre. Suis mon conseil l'ami, meurs aujourd'hui.

Sur ces mots ils s'éloignèrent, je ne les amusais plus, je les ennuyais plutôt avec mon bavardage enfantin et ma naïveté. Je leur jetai un regard furieux, blessé par la rebuffade, amer de leur arrogance, et tout en les regardant partir je me surpris à dire à voix haute : « Je serai encore en vie que vous serez morts tous les deux. »

C'était bien sûr dit un peu rapidement dans la colère et pourtant les faits me donnèrent raison. Un mois plus tard une épidémie de typhus exanthématique ravagea le camp et les deux Polonais succombèrent.

Ce soir-là, on nous déménagea dans un autre block. Nous n'étions plus au sous-sol mais dans un grenier aux poutres inclinées sur nos têtes. Le plancher était presque entièrement recouvert de couvertures tachées, élimées, pas très engageantes mais cela valait tout de même mieux que le ciment de la cave. Dès que nous fûmes installés, on nous apporta le dîner : un demi-litre de thé et un morceau de pain... pour chaque homme. Je mangeai le mien voracement, preuve que, lentement mais sûrement, j'étais en train de bien apprendre mes leçons. Pour garder ses forces il fallait manger même si le pain contenait de la sciure et si le thé ressemblait à l'eau des égouts. La force c'était la survie selon ce que nous avait dit le chef de block, pas de place à Auschwitz pour les faibles. Tout en avalant le morceau de pain gluant, je pensais encore : j'arriverai peut-être à voler quelques légumes quand je travaillerai dans les champs.

Je ne devais jamais voir les champs, pas plus d'ailleurs qu'aucun autre, mais pour des raisons différentes. C'est alors qu'un jeune kapo solidement charpenté fit irruption dans notre grenier et se mit à nous examiner d'un regard peu amène. Nous nous tûmes immédiatement, le regardant avec circonspection, nous demandant si cette visite allait nous valoir un matraquage, du travail ou rien de plus qu'une succession d'insultes, nous savions maintenant que nous avions très peu à attendre de ces détenus, membres de la hiérarchie du camp. Je vis un triangle rouge sur sa veste et je me dis que c'était peut-être un bon signe puisque cela signifiait que nous avions devant nous un détenu politique. J'étudiai ensuite son visage, essayant de prendre la mesure de ce nouveau persécuteur mais je n'allai pas très loin car j'y lus un mélange déconcertant d'arrogance, de léger mépris et d'un élément totalement inhabituel : l'humour. Il mit les mains sur les hanches, écarta les jambes et s'écria avec un fort accent viennois :

— Faites-vous voir, mes salauds !

Nous nous tenions devant lui debout, silencieux. Son regard rapide passa de l'un à l'autre, il se mit à marcher parmi nous, balançant paresseusement sa matraque. Il s'arrêta devant un détenu, poussa doucement le bout de sa matraque dans son estomac puis la leva d'un geste vif au-dessus de sa tête. Le détenu fit un saut en arrière, se prit le pied dans un matelas et tomba à la renverse, l'étrange kapo continua sa ronde, secoué de rires, tandis que nous demeurions silencieux, maussades. Il continua ainsi poussant l'un, bousculant l'autre, faisant mine de temps en temps de donner un coup de matraque, qui avait pour effet de disperser les hommes comme des moineaux et toujours s'élevait son rire de gorge profond et sonore. Pendant tout ce temps je ne cessais de me demander si c'était un jeu ou si quelque chose de plus sérieux, de plus sinistre se cachait derrière ce rire.

Nous étions maintenant face à face. Il s'arrêta, m'examina sous toutes les coutures, les coins de la bouche crispés en un sourire cynique. J'attendis, bien résolu à ne pas bouger quoi qu'il arrive, à ne pas être la victime de son humour cruel. C'est d'un cœur léger qu'il m'envoya un coup de poing à l'estomac, je ne bronchai pas malgré la force du coup. Il tourna autour de moi, les sourcils froncés, enfin il me donna une claque sur l'épaule :

— Costaud, hein ?

Je ne répondis rien. Un main énorme s'avança et tâta mes biceps. Instinctivement je les durcis et le kapo m'approuva d'un signe de tête.

— D'où es-tu ?

— De Slovaquie.

Il me poussa encore plusieurs fois, un autre coup sur l'épaule, puis :

— Ah, tu es Slovaque, tu pourrais faire l'affaire. Parles-tu allemand ?

— Oui.

— Bien ?

— Oui, couramment.

Il respira à fond, montrant des dents irrégulières, se donna de petits coups de matraque sur la jambe et me regarda intensément. Je me rendis compte que j'étais en train de passer un examen mais je n'avais pas la moindre idée de ce qui pourrait m'arriver si je réussissais.

Je l'appris vite puisque apparemment je donnai entière satisfaction à mon examinateur. Me donnant un dernier coup avec le bout de sa matraque, il me dit :

— O.K., tu fais l'affaire, viens avec moi.

Il tourna le dos et se dirigea rapidement vers la porte. Je le suivis, inquiet de l'avenir, mais d'une certaine façon assez content puisqu'il semblait m'avoir choisi pour ma bonne santé et ma force. Ce que je ne savais pas en descendant de ce grenier, c'était que le nouveau kapo aux gentils coups de matraque me sauvait la vie.

Je ne savais pas davantage qu'il m'avait acheté au chef de block pour un citron. J'ignorais tout alors de l'immense marché noir qui se pratiquait dans le camp, un marché noir qui permettait à certains de vivre et en conduisait d'autres à la torture et à la mort.

VII

De mon nouveau patron j'appris beaucoup sur Auschwitz, sur l'art de survivre et sur la vie en général. Les leçons commencèrent dès que la porte du grenier se fut refermée derrière nous.

J'eus de suite une agréable surprise, deux autres nouvelles recrues nous attendaient sur le palier : Ipi Müller et Josef Erdelyi, mes vieux copains du convoi de Maïdanek. Ipi toujours à la recherche de son fils le violoniste, et Josef dont la petite amie avait traîné sur les mêmes bancs d'école que moi dans des temps reculés, chez nous en Slovaquie.

La première chose que j'appris fut que le kapo Franz avait de multiples facettes. Tandis que nous descendions bruyamment l'escalier, son attitude fanfaronne et dure s'évanouit pour faire place à une amitié bourrue, tranquille, qui m'inspira confiance. Il nous lança quelques mot brefs par-dessus son épaule qui nous firent comprendre le sort auquel nous avions échappé.

— Vous avez bien de la chance de ne pas aller au travail des champs. Savez-vous ce que cela signifie ?

Il ne nous laissa pas le temps de répondre et enchaîna :

— Déterrer les cadavres et les brûler. La plupart de ceux affectés à cette tâche en meurent, sont abattus ou frappés à mort. Ceux qui restent sont tués dès que tout est terminé, ils en savent trop.

Je repensais à Maïdanek, au jour où je m'étais porté volontaire pour ce travail, au transport quand Josef, Ipi et moi avions discuté des possibilités d'évasion à travers les champs de blé ! Je me rendais compte à quel point nous étions tous les trois innocents et ignorants.

Plus tard, je fus à même de rassembler tous les détails omis par Franz dans son message laconique. Il y avait 107 000 corps enterrés près du camp, dont 20 000 prisonniers de guerre russes qui avaient été assassinés. Toute preuve de meurtre collectif devait être supprimée, non seulement pour effacer les traces du crime mais aussi parce que c'était un danger pour la santé de tous. C'est pourquoi un kommando spécial de mille quatre cents hommes avait été rassemblé pour effectuer cette corvée.

C'était un travail dangereux et répugnant. Une fois les fosses ouvertes, la puanteur se répandait, écœurante. Les prisonniers devaient travailler la plupart du temps à mains nues, enfoncés jusqu'aux genoux dans la chair décomposée des corps mutilés qu'ils ramenaient à la surface. Des SS complètement saouls, armés de fouets et de mitrailleuses, les harcelaient et les persécutaient sans cesse.

L'ivrognerie n'était pas un délit courant parmi les hommes des bataillons « Tête de mort » mais dans ce cas précis ils avaient des excuses, la nature du travail qu'ils devaient surveiller était tellement odieuse qu'on donnait à chacun d'eux une bouteille de schnaps chaque jour afin de les soutenir et incidemment de les désinfecter.

Ils haïssaient ce travail. Ils s'acharnaient sans pitié sur leurs esclaves parce qu'ils voulaient en finir au plus vite avec cette tâche monstrueuse, le fait d'avaler goulûment leur alcool annihilait chez eux toute retenue, ils exécutaient, frappaient à mort tous ceux qui à leurs yeux semblaient ralentir la cadence. Sur les mille quatre cents hommes, seulement trois cents vivaient encore quand on brûla le dernier corps, ils furent aussi exécutés.

Lorsque nous fûmes sortis, l'attitude de Franz changea brusquement une fois de plus. Aussitôt réapparut le vantard, le gueulard. En descendant la « Lagerstrasse », rue principale d'Auschwitz, tandis que nous croisions d'autres kapos et des SS, il se mit à hurler et à nous invectiver :

— Avancez sales youpins ! Vous n'avez pas encore appris à marcher au pas ! Tas de feignants, je vais vous apprendre à vous tenir et à travailler comme des hommes !

Il criait tout en nous menaçant de sa matraque. A n'importe quel SS que nous rencontrions, il pouvait paraître le parfait kapo, cruel, brutal, efficace, pourtant pas une seule fois il ne nous frappa. En tout état de cause, je ne le vis jamais frapper un détenu, ce qui à Auschwitz représentait un bel exploit.

J'appris plus tard les raisons profondes de son comportement. De prime abord il faut souligner que nous avions affaire à un homme honorable, aimable et courtois. Les nazis l'avaient fait souffrir depuis bien plus longtemps que nous, il les haïssait profondément. Sa lutte contre eux avait commencé quand il avait essayé de se rendre, à dix-sept ans, en Espagne pour se battre contre Franco. Malheureusement, il ne dépassa pas la frontière autrichienne et quand les nazis prirent possession de son pays, ils l'envoyèrent au camp de concentration de Dachau.

Après cela, il connut une succession de camps et quand la guerre éclata il devint kapo, car on avait besoin de prisonniers expérimentés et endurcis pour encadrer tous ces innocents, traînés derrière les barbelés par centaines de milliers de l'Europe entière.

— Halte, cochons de juifs !

La matraque siffla au-dessus de nos têtes hérissant les quelques poils que le coiffeur du camp avait laissés. On s'arrêta brutalement devant un autre block, notre nouveau logis. On entra et je vis que je n'allais plus vivre dans un grenier ou dans une cave mais dans une vaste pièce comme n'importe quel autre détenu. Il n'y avait pas de matelas par terre mais des rangées de bat-flanc de trois niveaux, serrés les uns contre les autres, pourtant insuffisants pour nous caser tous car je vis que chaque lit était occupé par deux, trois ou même quatre détenus.

Josef et moi eûmes la chance de mettre la main sur un lit rien que pour nous deux. Assis sur le rebord, nous nous mîmes à examiner notre nouvel environnement. Nous remarquâmes vite que le chef de block et ses subalternes portaient tous le triangle vert des droit commun allemands, ce qui était plutôt de mauvais augure. Le baraquement par lui-même était propre et je fus content de voir que Franz semblait bien s'entendre avec le chef de block. Cela voulait dire que nous ne serions battus ni trop durement ni trop souvent, aucun kapo n'aimant avoir des travailleurs meurtris et ensanglantés dans sa brigade. Cette nuit-là pour la première fois depuis mon arrivée au camp je m'endormis plus facilement.

Le gong nous réveilla brutalement le lendemain matin à cinq heures et nous nous frayâmes un chemin vers la salle d'eau pour essayer de chasser le sommeil, car nous ne disposions que d'eau, faute de temps, de place et de savon.

Nous sortîmes ensuite pour l'appel et un hurlement retentit : « Au travail ! » Encore une fois je vis les colonnes s'acheminer péniblement vers le portail, par rangées de cinq et groupes de cent. Fries, l'infatigable Fries, le monumental Fries, était là comme d'habitude, éliminant les faibles et les malades de son énorme matraque, injuriant et frappant, même les kapos à l'occasion.

J'observais ceux qui avaient été rejetés retourner en courant au camp, essayant désespérément d'être rapides. Ils savaient qu'ils n'avaient plus qu'un seul espoir. Ils étaient les morts-vivants, appelés pour une raison indéfinissable *musulmans*. Les musulmans, des hommes squelettiques, aux yeux vides, qui n'avaient plus de sang dans les veines. Ils se traînaient vers l'enclos où quelques kapos bienveillants leur permettraient peut-être de travailler pour survivre, sinon c'était l'hôpital, une dose de phénol dans le cœur, la mort. Même là bien sûr ils n'étaient pas en sûreté, car un peu plus tard Fries ratisserait le camp éliminant toujours ceux qui créaient du désordre.

Puis ce fut notre tour. Nous passâmes devant Fries et ses

subordonnés qui nous comptaient. Nous nous tenions la tête haute, en pleine forme et je remarquai que Fries ne fit pratiquement pas attention à nous. Franz s'était à l'évidence établi une réputation de kapo efficace et les SS, même Fries, ne jugeaient pas nécessaire de vérifier les rangs de ses travailleurs.

Nous marchâmes le long d'une route sinueuse bordée d'arbres, de bâtiments indéfinissables et par-ci par-là d'une cabane. Franz entonna une marche allemande que nous reprîmes en chœur comme des enfants pendant une excursion. Je me sentais plus léger, non pas à cause du soleil ou des arbres mais parce que j'étais à l'extérieur des barbelés électrifiés, loin des fusils et des chiens. Il n'y avait pas un seul SS en vue et pour moi c'était comme si j'étais libre. En chantant, je donnai un coup de coude à Josef qui me sourit et je sentis qu'il avait la même réaction que moi.

Enfin, nous arrivâmes auprès d'une sorte d'immense entrepôt, une voie ferrée y aboutissait le long d'un quai de déchargement. Nous entrâmes, songeant au travail qui nous attendait et surtout aux grands espaces libres qui nous entouraient. Franz nous fit signe d'arrêter et cela juste au moment où je me serais arrêté de toute façon saisi d'étonnement par ce que je voyais devant moi.

Partout où le regard se posait, il y avait de la nourriture, des montagnes de nourriture. Des murs entiers de boîtes de conserves s'élevaient : du jambon, du bœuf, des confitures, des légumes, des fruits. Des bouteilles d'eau minérale étaient sagement empilées en rangées interminables, vaste armée de petits soldats pétillants. Des hectares de nourriture, jusqu'à des produits gastronomiques raffinés qui venaient de partout et avaient été rassemblés ici dans l'enfer d'Auschwitz.

Franz nous sourit amusé à nous les nouveaux. De sa voix officielle il hurla aussitôt :

— Vous vous trouvez dans la réserve de nourriture SS. Votre travail consiste à décharger les wagons et à ranger les provisions soigneusement. J'insiste sur la nécessité d'une propreté absolue, je ne veux pas voir les soldats allemands contaminés par la vermine juive. Ici vous trouverez de l'eau, du savon et des serviettes, servez-vous-en. Et maintenant au travail tas de feignants !

De la nourriture et la liberté, c'était à peine croyable ! Un train de marchandises se rangeait bruyamment le long du quai, Josef et moi y courûmes en riant avec les autres.

Notre wagon contenait des cornichons hongrois de premier choix. Nous soulevions les caisses, la gaîté au cœur et je murmurai à Josef :

— Ils sont fous ou ils nous prennent pour des demeurés.

Franz vint vers nous d'un pas tranquille. Aimablement il nous dit :

— Allez les gars, bossez. Portez ces cornichons au troisième étage et rangez-les.

Josef et moi prîmes chacun une caisse et on la monta au troisième étage. Il n'y avait personne, j'en profitai et jetai un coup d'œil par la fenêtre pour admirer cette fois d'en haut cette magnifique route ombragée qui pouvait nous mener vers la liberté, soudain toute cette beauté disparut.

— Josef, dis-je d'une voix lugubre, viens voir.

Il vint près de moi en sifflotant et lança un regard pardessus mon épaule. Le sifflement devint hésitant puis s'évanouit, Josef, silencieux un court instant finit par dire entre ses dents :

— Les ordures, quelles fieffées ordures !

Il vit, nous vîmes tous les deux que le paysage entier était délimité par des miradors. Dans chacun, il y avait deux SS manœuvrant une mitrailleuse posée sur une table, comme celle que nous avions vue à notre arrivée près du portail du camp quelques nuits auparavant. Nous comprîmes que les barbelés électrifiés, les chiens et les fusils faisaient partie d'un dispositif destiné à garder les prisonniers enfermés pendant les heures critiques de la nuit. Mais dans la journée on pouvait sans danger nous laisser aller au loin. Ces miradors qui planaient au-dessus du camp, semblables à des cyclopes, étaient capables de repérer le moindre petit chien cherchant à s'échapper, à plus forte raison un zèbre humain, et avant qu'il n'ait réussi à parcourir deux cents mètres hors du périmètre externe, il aurait été abattu par le feu conjugué d'une demi-douzaine de mitrailleuses.

Ce n'était pas tout. De notre poste d'observation, nous pouvions voir des SS et des kapos cachés par les arbres et les bâtiments qui jusque-là ne nous avaient pas paru hostiles. Bien avant même d'être dans la visée des mitrailleuses nous serions pris car à Auschwitz les chemins que les détenus avaient le droit d'emprunter étaient fort limités.

Josef soupira, grommela :

— Allons, viens décharger ces cornichons.

Nous nous rendîmes vite compte, cependant, que l'on nous avait donné un des meilleurs boulots du camp et que la vie quotidienne avec Franz était tout à fait supportable, même si l'évasion ne se trouvait plus être à l'ordre du jour. Une fois les cornichons déchargés et rangés, on s'attela à un autre wagon rempli celui-là de boîtes de jambon emballées dans des caisses en bois. Josef et moi étions en train de déplacer les caisses vers les portes, quand Franz fit son apparition, nous regarda faire avec intérêt et murmura :

— Laissez-la tomber, crétins !

Pendant un court instant on hésita puis on s'exécuta, la caisse se fendit sur le quai et tandis que les boîtes de jambon roulaient à ses pieds, il secoua la tête avec une colère feinte et s'écria :

— Ces imbéciles de soldats. Chaque semaine ils nous envoient une caisse cassée. (Il me désigna de sa matraque :) Toi, va faire un rapport à l'Oberscharführer, en vitesse !

Je sautai du train, passai devant lui, il me mit dans les mains une grande boîte de jambon, et tout bas me chuchota :

— Glisse-la entre les caisses de limonade.

Je pris la boîte, courus au bureau du SS, non sans l'avoir au préalable déposée dans une des cachettes que Franz avait ménagées à cet effet dans le dépôt.

Quelques minutes plus tard, j'étais devant l'Oberscharführer, casquette à la main, le visage sans expression, je lui dis d'une voix monocorde :

— Herr Oberscharführer, le kapo vous fait dire qu'une caisse est arrivée cassée et vous demande respectueusement de venir vérifier.

— Encore une ?

— Oui, Herr Oberscharführer.

Avec un mouvement de colère il prit son cahier de réclamations et sortit précipitamment de son bureau, moi sur ses talons. Il fonça sur Franz qui regardait la caisse endommagée avec une parfaite indignation.

Franz leva les yeux, se mit au garde-à-vous et cria :

— Encore une, Herr Oberscharführer !

— Oui, je parie qu'ils l'ont fait exprès. Je parie qu'il va manquer une boîte.

Franz s'accroupit et commença à compter les boîtes de jambon. Une fois qu'il eût fini, il leva la tête et le regard brillant d'admiration :

— Herr Oberscharführer, dit-il d'une voix pleine de déférence, vous avez parfaitement raison, il en manque une !

Le SS se rengorgea légèrement, une délicate rougeur envahit son visage et il grogna :

— Ils ne l'emporteront pas au paradis. Ils vont cesser de se moquer de moi, cette fois-ci je leur flanque un rapport.

Il s'en alla brusquement. Franz me jeta un regard solennel et doucement me dit :

— C'est une honte, ces escrocs de soldats sont en train d'essayer de voler les SS !

— Oui, Herr kapo, répondis-je d'une voix scandalisée, c'est une honte !

A ce moment-là le SS revint sur ses pas très vite, les sourcils froncés d'exaspération. Il prit Franz à part et lui parla de façon à ce que nous l'entendions tous.

— Tu es sûr que tu peux faire confiance à ces maudits juifs ?

Franz se redressa et d'une voix attristée lui répondit :

— Herr Oberscharführer, je suis kapo depuis trois ans...

— Oui, oui, bien sûr, murmura le SS, je me posais seulement la question...

Nous autres, le menu fretin, n'avions aucune part à ce butin illégal d'une si grande valeur. C'était plus que de la nourriture, c'était une monnaie d'échange avec laquelle les différents kapos faisaient des affaires qui leur permettaient d'avoir une vie plus douce, d'assurer en plus leur sécurité et celle de leurs amis. Les chefs de blocks volaient de la nourriture sur les rations journalières des détenus, les hommes aux cuisines trafiquaient avec la viande. Franz, responsable des dépôts SS, était effectivement un homme puissant, un homme qui avait su se préserver à de nombreuses reprises. S'il n'avait pas remis furtivement un citron à mon chef de block, il n'aurait jamais pu me retirer du kommando du prétendu travail agricole, car cela était strictement interdit. Mais les citrons avaient une grande valeur marchande à cause de leur teneur élevée en vitamines et le chef de block savait qu'il n'aurait aucune difficulté à me trouver un remplaçant à un moindre prix.

Les kapos formaient l'aristocratie des camps, ils avaient leurs chambres personnelles dans chaque baraquement et y offraient de splendides repas à leurs amis. Ils faisaient cuire sur leurs fourneaux des steaks, des frites dont les odeurs s'infiltraient à travers les minces cloisons jusqu'aux détenus affamés, et à l'occasion ils les arrosaient de slivovitz volée aux victimes des chambres à gaz.

Franz était souvent l'invité d'honneur à ces petites réunions intimes. A la différence d'autres kapos cependant, il n'oubliait jamais les membres de son équipe pour les services qu'ils lui rendaient. Parfois, il renversait un pot de confiture ou de cornichons et murmurait :

— Comme je suis maladroit !

Puis il s'en allait, nous laissant manger ce qui s'était répandu à même le sol d'une propreté absolue. Jamais il ne fit d'histoire pour le vol d'une bouteille d'eau minérale, à condition que ce soit fait intelligemment sans laisser de traces suspectes aux SS fureteurs. En contrepartie, nous ramenions pour lui un citron ou deux au camp. Nous savions que nous risquions vingt-cinq coups de fouet ou même d'être tués si nous étions découverts, mais cela valait la peine de s'assurer la protection d'une personnalité aussi importante.

La vie dans le dépôt SS était aussi bonne qu'elle pouvait l'être à Auschwitz pour de vulgaires prisonniers dans notre genre, jusqu'au jour où Franz alla trop loin. Je ne saurai jamais s'il était devenu trop confiant, trop arrogant, trop dédaigneux des SS ou simplement trop négligent. Personnellement, je pense que ce furent les lettres furibondes de l'Oberscharführer à l'intendance de la Wehrmacht au sujet des caisses cassées, qui provoquèrent la riposte. Toujours est-il que quelle qu'en fût la cause, les effets furent draconiens.

Nous reçûmes la visite d'un Oberwachtmeister[1] de l'intendance qui s'appelait Zwingli, un homme grand, aux lèvres minces, à lunettes, aux épaules étroites de clerc de notaire sorti tout droit d'un roman de Dickens. Devant nous tous, il déclara à l'Oberscharführer :

— Je tirerai cette histoire au clair car il se passe ici de drôles de choses. Je vais remettre de l'ordre dans ce dépôt.

Le visage de Franz resta impassible, celui de l'Oberscharführer rougit et il se renfrogna imperceptiblement. L'Oberwachtmeister, pointilleux et irascible, fit immédiatement preuve d'autorité.

— Je veux des sentinelles aux portes, hurla-t-il en montrant du doigt l'entrée, elles fouilleront tout le monde à la sortie y compris les kapos.

Je vis un nuage assombrir les yeux de Franz mais il disparut presque aussitôt tandis que le petit expert, heureux d'avoir une planque qui le tiendrait éloigné du front russe pendant quelques semaines reprit :

— Tout ce qui est entreposé sera vérifié régulièrement,

1. Intendant militaire (N.d.T.).

deux, trois fois par jour si nécessaire sous ma responsabilité personnelle, bien que parfois il puisse m'arriver de déléguer mes pouvoirs à d'autres.

Il partit précipitamment, l'Oberscharführer sur ses traces, pour mettre au point les détails précis du grand nettoyage. Franz nous regarda, soupira et nous dit :

— Mes enfants, ce Zwingli est visiblement un imbécile mais même les imbéciles peuvent être dangereux, surtout quand ils se déchaînent dans toutes les directions à la fois. Je propose une période d'honnêteté scrupuleuse, un certain temps du moins.

Nous fûmes tous d'accord avec lui, surtout lorsque nous vîmes Zwingli à l'œuvre. Chaque fois que l'un d'entre nous sortait du dépôt, les sentinelles fouillaient nos vêtements méticuleusement, à la recherche de tout objet suspect. Un jour, j'entendis un cri et les vis maintenir Josef dont le visage était devenu tout rouge.

Zwingli sortit les rejoindre à toute allure comme un chasseur dont le piège vient de se refermer avec un bruit sec. Les sentinelles au garde-à-vous rapportèrent :

— Herr Oberwachtmeister, ce détenu cache quelque chose dans l'une des jambes de son pantalon.

— Sortez-moi ça.

Ils fouillèrent le bas de la jambe du pantalon de Josef et réussirent à en extirper un petit paquet enveloppé de papier marron bien abîmé. Je me surpris à injurier Josef pour sa bêtise.

— Donne-le moi.

Une sentinelle remit le paquet au militaire qui l'ouvrit vite. J'essayai de voir s'il s'agissait de pain, de cornichons ou peut-être d'un morceau de jambon, mais en m'approchant un peu je vis que ce n'était rien de tout cela, ce n'était qu'une liasse de photographies écornées.

Immédiatement, les yeux de l'Oberwachtmeister se plissèrent de contentement : ah des documents ! des photographies illégales ! un saboteur ! un espion peut-être ? Tandis qu'il passait les photographies en revue, il jetait des coups d'œil fréquents à Josef rouge comme une tomate et la petite lueur disparut de son regard.

C'était des photographies de la fiancée de Josef, de Josef avec sa fiancée, de la fiancée à bicyclette, en maillot de bain, sur une chaise longue, avec la mère de Josef, assise sur un mur, regardant par-dessus le mur, s'appuyant contre le mur, bref sa fiancée photographiée dans toutes les positions permises par la décence et la modestie.

Zwingli devint à son tour écarlate, il respira profondément puis explosa. Il s'avança et commença à frapper le pauvre Josef au visage avec sa galerie de portraits de famille, hurlant entre chaque coup :

— Sale cochon. Tu ne sais pas... photos interdites ici ?

Josef ne bougeait pas. Finalement, Zwingli fut à bout, sans voix et sans force presque simultanément. Il était dépassé par la situation. Il jeta soudain les photographies dans la main de Josef et courut chercher un refuge dans le bureau de l'Oberscharführer.

J'eus envie de rire tellement tout cela était ridicule et envie de pleurer tellement c'était émouvant. Je ne fis ni l'un ni l'autre, occupé que j'étais à me demander comment ce fou avait réussi à conserver les photographies. Comment avaient-elles survécu au déshabillage à l'arrivée et au départ à Maïdanek et une troisième fois à l'arrivée à Auschwitz ? Que leur était-il arrivé quand on l'avait fait entrer et sortir de la douche dans les deux camps ?

Je ne reçus jamais de réponse à ces questions. Quand j'interrogeai Josef, il secoua la tête et me dit en souriant :

— Pour te dire la vérité, je me le demande moi-même !

Pendant que l'Oberscharführer et l'Oberwachtmeister ruminaient ensemble, Franz nous fit un autre discours. Fixant Josef, qui jouait encore avec ses photographies, il nous déclara en nous regardant de travers :

— Faites attention, les enfants, les temps changent !

Notre kapo ne se trompait pas. Il aurait pu tout aussi bien dire que le camp changeait et en cela aussi il aurait eu raison. Alors que la Gestapo déployait ses filets partout en Europe et envoyait de plus en plus de prisonniers à Auschwitz, le taux de mortalité montait en flèche. A présent, les jeunes et ceux encore en bonne santé semblaient submergés par les musulmans, des zombies blêmes, épuisés, se traînant lamentablement, à la merci d'une dose fatale de phénol. A chaque appel les piles des morts augmentaient et les charrettes en bois furent remplacées par des camions pour vider le bâtiment en briques rouges sans fenêtre.

Plus il y avait de détenus, plus il y avait de morts. Ils mouraient sous les coups, de faim, assassinés mais aussi à cause de l'insuffisance des installations sanitaires, qui étaient devenues carrément dangereuses. La dysenterie qui menaçait en permanence, déferla sur le camp mais encore plus terrifiant le typhus exanthématique éclata. Quand les colonnes de détenus se traînaient hors du camp chaque matin pour se rendre au travail en luttant pour rester debout, la matraque de l'Oberscharführer Fries tombait de plus en plus souvent.

Il existait naturellement un vaccin antityphique, découvert pendant la Première Guerre mondiale, ironie du sort, par Weigl médecin juif allemand mais avec la Deuxième Guerre mondiale à son apogée, les stocks étaient rares et il n'était certainement pas question d'approvisionner un endroit aussi hors du monde qu'Auschwitz. C'est ainsi que les autorités du camp qui savaient que l'épidémie se propageait par les poux, décidèrent de s'attaquer à la racine du mal : la saleté ! Dans ce camp où l'eau était rare et le savon encore plus, les détenus mal lavés furent traités comme des criminels, non pas parce qu'ils pouvaient infecter les autres détenus mais parce qu'ils pouvaient contaminer les SS eux-mêmes.

Ce fut une nouvelle inquisition. Les hommes revenaient du travail, épuisés, sales, ensanglantés. Les kapos les harcelaient, les traitaient de sales cochons, expression qui n'était plus une simple insulte mais une condamnation à mort. Se battre pour de l'eau et du savon, c'était se battre pour survivre, et comme toujours ce furent les faibles qui succombèrent dans cette bataille pour la propreté entre détenus.

J'avais de la chance une fois de plus, grâce à Franz, car s'il ne m'avait pas choisi pour travailler aux réserves de nourriture, j'aurais été aussi sale que les autres. Je pouvais rester méticuleusement propre, il y avait suffisamment d'eau et de savon au dépôt pour être sûr que les mains qui touchaient les aliments des SS étaient aseptisées. Pourtant si du point de vue physique, j'étais plus en forme que la plupart d'entre nous, je devais constamment lutter pour ne pas succomber à la dépression. L'odeur de la mort, les squelettes ambulants, la détérioration générale me pesaient et faillirent même m'abattre.

Un matin que nous nous dirigions vers le dépôt, une vilaine odeur diffuse nous enveloppa. Elle devint de plus en plus forte et soudain au détour d'une rue, nous vîmes une colonne de femmes détenues se diriger vers nous et nous comprîmes d'où venait l'odeur. Je n'avais jamais vu d'êtres humains dans un tel état !

Franz arrêta notre colonne pour les laisser passer. Elles se traînaient vers nous, en haillons, têtes rasées, par-ci par-là quelques-unes avaient encore un reste de fierté et portaient de maigres fichus. Leurs visages me glacèrent, des visages dont on ne voyait plus que les os, les yeux vides, aveugles à tout.

Leurs galoches soulevaient la poussière autour d'elles. Des femmes-kapos bien en chair, bien nourries, obscènes de santé, le fouet à la main, les chassaient vers nous, hurlant, menaçant, frappant tandis que des femmes SS surpervisaient la scène accompagnées de leurs bergers allemands. Nous étions là, humiliés par notre propre force, honteux d'être en bonne santé en présence de ces spectres pathétiques.

Peu à peu, elles nous virent, une, puis cinq, puis toute la colonne. Dieu seul sait où elles prirent le courage de rassembler ce qui leur restait de force. Et ces femmes musulmanes relevèrent la tête. Elles essayèrent de se redresser et quand elles furent devant nous, une de ces pauvres héroïnes émaciées nous cria :

— Y a-t-il quelqu'un de Slovaquie parmi vous?

Josef, Ipi et moi répondirent :

— Oui, nous sommes de Slovaquie!

— Avez-vous vu...

Nous n'entendîmes jamais le nom qu'elle essayait de nous crier. Une femme-kapo, énorme, la fouetta en plein visage. Elle tituba mais sa voisine la rattrapa et la porta presque, le sang qui tombait de sa blessure tachant les haillons des deux femmes. Nous les regardions, silencieux, nous savions maintenant que nos paroles ne pouvaient que mettre les fouets en branle.

Je m'efforçai de rester calme mais je n'y parvins pas. Alors que les femmes continuaient à marcher, leurs visages gris semblaient se brouiller devant mes yeux quand soudain l'un d'eux jaillit de la brume et frappa ma mémoire.

C'était ma cousine Eva. Eva de Topolcany.

Elle avait à peu près mon âge, un peu plus de dix-sept ans, pas très jolie mais solide, intelligente, spirituelle et connue de toute la ville pour son élégance. Eva, l'intellectuelle qui parlait si bien l'anglais, Eva la pianiste qui adorait sortir. Eva n'était pas devenue musulmane, elle avait toujours la tête haute. Je l'appelai. Elle se tourna, me regarda surprise, n'en croyant pas ses yeux. Elle fronça les sourcils, me reconnut et la vie revint sur son visage fin et tendu.

— Rudi!

Un fouet s'éleva et retomba mais Eva ne vacilla pas. Je levai la main, elle leva la sienne en un superbe geste de défi et en passant à dix pas de moi elle dit encore :

— Adieu, Rudi, adieu.

Le fouet frappa à nouveau mais sans plus d'effet qu'une tape sur une mouche, ce n'était pas une fille ordinaire, Eva. Sa voix n'était pas forte mais vibrante de courage, pas de plainte, pas d'appel à la pitié. C'était un esprit fort qui n'avait pas reconcé à lutter même au bord de l'abîme.

— Adieu, Eva, bonne chance !

Des mots fous sans aucun sens, des mots vides car je savais et elle savait que la chance ne pouvait plus rien pour elle. Je savais et elle savait qu'elle allait mourir. Je ne me retournai pas quand la colonne disparut derrière les bâtiments.

— Allons, en route, bande d'idiots ! On n'est pas là pour s'amuser, en avant marche.

La voix de Franz était plus cassante qu'à l'ordinaire, lui aussi comprenait.

D'où venaient ces jeunes filles slovaques et où allaient-elles, je ne devais jamais l'apprendre. Quelques jours plus tard, un autre groupe passa près du dépôt et fut entassé par les kapos dans un enclos jouxtant la cour derrière notre bâtiment. Nous savions qu'elles mouraient de faim, nous l'aurions su même si nous ne les avions pas vues tendre leurs bras décharnés à travers les barbelés, attraper dans les ordures des boîtes de conserves vides et les racler avec leurs doigts.

Franz les observa un instant, le front plissé, rongeant l'ongle de son pouce il me dit :

— Rudi, il faut faire quelque chose pour ces femmes.

— Qu'est-ce qu'on peut faire avec tous ces singes armés devant la porte ?

— Je ne sais pas encore mais fais-moi confiance.

Je le laissai faire bien sûr, mais pour une fois je n'avais pas trop confiance en lui. C'est vrai que nous trônions sur une fabuleuse montagne de boustifaille mais le trône était si bien gardé qu'on aurait pu aussi bien se trouver à des milliers de kilomètres de là. J'étais sûr que même Franz l'astucieux n'arriverait pas à passer quoi que ce soit.

Il ne se découragea pas pour autant et au bout d'un moment il vint me trouver :

— Écoute, il y a mille boîtes de marmelade au rez-de-chaussée, de la bonne marmelade italienne avec des noix dedans et je sais qu'il y a exactement mille boîtes parce que ce rat de Zwingli les a comptées deux fois.

Il me sourit, me fit un clin d'œil et ajouta :

— Si je connais Herr Oberwachtmeister, il les comptera seulement une fois de plus. Quand il l'aura fait dis-le moi.

Il me quitta avant que je n'aie eu le temps de le questionner plus avant, mais il ne faisait aucun doute qu'il connaissait bien son Zwingli. Quelques minutes plus tard le petit homme maniaque arrivait en trottinant dans le dépôt et recommençait à compter les boîtes de marmelade. Cela lui prit du temps mais il le fit consciencieusement et quand il eut fini, j'avertis Franz.

— Bon, je savais qu'il reviendrait une dernière fois. Maintenant on peut se servir.

— Et si jamais il revient !

— Il ne le fera pas, trois fois c'est sa ration habituelle.

— Peut-être mais comment diable allez-vous sortir ça ? et les sentinelles ?

Franz était maintenant à son affaire. Il prit une boîte de marmelade, la leva d'une main au-dessus de sa tête :

— Regarde-moi bien, fiston !

Il alla calmement à la porte, la boîte en l'air comme font les garçons de café avec un plateau chargé à travers une foule. A la porte, il leva l'autre bras à la même hauteur et dit :

— Fouillez-moi vite, messieurs, je suis pressé.

Les sentinelles passèrent leurs mains sur ses vêtements, tâtèrent ses poches, les jambes de son pantalon puis le laissèrent passer d'un signe de tête et Franz disparut derrière le bâtiment.

Je courus vers une fenêtre dans les étages d'où je pouvais voir les jeunes filles. Je le vis marcher calmement vers les barbelés et d'un geste habile du poignet envoyer la boîte vers le groupe des Slovaques. La boîte s'écrasa à leurs pieds. Une seconde elles regardèrent surprises cette manne qui tombait du ciel, puis elles se mirent à genoux et la mangèrent. La marmelade disparut en un éclair.

Franz revint en sifflotant. Il était ravi pour au moins deux raisons : parce qu'il avait donné un petit peu à manger à quelques filles et parce qu'il avait si aisément mené les sentinelles en bateau. Je restais inquiet et je le lui dis :

— Comment faire s'il recompte une fois de plus ?

— Il ne le fera pas. Il ne compte jamais plus de trois fois. C'est une créature qui ne fonctionne que par habitude, comme les chiens.

Pour une fois cependant la perspicacité de Franz fut prise en défaut. Zwingli revint et se remit à compter les boîtes pour la quatrième fois.

— Ein... zwei... drei... vier... fünf...

Je courus prévenir Franz. Il poussa tout bas un juron et retourna en courant au dépôt avec moi. Ensemble, nous observâmes le robot humain :

— Fünf und sechzig... sechs und sechzig... sieben und sechzig...

Franz le regardait d'un air rêveur, les paupières baissées. Mon estomac se nouait d'angoisse. Le bourdonnement monotone des nombres continuait sans relâche comme les grains de sable dans un sablier.

L'inévitable approchait et je me mis à transpirer tandis que Franz restait imperturbable.

— Neun hundert sieben und neunzig... neun hundert acht und neunzig... neun hundert neun und neunzig.

Zwingli se redressa lentement, tapota le lobe de son oreille gauche. Il ne nous avait pas vu Franz et moi l'observer d'un des coins du dépôt. Il n'avait rien vu d'autre que les boîtes de marmelade et il n'en croyait pas ses yeux. Pendant un temps qui nous sembla très long il resta là contemplant les piles bien alignées de boîtes de marmelade puis tout à coup il se remit à compter uniquement pour se convaincre qu'il n'était pas fou.

— Ein - zwei - drei - vier - fünf - sechs...

Un répit en somme mais de courte durée. Les hommes comme Zwingli ne font jamais d'erreur et nous savions que le moment du règlement de comptes n'était pas loin. Une question de secondes. Franz me dit d'une voix désinvolte :

— Viens, allons travailler, on n'a rien à faire ici.

On sortit et je recommençai à décharger un wagon comme un automate. Franz cria et plaisanta avec sa bonne humeur habituelle comme si Zwingli était en train de compter des mailles et non d'amasser des preuves qui pouvaient envoyer le kapo responsable des réserves SS à la potence.

— Allons, salopards de yids, plus vite, levez ce...

— Kapo !

Franz se tourna lentement presque paresseusement. Son visage était vide d'expression mais respectueux tandis qu'il répondit :

— Herr Oberwachtmeister ?

— Il manque une boîte de marmelade. Quand je les ai comptées ce matin il y en avait mille, il n'y en a plus que neuf cent quatre-vingt-dix-neuf.

Franz fronça légèrement les sourcils, se tapota les dents, regarda Zwingli et répondit d'un air innocent :

— Peut-être avez-vous fait une erreur, Herr Oberwachtmeister, cela m'est souvent arrivé.

Quelle superbe et suprême arrogance ! Zwingli rougit et hurla :

— Je ne me trompe jamais, un de vos sales juifs a volé une boîte !

Se redressant au garde-à-vous, Franz répondit d'une voix forte :

— Eh bien, si c'est le cas, Monsieur, nous trouverons vite le coupable.

Puis se tournant vers nous, il cria :

— Vous avez entendu ce que vient de dire Herr Oberwachtmeister. Lequel de vous est coupable ? Qui a volé la boîte ? Avouez ou ça va être votre fête.

Personne ne broncha. Tous, à l'exception de Josef, de moi-même et de trois nouveaux détenus français qui avions vu sortir Franz avec le butin, se mirent à s'agiter et à s'interroger du regard avec anxiété. Franz rugit :

— Bon, Herr Oberwachtmeister et moi-même allons maintenant fouiller tout le bâtiment. Si nous trouvons la moindre trace de cette boîte que Dieu vous garde.

Et ils se mirent à fouiller une meule de foin à la recherche d'une aiguille qui ne s'y trouvait pas. On continua nous autres à travailler et on les vit revenir une heure plus tard, Franz toujours très maître de lui, par contre Zwingli était au bord de la crise de nerfs.

— Je vous tiens pour responsable kapo, siffla-t-il, je vous envoie au block 11.

Le block 11 ! Le block disciplinaire où des pseudo-jugements de moins de trois minutes envoyaient les hommes à la mort.

Franz lui jeta un long regard, à la fois hautain et plein de reproches :

— Monsieur, dit-il doucement, je suis kapo depuis longtemps. Je suis, comme vous le savez, Allemand. Dois-je comprendre que vous doutez de mon honnêteté ?

— Emmenez-le, grogna le Wachtmeister, mais je vis bien qu'il n'était pas à l'aise. Les sentinelles encadrèrent Franz qui m'envoya un clin d'œil rapide en partant.

Zwingli alla dans son bureau, quelques minutes après il appela le kapo en second, un Polonais appelé Skharzinsky qui ne nous aimait guère nous autres les juifs mais que Franz avait réussi à tenir à distance jusqu'à présent. Une demi-heure plus tard, Skharzinsky revint et en souriant s'adressa à Josef et moi.

— Écoutez les gars, je sais à peu près comment ça s'est passé et ça va barder, ce type, Zwingli, va faire un malheur. Si vous me dites exactement comment ça s'est fait, je crois pouvoir tout arranger.

Josef et moi le regardâmes, le visage sans expression aucune :

— Nous ne savons rien, dis-je, je continue à croire qu'il a dû mal compter.

Il se tourna vers les Français, des nouveaux qui n'avaient pas encore compris ce qu'était Auschwitz. Dans un français courant, il essaya à nouveau son cinéma et ça marcha.

Je ne comprenais pas un mot de ce qu'ils disaient mais de la façon dont ils tenaient leurs maisons en l'air et désignaient la porte, je compris qu'ils décrivaient en détail ce que Franz avait fait de la boîte de marmelade.

Le kapo en second approuva sèchement de la tête et retourna au bureau de l'Oberwachtmeister. Quelques instants plus tard, ils se dirigèrent tous les deux vers l'enclos où s'étaient trouvées les jeunes filles slovaques et revinrent avec des débris suffisants pour faire pendre Franz.

Zwingli l'envoya immédiatement chercher et les mains derrière le dos le regarda fixement en disant :

— C'est toi qui as volé la marmelade, avoue !

— Monsieur, il m'est égal de souffrir inutilement, répondit Franz, je vous répète que je suis un prisonnier allemand et en tant que tel j'espère que justice me sera rendue.

Lentement Zwingli ramena les débris de derrière son dos et en frappa Franz au visage.

— C'est toi qui l'as volée, hurla-t-il, tu l'as mise dans ta main et au-dessus de la tête pour passer devant les sentinelles, puis tu l'as jetée à ces salopes de juives.

Franz nous regarda à tour de rôle :

— Quel est le cochon de salaud qui m'a donné ?

On l'emmena une seconde fois et j'étais sûr de ne plus jamais le revoir.

Très vite des nouvelles filtrèrent jusqu'à nous, il n'avait pas été condamné à mort mais la sentence d'une certaine façon était pire que la mort.

Il fut condamné à cinquante coups de fouet (le chat à neuf queues), à quinze jours debout dans une cellule et au kommando disciplinaire « à vie ». Nous savions tous que la mort était inscrite à l'ordre du jour de ces trois châtiments.

Nombreux étaient ceux qui mouraient sous les coups du chat à neuf queues. Beaucoup devenaient fous ou mouraient dans la cellule qui n'était pas plus grande qu'une cabine téléphonique sans fenêtre où cinq prisonniers étaient enfermés chaque soir après le travail, dans l'obscurité la plus complète sans chaussures, debout sur le ciment. Un homme seulement pouvait s'asseoir et au bout de quelques nuits des bagarres éclataient pour ce privilège.

Si Franz arrivait à supporter ces deux tortures, je pensais que ce serait déjà surhumain mais même s'il y arrivait il ne pourrait jamais endurer le kommando disciplinaire dont le seul but était de tuer à petit feu.

Le travail consistait à creuser de grands fossés de cinq mètres de profondeur sur six mètres de large autour du périmètre du camp pour renforcer le système de sécurité. On ne donnait aucun outil aux détenus qui devaient donc creuser avec leurs mains nues et transporter la terre extraite dans leur casquette. Chaque matin en se rendant au travail, ils tiraient une charrette pour ramener les corps de ceux qui succombaient et en général elle était très chargée au retour car les kapos et les SS qui surveillaient ce kommando étaient choisis pour leur sadisme.

Quand les prisonniers transportaient la terre, par exemple, ils devaient courir entre deux rangées de kapos qui les frappaient violemment. Si un homme tombait et ne pouvait pas se relever, un kapo s'écriait d'une voix forte :

— Voyons s'il fait semblant ou si vraiment il ne peut plus courir.

Tandis que les autres regardaient en ricanant, il le frappait à mort puis grimaçait :

— Il ne peut vraiment pas courir !

D'autres avaient un sens de l'humour plus subtil. Il y avait le kapo flemmard, virtuose du lasso, qui ne prenait son poste que le soir. Après dîner, il regardait la grande caisse destinée aux corps de ceux qui expiraient la nuit. Si elle était vide, il fixait les autres kapos avec stupéfaction et disait :

— Il y a quelque chose qui cloche.

Puis, en riant, il se lançait à la poursuite des détenus avec son lasso jusqu'à ce que le nœud coulant glisse autour du cou de l'un d'entre eux, ensuite les gardes se mettaient en cercle et contemplaient l'horrible rodéo qui se terminait toujours par une strangulation très applaudie. Le kapo flemmard se mettait alors à bâiller et annonçait :

— C'est assez pour ce soir, au revoir, je m'en vais.

J'avais entendu ces histoires bien avant qu'on n'arrête Franz, d'ailleurs il m'en avait raconté quelques-unes lui-même. Tout en sortant les caisses du wagon cet après-midi-là, je me mis à espérer que Franz trouve la mort rapidement, que le premier coup de fouet fasse éclater ses reins.

Mes raisons de lui souhaiter une mort rapide étaient charitables mais j'avais sous-estimé la puissance de Franz. J'avais oublié les assurances souscrites depuis si longtemps, les primes qu'il avait payées à des kapos influents sous forme de citrons, de jambon, de salami et de marmelade.

C'est ainsi qu'au moment où il dut subir le fouet, un kapo chuchota aux deux détenus chargés de l'opération :

— Allez-y mou avec Franz, soyez convaincants mais allez-y mou.

Quand il fut enfermé dans la cellule, véritable cercueil vertical, le kapo s'aperçut qu'il n'y avait personne d'autre de prévu cette fois-là pour subir ce châtiment. Il oublia d'enlever les chaussures de Franz et par hasard une couverture avait été laissée sur le sol de la cellule. Quand il arriva au kommando disciplinaire quinze jours plus tard tout le monde s'écria :

— Regardez qui nous arrive, c'est Franz Marmelade.

Ils étaient tous contents de le voir, même le kapo flemmard qui en général était avide de sang neuf pour son rodéo, tellement contents qu'on ne sait ni comment ni pourquoi ils oublièrent de le battre.

C'est un des hommes les plus remarquables que j'aie rencontrés à Auschwitz. Il survécut au camp et aujourd'hui dans sa Vienne natale où il possède un hôtel, il est toujours connu sous le sobriquet de Franz Marmelade.

VIII

L'Oberwachtmeister Zwingli arborait l'air satisfait d'un homme qui venait de faire un bon repas et avait de plus remis le maître d'hôtel à sa place. Les mains derrière le dos, il se dressait sur ses ergots, sa figure rougeâtre et molle esquissait un sourire dédaigneux. A n'en pas douter, c'était son heure.

— Je n'ai jamais aimé les juifs, dit-il doucement, comme s'il faisait une conférence à des anthropologues, je n'ai jamais eu confiance en eux. Mais jamais je n'aurais pensé que même un juif puisse tomber aussi bas que vous autres, rebuts de l'humanité. Votre seule excuse est peut-être d'avoir été influencés par cet ignoble kapo communiste. Mais vous ne vous en tirerez pas comme ça. Vous êtes pire que des voleurs. Vous êtes des saboteurs, de la vermine, vous trafiquez avec la nourriture des hommes qui luttent pour sauver la civilisation. Demain, vous serez affectés à d'autres travaux et j'espère bien que le commandant vous enverra au kommando disciplinaire.

La civilisation ! Je pensais aux jeunes filles slovaques affamées, fouillant les poubelles, aux musulmans baignés dans une aura de mort, aux matraquages, aux tueries, aux assassinats. Je regardais avec étonnement ce visage bouffi plein de tics et subitement je compris qu'il croyait aveuglément à tout ce qu'il disait.

Pourtant, son vœu de nous voir transférés au kommando disciplinaire ne fut pas exaucé, Fries avait d'autres projets pour nous ainsi d'ailleurs que le commandant du camp, Rudolf Hoess.

Nous découvrîmes tout cela dès notre retour au camp, après un dernier regard au « havre » de Franz Marmelade, comme il fut appelé par les prisonniers, les kapos et même les SS, dès ce moment-là. En entrant dans notre block si propre si clair, on nous dit sans ménagement :

— Vous êtes transférés au block 18, au kommando Buna.

Ainsi nous n'allions pas au kommando disciplinaire mais à Buna. Nous nous regardâmes, Josef et moi, nous demandant lequel des deux était le pire, ce nom étrange traînait dans le camp depuis longtemps comme le ferait une odeur désagréable, impossible à identifier. Très peu savaient de quoi il s'agissait mais tous savaient que c'était un endroit à éviter.

Nous devions très vite apprendre le bien-fondé de ces rumeurs. A trois heures le lendemain matin, on nous réveilla et on nous rassembla devant notre block. Josef marmotta :

— Au moins nous allons couper à l'appel.

C'était à peu près le seul avantage du kommando Buna sur les autres kommandos. Un kapo allemand, au triangle vert des droits communs, se pavanait devant nous et se mit à hurler :

— Il y a des nouveaux parmi vous. Laissez-moi vous donner un petit conseil. Quand on vous donnera votre pain le soir, n'en mangez que la moitié. Gardez le reste pour le lendemain matin car vous n'aurez rien d'autre jusqu'à midi. Non seulement vous avez une longue marche épuisante devant vous, mais vous allez travailler bien plus dur que vous ne l'avez jamais fait et ceux qui partiront le ventre vide mourront.

A ces mots mon ventre vide répondit par un gargouillement. Il ajouta avec brusquerie :

— Avez-vous tous du pain ?

Personne ne dit mot, Joseph, Ipi et moi moins que quiconque, nous savions maintenant qu'il était toujours préférable de se taire. Le kapo s'approcha vite de nous, et dit :

— C'est bien votre premier jour à Buna ?

— Oui, Herr kapo.

— Je parie que vous n'avez pas de pain.

Après réflexion :

— Non, Herr kapo.

Il jura doucement, sortit un morceau de pain de sa poche, le cassa en trois et nous en donna un bout à chacun. Nous le prîmes avec gratitude mais dès cet instant nous sûmes tous les trois que la vie à Buna allait être féroce, les criminels allemands n'avaient pas la réputation d'être généreux.

Ce n'était qu'en partie un acte de générosité. Il ne nous donna pas ce pain seulement pour nous aider à supporter ce qui nous attendait mais surtout parce qu'il ne voulait pas nous voir flancher pendant le trajet. Cela risquait de lui valoir des coups de matraque de Fries. Responsable de son kommando, le kapo était supposé veiller à ce que tous les hommes arrivent en bonne forme au travail. S'il n'y réussissait pas, il en souffrait d'abord en étant battu et il courait le risque d'être rétrogradé à notre niveau. Quelque part, quelqu'un cria :

— En avant, marche !

On commença à avancer vers le portail, colonne après colonne, en brigades de cent hommes. Je me trouvais dans la 16e brigade et en passant devant les SS qui nous comptaient, je vis Fries, matraque à la main, nous regarder méchamment. Cet homme ne semblait jamais dormir, en tout cas à aucun moment il ne relâchait sa redoutable vigilance.

On prit la route goudronnée habituelle, construite du sang des prisonniers, le long des arbres et des bâtiments, jusqu'à un train de marchandises de soixante-dix à quatre-vingts wagons. Des SS avec des chiens et des mitrailleuses nous observaient froidement, alors les kapos entrèrent en lice.

Avant que je n'aie eu le temps de réaliser ce qui nous arrivait, on nous poussa dans les wagons à coups de matraque, à coups de pied en nous injuriant vers la seule issue possible, l'intérieur du wagon. Nous nous précipitâmes et dans notre effort pour échapper aux matraques nous marchâmes les uns sur les autres, nous poussant, nous piétinant à qui mieux mieux. Ceux qui avaient été assommés furent projetés après nous, on les soutint, il n'y avait pas de place pour les asseoir.

Il n'y avait aucune possibilité de bouger, les wagons ayant été divisés en deux compartiments, un pour cent vingt détenus, l'autre pour le kapo et son personnel. Je les observais dans leur compartiment de 1re classe, le criminel de droit commun et son assistant, le secrétaire et son assistant et un beau jeune homme au visage fin qui semblait n'avoir aucune fonction officielle.

Je murmurai à l'oreille de mon voisin :

— Qui est ce blondinet ?

— Le petit ami du kapo bien sûr, qui veux-tu que ce soit ?

Après une attente d'une demi-heure, entassés et empilés, le train fit une embardée et démarra lentement. En route pour Buna, je me disais : Après ce que je viens de voir, mon attitude envers Auschwitz va devoir changer. L'enjeu n'était plus une question de survie à plus ou moins long terme mais de survivre aujourd'hui sans se préoccuper du lendemain.

Le voyage dura à peu près deux heures mais il nous sembla interminable. Tout contre moi il y avait un homme terrassé par la dysenterie, un de ceux qui ne passeraient pas la journée. Dans un coin, un autre, le bras cassé par le coup de matraque d'un kapo, gémissait de douleur. Même ceux qui étaient suffisamment en forme avaient du mal à respirer au milieu de cette puanteur, mélange de sueur, de sang et d'excréments.

Enfin, le train stoppa. Les portes s'ouvrirent et les kapos nous tombèrent de nouveau dessus, nous extirpant des wagons en nous matraquant sauvagement à un rythme infernal et en hurlant sans arrêt :

— Plus vite, salopards, plus vite !

Les SS nous attendaient, en force, avec des fusils et des chiens. Ils ne cessaient de regarder leur montre, tout en gueulant :

— Vite, plus vite, on est en retard. Activez, activez !

Ils nous mirent en rangs et nous firent avancer. La longue colonne de zèbres meurtris se dirigea péniblement vers Buna au rythme régulier des matraques et des coups de feu intermittents.

Devant moi, un homme trébucha. Un kapo le frappa de sa matraque et l'homme sortit du rang en titubant, un SS tira sur lui immédiatement, le manqua et abattit l'homme qui était près de lui. Un autre kapo brailla :

— Ramassez le corps, tas de cochons ! On n'est pas au cimetière ici ! Portez-le !

Le soleil d'été me brûlait la nuque. Le berger allemand qui trottait près de moi haletait. Un homme vacilla, tomba, la balle d'un SS lui emporta le haut de la tête sans que le SS prît seulement la peine de s'arrêter pour tirer. Plus loin devant, un homme se mit à courir comme un fou sur la route et fut fauché par un tir de mitrailleuse... A présent les SS poussaient les kapos à coups de pied et n'arrêtaient pas de beugler :

— Plus vite, tas de cochons, nous sommes en retard !

Ça c'est vraiment l'enfer d'Auschwitz, me disais-je, l'enfer au pas de course, l'Auschwitz que jusqu'à ce jour j'avais réussi à éviter mais je me trompais lourdement, ce n'était que le purgatoire, un avant-goût de ce qui nous attendait à Buna.

Devant moi, j'aperçus le chantier, des piles de bois, des bétonnières et tout l'attirail nécessaire à la construction. Des bâtiments en cours s'élançaient vers le ciel et partout autour de nous des centaines d'hommes s'activaient fiévreusement, comme des fourmis, poussés par les beuglements des chefs de bande. C'était, même de loin, une vision sinistre mais au fur et à mesure que l'on s'approchait tout le processus m'apparut dans son horreur, révélant d'odieux détails.

Des hommes couraient, tombaient, étaient battus et tués. Des kapos, fous furieux, se frayaient un passage sanglant à travers les détenus tandis que des SS tiraient à hauteur de hanche des coups de revolver, comme des cow-boys de télévision qui se seraient égarés dans un film d'une indicible et interminable horreur. Pour ajouter une note odieuse et incongrue au chaos général, il y avait des groupes d'hommes calmes correctement vêtus, se déplaçant au milieu des cadavres qu'ils ne voulaient pas voir, mesurant des charpentes à l'aide de mètres pliants jaunes vifs, écrivant sur des carnets de cuir noir, aveugles au bain de sang.

Ils ne s'adressaient jamais aux travailleurs, ces hommes au complet gris, ils ne s'adressaient jamais aux kapos, les chefs de bande, il leur arrivait de murmurer parfois quelques mots à un sous-officier SS, paroles qui provoquaient aussitôt une nouvelle explosion. Le SS cognait alors méchamment le kapo et ordonnait :

— Fais travailler ces salauds plus vite, feignant, tu ne sais donc pas que ce mur doit être fini à onze heures précises ?

Le kapo se redressait, fonçait sur les détenus, matraque à la main, les frappant de plus belle car à Buna il n'y avait que deux genres de travailleurs, les rapides et les morts.

On nous dirigea vers un entrepôt plein de sacs de ciment. Notre kapo hurla :

— Portez ces sacs là-bas. Allez, au pas de course, courez, tas de cochons !

Quelqu'un jeta un sac de ciment sur mon dos et je courus. A la porte un kapo me donna un coup de matraque sur les reins, je trébuchai mais continuai à courir. Dix mètres plus loin un assistant-kapo me donna un autre coup. Devant moi, un homme tomba, une matraque lui fracassa le crâne. Je butai contre son corps, gardai mon équilibre et laissai tomber mon sac près d'un étonnant grillage fait de gros fil de fer qui serait bientôt recouvert de béton. Josef haletait derrière moi, vite on courut en sens inverse, recevoir d'autres sacs de ciment, d'autres injures et d'autres coups, en une course hallucinante, effrénée, contre la montre, qu'on ne pouvait jamais battre.

Toujours courant, je portais sac après sac, la sueur m'aveuglait, la poussière me desséchait la bouche et la gorge. Des heures, des heures, je ne saurais jamais combien, je courus dans les deux sens. Je savais à présent que j'étais le rouage d'une machine qui serait jeté s'il ne fonctionnait pas.

Enfin un coup de sifflet et le chantier s'arrêta. Le grincement des bétonnières cessa et les hommes s'accroupirent. Je restai là, le corps et la tête paralysés, Josef près de moi; j'émergeai peu à peu du brouillard et aperçus un des robinets dont l'eau servait à faire le ciment. Lentement, comme un automate, je me dirigeai vers lui, j'étais sur le point de l'ouvrir quand on m'agrippa par le bras. Je me retournai brusquement, luttant pour me libérer. Un détenu grand, robuste, d'une trentaine d'années me regarda et dit :

— Pas touche l'ami. Une gorgée et tu chopes la dysenterie, tu es bon pour la poêle à frire!

Alternativement, je regardai le robinet et le détenu, finalement je le remerciai et retournai auprès de Josef et d'Ipi Müller, assis tous deux par terre, la tête sur les genoux.

D'énormes marmites arrivèrent, contenant de l'ersatz de thé et de la soupe. Une soupe claire faite d'ingrédients inconnus et sûrement peu recommandables. On avala le tout goulûment, mais j'avais encore soif et je me remis à lorgner vers le robinet. Je n'étais pas le seul à être hypnotisé. Un Ukrainien famélique, une joue en sang, sauta subitement sur ses pieds et s'y rendit en titubant. Un ami lui cria :

— Stop Ivan, ça va te tuer! Ivan...

Trop tard, l'eau jaillit du robinet sur la tête d'Ivan et il l'avala à pleines gorgées. Son ami courut à lui, le tira :

— T'es fou, cria-t-il, c'est comme si tu étais mort!

Ivan lui sourit longuement en haussant les épaules, répondit :

— La barbe, au moins je ne serai pas mort de soif.

Je regardais autour de moi cette fourmilière géante momentanément immobile. Devant moi, un Polonais était étendu de tout son long, les yeux clos, le soleil brillait sur son visage baigné de sueur. Un de ses compatriotes lui donna un léger coup de pied dans les côtes mais l'autre ne bougea pas, un autre coup et cette fois il ouvrit lentement les yeux.

— Debout, Janek. Ce soleil va te tuer, si tu ne te lèves pas de suite tu ne pourras plus te lever.

Janek referma les yeux et marmonna :

— Fiche-moi la paix, bon dieu, laisse-moi !

Son ami se baissa, le saisit par le bras, le redressa et le remit sur ses pieds. Janek cligna des yeux, eut un rire fou et marmotta des remerciements. Il était à présent tout à fait réveillé et se rendait bien compte qu'on l'avait sauvé d'une mort certaine.

D'autres eurent moins de chance. Quand le sifflet retentit au bout d'une heure, je dus faire un gros effort pour me relever. Certains ne bougèrent pas, ils ne le pouvaient plus et avant que les machines ne se remettent à tourner les kapos firent leur sale besogne.

L'un d'eux se tenait au-dessus de l'Ukrainien qui avait bu l'eau du robinet. Il était étendu sur le dos, la bouche ouverte, le visage gris.

Le kapo lui envoya un coup de pied dans les côtes et ricana en ne le voyant pas bouger :

— Alors, tu ne peux pas te lever ? dit-il, peut-être parce que tu ne veux pas te lever, voyons ce qu'il en est.

Deux autres kapos s'approchèrent, attirés par le spectacle. Deux fois la matraque s'abaissa et le crâne de l'Ukrainien éclata. Le kapo regarda solennellement ses collègues et dit :

— Maintenant on sait. Il ne peut vraiment pas se lever !

Ce mot d'esprit les fit rire et ils se remirent aussitôt à nous tabasser. Les matraques tournoyèrent, ils se jetèrent sur nous en hurlant :

— Au travail mes salauds, plus vite, debout, courez, courez !

De nouveau on courait, les bétonnières grondaient, les kapos juraient, les SS déambulaient d'un pas lourd, flegmatiques, insensibles, l'œil à l'affût de tout rouage défectueux ou qui donnait des signes de fatigue. On me jeta un sac de ciment sur le dos et je fus de nouveau un maillon de la chaîne.

Reprendre le travail fut dur, bien plus dur que n'avait été

le démarrage. Le matin je n'avais pas encore épuisé mes forces et j'ignorais ce qui m'attendait. A présent tous mes membres étaient endoloris et l'idée de transporter des sacs pendant des heures détruisait ce qui me restait de volonté. Tout mon corps aspirait désespérément au repos, ma gorge était à nouveau desséchée et sans ces morts et ces mourants autour de moi, je me serais laissé retomber par terre.

Cependant l'après-midi tourna tout autrement, grâce à un de ces coups de chance indispensables à tout détenu s'il devait survivre à Auschwitz. Mon travail consistait à porter des sacs de ciment à un ouvrier civil en bleu de travail, qui construisait l'armature des pylônes en gros fil de fer que le béton devait recouvrir. Au bout d'une heure environ je fis tomber un sac et il creva.

L'ouvrier, un professionnel sans doute, jura en français, Josef, derrière moi, s'excusa en français aussi. L'homme en bleu le regarda intéressé, pendant une minute ils échangèrent quelques mots rapides auxquels je ne compris rien. Je remarquai toutefois que Josef avait l'air très content de lui. Finalement, il se tourna vers moi :

— On a un nouveau boulot Rudi. Ce monsieur dit que nous pouvons rester ici et l'aider à assembler ces trucs en fil de fer.

L'idée de passer le reste de l'après-midi à tresser des fils de fer au lieu de plier sous des sacs de ciment au pas de course, à essayer d'éviter les kapos, cette idée me semblait trop belle pour être vraie. Après un rapide coup d'œil autour de nous, je vis à mon grand étonnement que ni les kapos ni les SS ne faisaient attention à nous.

Notre nouveau patron nous dit en souriant :

— Ne vous faites pas de soucis à cause d'eux. Je m'en charge.

Aussitôt dit, aussitôt fait, il se dirigea vers un SS et lui parla en nous montrant du doigt. L'Allemand ne nous regarda même pas, il approuva d'un signe de tête et quand le Français revint vers nous il nous mit au courant de la situation.

— Ce secteur mesure environ quarante mètres carrés. A

l'intérieur de ce périmètre je suis le seul responsable. Restez dedans et ni les kapos ni les SS n'auront le droit de vous toucher, si vous en sortez ils vous tireront dessus et je ne pourrai rien pour vous. Maintenant, au boulot.

Tout le reste de l'après-midi on tressa des fils de fer dans notre petit sanctuaire, tandis qu'au-delà de notre territoire, les matraquages et les tueries continuaient sans relâche. Les fourmis s'agitaient jusqu'à l'effondrement mais Josef et moi étions en paix dans un relatif repos.

A dix-sept heures on siffla l'arrêt du travail. Notre nouvel ami français dit :

— A demain matin. Dans quelle brigade êtes-vous ?

Je lui répondis :

— Dans la seizième.

— Assurez-vous bien d'y être chaque jour et vous pourrez travailler ici avec moi.

En s'éloignant, Josef me dit :

— Quelle chance d'avoir choisi d'apprendre le français au lieu du russe comme toi, crétin !

— De la chance, dis-je, plus que de la chance, un pot incroyable, regarde la colonne !

Ce n'était pas beau à voir. Comme toujours les kapos étaient à l'œuvre. Les SS rôdaient, les bergers allemands sur nos talons mais personne ne semblait plus s'en soucier. Les détenus n'avaient plus la force de s'en préoccuper, et ceux qui n'avaient pas la tête complètement vide ne pensaient qu'au pain et au thé qui nous attendaient au camp.

La colonne ce soir était bien différente de celle qui avait défilé le matin devant Fries. Ce matin au moins nous étions tous vivants. Ce soir les mourants et les morts étaient parmi nous, les cadavres devant être comptés au camp, à l'appel. Chaque groupe de cent, qui se traînait sur la route, emportait au moins dix corps sans vie.

On nous empila dans les wagons de marchandises qui restèrent là une demi-heure à attendre que les secrétaires nous comptent et nous recomptent et se mettent d'accord avec leurs listes. Le kapo et ses sous-fifres grimpèrent dans leur compartiment privé et le voyage du retour commença, les morts et les mourants tenus serrés contre les parois du wagon par ceux qui avaient survécu à une autre journée à Buna.

Il était environ vingt heures, on arriva aux abords du camp à la nuit tombante. Le comité de réception habituel nous attendait : les SS silencieux, les chiens, les fusils et l'inévitable sinistre Fries toujours en éveil. Je relus l'exaltante devise « Arbeit Macht Frei » et me rappelai combien je l'avais trouvée encourageante avant d'avoir entendu parler de Buna.

On entra. On passa près des fils à haute tension et des ampoules allumées. Arrivés au block 18, on déposa les morts soigneusement, le secrétaire du block avec son registre nous attendait pour les contrôler. D'un air las, car c'était assommant, il soulevait un bras après l'autre pour lire le numéro à la lueur d'une allumette, le rayait des listes et passait à la pile suivante. Sans arrêt les projecteurs tournaient, chassant les ténèbres, aveuglant nos yeux fatigués, nous empêchant d'oublier qui nous étions, où nous étions et où nous allions devoir rester.

Josef et moi prîmes notre pain, notre margarine, bûmes notre demi-litre de thé. Il nous fallut faire un effort surhumain pour ne manger que la moitié de notre pain, ensuite on discuta du meilleur moyen de cacher le morceau qui nous restait.

Je décidai de garder le mien dans la main toute la nuit, Josef employa une méthode plus subtile, il fourra le précieux morceau dans une poche de son pantalon, le roula, et s'en servit d'oreiller. On se coucha, trop fatigués pour s'endormir sur-le-champ, on écouta les bruits de la nuit à Auschwitz.

On entendait des ronflements rauques sur tous les tons, des respirations lourdes et les murmures des rêveurs, qui dans leur sommeil ne pouvaient échapper au cauchemar de la journée. On entendait aussi les gémissements des mourants, les discours irréels, incohérents de ceux qui déliraient, parfois hurlant, parfois chuchotant, appelant leur femme, leurs enfants, leur mère, riant et pleurant à la fois. Ce n'était pas exactement reposant.

Je dus pourtant m'assoupir jusqu'à ce que je sente Josef me secouer :

— Rudi, murmura-t-il, réveille-toi, je n'ai plus mon pantalon, on me l'a volé.

Son pantalon, son pain ! Un voleur avait réussi à le subtiliser sous sa tête pendant qu'il s'était, comme moi, endormi. Vite et sans bruit, nous descendîmes et on trouva le pantalon jeté sur le sol. Josef fouilla dans les poches sans dire un mot. Je pouvais à peine distinguer son visage mais je compris que son pain avait disparu et instinctivement je serrai plus fort le mien que je n'avais pas lâché. Le block 18 était un repaire de loups affamés et implacables.

On regagna notre châlit. On commençait à s'habituer aux grognements, aux plaintes, aux ronflements de ces centaines de dormeurs agités.

Soudain un cri strident perça la nuit, un cri de désespoir :

— Mon pain ! mon pain !

On crut percevoir au milieu d'une mêlée sourde, des pas étouffés, un coup mat, des injures chuchotées, un cri vite réprimé en plainte. Puis... plus rien.

Je discernais une forme allongée par terre, entre les châlits. Au-dessous de moi un détenu plus ancien s'était penché, il regardait d'un air détaché. Je lui demandai :

— Que se passe-t-il ?

— Une ordure a volé le pain d'un musulman. Le pauvre diable, trop faible, n'a pas pu se lever pour le reprendre.

— Et alors, les autres l'ont tabassé ?

— Ils l'ont tué, évidemment. Ça sert à quoi de casser la gueule à une telle ordure ?

Au block 18 il n'y avait pas d'autre loi, si un homme volait votre pain on le tuait. Si vous n'étiez pas assez fort pour le châtier vous-même, d'autres le faisaient à votre place. C'était une justice expéditive mais normale, car priver un homme de son pain, c'était l'assassiner.

A trois heures le lendemain matin, notre block fut ébranlé par le hurlement des kapos. Titubant, nous nous mîmes en rang, laissant derrière nous seulement les morts et les mourants de la nuit. Les kapos parcouraient la colonne hébétée, harponnant par-ci, par-là, un homme et lui criant :

— A l'hosto !

C'était une condamnation à mort. Parfois, le détenu, encore assez robuste quelques semaines auparavant, s'en allait sans histoire, acceptant même avec soulagement son destin. D'autres, par contre, suppliaient, pathétiques :

— Je vous en prie, Herr kapo, laissez-moi venir encore une fois. Je suis encore costaud.

— Je ne veux pas de musulmans.

— S'il vous plaît, Herr kapo, je travaillerai dur, je vous jure que je travaillerai dur.

Il arrivait qu'un kapo honnête se laisse attendrir, mais le plus souvent il n'en démordait pas car Fries ne tolérait aucun poids mort dans les kommandos de travail. Quand il remarquait dans les rangs un détenu incapable de travailler, il avait deux raisons de s'acharner sur le kapo, d'abord de l'avoir pris dans sa brigade et ensuite de causer du retard. La colonne devait s'arrêter pour qu'on puisse en chasser le coupable et forcément il fallait recommencer à compter les détenus. C'était ennuyeux et peu rentable.

Ainsi chaque jour des visages anciens disparaissaient à jamais du kommando Buna remplacés par des nouveaux. Au début cela m'angoissait sans doute parce que d'une manière égoïste cela me rapprochait d'une façon inéluctable de l'hôpital, malgré un travail moins rude que celui des autres. Après un certain temps, je m'habituai, comme tout le monde, au taux élevé de mortalité. Je me carapaçonnai dans une indifférence qui ne fut entamée que lorsque je me rendis compte qu'Ipi Müller était en train de mourir.

Il avait encore les yeux brillants, gais par moments, un cœur plein de courage. Je pense que la seule raison qui lui permettait de tenir était l'espoir insensé qu'il finirait par trouver un jour à Auschwitz son fils Filip, celui qui jouait si bien du violon.

Chaque jour il me disait :

— J'aimerais bien quitter le kommando Buna, Rudi. Si on partait au travail à l'heure normale, l'orchestre serait en train de jouer et je pourrais m'assurer qu'il y est.

Sa foi aveugle m'attristait, j'étais sûr que Filip était mort. Fort heureusement je n'avais rien fait pour l'en dissuader. On travaillait depuis une semaine à Buna lorsque Ipi se précipita vers moi, le visage brillant d'excitation :

— Il est ici, Rudi, dit-il, il m'a fait parvenir un message. Il vient nous voir dimanche.

Un instant une image absurde me traversa l'esprit. Je me remémorai les visites que nous recevions le dimanche chez nous à Trnava : les gens bien vêtus, les gâteaux, le café, la conversation raffinée dans le salon, les aimables bavardages. Et voilà qu'à Auschwitz, au block 18, nous allions avoir une visite le dimanche suivant. J'étais très heureux pour Ipi mais je ne pouvais m'empêcher de soupirer, le dimanche au camp était un enfer particulier, différent des misères habituelles de la semaine mais tout aussi horrible.

Le seul grand avantage, bien sûr, était que nous n'allions pas travailler. Les nazis montraient ainsi qu'ils respectaient le jour du Seigneur dans cette ville coupée du monde où la moitié de la population était juive. Leurs infimes préoccupations religieuses s'arrêtaient là. Tout service religieux était interdit, si on découvrait des officiants on les condamnait à mort, malgré cela de nombreux prêtres courageux, surtout Polonais, célébraient des messes en secret pour leurs fidèles et ne rataient jamais une occasion de s'assembler.

En dehors du fait qu'on ne travaillait pas, les dimanches étaient des jours dangereux. Les kapos n'avaient rien d'autre à faire que de chercher nos manquements à la discipline. Ils furetaient partout dans les baraquements, comme des cafards, à la recherche de couvertures qui dépassaient d'un millimètre, de grains de poussière; n'importe quoi pouvait être considéré comme allant à l'encontre de la stricte application du règlement.

Le dimanche était le jour des punitions, le jour où des fautes vénielles habituellement masquées par le chaos fiévreux du départ au travail, étaient mises en lumière au milieu de la relative inactivité et ne pouvaient en aucun cas recevoir de pardon.

C'était aussi le jour de « Kraft durch Freude » (La santé par la joie) si je me permets d'emprunter cette phrase au dictionnaire des slogans hitlériens. Nos maîtres devaient penser que nous risquions de nous ramollir à paresser au soleil et ce n'était pas du tout recommandable. Cela ne faisait pas l'affaire, ce n'était pas pensable. C'est pourquoi les kapos nous réunissaient pour des séances de gymnastique qui, disaient-ils, nous feraient le plus grand bien.

Quel spectacle que tous ces exercices, genoux fléchis, bras tendus, en mesure, un spectacle qui attirait, nombreuse, la fine fleur de la hiérarchie SS. Ils regardaient en souriant avec condescendance, les malades, les affamés, les mourants, exécuter une grotesque pantomime en l'honneur de la culture physique.

Mais ce jour-là rien n'avait d'importance pour Ipi, ni les punitions ni l'humiliation de la gymnastique. Filip allait venir et rien d'autre ne comptait quand enfin il fut là, grand jeune homme brun d'environ vingt-deux ans, je les laissai seuls, je savais qu'ils n'avaient pas beaucoup de temps à passer ensemble. C'était réconfortant de les voir l'un près de l'autre, le tailleur sensible et son artiste de fils encore plein de vie, de les observer de loin faisant abstraction du présent, s'absorbant dans les souvenirs, échafaudant des plans pour un avenir que, Filip le savait bien, son père ne verrait pas.

C'est ce que Filip me précisa peu après. Je vis Ipi sourire en disant au revoir à son fils ; Filip était triste en se dirigeant vers moi à travers le baraquement bondé pour me serrer la main.

— Mon père m'a dit combien tu l'as aidé, me dit-il, je veux te remercier et te demander encore un service.

— Bien sûr, tout ce que tu veux.

— Il m'a demandé si je faisais partie de l'orchestre, j'ai dit oui mais c'est un mensonge.

Un sourire presque sardonique aux lèvres, le visage tordu par l'amertume, je sentis à quel point cette conversation lui était pénible.

— Sais-tu où je suis ? Au crématoire et au block disciplinaire sous les ordres de l'Unterscharführer Palitsch. Tu en as sûrement entendu parler.

Je fis non de la tête et il parut surpris. Se rappelant qu'il était au camp depuis plus longtemps que moi il m'expliqua :

« Chaque jour des prisonniers et des civils sont amenés au block 11 par la Gestapo de diverses prisons pour y être jugés. Les procès durent à peine trois minutes et se terminent presque toujours par une condamnation à mort. La plupart sont exécutés contre le mur du block 11 mais d'autres meurent à l'intérieur du block, mon travail est d'aider à cette opération.

« On demande aux détenus de se déshabiller et ils sont poussés un par un dans une pièce qui ressemble à une salle de consultation de médecin. Ils s'imaginent qu'ils vont être examinés et ils se tiennent tranquilles. On les emmène sous une toise accrochée sur un des murs — tu sais le morceau de bois qui descend sur le haut de la tête. Ils se placent dessous et se demandent peut-être qui a envie de connaître leur taille juste avant qu'ils ne meurent. Ce qu'ils ne savent pas c'est qu'il y a des trous dans le mur derrière la toise et que Palitsch regarde par ces trous jusqu'à ce qu'il trouve leur tête. A ce moment-là il les tue avec un pistolet à air comprimé silencieux qui évite toute panique.

« Parfois on n'a pas le temps de faire tout ce cinéma avec la toise. Il se contente de les appeler l'un après l'autre et quand ils sont à deux mètres il tire entre les yeux. Quelle que soit la façon de procéder, mon travail est toujours le même : emporter le corps, nettoyer le sol du sang répandu, avant l'arrivée du client suivant ! Ce n'est pas un travail réjouissant, il a au moins un avantage. Les hommes ont souvent du pain ou autre chose dans leur poche avant de recevoir la balle et Palitsch ne m'empêche pas de le prendre. »

Il s'efforçait de parler d'un air détaché et cynique mais il ne me quittait pas du regard, scrutant mon visage pour y déceler des traces de dégoût, de colère ou même de peur. Dès que je lui eus dit que je comprenais il changea d'attitude. Il continua d'une voix plus douce avec le même débit heurté que son père.

— Écoute, Rudi, je ne me fais pas d'illusions au sujet de mon père. Je sais qu'il va bientôt mourir et tu le sais aussi. Mais j'aimerais qu'il meure en me croyant premier violon en train de jouer sur cette satanée estrade près du portail.

— Filip, pour moi, aucun problème, tu l'es.

Son visage, pour la première fois, se détendit. Il sourit, me tapa sur l'épaule et dit :

— Merci Rudi. On se reverra.

Je le revis une minute plus tard. En courant il me glissa deux petits paquets dans la main et disparut sans un mot. Je les ouvris discrètement et y trouvai un morceau de pain et des bonbons.

Trois jours plus tard Ipi Müller mourait sans bruit et sans histoire. Il mourut sur son châlit et je fus content que ce brave homme ait pu partir sans subir aucune des dégradations habituelles à Auschwitz.

Josef et moi continuâmes notre travail quotidien à Buna. Nous tenions le coup mieux que les autres, peut-être à cause de notre protecteur français, peut-être à cause des réserves de graisse que nous avions accumulées dans les entrepôts de nourriture SS. A la fin de la cinquième semaine nous étions les seuls survivants de la 16e brigade à laquelle nous avions été affectés le lendemain de la chute de Franz.

Heure après heure nous tressions notre grillage pour les pylônes. Jour après jour nous les vîmes se recouvrir de béton tandis que les bâtiments prenaient forme et s'élevaient. Nous ne savions pas exactement ni pour qui, ni pour quoi nous faisions ces constructions et nous ne nous en souciions guère. Ce n'est qu'après la guerre que j'appris à quoi nous avions servi et pourquoi des milliers d'entre nous étaient morts à la tâche.

A cette époque la RAF accentuait ses attaques sur les centres industriels les plus importants d'Allemagne. Pour échapper aux bombardements la grosse industrie allemande, les Krupp, I.G. Farben etc., décidèrent d'aller s'installer plus à l'est et la région autour d'Auschwitz fut choisie pour de multiples raisons.

Tout d'abord les mines de charbon de Silésie étaient mises à leur disposition. Ensuite, il y avait de l'eau à profusion et en dernier lieu une main-d'œuvre nombreuse exceptionnellement bon marché leur était offerte à proximité, bien gardée derrière les lignes à haute tension du camp.

Le commandant Hoess était ravi de voir des industries s'implanter si près de son domaine, il avait à cette époque des difficultés de trésorerie.

Le budget qui lui était alloué pour faire tourner son camp était totalement insuffisant et bien qu'il se soit plaint à plusieurs reprises, y compris à Himmler, on lui avait toujours répondu : « A vous de vous débrouiller. »

Une des façons de se débrouiller était de vendre à vil prix une main-d'œuvre entre autres à I.G. Farben, dont nous construisions alors les usines à Buna. L'argent l'aida à faire fonctionner le camp, les conditions de travail étaient tellement épouvantables que la grande majorité des détenus qui y furent envoyés y moururent, faisant d'une pierre deux coups : améliorer son budget et le débarrasser des détenus. Que les détenus ne réussissent à survivre qu'un mois, deux, tout au plus, n'inquiétait nullement Hoess ni les administrateurs de l'I.G. Farben, il y en avait suffisamment d'autres qui pouvaient puiser dans leurs dernières réserves de graisse pour les remplacer [1].

Ni Josef ni moi ne retirions aucune fierté d'avoir réussi à tenir si longtemps. Bien au contraire, nous savions que chaque jour nous rapprochait d'une mort certaine d'une façon ou d'une autre, car ceux de Buna n'étaient pas destinés à vivre. En vérité nos jours étaient comptés et par une étrange ironie du sort nous fûmes sauvés quand la tragédie frappa le camp.

La crise éclata le 29 août 1942. Je me rappelle c'était un mercredi, jour marqué d'une pierre blanche pour les hommes de Buna. Le mercredi et le vendredi nous recevions en supplément un demi-pain et un morceau de salami. Tout le long de l'interminable voyage de retour, je ne pensais à rien d'autre qu'au repas de fête qui m'attendait.

Dès que nous eûmes franchi le portail, je vis qu'il se passait quelque chose d'inhabituel. D'ordinaire tout était calme à notre retour, tout le monde était couché, mais cette fois le camp était en effervescence et tous les détenus semblaient avoir été rassemblés sur la place d'appel. Les équipes de jour et les équipes de nuit étaient là, dans toutes les directions je ne voyais que des tenues zébrées.

---

1. Buna devint finalement un centre industriel très important dans la production du caoutchouc synthétique et c'est aujourd'hui encore un centre d'industrie lourde en Pologne. Après la guerre on m'y offrit un emploi de chimiste industriel mais je refusai car je ne pouvais oublier le prix payé en vies humaines pour la construction de ce centre. En 1961, moi et d'autres survivants intentâmes un procès à l'I.G. Farben pour le paiement des salaires non versés et une Cour de Justice de la RFA nous accorda deux mille cinq cents marks (environ huit mille cinq cents francs).

La Cour et l'I.G. Farben refusèrent de payer des indemnités aux parents de ceux qui moururent pendant la construction de ces énormes usines, ce qui veut tout simplement dire qu'I.G. Farben bénéficia d'une main-d'œuvre à 90 % gratuite.

Notre kapo nous fit arrêter. Je me tenais là, en colère, ne pensant qu'au supplément de bouffe et injuriant les bureaucrates qui avaient été imaginer cet exercice insensé. J'étais sur le point de me plaindre à Josef quand le kapo me fit taire.

Dans le lointain, je voyais des lumières bouger et j'entendais des ordres brefs et saccadés; mais j'ignorais ce qui se passait et cela m'était bien égal. Mon ventre criait famine, j'avais mal aux jambes, la fatigue m'accablait, menaçant de me submerger.

Pourtant on resta là des heures entières. De temps en temps nous avançions de quelques pas vers les lumières lointaines. Ce n'est que vers minuit que je pus distinguer des silhouettes dans ce qui semblait être le centre de cette opération de fou, des kapos, des détenus baignés dans la lumière des projecteurs portatifs tenus par des SS, batteries sur le dos; des hommes courant dans un sens puis dans l'autre, encore des cris et le bruit incessant de milliers de semelles de bois. C'en était trop. Tout se brouilla devant mes yeux, mes genoux se dérobèrent et je m'endormis debout.

Minuit et demi. Une heure, deux heures, deux heures et demie. Nous approchions du cœur des événements. A trois heures ce fut mon tour de cligner des yeux à la lumière du projecteur, choqué par la scène ahurissante qui m'entourait.

Le responsable comme j'aurais dû m'en douter, si j'y avais seulement réfléchi, était Jacob Fries, avec autour de lui des kapos et des SS. Un peu plus loin à gauche se tenait un groupe de détenus entourés de kapos et à droite un autre groupe.

Une file de détenus passait devant Fries. Lorsqu'un homme arrivait à sa hauteur, il examinait ses jambes à la lumière du projecteur et hurlait : « Cours ! »

Un détenu courut sur environ vingt mètres et revint en sens inverse toujours en courant. Fries leva le pouce et l'envoya dans le groupe de droite. Un autre fut examiné et même de loin je pouvais voir que ses jambes étaient gonflées par le manque de nourriture. Sans un mot, Fries l'envoya rejoindre le groupe de gauche. Un troisième montra ses jambes, on lui ordonna de courir et il ne put faire que quelques pas en trébuchant. Lui aussi fut envoyé à gauche.

Je n'avais toujours pas saisi ce qui se passait, mais je me sentais de plus en plus concerné. Je savais d'instinct et d'expérience que quelque chose de sinistre, de particulièrement dangereux se tramait. Le danger me sembla encore plus menaçant quand je vis qu'on emmenait le groupe de gauche quelque part dans la nuit.

Ce fut enfin mon tour. Fries regarda mes jambes, légèrement enflées mais pas trop. Il cria : « Cours ! »

Je n'avais jamais eu aussi peu envie de courir. J'étais debout depuis vingt-quatre heures dont huit à travailler à Buna. Pendant quatre autres heures j'avais soit marché, soit été enfermé dans un wagon à bestiaux étouffant, surpeuplé, et je n'avais rien avalé depuis la soupe de midi à Buna. Pourtant je savais qu'il me fallait courir pour sauver ma vie. Je respirai profondément et me mis à courir, martelant le sol du plat de mes galoches dans une course effroyable dans un sens puis dans l'autre vers le monstrueux Oberscharführer à l'énorme matraque.

Il leva son pouce montrant le groupe de gauche où environ quarante hommes attendaient déjà à l'endroit d'où les autres avaient été emmenés. J'étais essouflé, effrayé sans savoir pourquoi.

Un autre courait maintenant, c'était Josef. Il trébucha par deux fois, faillit tomber et Fries l'envoya nous rejoindre. Tandis qu'il s'approchait de moi hors d'haleine, je remarquai brusquement que tous les autres autour de nous ne tremblaient pas de froid, mais de fièvre, du typhus exanthématique.

Je le dis vite à Josef. Il réfléchit un instant et me dit : « Bon dieu, c'est un contrôle ! C'est pour cela qu'il regarde nos jambes, c'est là que ça se voit d'abord. C'est pourquoi il nous a fait courir, il veut voir si elles fonctionnent encore. »

Nous n'avions pas pu courir parce que nous étions affamés mais Jakob Fries avait diagnostiqué le typhus. D'un coup de pouce il nous avait tous les deux condamnés à mort avec des milliers d'autres.

Nous regardâmes l'autre groupe, celui qui avait obtenu un certificat de bonne santé. Il n'était qu'à vingt mètres mais il y avait assez de kapos autour de nous pour nous empêcher de faire le quart du chemin, si nous avions essayé de le rejoindre et notre groupe grossissait sans cesse.

— Écoute, Josef, murmurai-je, on est environ quatre-vingts, quand on sera cent, ils vont nous emmener. Il faut faire quelque chose, même s'ils nous tirent dessus.

— Attends un peu, dit-il, nous avons encore une chance de nous en sortir, attends que nous soyons sur le point de partir.

Je suivis son conseil bien à contrecœur mais j'étais trop exténué pour discuter et je suis heureux de reconnaître qu'il avait raison. Je survécus parce qu'il avait raison.

Un kapo fit soudain son apparition, Josef le connaissait bien. Il nous regarda un instant puis nous frappa brutalement tous les deux :

— Espèce de salauds, qu'est-ce que vous faites-là ? Vous n'avez pas compris que vous deviez aller dans l'autre groupe ? Vous êtes incapables d'obéir à des ordres simples.

Il nous poussa hors du groupe des fiévreux et tout en nous injuriant le plus fort possible, il nous mena vers l'autre groupe. C'est seulement quand nous fûmes perdus parmi une centaine d'autres qu'il cessa de nous injurier. Et alors il nous murmura :

— Vous avez de la chance, mes amis, quelques minutes de plus et vous étiez en route pour les fours. Regardez !

Nous vîmes le groupe que nous venions juste de quitter partir vers le crématoire.

L'aube se levait. Un kapo vociféra un ordre et nous nous mîmes en route vers le mur qui nous séparait de la section des femmes. Arrivés là, on nous fit déshabiller et je remarquai un grand trou dans le mur. Les prisonniers nus passaient par ce trou, mais juste avant deux kapos examinaient à nouveau leurs jambes et badigeonnaient leur corps avec un chiffon qui sentait le désinfectant. Tremblant dans l'air froid du matin, je passai mon dernier examen, attendis un instant pendant qu'on me badigeonnait puis rampai par le trou dans le mur vers un monde nouveau.

C'était un monde nu. Même les kapos étaient nus. Seuls signes de leur fonction, leurs ventres ronds et leurs matraques désinfectées.

IX

Je n'appris que progressivement l'importance de ce qui s'était déroulé durant la sinistre nuit du 29 août 1942. Mes yeux, mes oreilles, mon cerveau étaient sur le qui-vive face à ce qui se passait à Auschwitz et que je commençais à comprendre grâce au téléphone arabe, je conclus que la moitié de la population du camp avait été exterminée.

Je n'avais tenu mon petit rôle d'homme nu qu'au finale. L'ouverture avait été jouée non pas à la « maison mère », comme ses administrateurs dénommaient Auschwitz avec affection, mais au camp appelé poétiquement Birkenau : Allée des Bouleaux, l'immense filiale située à environ un kilomètre cinq cents de là. Là-bas se trouvait le centre d'extermination proprement dit, avec les chambres à gaz, les longues fosses où l'on brûlait les corps, les crématoires, en un mot le berceau de la destruction en masse. Là vivaient les détenus que l'on obligeait à participer à l'extermination de milliers, de dizaines de milliers, en fin de compte de millions d'êtres humains.

Le commandant du camp, Rudolf Hoess, démarra là son offensive principale contre le typhus exanthématique qui avait fini par devenir une véritable épidémie.

Naturellement la maladie mettait en danger non seulement la vie des détenus dont il avait besoin pour mener à bien les besognes du camp mais aussi la vie des SS. C'est alors qu'il fit appel à une autorité compétente, le Dr Kurt Uhlenbrook[1], spécialiste de la maladie. Le bon docteur après avoir bien réfléchi décida que ceux qui étaient atteints devaient être éliminés.

Il commença son travail à Birkenau où il condamna à mort presque la moitié des détenus, ce qui assurément lui donna les coudées franches.

Le camp était alors divisé en deux sections : Birkenau 1 et Birkenau 2. Quand les malades eurent été éliminés, la section 1 fut à nouveau divisée en deux sous-sections, A et B. Puis, il exerça ses capacités dans la section des femmes du camp de base, séparée de la nôtre par le mur que je venais de traverser. Ici aussi la moitié des résidentes avaient été jugées indésirables eu égard à leur état de santé et envoyées aux chambres à gaz. Celles qui restaient furent transférées à Birkenau 1, sous-section A, ce qui libéra un espace stérilisé pour ceux qui avaient survécu au diagnostic de l'Oberscharführer Jakob Fries ou qui avaient réussi à échapper aux différents contrôles.

Comme je l'ai indiqué précédemment, je n'appris ces détails que bien après les faits. Quant à la nuit du 29 août elle-même, je savais seulement que j'avais la chance d'être en vie et que j'aurais à faire usage de toutes mes facultés si je voulais que cela continue. Nous nous tenions tranquilles Josef et moi au milieu de tous ces hommes nus, essayant de comprendre où nous en étions, grâce à des bribes de conversations qui tournoyaient autour de nous en une demi-douzaine de langues différentes.

Soudain, dans cette tour de Babel de polonais, allemand, ukrainien, français, hollandais, nous parvint la musique suave

1. Le Dr Uhlenbrook aurait dû être jugé à Francfort pour sa participation au massacre d'Auschwitz. Pour des raisons connues du seul procureur général toutes les charges contre lui furent abandonnées, ce qui vraisemblablement le laisse libre d'exercer la médecine avec la même habileté et la même conscience que durant les derniers jours du mois d'août 1942.

du slovaque. Je me dirigeai immédiatement dans cette direction et me trouvai devant un petit homme brun dont les yeux brillaient, aigus comme ceux d'un oiseau. Il était mince mais solide et alerte malgré sa maigreur. Je lui demandai :

— D'où es-tu ? D'où viens-tu ?

— Nove Mesto et toi ?

— Trnava, presque la porte à côté.

— Je connais bien Trnava. J'étais dentiste et j'y avais des clients.

On se présenta, il s'appelait Laco Fisher et quand il nous eut dit qu'il était à Auschwitz depuis cinq mois nous le regardâmes avec respect ; c'était sans aucun doute un homme qui savait ce qu'il fallait faire pour survivre et qui pouvait nous indiquer les bonnes cartes à jouer. Il sut lire les questions dans nos yeux avant que nous n'ayons eu le temps de les formuler.

— Vous voulez savoir ce qui se passe, dit-il, je vais vous le dire. La moitié du camp a été assassinée, les kommandos de travail sont donc en pleinc réorganisation. J'ai entendu dire qu'on cherchait des hommes pour le kommando Canada.

Josef et moi échangeâmes un rapide coup d'œil. Nous connaissions l'existence de ce lieu que les détenus avaient ironiquement surnommé « le Canada » parce qu'il était supposé être un paradis mais nous avions aussi entendu dire que c'était un paradis empoisonné, où les hommes mouraient de mort violente après y avoir goûté. Prudemment, j'interrogeai Laco :

— C'est comment ? Est-ce aussi bien qu'on le dit ou aussi mauvais qu'on le dit ?

— Les deux, répondit-il, j'y ai travaillé. Vous pouvez y trouver toute la nourriture que vous voulez : du pain, de la margarine, même du beurre, des conserves de saucisses, des sardines, du chocolat, de tout quoi. Imaginez qu'une fois j'y ai même trouvé des bananes !

Ce souvenir le fit sourire, puis il redevint sérieux, très sérieux.

— Je vais essayer d'y retourner, si vous voulez y aller restez près de moi. Je connais certains des kapos. Mais rappelez-vous bien, au Canada on vit au bord d'un précipice, il y a une bande de voyous qui ne rêvent que de vous y précipiter.

— Comment est le boulot, qu'est-ce qu'on y fait exactement ?

— C'est dur. C'est tout ce que je peux vous dire.

Josef et moi restions songeurs. Des images de pain, de beurre, de saucisses, de sardines, de savon, de bananes et de précipices se bousculaient devant nous, la décision n'était pas facile à prendre. Il fallait choisir entre manger ou mourir ou bien manger et mourir. Laco nous observait, suivait notre débat intérieur et ne fut pas surpris de nous entendre lui annoncer :

— On y va. Où sont tes copains kapos du kommando Canada ?

Nous découvrîmes très vite que le kommando du Canada était un corps d'élite, des hommes robustes, en bonne santé, entourés de candidats prêts à tout pour manger. Les assistants-kapos, qui, je le remarquai, étaient tous juifs, les repoussaient en les battant avec une habileté évidente mais sans aucune animosité particulière.

Laco n'avait pas exagéré en nous parlant de son influence. Il alla vers un assistant-kapo qui parlait allemand avec un accent yiddish et lui dit :

— J'ai deux bons copains slovaques pour toi, Isaac.

— J'en ai marre de toi et de tes sacrés Slovaques Laco, répondit le kapo, puis nous regardant Josef et moi il ajouta, mais c'est vrai qu'ils n'ont pas l'air mal.

Se tournant ensuite vers moi il me dit :

— Cours vers ces barbelés.

C'était une vraie vacherie, je savais que je pouvais être abattu par un SS si j'obéissais. Pourtant il fallait montrer que j'étais discipliné et je me mis à courir avec l'espoir insensé qu'il m'ordonnerait de m'arrêter.

Il n'en fit rien et j'avais presque atteint les barbelés quand un kapo allemand, remarquable car tout habillé, me saisit le bras et hurla :

— Arrête imbécile ! Tu veux te suicider ?

Puis il cria à Isaac :

— Il est bien ce type, l'autre aussi.

Isaac haussa les épaules et répondit :

— Bon, Bruno, prends-les si tu veux. Mais tu les connais ces Slovaques !

On se mit en rang avec les autres et on se rendit dans les salles d'eau où je compris soudain que j'appartenais maintenant à un kommando très spécial. Non seulement nous n'étions pas battus par les autres kapos mais au contraire ils nous ouvrirent les robinets des douches et s'assurèrent que la température était bonne, ni trop chaude ni trop froide. Puis on nous dirigea vers la cave du block 4 où un extraordinaire secrétaire aux allures de gentleman prit nos numéros et les inscrivit dans un registre avec des s'il vous plaît et des merci. C'en était presque effrayant !

Tout était différent et ne ressemblait en rien à ce que je connaissais d'Auschwitz. Bien que toujours nus et n'ayant rien mangé depuis plus de vingt-quatre heures, les hommes du Canada avaient l'air détendus. Nous avions tous faim, bien sûr, mais ici la faim était un objet de plaisanterie et non une torture.

Un grand Polonais bronzé nous dit :

— Ne vous en faites pas les gars, nous aurons bien assez tôt à manger.

Un autre dit en riant :

— C'est vrai, c'est bon pour l'estomac et pour l'âme d'avoir faim de temps en temps.

Je les regardais à tour de rôle, médusé par ce que j'entendais. Dans ce camp où des milliers de gens mouraient de faim, ces hommes conversaient comme des P-DG. suralimentés.

Même l'arrivée du chef de block ne changea rien à cette atmosphère souriante et policée. C'était un prisonnier politique polonais dont la tenue rayée avait une très bonne coupe. Il nous dit :

— Je suis désolé qu'on vous ait mis dans cette cave mais nous allons vite la rendre habitable. Je m'appelle Polzakiewicz et en tant que chef de block je veux de la discipline et de l'ordre.

Tout en lui respirait l'officier de l'armée polonaise, il nous dévisagea d'un regard dur et digne à la fois et s'en alla.

On resta au block 4 toute la journée et à mon grand étonnement chaque homme reçut une couverture et un lit pour lui tout seul. La seule chose qui me préoccupait était la façon dont tous éludaient mes questions pourtant prudentes sur le travail que nous aurions à effectuer.

La plupart d'entre eux me souriaient en disant :

— Tu verras bien.

Parmi d'autres, un jeune Slovaque nommé Bock, de Piestany, ricana :

— Pourquoi t'en faire ? Tu ne survivras pas si longtemps !

Leur silence me faisait comprendre que très bientôt je connaîtrais d'autres secrets d'Auschwitz et j'avais l'impression désagréable que cette découverte serait dangereuse. Le lendemain matin, quand enfin on nous laissa sortir, mes réflexions sur l'avenir s'effacèrent momentanément devant le spectacle qui s'étendait devant moi.

Toute la physionomie du camp avait changé. Le mur qui séparait les deux sections avait été abattu. Il semblait y avoir deux fois plus d'espace et moitié moins de détenus, ce qui ne faisait qu'illustrer la triste réalité. Il n'y avait plus de musulmans, ils avaient été balayés par Fries et le Dr Uhlenbrook.

Après l'appel, on resta debout sans bouger tandis que les autres kommandos quittaient le camp, je pus constater qu'Auschwitz avait été amputé de tous ses membres malades et ceux-ci brûlés en une seule nuit. On marchait tête haute, épaules droites. Personne ne tremblait, personne ne tombait. Pour une fois personne n'avait l'air moribond.

On attendit une heure durant et je m'émerveillai de cette étrange et presque exaltant défilé. Puis l'ordre retentit :

— *AUFRAUMUNGSKOMMANDO, ANTRETEN!* (Kommando de triage en avant!)

C'était le Canada. On franchit le portail comme l'auraient fait des soldats à la parade. Les détenus qui restaient au camp interrompirent leurs tâches pour nous voir passer. Les SS nous regardèrent avec un intérêt particulier, même Fries, pensai-je, avait une petite lueur dans les yeux en nous voyant et en nous comptant. Pour la première fois depuis mon arrivée au camp, j'avais le sentiment de faire partie d'un groupe.

Laco Fisher dissipa vite ma vanité naissante. Tout en marchant il me murmura :

— Nous allons travailler sur des biens confisqués. Mais je t'en prie pas un mot à quiconque car si on te surprend en train d'en parler, on te tuera. Reste près de moi et fais ce que je fais, surtout ne mange pas trop.

— Ne pas trop manger? Tu es fou!

— Je suis tout à fait sain d'esprit mon petit. Tu vas pouvoir voler toute la nourriture que tu veux si tu le fais avec précaution. Mais les deux premiers jours ne mange que du pain sec, ton estomac ne supporterait rien d'autre.

Sur ces paroles, on pénétra au Canada, le centre commercial d'Auschwitz, l'entrepôt des détrousseurs de cadavres où des centaines de prisonniers travaillaient avec frénésie à trier, classer les vêtements, la nourriture, les objets de valeur de ceux dont les corps brûlaient encore et dont les cendres seraient bientôt utilisées comme engrais.

C'était un spectacle incroyable : un terrain rectangulaire aux proportions énormes avec des miradors à chaque angle et entouré de barbelés. Il y avait plusieurs dépôts de grandes dimensions et un bâtiment qui semblait abriter des bureaux avec une véranda ouverte à une extrémité. Ce qui me frappa tout d'abord ce fut la montagne de valises, de malles, de sacs à dos, de sacs en tout genre empilés au milieu du terrain.

Tout à côté il y avait une autre montagne faite de couvertures, 50 000 peut-être 100 000. J'étais tellement abasourdi par ces deux pics jumeaux de possessions personnelles que je ne m'interrogeais par sur le sort de leurs propriétaires. Je n'avais d'ailleurs pas le temps de penser, chaque pas m'apportant une dose de surprises et de chocs.

A gauche, je vis des centaines de landaus, des landaus neufs de premiers-nés, d'autres avachis à force d'avoir servi à plusieurs enfants, des landaus aristocratiques de riches et des landaus modestes de gens pauvres, reflet des positions sociales. Je les contemplais avec effroi mais toujours sans me demander ce qu'étaient devenus les bébés.

Une autre montagne faite cette fois de casseroles, de pots émanant de milliers de cuisines d'une douzaine de pays différents, témoins pathétiques et anonymes de millions de repas que les propriétaires ne mangeraient jamais plus.

Et puis je vis des femmes, de vraies femmes, non pas les horribles squelettes asexués à l'odeur épouvantable, aux cœurs morts, comme celles qui avaient causé la chute de Franz Marmelade. Celles-là étaient jeunes, bien habillées, bien portantes, ce qui les rendait belles. Elles s'affairaient, couraient dans toutes les directions, des vêtements et des paquets plein les bras. Elles étaient surveillées par des femmes-kapos encore plus élégantes.

C'était une atmosphère délirante que je n'arrivais pas à cerner et qui me semblait verser dans la folie pure. Près de l'un des dépôts, je vis une rangée de jeunes filles assises à califourchon sur un banc avec des seaux en zinc de chaque côté, ceux de droite étaient remplis de tubes dentifrice que les jeunes filles vidaient et qu'elles jetaient ensuite dans ceux de gauche. Cela ne semblait pas coller avec l'idée que je me faisais de l'organisation allemande, quel gâchis de main-d'œuvre et de produits. Il me restait encore à apprendre que peut-être un tube sur dix mille contenait un diamant, cachette innocente d'une famille qui espérait s'acheter ainsi des privilèges ou même la liberté.

On nous fit arrêter devant le bâtiment des bureaux. Notre kapo, Bruno, monta les quelques marches jusqu'à la véranda et casquette à la main frappa respectueusement. La porte s'ouvrit et un immense SS Scharführer sortit, un homme d'environ trente ans ; un mètre quatre-vingts, blond, aux traits slaves, aux joues rouges et aux yeux bleus qui vous transperçaient. Il était robuste bien qu'un peu gras comme un athlète ayant cessé l'entraînement. Il était flanqué de deux élégants Unterscharführers : l'un était brun avec une expression dédaigneuse, l'autre blond pur type aryen. Ces trois hommes, le Scharführer Wiglep et les Unterscharführers Otto Graff et Hans Koenig, les deux derniers anciens acteurs professionnels de Vienne, allaient jouer un rôle très important dans ma vie.

Wiglep, son inévitable matraque à la main, s'approcha du bord de la véranda pour nous regarder. Ses yeux se promenèrent sur nous, il examina minutieusement les nouveaux, nous classant immédiatement, en faiseurs d'ennuis, en bons travailleurs, glandeurs ou futurs mouchards. Par-ci par-là il reconnaissait un assistant-kapo et l'accueillait de quelques paroles à l'humour épais.

— Hé Isaac ? Toujours en vie, comment fais-tu ?

Le visage d'Isaac se fendait d'un large sourire et il sautait d'un pied sur l'autre.

— Et toi Stefan, tu respires encore ? Il faudra que nous nous occupions de cela.

En tout bien tout honneur, le maître plaisantait avec ses domestiques. Et pourtant je sus aussitôt que ce bel homme jovial était un tueur impitoyable à éviter ; au même moment comme pour confirmer mes appréhensions, il se mit à hurler :

— Los ! Au travail ! Allons, plus vite !

Graff et Koenig, en chiens fidèles et empressés, se mirent à sauter parmi nous, firent jouer leurs matraques, leurs poings et leurs bottes.

— Los ! Los ! Los !

Quelques hommes tombèrent, je réussis à éviter les coups

en restant près des anciens. Ils se précipitaient sur l'amoncellement de bagages, en attrapaient le plus possible et couraient les porter vers un des dépôts, moi sur leurs talons deux valises dans chaque main. Graff était devant la porte prêt à nous tomber dessus, Koenig était à l'intérieur pour nous activer plus encore.

On jetait les malles, les caisses, les sacs à dos sur une énorme couverture dans le dépôt. Ils étaient aussitôt soit déchirés, soit ouverts à coups de marteaux et on en sortait la nourriture, les vêtements, les objets de toilette, les valeurs, les documents personnels, de pathétiques photographies de famille. Des « spécialistes » se précipitaient dessus pour les trier, lançaient les vêtements masculins sur une couverture, féminins sur une autre, d'enfants sur une troisième jusqu'à ce qu'une demi-douzaine de couvertures se soient ainsi transformées en monticules. Les valises et les malles étaient rapidement mises de côté et brûlées avec les papiers. D'autres se précipitaient sur ces couvertures et les portaient à des femmes qui en classaient le contenu par qualité et le rangeaient dans les différents entrepôts. Pendant tout ce temps, tandis que les experts transpiraient et que nous autres, les apprentis, galopions sans cesse, Graff et Koenig nous battaient, nous fouillaient, nous punissaient en hurlant leur hymne favori :

— Los ! Los ! Plus vite salopards, plus vite, karacho, karacho [1].

Seul, un homme ne bougeait pratiquement jamais. Le Scharführer Wiglep assis sur la véranda un verre de bière à son côté, le sirotant de temps en temps, surveillait chaque geste et n'intervenait que pour un crime sérieux.

La confiance qu'il plaçait en ses deux Unterscharführers se justifiait pleinement. Ils ne laissaient rien échapper et accomplissaient très consciencieusement leur boulot. A mon

1. Mot russe signifiant « bien » mais que les SS dans l'argot des camps utilisaient dans le sens de « vite » (N.d.T.).

dixième parcours je fis tomber une valise. Elle s'ouvrit et des chemises, des chaussures, des pommes, des sandwiches, du salami, se répandirent autour de moi. Je m'arrêtai net dans mon élan, affamé, étourdi après quarante-huit heures de jeûne ; les deux SS se lancèrent sur moi, me rossant copieusement, aidés par une demi-douzaine d'assistants-kapos serviles.

Trébuchant, je fus presque heureux de me trouver éloigné de la tentation par les coups, je vis le détenu derrière moi se jeter sur le salami, l'écraser dans sa bouche et l'avaler tout en continuant à courir.

Ce fut la première leçon d'importance que j'appris au kommando Canada. Ne vole que ce que les autres laissent tomber. Dérobe vite pendant qu'un autre se fait tabasser. A midi je n'avais plus faim, j'avais réussi à suivre le conseil de Laco et m'étais contenté de manger du pain sec ce premier jour.

Une autre tentation était tout aussi difficile à surmonter. Voler de la nourriture, la cacher pour pouvoir la rapporter aux copains du camp, ou pour faire des échanges. Mais nos trois sages : le roi Wiglep et ses princes connaissaient à fond toutes les astuces. Je vis Koenig traîner un homme hors du rang et lui hurler :

— Laisse tomber les paquets, ne bouge pas !

Il le fouilla rapidement, trouva une pomme et du pain dans ses poches.

— Tu voles, hein, glapit-il très fort pour être entendu de tous, je vais t'apprendre à bien te conduire, espèce de salopard. Vingt-cinq coups de matraque.

La sentence fut exécutée sur-le-champ et tout en détalant le plus loin possible de la victime, j'appris une autre leçon : rester immobile et silencieux sous la bastonnade.

Le détenu était nouveau. Avec sa matraque, Koenig le frappa sur les fesses, une, deux, trois fois... Au quinzième coup il hurla et Koenig frappa encore plus fort :

— La ferme, pleurnichard !

Sous la douleur, l'homme se redressa brusquement, Koenig le remit en avant d'un coup violent sur la nuque. Le détenu essaya vainement de se protéger avec les mains, le SS lui écrasa les doigts, ces coups-là d'ailleurs ne comptaient pas puisqu'ils n'atteignaient pas leur objectif. Presque une dizaine de coups sur la nuque, les reins et les mains furent ajoutés aux vingt-cinq coups initiaux sur les fesses parce que le détenu n'avait pas su se tenir. A cause de ses mauvaises manières il fut battu jusqu'à ce qu'il perde connaissance et abandonné là pour mourir.

Je m'habituai à voir ces punitions dès le premier jour. Je me mis même à les accueillir avec soulagement car pendant que Koenig et Graff étaient occupés je pouvais voler et assurer ma survie.

Les bastonnades des Unterscharführers étaient suffisamment sévères mais ne pouvaient en rien se comparer aux punitions distribuées par Wiglep. Il se levait de sa chaise et criait d'une voix épaisse :

— Toi, viens ici, cochon de feignant.

Un détenu se détachait de la course et se présentait devant lui.

— Alors tu te crois dans un sanatorium ou en vacances ? ou tu crois être une tortue ? Eh bien tu te trompes. Tu es un homme et tu sais te déplacer vite, ma matraque magique va te montrer que l'on peut faire courir une tortue comme un homme.

Puis très tranquillement, d'une main experte sans aucun des accès hystériques de ses subordonnés, il se mettait à frapper le prisonnier jusqu'à ce qu'il s'affaisse, sanglant et inutile.

Finalement, cette ahurissante journée prit fin. On se retrouva alignés en rangs de cinq, prêts à retourner au camp mais avant que les portes ne s'ouvrent, Wiglep descendit de son trône, parcourut nos rangs et poussant un homme de sa matraque par-ci, par-là :

— Toi... toi, et toi... sors !

Environ quinze hommes sortirent des rangs, ils n'étaient pas complètement sélectionnés au hasard, il fallait se méfier de l'œil de Wiglep. Koenig et Graff les fouillèrent méticuleusement et sur ces quinze hommes, on trouva quatre ou cinq voleurs.

Un homme avait deux citrons, vingt coups. Un autre une chemise, vingt-cinq coups, un troisième une boîte de sardines, encore vingt-cinq coups. Les deux derniers n'avaient que du pain, ils s'en tirèrent avec un coup de pied et quelques gnons. Ce n'est qu'après cette cérémonie que le kommando Canada se mit en route et je remarquai un bruit insolite, bizarre. On n'entendait plus les semelles de bois mais le son feutré du cuir. Je baissai les yeux et vis que presque tous les hommes portaient des chaussures en daim, en crocodile, enfin plus aucun rapport avec le bois.

Laco s'aperçut de mon étonnement et me dit en souriant :

C'est un de nos avantages. Oui, ils nous laissent prendre des chaussures. Peut-être pensent-ils que cela donne une certaine classe au kommando ou peut-être trouvent-ils que les galoches ralentissent nos performances.

On retourna donc au camp. J'entendis la voix forte et sans timbre de Fries :

— Voilà le Canada, halte !

On s'arrêta. Six SS coururent dans les rangs, nous fouillant rapidement mais sans la méticulosité des deux Unterscharführers. Ils n'eurent la main heureuse qu'une seule fois, un homme avait caché une chemise sous sa veste. Presque paresseusement Fries le battit à mort et nous transportâmes son corps avec ceux des autres camarades morts vers le block 4 pour l'appel.

Epuisé par le travail et la chaleur, meurtri par les coups que j'avais ramassés, hébété par tout ce que j'avais vu, je me demandais si le Canada valait la peine de prendre tous ces risques. Mais en regardant autour de moi, en observant les plus anciens, tous mes doutes s'évanouirent. Ils étaient en train de sortir le butin qu'ils avaient réussi à cacher malgré la double fouille. L'un avait six boîtes de sardines, un autre un kilo de figues. Des chemises, des fruits, du savon, du salami, des saucisses et du jambon firent leur apparition jusqu'à ce que le baraquement ressemble à une épicerie bien approvisionnée. Polzakiewicz, le chef de block vint prendre son pourcentage : un citron, une paire de chaussures en crocodile, de la viande, des fruits, même de l'aspirine pour calmer les maux de tête dus à l'exercice de son autorité.

Après cela les hommes se dirigèrent vers la porte et sortirent. Je les suivis et ce que je vis fut tellement éloquent que je décidai aussitôt de rester au Canada.

Autour du baraquement, se traînaient ceux que la faim torturait. Les hommes du Canada scrutaient les visages, cherchant des parents, des amis pour leur donner un peu de nourriture. Les médecins du camp, eux-mêmes détenus, venaient chercher des médicaments, tout ce qui pourrait les aider à continuer leur tâche surhumaine et désespérée. Ils les obtenaient facilement car tout homme appartenant au Canada savait qu'il pourrait un jour ou l'autre finir à l'hôpital et qu'il aurait besoin d'un ami sûr.

Au bout d'un moment tout le monde se dispersa. Josef et moi tombâmes sur nos châlits. Avant de sombrer dans le sommeil, je sentis pour la première fois depuis que j'avais quitté l'entrepôt de nourriture de Franz Marmelade que je n'avais pas faim. En y réfléchissant je réalisai que ces entrepôts n'étaient que de la broutille comparés au Canada.

Une semaine avec ce kommando m'en apprit plus sur le but réel d'Auschwitz que les trois mois qui venaient de s'écouler depuis mon arrivée. C'était une épouvantable leçon, non pas tant à cause du sadisme, de la brutalité, des morts violentes mais surtout à cause du mercantilisme éhonté qui y régnait.

Lentement les sacs, les vêtements, la nourriture, les photographies tristes et souriantes prirent des visages, les landaus devinrent des bébés et les piles de petites chaussures bien rangées devinrent des enfants, comme ma cousine Lici de Topolcany. Je savais que les doutes qui m'assaillaient et que je tentais de repousser, n'étaient que la triste réalité.

J'étais dans une usine à tuer, un centre d'extermination où des milliers et des milliers d'hommes, de femmes et d'enfants étaient gazés et brûlés, non seulement parce qu'ils étaient juifs, motivation première du Führer, mais aussi parce que par leur mort ils participaient à l'effort de guerre allemand.

Chaque jour je voyais les trains de marchandises arriver vides. On les chargeait de chemises d'hommes le lundi, de fourrures le mardi, de sous-vêtements d'enfants le mercredi, de pardessus etc., selon les décisions de Wiglep. Je compris que tout cela allait vers une Allemagne assiégée, remonter le moral des populations civiles à qui l'on demandait sans arrêt de resserrer d'un cran leur ceinture.

Je voyais aussi le butin qui lui n'était pas chargé sur ces trains : les marks, les francs, les lires, les dollars et les livres anglaises du marché noir, l'or et les bijoux, pour ne pas mentionner les pierres précieuses qui elles étaient délicatement, secrètement livrées au bureau, le palais de Wiglep, en mains propres. Je sus très vite que ces trésors étaient destinés à la Banque centrale de Berlin après que le roi du Canada eut prélevé sa dîme. Bien plus tard, je découvris avec quelle habileté on s'en était servi, non seulement pour soutenir l'économie du Reich mais aussi pour essayer de déstabiliser l'économie des Alliés par l'intermédiaire des banques suisses.

Ce n'est que plus tardivement encore que je compris l'importance de cette guerre psychologique pour la population civile. Par exemple, on avait besoin de chaussures pour les enfants de Berlin, Hitler les trouvait à Auschwitz et c'est ainsi que maman pouvait chanter l'éloge du sauveur à la petite moustache noire, en écrivant à papa sur le front russe.

Il y avait aussi des leçons plus difficiles à avaler. Je m'aperçus qu'il y avait une hiérarchie qui vivait princièrement, qu'il y avait une échelle sociale que l'on pouvait gravir, que des querelles couvaient et explosaient, que des amourettes naissaient, étaient consommées et s'éteignaient, que la vie au Canada ressemblait par maints côtés à la vie courante. L'important n'était pas qui vous étiez mais qui vous connaissiez.

Je découvris que plus je restais en vie, plus je m'approchais du noyau dur qui non seulement avait appris à vivre mais aussi à prospérer. Je commençais à faire partie du paysage. On se mit à m'appeler par mon prénom, dès que les anciens m'eurent adopté ma promotion fut assurée. Au lieu de faire la course avec les bagages, je fus mis au transport des couvertures pleines de vêtements à partir des dépôts où les valises étaient déballées, vers ceux où les femmes triaient. Je découvris qu'elles étaient slovaques, ce qui m'apporta un petit rayon de soleil. Parfois je réussissais à leur porter en douce un ou deux citrons, une barre de chocolat ou une boîte de sardines. En échange elles souriaient, me donnaient un verre de limonade, un morceau de pain et de fromage ou même une de mes sardines à avaler vite fait en cachette. Le travail était dur mais présentait des compensations, je n'avais plus jamais faim ni soif et la cruauté du lieu était un peu adoucie par cette chaleur féminine.

Des détenus du bas de l'échelle esquissaient des amitiés platoniques avec ces jeunes filles qu'ils admiraient de loin et à qui ils ne pouvaient parler que très rarement. Ils échangeaient des lettres et des petits cadeaux. Je transportais ces témoignages d'affection des uns aux autres, ne réalisant pas que les kapos savaient fort bien ce que je faisais.

Ils ne firent rien pour m'en empêcher. Au contraire, quand ils furent assurés que le service de livraison Rudi Vrba était fiable, ils l'utilisèrent eux-mêmes, ce qui pour moi était à la fois un avantage et un danger. Cela me procura de petites récompenses de la part des kapos et leur protection me permit d'échapper partiellement aux punitions. Néanmoins il y avait des risques plus graves car les liaisons aristocratiques n'étaient pas aussi innocentes et les cadeaux que j'avais à transporter n'étaient plus de simples gages d'amitié mais des objets de luxe. Si j'étais pris je ne m'en tirerais pas à moins de vingt-cinq coups et pourtant je ne pouvais pas refuser.

Grâce à moi, une brûlante histoire d'amour se développa entre mon kapo Bruno et Hermione, kapo des femmes slovaques qui triaient les vêtements. C'était une ravissante Viennoise d'environ vingt ans, très bien vêtue, le dépôt lui fournissait jupes et corsages, elle portait aussi de hautes bottes noires, luisantes comme celles d'un cavalier prussien. Elle était stricte avec les femmes mais je ne l'ai jamais vue frapper personne. Elle arborait son fouet plutôt comme quelqu'un qui était en train de se rendre à un gymkhana équestre.

Elle m'accueillait toujours avec un sourire moitié maternel, moitié séducteur quand je déposais ma couverture lourdement chargée devant elle. Elle était si belle que je ne fus pas autrement surpris quand un certain jour Bruno me prit à part et me glissa une lettre pour elle.

Puis vinrent les cadeaux : d'abord une orange ou deux, un peu de beurre ou un gros morceau de jambon. Bruno devint de plus en plus extravagant au fur et à mesure des progrès de leur aventure. Il me fit transporter des savonnettes parfumées, de l'eau de Cologne, des parfums français rares. Hermione recevait tout cela avec un sourire énigmatique presque majestueux, tandis que Bruno trouvait sans cesse des prétextes pour aller rôder du côté de ce dépôt.

Cependant, il n'était pas le genre d'homme à se contenter de quelques sourires et d'un mot gentil en échange de ses cadeaux. Il ne fallut pas bien longtemps pour que cette liaison perde sa pureté originelle, ce qui, incidemment, illustre bien le pouvoir des kapos et leur désir à tous deux de ne pas en rester là.

C'était bien entendu un risque qui pouvait leur coûter la vie ou avec un peu de chance uniquement leur poste et les privilèges qui s'y rattachaient. Ils étaient pourtant prêts à le courir comme je le découvris un jour en lâchant mon fardeau devant les femmes slovaques et ne vis aucune trace d'Hermione. Normalement, elle était toujours là pour vérifier s'il y avait un paquet pour elle, et s'assurer que ses filles ne volaient pas trop. Quand je demandai où elle était, une des femmes me sourit et fit un signe de tête vers les stocks :

— Elle est là, avec Bruno.

Il n'était plus temps de poser d'autres questions. Je devais courir chercher mon prochain fardeau et cette fois j'ai vraiment dû battre tous les records de vitesse entre les deux dépôts, tellement j'étais curieux d'apprendre la suite de cette tendre romance.

— Que font-ils ? Je veux dire... comment !

— Nous leur avons construit un petit nid d'amour tout à fait confortable.

Nouveau départ avec la couverture vide et retour encore plus rapide cette fois.

— Que veux-tu dire... Nid d'amour ?

— Nous avons entassé quelques milliers de couvertures pour faire un mur. Les amoureux ont besoin d'intimité.

Elle me sourit timidement :

— Quel dommage que je ne sois pas kapo !

A la course suivante, je vis Bruno s'éclipser sans bruit du dépôt. Il me jeta un coup d'œil au passage et je retins une irrésistible envie de lui faire un clin d'œil. Si j'avais su ce que cette affaire allait me coûter plus tard, je n'aurais pas été aussi aimable avec lui.

Les ennuis commencèrent quand le loyer du nid d'amour se mit à augmenter. L'appétit d'Hermione pour le luxe grandissait très vite. Non seulement elle s'attendait chaque jour à recevoir un cadeau de prix, mais en outre elle devait donner un pourcentage aux femmes car sans leur concours pas d'amour possible.

En conséquence mes chargements illicites s'alourdissaient et les risques encourus s'aggravaient sans cesse. Pour tout compliquer j'avais l'impression que Wiglep m'avait particulièrement à l'œil.

Après avoir cru que c'était le fruit de mon imagination ou de ma mauvaise conscience, j'eus très vite la certitude qu'il me suspectait sans savoir exactement de quoi. Peut-être pensait-il que je volais, peut-être sentait-il confusément qu'il y avait encore en moi une étincelle de défi, que j'étais un détenu qui n'était pas devenu un chien suffisamment docile.

Toutefois, je n'y pouvais pas grand-chose car j'étais tellement impliqué dans l'histoire Hermione-Bruno, qu'il m'était impossible de faire marche arrière sans y laisser des plumes et Hermione, qui tenait son amoureux complètement sous sa coupe, se mit à me passer des commandes quotidiennes. Parfois elle me disait :

— Rudi, je n'ai plus d'eau de toilette.

Ou bien :

— Rudi, j'ai terriblement envie de chocolat au lait. J'ai horreur du chocolat noir. Essaie aussi de me trouver des anchois.

Je retournais vite trouver Bruno, liste en tête, et un peu plus tard je confirmais à Hermione :

— Ça va arriver avec le prochain chargement.

C'était une situation extravagante. Cela se passait dans le camp de concentration le plus horrible que le monde ait jamais connu ! Et l'élite vivait beaucoup mieux que quiconque du butin pillé à travers toute l'Europe.

Plus les amours de Bruno et d'Hermione se prolongeaient, plus mes risques augmentaient. Je savais qu'un jour ma chance aurait une fin et quand Wiglep m'appela je ne fus pas surpris. J'étais même plutôt content, car cette fois-là je n'avais rien d'illégal.

Lentement, délibérément, il descendit de sa terrasse, se planta devant moi et hurla :

— Lâche ça !

Je laissai tomber la couverture. Elle ne contenait que des vêtements, je transportais chaque jour au moins trois cents couvertures mais il n'y avait de la contrebande que dans cinq, au plus.

Il me donna un coup presque amical sur l'épaule :

— Au boulot, et vite !

Je déguerpis, content au fond d'avoir été fouillé car je pensais que maintenant il m'oublierait ; je me trompais.

A la course suivante, j'entendis le cri familier :

— Halte, porc, lâche ton paquet !

A nouveau je n'avais rien. A nouveau je reçus un coup anodin. A nouveau je me sentis sûr de moi, persuadé d'être à l'abri. A nouveau j'avais tort.

A mon troisième passage, je reçus une troisième sommation ce qui était sûrement un record au Canada. Une fois de plus j'étais blanc comme neige.

Bruno, bien sûr, était sur le qui-vive, il avait surveillé attentivement ce jeu du chat et de la souris. Quand je revins au dépôt pour la couverture suivante il m'attendait :

— Écoute Rudi, il t'a fouillé trois fois de suite, il ne t'arrêtera plus de la journée et certainement pas la prochaine fois. Emporte ces babioles pour Hermione.

Tout cela semblait assez logique mais je ne pouvais m'empêcher d'éprouver un sentiment d'angoisse devant ce que Bruno appelait « des babioles ». Cela ressemblait plutôt à des achats effrenés et hétéroclites qui auraient été faits à Londres, Paris ou New York avant la guerre : de l'eau de Cologne, du savon de toilette délicatement parfumé, un petit flacon de Chanel, un poulet en conserve, des saucisses de Francfort et des sardines du Portugal. Je lui dis un peu nerveusement :

— Bruno, quel chargement !

— Ne t'en fais pas. Il ne t'arrêtera pas. Il ne voudra pas risquer un quatrième échec sous les yeux de Koenig et de Graff. Tu aurais dû les voir ricaner derrière son dos.

C'était raisonnable. Quand Wiglep descendait de son trône pour fouiller un détenu, c'était une critique muette adressée à ses deux Unterscharführers, une façon sournoise de leur dire qu'ils ne faisaient pas correctement leur travail, pour lui, échouer était admettre publiquement qu'il s'était trompé. Je pris la couverture et je me mis à courir.

— Toi, là... arrête !

Je n'en croyais pas mes oreilles, je continuais à courir sans accélérer faisant semblant de croire qu'il appelait le suivant. Si seulement je pouvais atteindre le dépôt des femmes j'étais sauvé.

— Toi, ignoble salaud, arrête de faire le malin ! Lâche cette couverture avant que je ne t'abatte !

Je me retournai et courus vers Wiglep, le plus fin psychologue que j'aie jamais rencontré. Il avait compris le cheminement de mes pensées. Il savait que je croyais qu'il ne m'arrêterait pas une quatrième fois, que je me sentais en sécurité. Je lâchai ma couverture qui ressemblait plutôt à une parfumerie et à une épicerie fine ambulante, avec une expression de surprise exagérée il murmura en ricanant :

— Quelle curieuse collection de vêtements !

Il fit lentement le tour de la couverture, énumérant chaque article un par un, d'une voix mielleuse et menaçante :

— Un poulet, du chocolat au lait suisse, de l'eau de Cologne... du Chanel ! J'aimerais bien offrir la même chose à ma femme. Je me demande qui est l'heureuse destinataire de cette manne.

Je ne dis rien. Il me regarda fixement et lâcha :

— C'est pour Hermione, hein ?

Je continuais de ne rien dire, je savais à présent que j'étais devenu un enjeu entre les deux hommes. Wiglep savait qu'un nouveau comme moi ne se serait pas permis de voler ce genre de choses. Il était sûr que cela venait de Bruno et il allait le prouver. Il allait écraser ce kapo qui se croyait tout permis. C'était le dernier round d'un combat qui durait depuis des mois, un combat à mort entre Bruno, vétéran des prisons d'avant-guerre et d'une demi-douzaine de camps de concentration, et Wiglep qui avait gagné ses galons de sergent à Dachau et Sachsenhausen.

— Kapo, viens ici !

Bruno savait ce qui venait de se passer. Il savait que les carottes étaient cuites, que lui et Hermione pouvaient aller mourir au block disciplinaire, si Wiglep réussissait à me faire parler. Cependant, son visage était impassible lorsqu'il s'approcha docilement et regarda le butin tout étonné. C'était un bon comédien. Il manifesta d'abord une surprise totale, puis une fureur feinte. Il me donna des coups de matraque et hurla :

— Sale youpin, voleur puant !

Il continua à me frapper jusqu'à ce que Wiglep lui dise calmement :

— Laisse-le moi kapo, je m'en charge. Je le ferai parler plus vite que toi. Il va me dire où il a pris tout ce butin même si ce sont ces derniers mots.

J'apercevais Hermione au loin, toujours aussi belle, qui nous regardait. Tout le monde en vérité nous observait sans cesser de travailler, car les nouvelles de ce genre se propageaient vite au Canada. Avec entrain, Wiglep appela Hans Koenig et Otto Graff qui sifflèrent avec admiration quand ils virent la couverture et ils firent des réflexions spirituelles sur l'excellence de mon choix.

Je me penchai en avant, la matraque s'abattit sur mes fesses me faisant tomber. La botte de Koenig me remit en place.

— Qui t'a donné ça?

Son bras se releva d'un geste aisé et précis d'expert, la matraque retomba :

— Qui t'a donné ça?

Trois, quatre, cinq, sans hâte des coups méthodiques entamaient ma chair. Et la question revenait presque murmurée en monosyllabes réguliers :

— Qui... t'a... donné... ça?

Six... sept... huit...

— Qui... t'a... donné... ça?

Vaguement, je voyais les bottes de Bruno et j'entendais les détenus passer en courant.

Neuf... dix... Onze...

— Qui... t'a... donné... ça?

Chaque coup envoyé méthodiquement avec une précision de technicien augmentait la douleur. Les bottes de Bruno se mirent à danser devant mes yeux. Les bruits du camp s'éloignaient et revenaient. Je remarquais à peine les coups de pied de Graff et de Koenig qui me redressaient chaque fois que je vacillais.

Douze... treize... quatorze... quinze... Je ne voyais plus les bottes mais un halo rougeâtre. Je n'entendais plus les détenus ni même le sifflement de la matraque, rien qu'une rumeur diffuse. La douleur était à présent constante, elle s'infiltrait dans tout mon corps et éclatait, exacerbée par l'avalanche des coups.

— Qui... t'a... donné... ça?

Je sentais venir les mots plus que je ne les entendais, ils n'avaient plus aucun sens. Wiglep perdait son temps, je ne me raccrochais plus qu'à une seule idée. Quand allait-il s'arrêter ? Quand allais-je mourir ? Quand tout cela allait-il finir ?

— Qui t'a donné ça ? *Qui t'a donné ça* ? QUI T'A DONNÉ ÇA ?

Les coups martelaient les points d'interrogation, les mots tournaient dans ma tête, je flottais, des lumières rouges, jaunes, pourpres se mirent à clignoter en une aurore boréale folle. Le ciment me heurta au visage mais je ne sentis rien.

Cela aurait dû être la fin. La règle du camp voulait que lorsqu'un détenu perdait connaissance on le battait jusqu'à ce que mort s'ensuive. Wiglep était plus subtil. Il savait que j'étais prêt pour l'hôpital et la piqûre de phénol.

La douleur lancinante provoquée par le moindre mouvement me réveilla le lendemain matin sur mon châlit. Étendu sans bouger, je me demandai ce qui m'était arrivé, et peu à peu la mémoire me revint. Bruno me fixait d'un air circonspect :

— Tu as été à la hauteur hier, quarante-sept coups, bonté divine, il sait frapper le bougre ! Il n'en revenait pas de ne pas t'avoir fait parler. Il n'a jamais rencontré un phénomène comme toi. A la limite je dirais même qu'à la fin il a eu une certaine admiration pour toi.

Il continua à radoter comme un vieux fanatique de football racontant le plus beau match auquel il ait assisté. Avec effort je lui demandai :

— Comment suis-je revenu ici ?

— Deux hommes t'ont porté. Tout le kommando était au courant. Les commentaires allaient bon train et je crois même que les hommes qui passaient à côté de toi s'étaient mis à parier sur ton endurance !

Je comprenais ce qu'il voulait dire. Je savais aussi que le pari le plus important avait été celui d'Hermione et de Bruno. Ils avaient joué leur vie sur mon silence. Ils avaient gagné et j'avais gagné aussi, car tout le kommando Canada attendait de voir si Bruno allait payer sa dette.

Je lui dis :

— Je ne peux pas me lever. Je ne peux pas travailler.

Il comprit. Ceux qui ne pouvaient pas travailler mouraient.

— Ne t'en fais pas, j'ai de bons amis à l'hôpital, ils vont s'occuper de toi. Cette bastonnade va provoquer des phlegmons. Tes fesses vont enfler comme un ballon et il faudra t'opérer, mais ne te fais pas de mouron. Tu auras tout ce que tu veux, de la nourriture et des soins attentifs.

Il partit rassembler son troupeau. Je restai étendu, sans bouger, essayant d'évaluer la situation, contrebalançant le bon et le mauvais pour arriver chaque fois à des conclusions différentes. L'hôpital c'était la mort, mais Bruno était puissant ; je ne l'avais pas lâché, mais lui me lâcherait-il ? Ses amis pouvaient me maintenir en vie. Mais le souhaitait-il ? Peut-être préférait-il me voir mourir ? J'en savais trop.

Josef était près de moi, pressant un verre de citronnade contre mes lèvres sèches. Du pur jus de citron avec de l'eau et du sucre. C'était bon.

X

Aucun de ses amis, même les plus proches ne se serait hasardé à décrire les qualifications médicales de Bruno. Et pourtant il n'avait pas son pareil pour évaluer les prouesses de Wiglep, le chirurgien à la matraque, et le diagnostic qu'il fit de la maladie dont je souffrais fut remarquablement exact.

L'empoisonnement causé par les coups se répandit en flammes dans mes fesses et mes jambes. Durant quatre longues journées, je restai couché en proie à des douleurs atroces, intolérables dès que l'on me touchait ; pendant tout ce temps Bruno, Burger le secrétaire du block 4 et le chef de block s'arrangèrent pour cacher ma présence dans le baraquement aux autorités du camp, ce qui aurait pu leur coûter la vie.

Je reçus chaque jour la visite d'un médecin détenu que Bruno approvisionnait régulièrement en médicaments ; le quatrième jour je l'entendis dire avec brusquerie :

— Si on ne l'opère pas rapidement, il mourra.

Voilà qui compliquait singulièrement les possibilités d'organisation de mon hésitant bienfaiteur ; néanmoins comme il s'y attendait, il s'y était préparé. D'abord il devait s'assurer que je ne rencontrerais jamais l'Oberscharführer Josef Klehr[1] dont l'emploi à l'hôpital consistait à injecter des doses mortelles de phénol à ceux que le médecin SS destinait à « l'euthanasie ».

1. Klehr, qui dans le civil est cordonnier et certainement pas médecin, est un des accusés du procès de Francfort de 1963.

Ensuite il devait veiller à ce que je reçoive du Canada de quoi manger raisonnablement, afin d'être en assez bonne forme pour que l'opération ait une chance de réussir. En bref, j'étais un vrai casse-tête pour Bruno, qui arriva pourtant à m'obtenir un réel traitement de faveur à l'hôpital.

Au début je fus incapable d'apprécier l'avantage considérable d'être couché sur le châlit supérieur, alors que de nombreux malades aux blessures mal fermées ou atteints de dysenterie laissaient échapper de leurs corps des déjections sur ceux qui se trouvaient au-dessous d'eux. Je me payai le luxe d'être à côté d'un moribond qui ne fut pas remplacé lorsqu'il mourut et j'eus ainsi un peu plus de place. Malheureusement, tous ces petits privilèges étaient effacés par la nausée profonde que j'éprouvai en entrant pour la première fois à l'hôpital d'Auschwitz. La salle où je me trouvais était nettoyée par des détenus aides soignants qui faisaient de leur mieux pour la tenir propre avec des désinfectants, elle était incroyablement surpeuplée ce qui rendait leur tâche impossible. Les châlits s'élevaient sur trois étages et il y avait au moins trois hommes dans chacun. Les infections, la gangrène, la dysenterie étaient monnaie courante; même si ces soignants se dépensaient sans compter, la puanteur de chair en putréfaction et d'excréments dominait l'odeur des désinfectants.

Je partageais mon châlit avec un homme d'environ quarante ans dont le bras droit se désagrégeait lentement et un autre de moins de vingt ans atteint de dysenterie et de typhus, qui délirait sans arrêt.

Tous les deux étaient juifs polonais, tous les deux étaient en train de mourir et, à ma grande honte, je dois dire aujourd'hui que je les trouvais tout à fait répugnants. Dans l'espace étroit que nous occupions je faisais mon possible pour me tasser sur moi-même afin de les éviter et de m'abstraire de ce lieu épouvantable. J'essayais de fermer les yeux et de me boucher les oreilles pour ne pas entendre les bruits incessants, les plaintes pitoyables qui montaient dans la nuit, le son sourd que faisaient les morts en heurtant le sol en ciment, jetés par terre par les vivants en quête de « Lebensraum »[1].

Après un certain temps, je m'aperçus que le courage pouvait atteindre des sommets incroyables et qu'une dignité insoupçonnée se manifestait dans cet enfer auquel je ne devais jamais m'habituer. Monek, le Polonais d'âge mûr, souffrait le martyre de son bras gangrené, mais n'en parlait pas. Quand son ami, couché de l'autre côté près de moi — ils étaient tous les deux originaires de Mlava — commençait à délirer, il me disait doucement :

— Excuse-le, il est très malade, habituellement c'est un très gentil garçon.

J'étais bien moins tolérant et beaucoup plus égoïste. Je n'étais pas encore tout à fait sûr de pouvoir faire confiance à Bruno ; je ne savais pas si mon prochain rendez-vous ne serait pas avec le « docteur » Klehr et son célèbre phénol. Aussi quand les soignants vinrent me chercher pour me conduire à la salle d'opération, je savais que j'allais soit vers un soulagement de la douleur, soit à la mort en moins de dix minutes. Une chose était sûre, d'une façon ou d'une autre j'allais en baver.

Dans la salle d'opération, une demi-douzaine de médecins-détenus en blouse blanche étaient à l'œuvre sur un malade. Ils eurent vite fini, le déposèrent sur un brancard et firent signe à mes soignants.

Je me sentis subitement pris au piège. Ils me mirent sur la table, sur le ventre, et m'attachèrent par les chevilles et les poignets. Un infirmier me couvrit le visage d'un tampon d'éther, je n'avais plus d'échappatoire.

— Compte...

— Un... deux... trois...

Serait-ce la piqûre de phénol ou le bistouri ?

— Quatre... cinq... six...

1. Espace vital (N.d.T.).

Pourquoi ce truc ne m'endormait-il pas ? Pourquoi ne m'en donnait-on pas davantage ?

— Vingt-deux... vingt-deux... vingt-deux...

J'étais bloqué là et j'avais peur. Et s'ils allaient m'opérer avant que je ne sois endormi ? J'essayai de leur crier quelque chose mais aucun son ne sortit de ma gorge, c'est alors que je sentis le bistouri fulgurant mordre ma jambe.

Ce fut mon dernier souvenir. Je ne saurai jamais si ce fut l'éther qui finalement m'endormit ou si je finis par m'évanouir, mais quand je revins à moi, je n'étais plus sur la table, j'étais maintenu debout dans un coin de la salle, tandis que deux infirmiers polonais me bandaient les jambes et les fesses. Bien que toujours dans les limbes, je voyais que les médecins s'occupaient déjà d'un autre malade et je me souviens avoir éprouvé non seulement de la reconnaissance mais de l'admiration pour ces hommes qui, au milieu de l'avilissement général d'Auschwitz, conservaient leur sens de l'humain et leur intégrité professionnelle.

Cette nuit-là je dormis bien malgré le bruit ; les effets de l'éther continuaient sans doute. Le lendemain matin mon voisin, l'homme âgé, était assis près de moi, plus maître de lui que jamais ; son jeune ami était très calme.

— Comment va-t-il ? demandai-je. Il semble aller mieux.

Le Polonais sourit gentiment, tristement et me répondit :

— Dieu l'a aidé. Il est mort.

Un sentiment de culpabilité m'envahit soudain. Je me souvins de mes mouvements d'humeur contre lui, contre eux deux et mal à l'aise je dis :

— Je suis vraiment navré.

— Il ne faut pas, murmura mon voisin. Je suis content qu'il soit mort, je l'ai connu enfant. Je connaissais ses parents. Je suis content qu'il en ait fini avec Auschwitz et qu'il ne souffre plus.

Je ne répondis pas, il n'y avait rien à ajouter. Monek de Mlava, Monek qui souffrait en silence près de moi, avait dit tout ce qu'il fallait avec ces quelques mots simples.

— Je veux juste te demander un petit service, enchaîna-t-il. Est-ce que tu veux bien qu'on le garde avec nous jusqu'au coup de gong ? Qu'on ne le jette pas sur le sol comme les autres ?

— Bien entendu. Il ne me viendrait pas à l'idée de faire une chose pareille...

Quand finalement on entendit le gong, on le descendit doucement. Monek murmura une prière en hébreu, la première qu'il me fut donné d'entendre à Auschwitz et je dis « amen » par déférence envers la sincérité de ses sentiments plus que pour toute autre raison.

Quelques jours plus tard, un infirmier, l'un de ceux dont Bruno s'achetait les services et qui s'occupait de moi, vint me trouver et me chuchota :

— Il va y avoir une sélection. Écoute-moi bien. Veille à être très propre, va même te laver tout de suite. Reste tranquille et tiens-toi droit. Si on te pose des questions sur ta santé, réponds que tu te sens bien. Je ferai en sorte que tu sois le dos au mur pour qu'on ne voit pas tes cicatrices.

Je sentis mon estomac se contracter. Je me trouvais devant un nouvel obstacle à franchir, après le matraquage du Canada et l'opération. Je savais qu'il pouvait être le plus dangereux de tous, puisque ma vie dépendait maintenant du caprice d'un médecin SS qui pouvait m'envoyer à la mort si mon visage n'avait pas l'heur de lui plaire, un juge qui allait ordonner l'exécution des trois quarts des détenus de l'hôpital. Dans la salle d'eau je me lavai à fond, et quand je sortis, les soignants étaient en train de préparer leurs malades pour l'événement en hurlant :

— Tout le monde debout, enlevez vos chemises. Allons, dépêchez-vous, mettez-vous en rang.

Quelques-uns restèrent où ils se trouvaient, trop faibles pour tenter de bouger. Ils savaient qu'ils signaient leur arrêt de mort, qu'ils allaient être automatiquement condamnés mais cela ne les concernait plus. Tous les autres s'extirpèrent avec effort, titubants, et je me trouvai au milieu de squelettes nus convaincus que les dés étaient pipés. Certains s'affaissaient avec la certitude qu'ils allaient mourir, pourtant leur courage et leur dignité se voyaient encore.

— Achtung !

L'aboiement arriva de la porte, prélude habituel à l'arrivée d'un officier SS ; il y eut un mouvement dans les rangs, chacun essayant de se mettre au garde-à-vous. Le chef de block se précipita vers le médecin SS et son entourage :

— Herr Obersturmbannführer [1], au rapport, nous avons quarante-six prisonniers membres du personnel et sept cent trente-quatre détenus malades.

Le médecin, grand, plutôt mince, entre deux âges, fit un brusque signe d'assentiment. Il se comportait comme quelqu'un qui va accomplir avec efficacité une tâche répugnante, quelqu'un dont la haute qualification et le serment d'Hippocrate faisaient qu'il condescendait à examiner même des juifs puants. Nous savions tous et il savait aussi qu'il n'y avait là aucun but noble. Il s'agissait d'une macabre routine et de rien d'autre.

Derrière lui venaient un SS, registre à la main, le chef de block, le secrétaire et fermant la marche comme des étudiants en médecine de première année, les médecins-détenus, et parmi eux les plus célèbres sommités médicales d'Europe.

Herr Doktor Obersturmbannführer travailla très vite ce matin-là. Il s'arrêta à peine devant le deuxième homme du premier rang et pointa sa canne vers sa poitrine.

Aussitôt le chef de block saisit le bras de l'homme et hurla son numéro : « 23 476 ! » Le SS l'inscrivit. Le secrétaire du block fit de même et le numéro 23 476, petit homme tout gris qui, bien droit, regardait devant lui sans rien voir, sut qu'il venait d'être rayé littéralement d'un coup de plume du livre et de la vie.

« 15 923... 9 467... 43 188... » La canne continuait à pointer sans jamais toucher les malades. Les numéros étaient appe-

1. Lieutenant-colonel (N.d.T.).

lés et les secrétaires affairés les inscrivaient. Parfois, le médecin SS s'attardait devant un malade nu, s'arrêtait, sans doute pour montrer à quel point il était consciencieux et scrupuleux. Il se mettait à fixer attentivement le malade, se frottait le menton comme s'il réfléchissait. Puis, il posait une question sans se retourner et un des médecins-détenus se précipitait à son côté.

— De quoi souffre cet homme ?

— D'un oedème, Herr Obersturmbannführer, et de dysenterie.

Encore un silence tandis que le grand homme méditait. Puis il donnait son diagnostic et le traitement à suivre tout en pointant à nouveau le malade avec sa canne.

Il approchait du dernier rang où je me trouvais. Je m'efforçais de ne pas me faire remarquer, en ne me tenant ni trop droit ni trop effondré, essayant de ne pas avoir l'air trop fier ni trop servile, je savais qu'être différent à Auschwitz signifiait la mort, tandis que les anonymes, les sans-visage survivaient.

L'élégant uniforme vert était devant moi et les yeux gris m'examinaient vaguement intéressés. Un mot et un médecin-détenu revêtu de sa blouse blanche fut appelé en consultation.

— De quoi souffre ce détenu ?

— Seulement d'un abcès, Herr Obersturmbannführer, il retourne au travail demain.

Son regard se fit plus perçant. Je savais que même un examen superficiel suffirait à prouver que le médecin-détenu — ami de Bruno — mentait, pour cacher quelque chose mais le groupe continait sa route, tandis que je retenais mon souffle de peur qu'ils ne m'entendent pousser un soupir de soulagement.

Enfin tout fut joué et les acteurs principaux quittèrent les lieux. C'était maintenant au tour des machinistes d'entrer en scène et de commencer le travail selon un emploi du temps très précis. Les condamnés ne pouvaient pas être emmenés avant que leurs rations ne soient commandées, ils n'allaient pas les manger mais il aurait été dommage de les gâcher.

La commande fut donc envoyée aux cuisines. A midi, ce jour-là, nous les survivants allions recevoir plus de soupe et plus de pain partageant ainsi les rations de ceux qui seraient déjà morts ; aussitôt que la commande fut passée, on appela pour la dernière fois les numéros des condamnés.

Ceux qui pouvaient marcher se mirent en rang. Ceux qui ne le pouvaient pas furent mis sur des brancards. Quelques-uns gisaient immobiles sur les lits, ils étaient déjà morts, on les emporterait plus tard.

Je vis Monek de Mlava plier sa couverture soigneusement et prendre les quelques trésors amassés en secret comme s'il partait en voyage. Son visage était serein, il prit place dans le rang sans histoire. Il ne vint pas me dire adieu non pas par crainte de faiblir, mais parce qu'il avait peur de me gêner, il avait raison, qu'aurais-je bien pu lui répondre ?

Un ordre bref et la colonne macabre se mit en route vers le Dr Klehr. D'un pas traînant, vêtus seulement de leur chemise rayée, certains avaient des jambes semblables à des allumettes, d'autres avaient les bras et les jambes gonflés de pus, ils se dirigeaient titubants vers la piqûre fatale, laissant derrière eux des traînées de sang et d'excréments.

Le lendemain mon ami l'infirmier vint m'apporter des nouvelles peu réconfortantes.

— Nous attendons un fort contingent de malades, il vaudrait mieux que tu partes.

Je le remerciai de me prévenir mais n'en fut pas autrement ravi. Les prisonniers renvoyés de l'hôpital étaient affectés aux différents kommandos selon les besoins établis par Jakob Fries, je savais que mes chances de me retrouver au block 4, où j'avais des amis puissants, étaient minimes.

Je ne me trompais pas, il m'aurait été difficile de tomber sur une affectation plus sinistre. Le bureau central m'avait inscrit pour Buna, le plus horrible kommando du camp, un endroit où, dans mon état de faiblesse actuelle, j'étais sûr de mourir en quelques jours.

Néanmoins, je n'étais pas tout à fait sans défense. Je me

pensais encore protégé par la hiérarchie du camp, même si je devais admettre que Bruno n'avait plus très envie de continuer à payer sa dette. Je décidai d'essayer ce qui me restait d'influence au bluff, en utilisant les noms qui convenaient au bon moment.

L'accueil que me fit le secrétaire de l'hôpital n'était pas follement encourageant quand je vins lui demander ma carte de sortie, il était de très mauvaise humeur. Je lui dis plus ou moins gaiement :

— J'appartiens au kommando Canada et je dois retourner à mon block. Le kapo est un de mes bons amis, penses-tu que tu puisses m'arranger cela ?

C'était à l'évidence une requête scandaleuse qui normalement aurait dû me valoir un bon coup de matraque, mais tout le monde savait qui était le kapo du Canada. Tout le monde connaissait Bruno et le pouvoir qu'il exerçait.

Au lieu de me frapper, il me jeta un regard noir et grommela :

— Tu es inscrit pour Buna, tu sais que je n'oserais jamais changer cela.

— Je sais que c'est difficile. Mais je ne l'oublierai jamais, pas plus que Bruno d'ailleurs.

Le nom magique fit encore son effet bien que j'eus l'impression de l'utiliser en vain. Le secrétaire partit en rouspétant défendre ma cause auprès du chef de block et quand il revint il me lança ma carte pour le block 4, passeport pour une sécurité relative.

Bruno ne se jeta pas à mon cou quand il me vit arriver. Il était plutôt surpris et ne savait pas trop quoi faire de moi à présent qu'il m'avait dans les jambes. Grattant son crâne rasé de près, il murmura :

— Il est sûr que je ne peux pas t'emmener travailler avec moi. Si Wiglep te voit vivant il te tue. Écoute, va donc travailler sur la rampe quelque temps.

La rampe, symbole d'Auschwitz pour des millions de gens qui ne virent pratiquement jamais rien d'autre, exception faite des chambres à gaz. Un quai immense, vide qui s'étendait entre Birkenau et le camp de base, où les transports aboutissaient, venant de tous les coins d'Europe, amenant des juifs qui croyaient encore aux camps de travail. C'est là qu'avait lieu l'infâme sélection : quelques-uns choisis pour travailler étaient envoyés à droite tandis que les autres, les vieux, les très jeunes, les malades, étaient envoyés à gauche vers les camions et les fours crématoires, persuadés qu'on les emmenait vers les territoires de repeuplement.

J'y travaillai huit mois. Je vis arriver trois cents convois et j'aidai à débarquer leurs occupants hébétés. Je vis à l'œuvre la plus grande supercherie que le monde ait jamais connue et à partir de là je donnai un sens radicalement différent à mon désir d'évasion.

J'étais toujours autant décidé à m'échapper mais ce n'était plus du tout par soif de liberté personnelle. Je voulais avertir ceux qui étaient encore chez eux de ce qui les attendait, je savais qu'ils se soulèveraient et se battraient comme les juifs du ghetto de Varsovie. Dès qu'ils sauraient la vérité ils refuseraient de se laisser emmener sans résistance à l'abattoir.

Le système qui se cachait derrière la Grande Imposture était simple et efficace. Dès qu'un convoi arrivait, il était entouré de SS armés de mitrailleuses, de fusils et de lourdes matraques. Aux victimes abasourdies qui descendaient du train il était interdit de parler et environ vingt à trente SS étaient chargés de faire respecter ce règlement.

Ils couraient le long des colonnes trébuchantes et en guenilles en vociférant :

— Silence, silence, on n'est pas à la synagogue ! Conduisez-vous comme des êtres civilisés et vous serez bien traités. Conduisez-vous comme des bêtes et vous serez traités comme des bêtes.

Immanquablement, les gens obéissaient, profondément

démoralisés par les conditions abjectes de leur voyage. Ils voulaient éviter les ennuis essentiellement parce qu'ils étaient avec leur famille et aussi parce qu'ils avaient pu voir comment les SS tuaient dans l'œuf, à coups de gourdin, toute rebellion.

C'était si simple et si efficace. Sans discours, sans concertation, il ne peut y avoir de révolte. Ceux qui avaient des doutes les gardaient pour eux et se sentaient rassurés en voyant passer les ambulances à croix rouge. Ils n'auraient pas été aussi réconfortés s'ils avaient su qu'elles étaient pleines de produits chimiques qui devaient les tuer dans les chambres à gaz une demi-heure plus tard.

La force d'impact de cet acquiescement collectif ne me frappa pas immédiatement. Les convois eux-mêmes ne me faisaient pas grande impression, j'étais déjà passé par là. J'avais vécu cet enfer sur roues. J'avais vu des gens matraqués et tués. J'avais vu des familles séparées et entendu leurs cris et je crois qu'à la suite de mes diverses expériences à Auschwitz, j'étais devenu presque insensible aux souffrances.

Pendant ces premières nuits sur la rampe, je n'avais eu que des pensées égoïstes, je ne pensais qu'à survivre. Oui, je voyais les grandes sélections se faire, j'entendais les camions emballer les moteurs pour transporter les victimes vers les fours crématoires mais je ne songeais qu'à éviter les SS à la gâchette facile qui semblaient être partout à la fois. Je déchargeais les bagages des wagons puants, essayant de dérober de la nourriture sans me faire remarquer.

Je devins vite expert. J'étais capable de repérer la valise contenant de la nourriture à la minute où je grimpais dans le wagon. J'étais capable de courir en portant deux sacs très lourds tout en mâchant du salami et d'en envoyer un morceau à un autre détenu éloigné de un ou deux mètres sans être vu par les gardes. J'appris, nous apprîmes tous, à identifier les différents convois d'après leurs marchandises.

Un train de Grèce signifiait un festin de figues et d'olives, de France, peut-être des sardines, de Slovaquie du salami et du délicieux pain noir. Nous trouvions des ouvre-boîtes sur le sol des wagons et nous avions appris à ouvrir les boîtes et à en avaler le contenu en quelques secondes.

Cela peut paraître dur et presque inhumain que nous ayions pu manger tandis que des milliers de gens étaient conduits à la mort. Mais nous ne pouvions rien pour eux car nous étions nous aussi liés par une loi du silence encore plus sévère ; l'outrepasser signifiait la mort instantanée derrière les wagons, loin de tout témoin.

Parfois pourtant quelqu'un essayait, souvent un nouveau qui ne savait pas encore qu'il se sacrifiait pour rien. Il y eut par exemple un jeune Tchèque qui n'était au camp que depuis trois mois et qui déchargeait un convoi en provenance de Prague.

Le voyage n'avait pas été mauvais et la plupart des victimes étaient en assez bonne forme physique. Une femme se détachait du groupe, elle avait une allure enjouée, arpentait la rampe, son manteau de fourrure jeté sur les épaules, elle tenait par la main ses deux enfants élégamment vêtus.

Le jeune Tchèque l'observait, peut-être avec pitié, peut-être aussi avec une certaine nostalgie pour la société brillante qu'elle représentait. Il la vit passer devant un Obersturmbannführer et l'entendit dire à son fils à voix haute et presque gaie :

— Mouche ton nez, mon chéri. C'est un officier allemand !

Il perdit tout contrôle, s'avança vers elle et marmonna :

— Imbécile, dans une demi-heure tu seras morte !

Elle s'arrêta net, le regarda fixement et son beau visage s'affaissa. Puis elle tourna les talons et se dirigea tout droit vers le SS. Montrant le détenu du doigt, elle dit d'une voix aiguë :

— Ce... prisonnier dit que nous allons mourir. Qu'est-ce que cela signifie ? Que se passe-t-il ? Que faites-vous... ?

Le SS l'interrompit poliment, presque en s'excusant :

— Voyons, madame, calmez-vous. Il ne va rien vous arriver. Vous tuer ? Pensez-vous honnêtement que nous autres Allemands sommes des barbares ?

Elle se retourna pour faire face au détenu tchèque, arborant un air condescendant, méprisant, mais il n'était plus là. Il avait été emmené derrière les wagons par deux SS qui l'avaient tué prestement avec un pistolet silencieux, ne dérangeant personne — excepté le détenu bien sûr.

Mes nuits sur la rampe se déroulaient sans remords, au rythme des trains qui surgissaient de l'obscurité puis disparaissaient. Elles n'étaient ébranlées que lorsqu'un événement incongru ralentissait le déroulement régulier du système, comme ce jeune Tchèque qui n'avait pas pu se taire plus longtemps.

Durant mes huits mois sur la rampe il n'y eut que deux autres incidents qui menacèrent de déglinguer le mécanisme bien huilé mis au point par les SS. Le premier se produisit à l'arrivée de trois mille juifs français.

Pour les SS c'était un chargement sans problème. Ces gens-là ignoraient tout des ghettos et des pogromes. Ils n'étaient pas suffisamment endurcis par les persécutions. Ils étaient dociles jusqu'à l'apathie et faisaient exactement tout ce qu'on leur demandait sans broncher, une masse humaine malléable entre les mains d'artistes expérimentés. Pourtant ce furent ces gens-là qui faillirent provoquer une panique parmi les SS.

Cela se passa à minuit pendant l'hiver très froid de 1942. Des hommes, des femmes et des enfants faisaient la queue docilement, attendant la sélection quand quelque chose vint troubler l'ordonnancement.

Chaque nuit, un camion transportant sa moisson de morts d'Auschwitz à Birkenau traversait la rampe. Normalement personne ne voyait son chargement et il était loin avant que quiconque ne songe à lui prêter attention ; mais cette nuit-là il était surchargé. Il oscillait sous le poids des cadavres et quand il passa sur les rails, il se mit à tressauter, à rebondir sur ses amortisseurs fatigués.

Les corps bien empilés commencèrent à se déplacer. Cent, peut-être deux cents bras et jambes décharnés s'agitèrent par-dessus bord en un adieu grotesque. De ces trois mille hommes, femmes et enfants, s'éleva simultanément une plainte désespérée qui balaya la colonne bien alignée, un cri déchirant qu'aucune menace, aucun coup, aucune fusillade n'auraient pu arrêter.

Dans un dernier effort acharné le camion se libéra des rails, sortit de la lumière des projecteurs et disparut dans le noir, il y eut alors un silence absolu et étouffant. Pendant trois secondes, peut-être quatre, ces Français avaient entrevu la véritable horreur d'Auschwitz mais cela était passé et ils ne pouvaient croire ce que leurs yeux leur avaient dit. Déjà, eux qui ne connaissaient rien de l'extermination massive avaient rejeté l'existence de ce camion et ils partirent calmement vers les chambres à gaz qui les attendaient une demi-heure plus tard.

Les SS savaient précisément ce qui pouvait arriver si une hystérie collective de ce genre s'emparait des victimes, si seulement le camion était tombé en panne par exemple. Après cet incident chaque nuit un signal secret était émis à l'approche du camion et tous les projecteurs s'éteignaient jusqu'à ce qu'il soit complètement hors de vue.

C'était un incident ennuyeux pour les SS. Quelques semaines plus tard ils eurent à faire face à quelque chose de bien plus déroutant. En janvier 1943, un convoi de plusieurs centaines de pensionnaires juifs d'hôpitaux psychiatriques hollandais arriva après un voyage effroyable qui avait duré douze jours dans des conditions indescriptibles. Quelques-uns d'entre eux étaient des fous furieux, d'autres n'étaient que légèrement atteints, d'autres encore avaient toute leur raison mais avaient essayé d'échapper à la déportation en se faisant passer pour fous avec l'aide de faux certificats. Le résultat était un tel cauchemar que même le SS le plus endurci ne pourrait jamais l'oublier.

Abstraction faite des occupants, ce convoi présentait deux aspects inhabituels. Il arriva en plein jour parce que les horaires de M. Eichmann commençaient à être surchargés. Ensuite ce fut la seule fois où nous autres détenus eûmes l'occasion d'être en contact étroit avec les victimes pendant un temps assez long.

Les SS, cette fois-là, avaient de bonnes raisons de nous céder la place. Quand ils ouvrirent les wagons, ce qu'ils virent était tellement innommable, qu'ils ne purent se résoudre à faire le travail. Aussi envoyèrent-ils à coups de fouet les détenus accomplir une des plus sales besognes qui aient jamais eu lieu à Auschwitz.

Dans quelques-uns des wagons presque la moitié des occupants étaient morts ou mourants, c'était plus que je n'en avais jamais vu. Beaucoup d'entre eux étaient morts depuis déjà plusieurs jours, car des corps en décomposition se dégageait une odeur nauséabonde de chairs pourrissantes qui se répandit dès l'ouverture des portes.

Cela n'était pas nouveau. Mais ce qui me bouleversa ce fut l'état dans lequel se trouvaient les vivants. Certains bavaient, déliraient, le cerveau mort. Certains divaguaient, attaquaient leurs voisins et se déchiraient eux-mêmes. Certains étaient nus malgré le froid cinglant. Mais plus terrible que tout, au-dessus des plaintes des mourants et des désespérés, des cris de douleur et de panique, montaient et retombaient des rires fous, sauvages et effrayants.

Pourtant au milieu de cette confusion totale, subsistait un îlot de dévouement et de dignité. Se déplaçant parmi les fous, des infirmières s'activaient, des jeunes filles aux uniformes déchirés et sales mais dont les visages étaient calmes et dont les mains ne restaient jamais inactives. Leur sacoche médicale toujours sur l'épaule, elles avaient parfois du mal à garder l'équilibre. Elles ne cessaient de se rendre utile, calmaient les uns, mettaient des pansements, faisaient une piqûre, donnaient une aspirine. Pas une d'entre elles ne montrait la moindre trace de panique.

— Faites-les sortir, hurlaient les SS, faites-les sortir, bande de salauds !

Une jeune fille rousse d'environ vingt ans, nue, un corps magnifique, sauta du wagon et se coucha à mes pieds, elle se tortillait et riait. Une infirmière me lança une couverture en mohair que je m'efforçai de mettre autour d'elle mais elle ne voulait pas se lever. Avec un autre détenu, un Slovaque qui s'appelait Fogel, je réussis à l'envelopper dedans.

— Amenez-les aux camions, hurlaient les SS, directement dans les camions, allez, dépêchez-vous, nom de Dieu !

Fogel et moi nous mîmes à courir portant avec difficulté cette belle jeune fille lourde. Le balancement lui plut et elle se mit à applaudir comme une enfant. La matraque d'un SS s'abattit sur mon épaule et la couverture glissa de mes doigts gourds :

— Plus vite, porcs, tirez-la.

Je rejoignis Fogel et à nous deux on tira la couverture sur le sol gelé sur environ cinq cent mètres. Elle s'agrippait à la couverture, elle ne riait plus, elle pleurait au fur et à mesure que son corps nu cognait le sol à travers la laine épaisse

— Jetez-la dans le camion.

Les SS étaient hors d'eux, ils ne comprenaient plus rien. Ils avaient affaire à quelque chose qui échappait à l'ordre, à la discipline, à l'obéissance, à la peur des coups et de la mort.

Avec effort on la hissa, puis on courut chercher un autre fou tout aussi pitoyable. Des centaines étaient déjà sur le quai, poussés par les détenus, eux-mêmes poussés par les SS et toujours les infirmières étaient à l'œuvre.

L'une d'elles marchait lentement soutenant un vieillard frêle, lui parlant doucement comme s'ils se promenaient dans les jardins de l'hôpital. Une autre portait presque une jeune fille hurlante. Elles se battaient pour instaurer un peu d'ordre dans ce chaos à l'aide de médicaments, de couvertures, de gentillesse et d'héroïsme tranquille, au lieu de fusils, de bâtons et de chiens féroces.

Tout à coup ce fut fini. La dernière misérable victime fut jetée dans l'un des camions surchargés. Nous nous tenions là, haletants, dans le froid vif de janvier et nous n'avions d'yeux que pour les infirmières. Avec sang-froid, elles attendaient près des camions la permission de se joindre à leurs malades.

Les SS les regardaient aussi, avec un respect qu'on leur voyait rarement. J'en entendis un dire :

— Ne me dis pas que Mengele va faire partir ces filles dans les camions. S'il le fait, il est aussi fou qu'un de ces malheureux.

Un autre murmura :

— Tu as raison. Dieu sait que nous aurions bien besoin de vrais soins médicaux par ici.

Mon regard se dirigea vers Mengele[1], médecin-chef d'Auschwitz, un homme qui à ce jour a réussi à échapper à la justice. Il se tenait un peu plus loin et discutait avec quelques officiers SS. Je le vis secouer la tête vigoureusement et lever les deux mains pour arrêter toute discussion.

L'un des officiers SS haussa les épaules et cria :

— Faites monter les jeunes filles, il semble qu'elles soient aussi du voyage.

Les infirmières grimpèrent près de leurs malades. Les moteurs rugirent et, après une dernière embardée, les camions partirent vers les chambres à gaz. Pour une fois, il n'y avait pas eu de sélection, pour une fois cela n'avait pas été nécessaire.

---

1. Mengele se réfugia en Argentine après la guerre. Le cadavre d'un homme trouvé en juin 1985 à Embu au Brésil fut identifié comme pouvant être celui de Mengele. Il se serait noyé six ans auparavant près de Bertioga.

XI

Si le Dr Kurt Uhlenbrook et son assistant énergique mais incompétent Jakob Fries, pensaient avoir débarrassé Auschwitz du typhus exanthématique pour toujours grâce au grand nettoyage d'août 1942, ils se trompaient lourdement. En l'espace de quelques semaines il était de retour insidieusement dans le camp, alimenté par l'arrivée incessante de convois de travailleurs exigés de plus en plus par les usines de guerre des alentours.

La surpopulation, la saleté, le manque d'hygiène engendraient les poux qui à leur tour engendraient la fièvre ; à sa suite revenait l'image horrible et familière d'Auschwitz, image qui avait disparu dans le bain de sang de milliers de détenus morts durant l'épouvantable nuit d'août. Celle des musulmans.

Une fois de plus, je remarquais les silhouettes titubantes qui se traînaient au travail, essayant de se redresser devant le regard perçant de Fries. Je les voyais extirpés des rangs et renvoyés ; spectacle encore plus pathétique, j'en voyais d'autres incapables de se tenir debout, supplier un kapo, n'importe lequel, de les laisser partir travailler. Une fois de plus, le « docteur » Klehr était à la tâche, sa clientèle augmentait plus vite que jamais.

Le typhus exanthématique est une maladie redoutable et imprévisible. A cause d'elle je perdis mon meilleur ami Josef Erdelyi. Elle faillit même me coûter la vie. Pourtant elle me permit d'entrer en contact avec un élément du camp dont je ne soupçonnais pas l'existence, un puissant mouvement clandestin sans l'aide duquel je n'aurais jamais pu m'évader.

Je crois que Josef et moi avions le sentiment d'être immunisés contre le typhus, sans doute parce que nous étions jeunes et robustes, bien nourris, lui grâce à ce qu'il pouvait dérober au Canada, moi grâce à mes menus variés sur la rampe. Même lorsque apparurent les premiers symptômes caractéristiques tant redoutés, nous pensâmes qu'en quelques jours nous serions à nouveau en forme.

Je commençai par avoir des vertiges, puis il me fut difficile de courir. Après cela je me mis à perdre l'équilibre et titubai comme si j'étais ivre, quand j'en parlai à Josef, il reconnut que lui aussi ressentait la même chose.

Nous savions parfaitement que nous étions bons pour une dose de phénol si on remarquait notre état. Aussi nous décidâmes de faire ce qu'il fallait pour rester deux ou trois jours sans travailler.

Nous avions le choix entre différentes possibilités, toutes plus dangereuses les unes que les autres. Depuis la grande purge, plusieurs postes d'infirmerie avaient été créés dans le camp et il était parfois possible de convaincre un des infirmiers de délivrer une carte qui permettait aux détenus de rester dans leur block et de ne pas aller au travail, c'est cette méthode que nous décidâmes d'essayer.

Nous devions encore être restés bien naïfs. Il ne nous vint jamais à l'esprit que ces hommes, confrontés chaque jour au typhus, n'auraient aucune difficulté à repérer un suspect en quelques secondes, ce qui suffisait à nous envoyer à la mort.

Au poste auquel je m'adressai, un jeune Polonais était de service. Il me regarda attentivement quand je fus devant lui et, avant que je n'aie eu le temps de dire un mot, il m'ordonna :

— Tire la langue.

Je m'exécutai. Les sourcils froncés, il ajouta :

— Moche, pleine de taches et de raies brunes.

Je répondis en polonais :

— J'ai mal au ventre, peux-tu me donner une carte qui m'éviterait de travailler deux ou trois jours ?

— Voyons un peu ta température.

Il me mit un thermomètre dans la bouche. Deux minutes après il le regarda et dit :

— Elle est élevée, bien trop élevée.

— Écoute, j'ai un rhume, donne-moi une carte s'il te plaît.

Cette fois sa façon de me regarder ne me plut pas du tout, mais je me consolai vite quand il ajouta :

— D'accord, je t'inscris. Tu l'auras ce soir.

Ce n'est que plus tard dans la journée que je compris qu'il avait signé mon arrêt de mort ; d'ailleurs c'est tout à fait par hasard et au dernier moment que j'en fus averti.

Je passais près du poste le soir après le travail et j'allais le remercier de sa gentillesse. Je pensais très sincèrement qu'il m'avait fait une fleur mais à nouveau son long regard inquisiteur me troubla.

Alors brusquement il me dit :

— Ecoute, vieux, tu as le typhus. Je ne te donnerai pas de carte. Quand je t'ai inscrit ce matin, c'était pour l'hôpital. Pour une dose de phénol.

Je le regardai, ahuri, incapable de croire ce qu'il me disait. Après tout ce que j'avais subi, j'étais allé me jeter dans la gueule du loup. Cela semblait tout à fait impossible.

— Pourtant, dit-il, je peux te rendre un service. Je peux rayer ton numéro de ma liste. Mais au nom du ciel ne dis à personne que tu es venu me voir sinon c'est moi qui l'aurai, la dose de phénol.

Ce fut me semble-t-il un de mes plus heureux coups de chance à Auschwitz. Je n'avais jamais rencontré ce Polonais. Je ne le revis jamais. A ce jour j'ai du mal à comprendre pourquoi il risqua sa peau pour sauver la mienne, si ce n'est parce que je lui avais parlé en polonais.

Je le remerciai vivement et me précipitai à la recherche de Josef. Il avait fait la même chose que moi le matin. On lui avait aussi dit qu'il recevrait sa carte en fin de journée.

— Retournes-y, lui dis-je, retournes-y et débrouille-toi pour que ton numéro soit rayé de cette liste. Ils nous mènent en bateau. Ils savent que nous avons le typhus. Fais-toi effacer sinon demain tu es un homme mort.

— Foutaises, me dit-il en faisant la grimace, je connais bien l'infirmier, il ne peut pas me jouer un tel tour de cochon.

— Ecoute-moi, Dieu du ciel, retourne le voir ! Pourquoi veux-tu prendre de tels risques ? Ce que je te raconte est la stricte vérité.

Cette fois, cela le fit rire :

— Arrête de t'en faire, je me sens déjà beaucoup mieux. Toi, tu as l'air sonné, essaie de te perdre dans l'équipe de nuit demain. Moi j'irai au boulot et je te ramènerai des médicaments et de quoi manger, des fruits peut-être, du Canada.

Pendant au moins une heure j'essayai de le persuader qu'il était fou et têtu comme un âne, en vain ; à la fin de notre discussion il avait presque réussi à me convaincre que j'avais tort, que mon Polonais m'avait trompé, qu'il m'avait fait une sale blague. Ce soir-là, je me couchai complètement découragé, me sentant plus malade que jamais. Le lendemain matin, je dus faire un gros effort pour me lever tandis que Josef était en pleine forme. Après l'appel, Ernst Burger, le secrétaire affable du block 4, lut les numéros de ceux qui avaient été désignés pour l'hôpital.

Toutes mes craintes de la veille me revinrent en force. Du coin de l'œil, car nous n'avions pas le droit de faire le moindre mouvement pendant l'appel, je regardais Josef : il était calme et confiant. Burger continuait d'une voix sans timbre, froide, monotone et un à un les condamnés sortaient des rangs.

Josef demeura impassible, imperturbable, même quand il entendit son numéro.

Il ne bougea pas. C'était comme s'il n'avait pas entendu, comme si les mots ne l'avaient pas atteint. Je vis Burger s'arrêter, le regarder, il le connaissait bien. Il répéta son numéro.

Josef leva la tête, perplexe, tandis que Burger s'avançait vers lui, il dit :

— Il doit y avoir une erreur, je suis parfaitement en forme. Je vais travailler.

Doucement le secrétaire lui dit :

— Allez viens, ton numéro est sur la liste. Tu as le typhus.

A présent Josef était en colère :

— Tu es fou, je vais bien, je te dis. Si tu me crois assez cinglé pour aller à l'hôpital.

Deux kapos vinrent rapidement le sortir des rangs, le frappèrent sur le cou et les épaules et le traînèrent vers le groupe en guenilles des condamnés. Indifférent aux coups, Josef continuait de protester et Burger parlait toujours doucement plus pour lui-même que pour Josef qui n'écoutait plus :

— Je suis désolé mon gars, mais je ne peux rien faire.

Incapable de l'aider, je regardai mon ami partir vers l'hôpital, protestant toujours et toujours battu. Je croisai le regard de Burger et je crus y lire une lueur de sympathie.

Ce fut l'une de mes journées les plus longues. Je n'osais me montrer hors du block 4, n'importe qui, probablement Fries, m'aurait immédiatement repéré et aurait compris que je tirais au flanc. Dès que les équipes de jour rentrèrent je me précipitai à l'hôpital, du chocolat, des citrons, et des cigarettes cachés sous ma veste, bien décidé à faire pour Josef ce que Bruno avait fait pour moi, lui acheter un meilleur traitement, lui acheter la vie.

Je glissai cinquante cigarettes au secrétaire de l'hôpital et l'interrogeai sur Josef. A contre-cœur il parcourut ses listes et m'annonça :

— Je n'ai personne portant ce numéro.

— Mais il a été envoyé ici ce matin.

Comprenant tout il me demanda :

— Ce matin ? Avec le groupe des typhiques ?

J'acquiesçai. Le secrétaire ferma d'un bruit sec son gros registre et marmonna :

— Tu n'as plus besoin de t'en faire pour lui. Ils sont tous allés directement au bureau de Klehr.

Je quittai l'hôpital me sentant malade, hébété. J'avais vu mourir beaucoup de gens à Auschwitz, beaucoup de mes amis, mais Josef c'était différent. Nous ne nous étions pas quittés depuis Maïdanek, nous avions échafaudé nos pauvres plans d'évasion ensemble. Nous avions survécu à Buna, au Canada et à la chasse au typhus de Fries. Bizarrement, je me mis à penser aux photographies de sa fiancée, celles qu'il avait réussi à conserver depuis la Slovaquie jusqu'aux entrepôts de Franz Marmelade ; je ne me doutais pas que quelques années plus tard je devais la rencontrer en compagnie d'un autre jeune homme devant un café de Prague.

On échangea alors quelques propos anodins sur nos souvenirs d'école mais à aucun moment on ne prononça le nom de Josef ni celui d'Auschwitz d'ailleurs. Tout cela semblait par trop irréel.

Quand j'eus encaissé le choc de sa disparition rapide, j'essayai de croire qu'il y avait encore un peu d'espoir. Josef, je le savais, était un lutteur. Peut-être avait-il fait assez de tapage pour être envoyé au block 11 — le block disciplinaire — ce qui lui aurait laissé une petite chance.

Je fis une enquête discrète, une attaque directe était on ne peut plus dangereuse. Deux jours durant je recherchai tout indice me permettant de connaître le sort qui lui avait été réservé puis j'abandonnai, j'avais la certitude à présent que Josef Erdelyi était mort.

Un infirmier me dit un jour :

— Tu parles du grand Slovaque blond ? Il s'est battu avec les kapos, s'est échappé et a couru vers les barbelés. Ils l'ont tué avant qu'il n'y arrive.

D'une certaine façon les ennuis de Josef étaient terminés. Les miens ne faisaient que commencer, ils grossissaient rapidement. J'étais maintenant trop malade pour travailler à la rampe et j'étais resté couché si longtemps au block 4 que cela devenait un réel danger, non seulement pour moi, mais pour ceux qui me protégeaient, entre autres Ernst Burger. Des situations extrêmes appellent des mesures extrêmes, c'est ainsi que j'allai trouver Bruno et je lui déclarai franchement :

— Je suis dans la merde. J'ai le typhus et tôt ou tard ils m'enverront à l'hôpital. Peux-tu m'aider ?

— Désolé, Rudi, je n'y suis pour rien.

Ce fut sa façon de m'envoyer promener : il avait payé sa dette, il pensait qu'il ne me devait plus rien. Je compris que pour survivre je devais avoir recours à des hommes moins puissants, mais à de vrais amis.

Au Canada il y avait Laco Fisher en qui je pouvais avoir entière confiance. Je lui dis :

— Laco, il faut que j'aille au Canada avec le kommando et que je m'y cache. Peux-tu m'aider ?

C'était une exigence excessive, mais Laco ne se laissa pas intimider par l'énormité de la mission. Il réfléchit un moment et me répondit :

— Il sera facile de te cacher sur place, mais comment diable allons-nous te faire passer devant Fries ? Comment feras-tu pour marcher correctement alors que tu peux à peine tenir debout ?

Naturellement, il avait raison. Mes jambes avaient alors terriblement faibli et je chancelais en me déplaçant. Sans grand espoir, j'ajoutai :

— Peut-être que vous pourriez me soutenir ?

Laco hurla de rire :

— Mais oui, Rudi, ce serait fantastique ! Hissé sur nos épaules, nous te porterions jusqu'au Canada comme un conquérant. Et Fries pourrait se mettre au garde-à-vous pendant que nous défilerions !

Nous restâmes silencieux tous les deux jusqu'à ce que Laco dise lentement :

— Va savoir, ça pourrait marcher.

— Quoi ?

— Nous pourrions te soutenir. Mais au moment de passer devant Fries tu ne devras compter que sur tes fichues jambes !

Le lendemain matin je me dirigeai vers le portail, avec d'un côté Laco et de l'autre Maurice Schalefess, un Hollandais. Chacun d'eux me tenait le bras d'une main de fer et ainsi me soulevait pour que mes pieds touchent à peine le sol. On se rapprochait de plus en plus de Fries et je savais que bientôt je devrais faire une dizaine de pas, seul, jusqu'à ce que nous soyons hors de sa vue.

— Prêt ? murmura Laco.

— Prêt !

Les mains me lâchèrent. Mes soutiens m'abandonnèrent. Je forçai mes pieds à m'obéir, à aller de l'avant au lieu de patiner sur les côtés et, à mon grand étonnement, ils m'obéirent.

— Bravo... Hop !

Les soutiens me ressaisirent. J'étais momentanément sauvé.

Aussitôt que nous arrivâmes au Canada, ils me cachèrent dans un endroit qui m'était tout à fait familier : la section des femmes où l'on triait les vêtements — la section d'Hermione. Je tremblais de fièvre et de fatigue, mais je ne manquais pas d'infirmières.

Les jeunes filles slovaques se saisirent de moi et je me sentis soulevé dans les airs et mis au lit en plein milieu du Canada, tout en haut d'une pile de vieux vêtements où personne ne risquait de me voir.

Hermione, bien sûr, était parfaitement au courant, mais contrairement à Bruno elle n'avait pas oublié.

Je n'ai qu'un souvenir vague de cette journée mais je me rappelle avoir reçu plusieurs visites. Une femme grimpait la montagne de vêtements avec un verre de citronnade sucrée. Une autre m'apportait des cachets. Je ne restais jamais seul plus d'une demi-heure et elles ne montaient jamais les mains vides, malgré leur conviction que j'étais mourant et que rien ne pouvait plus me sauver.

Dans la soirée ma fièvre tomba un peu, peut-être sous l'action des cachets, de la citronnade, peut-être aussi parce que ces femmes slovaques avaient réussi à me redonner un peu de tonus. De toute façon, j'avais assez récupéré pour pouvoir retourner au camp avec l'aide de Laco et de Maurice et pour faire mes dix pas sans faiblir devant le sinistre chien de garde menaçant du portail.

Le schéma se répéta le lendemain. Trois jours de suite, je fus porté au Canada, caché, bourré de médicaments et remporté chaque soir, mais à la fin de la troisième journée il était clair que ce va-et-vient allait devoir cesser. J'étais au bord du délire, j'avais un urgent besoin de piqûres, il n'était plus question de cachet pas plus que de sympathie.

C'est ainsi que je me retrouvai au block 4, y restant le jour avec l'équipe de nuit et la nuit avec l'équipe de jour. Laco m'obtint du Canada le médicament dont j'avais besoin mais il restait un problème à résoudre qui allait me faire les piqûres ? Dans un de mes instants de lucidité, de plus en plus rares et de plus en plus courts, je me souvins d'un petit infirmier calme, attaché à l'hôpital et qui avait l'habitude de rendre visite au secrétaire Ernst Burger. Je dis à Laco :

— Demande-lui de m'aider. Il est Slovaque comme nous, peut-être acceptera-t-il.

Laco me lança un long regard mais ne dit rien. Je pouvais deviner ce qu'il pensait : le petit infirmier avait intérêt à se dépêcher s'il devait arriver à temps pour m'aider.

Cette nuit-là, il ne vint pas et ce fut ma plus mauvaise nuit, plus mauvaise encore que celles que j'avais passées à l'hôpital. Mon délire atteignit son point culminant en me plongeant de nouveau à Buna, ensuite en me mettant face à Wiglep et sa matraque meurtrière, puis tout à coup je fus tout à fait hors d'Auschwitz. J'étais à la maison me chamaillant avec ma mère à propos de la grammaire russe ou me promenant en compagnie d'une jeune fille dans les prés ou encore me sauvant à toute allure devant les patrouilles hongroises de la frontière.

J'avais par moments un semblant de raison et ces moments-là étaient les pires. Je me souviens d'avoir rampé hors de ma couchette vers les lavabos puis tout devient noir, je suis perdu, incapable de m'y retrouver. J'essaie de me diriger vers la porte et me cogne à chaque fois à un autre mur, des murs étranges, effrayants que je n'ai jamais vus.

Puis, des bruits hostiles, des injures hurlées par des gorges étranges résonnent dans mes oreilles, se moquent de moi parce que je ne sais pas où je suis, où sont les lavabos ni la porte. J'essaie de ramper loin de tous, le long d'un corridor sans fin, mais toujours ils sont là, derrière moi, au-dessus de moi, autour de moi, partout. Des voix sans corps, sans tête, sans bouche, sans langue, juste des voix avec des mains qui m'agrippent et me flanquent sur le dos. Je lutte contre elles pendant des heures, faible, pétrifié, jusqu'à ce qu'enfin la réalité pénètre lentement mes sens enfiévrés.

J'étais sur le châlit, deux assistants-kapos déplaisants penchés sur moi, l'un d'eux vociférait :

— Espèce de salaud ! Au nom du ciel tu ne peux pas te tenir tranquille et laisser les autres dormir !

J'entendis vaguement l'autre ajouter :

— Il va mal, il délire, si nous ne l'envoyons pas rapidement à l'hôpital, on va tous attraper le typhus.

Je les écoutais, oppressé, baigné de sueur et je comprenais que j'étais fichu si le petit Slovaque ne venait pas le lendemain, car ces deux assistants-kapos n'étaient pas seulement puissants ils étaient aussi terrifiés.

Je dormis, je crois, le reste de la nuit. Je dus être assoupi une bonne partie de la journée du lendemain puisque ce n'est que vers le soir que je fus réveillé par une voix. Une voix slovaque. Elle disait :

— Je suis Josef Farber, tu veux me voir ?

J'ouvris les yeux et je vis un homme d'une trentaine d'années, mince aux cheveux prématurément blanchis. De le voir me redonna immédiatement espoir, c'était l'infirmier de l'hôpital.

Il me fit la piqûre dont j'avais tant besoin puis bavarda avec moi, me posant des questions sur mes origines slovaques etc. Je me rendis compte peu à peu que ses questions devenaient de plus en plus précises.

— Dis-moi, dit-il doucement, comment as-tu échoué ici ?

C'était la première fois depuis mon arrivée au camp qu'un parfait étranger me posait une telle question. Je m'étais pourtant bien entraîné à garder ma langue et malgré cela je me surpris en train de lui parler librement, lui racontant toute mon histoire depuis le départ de la maison, mes mésaventures avec les clandestins hongrois, ma dérouillée par les patrouilles hongroises de la frontière... tout jusqu'au moment où je pénétrai dans le camp en passant sous « Arbeit Macht Frei ».

Il m'écouta sans m'interrompre, puis très lentement il me dit :

— Je connais bien ces résistants hongrois, quelques autres aussi d'ailleurs.

— Tu les connais ?

— Oui, j'ai travaillé avec eux en rentrant d'Espagne, des Brigades Internationales. D'après ce que tu viens de me raconter, je crois que tu seras en sécurité ici.

— Mais, j'ai le typhus, les assistants-kapos veulent m'envoyer à l'hôpital. Et Ernst Burger ? Il a déjà pris pas mal de risques en me cachant ici.

Il sourit :

— Tu guériras du typhus. Les assistants-kapos ? Ce sont aussi des anciens des Brigades. Ne te fais pas de souci pour Ernst, c'est un des nôtres.

Un des nôtres ! Il me fallut un peu de temps pour comprendre exactement ce qu'il voulait dire puis tout devint clair.

Ici à Auschwitz existait un mouvement clandestin, un réseau, une force souterraine qui comptait même des assistants-kapos dans ses rangs !

Josef Farber eut finalement un grand sourire pour me rassurer :

— Ne t'inquiète de rien. Nous ferons le nécessaire pour te tirer de là.

Et il fit comme il me l'avait dit. A partir de ce jour, ma situation changea du tout au tout. Plus personne ne m'injuriait ou n'essayait de me réveiller la nuit quand je parlais dans mon sommeil. Si j'avais besoin d'aller aux W.C. un des assistants-kapos se levait et m'y accompagnait, s'assurant que je ne délirais pas. Chaque jour également l'un des assistants rapportait les médicaments du Canada et Farber était toujours présent pour me faire les piqûres.

Ma fièvre baissa, bientôt je retrouvai l'appétit. Mes forces revinrent lentement et quatorze jours après ma plus forte crise de délire, je réussis à m'extraire seul de ma couchette et à aller me laver. Je me nettoyai tant bien que mal puis examinai le résultat de mes efforts dans un fragment de miroir appartenant à un détenu.

Pendant un long moment, je fixai le visage dans le miroir, un musulman me regardait. C'était le visage marqué par la mort d'un homme sur le point de succomber.

— Dieu du ciel ! m'écriai-je, je ne peux pas aller au Canada comme ça.

La clandestinité, bien entendu, n'avait nullement l'intention de m'y renvoyer dans cet état. Je devais d'abord rester au block 4, le temps de me refaire une santé et ce n'est que lorsqu'ils furent certains que j'étais de nouveau assez robuste que j'obtins leur permission de sortir du camp avec les autres ; mais même à ce moment-là j'étais constamment surveillé, ma sécurité était entre leurs mains.

Il était essentiel, me dirent-ils, d'éviter Wiglep car s'il me voyait, il ne faisait aucun doute qu'il me tuerait. On me trouva donc un boulot pépère, trier des lunettes dans un coin tranquille et reculé où Wiglep et ses chiens de garde ne mettaient jamais les pieds. Des amis par contre venaient me voir avec le plein de lunettes à trier mais aussi avec de la nourriture ou de la citronnade.

C'est ainsi que se passa ma convalescence. Bientôt je m'assurai que je pouvais courir et soulever des paquets. On me donna alors un autre travail qui lui aussi me tenait très éloigné de Wiglep mais qui me permettait suffisamment d'exercices pour récupérer des forces. Je chargeais des tapis dans des wagons qui arrivaient sans interruption et qui repartaient immédiatement en Allemagne.

J'étais satisfait de ce travail. Je me sentais bien, j'étais nourri et content de ce boulot qui ne devait jamais me mettre face à face avec l'homme qui sûrement ne me raterait pas. Malheureusement, j'avais oublié à quel point le Scharführer était imprévisible, à quel point il aimait faire ce que l'on attendait le moins de lui et être toujours en avance sur ses chiens de garde. Tout cela me fut brusquement rappelé un après-midi que je courais vers un wagon, un tapis sur l'épaule.

Le Scharführer Wiglep se tenait devant la porte ouverte du wagon, le registre à la main, observant tout scrupuleusement.

Je ne pouvais pas me mettre à courir, je ne pouvais pas me cacher derrière le tapis, il me fallait suivre la file des porteurs jusqu'à ce que je me trouve nez à nez avec lui.

Naturellement, il me vit. Il resta bouche bée une fraction de seconde puis il serra les mâchoires et me dévisagea longuement, le visage impassible. Je lui rendis son regard, le tapis toujours sur l'épaule, me demandant quand il allait déposer son registre et prendre sa matraque.

Alors, presque gentiment, d'une voix sourde, traînante, voilée de menaces il me dit :

— C'est vraiment toi ! Je croyais que c'était impossible. Et en forme parfaite eh bien mon salaud ! Regarde-toi.

Ces mots renfermaient une pointe de sarcasme et aussi quelque chose de plus, on y décelait un rien de respect, peut-être même d'admiration. Je continuai à le regarder avec insistance, à me taire, attendant la suite, quand je vis rire ses yeux dans son visage encore menaçant.

Il les abaissa vite vers son registre et hurla :

— Allons, bande de porcs, on n'est pas en vacances, chargez les wagons !

D'un coup d'épaule rapide, je jetai mon tapis par la porte

ouverte du wagon et triomphant d'allégresse courus en chercher un autre. Visiblement, l'incident était clos, Wiglep avait reconnu mes capacités d'endurance et de survie, ce qui était bon pour lui l'était aussi pour la plupart de ceux d'Auschwitz, à l'exception de Jakob Fries.

Après ma rencontre avec Wiglep, mes conditions de vie s'améliorèrent considérablement pour ne rien dire de ma tranquillité d'esprit. Aussi longtemps que je resterais au kommando Canada, je ne mourrais pas de faim, le patron m'avait accordé un répit et ce n'était pas ses sous-fifres qui discuteraient sa décision.

Cependant, la situation générale du camp se détériorait rapidement. Le nombre des musulmans augmentait. Les listes des typhiques s'allongeaient et les rumeurs transmises par le téléphone arabe disaient que l'existence à Birkenau était encore plus épouvantable.

Je savais très peu de choses sur Birkenau. J'avais vu les flammes, signaux alarmants des crématoires, rougir le ciel. J'avais vu des milliers de gens grimper dans les camions, être dirigés vers ces flammes pour leur dernier voyage. J'avais entendu dire, comme tout le monde au camp de base, qu'à côté de Birkenau, Auschwitz ressemblait à un sana.

Ces quelques faits et ces vagues rumeurs auraient dû être suffisants pour me convaincre de rester aussi éloigné que possible de Birkenau. Et pourtant, pour un certain nombre de raisons, je voulais en savoir davantage.

En premier lieu, j'avais commencé à établir des statistiques sur ces assassinats de masse quotidiens. Tout en travaillant sur la rampe, j'avais soigneusement enregistré dans ma mémoire chaque train qui arrivait et le nombre total de ses occupants dans l'espoir que tôt ou tard je serais en mesure de faire connaître au monde libre ces horribles chiffres.

A Birkenau, cependant, se déroulait l'histoire dans toute son horreur, la rampe n'étant que le sinistre préambule.

En second lieu, j'avais l'idée qu'il serait plus facile de s'évader, statistiques en tête, à partir de Birkenau. A l'aide d'un vieil atlas que j'avais trouvé au Canada alors que je travaillais au tri pendant ma convalescence, j'avais pu repérer assez précisément notre position géographique. Je connaissais bien le tracé du camp de base et l'importance de son dispositif défensif et je voulais à tout prix découvrir si Birkenau était aussi solidement fortifié.

C'est ainsi que lorsque l'on eut besoin d'hommes pour une journée de travail à Birkenau, je fus immédiatement volontaire. Une demi-heure plus tard j'étais trimbalé vers le cœur même de la machine à exterminer d'Himmler, la plus grande du monde, content d'avoir réussi à me faufiler dans ce groupe et à mille lieues de me douter du choc que j'allais ressentir.

Au départ, je ne me souciais que du froid. C'était une glaciale journée de décembre que j'étais à même toutefois de supporter puisque sous ma chemise rayée je portais un gros pull en laine que je m'étais choisi aux grands magasins Canada.

Tandis que l'on entrait lentement à Birkenau, toutes les considérations sur le temps qu'il faisait et même sur Auschwitz disparurent. Soudain à une centaine de mètres, dans un enclos séparé, entouré de barbelés, je vis au moins dix mille femmes nues, bien alignées en silence.

Autour d'elles, étaient postés des SS en uniforme vert, et au-delà quarante à cinquante camions. La distance atténuait l'horreur de la scène, assourdissait tous les bruits, et pourtant ce silence désespérant la rendait encore plus sinistre à telle enseigne que même l'Unterscharführer Sparsam dans la cabine au-dessous de nous, un homme qui avait vu perpétrer sans le moindre émoi les plus cruelles violences, intima à son chauffeur l'ordre de ralentir pour mieux voir.

Nous nous étions donc rapprochés et pouvions entendre les ordres cinglants et voir ici et là une silhouette bouger. J'empoignai le bras de Moses Sonenschein, mon voisin, et lui dis :

— Mais ces pauvres femmes vont geler, elles vont mourir de froid.

Moses, fils d'un rabbin polonais, croyant sincère, murmura comme il le faisait toujours :

— C'est la volonté de Dieu !

Je l'entendis à peine.

L'entière signification de cette vision dantesque me pénétra et me glaça d'effroi.

— Tu sais ce que c'est Moses ? dis-je, c'est une inspection pour le typhus, si elles ne meurent pas gelées, la moitié au moins d'entre elles ira mourir dans les chambres à gaz.

— C'est la volonté de Dieu !

Le camion reprit de la vitesse. L'immense multitude silencieuse, ces femmes nues dont la moitié allait mourir, disparut à un tournant de la route.

— Moses, répondis-je, tu crois vraiment que Dieu...

Je me tus, la question semblait soudain superflue.

Le camion s'arrêta dans un bois, en descendant je me disais qu'au moins tout ce qu'il me serait donné de voir maintenant ne pourrait plus m'ébranler, que nous avions touché le fond de l'horreur pour aujourd'hui. J'avais tort, Birkenau avait encore des réserves dans ce domaine !

L'air, malgré le froid intense était un peu tiédasse et il n'était pas difficile de comprendre pourquoi. Tout autour de nous s'étendaient des fosses assez grandes pour contenir toute une rangée de maisons. Ces fosses répandaient dans le ciel les lueurs rouges que l'on voyait depuis le camp de base, de grandes plaies béantes dans la forêt, elles ne brûlaient plus mais elles fumaient encore.

Je me dirigeai au bord de l'une de ces fosses et regardai. La chaleur me frappa au visage et dans le fond de ce grand four à ciel ouvert, je vis des os, des petits os, des os d'enfants.

Moses murmura :

— C'est la volonté de Dieu.

Je n'eus pas le temps de répondre car on nous intima l'ordre de nous mettre au travail dans un énorme baraquement d'environ soixante mètres de long. Le moindre espace était couvert de vêtements de toutes dimensions, formes ou qualités et l'on nous avertit que notre tâche était d'en enlever suffisamment pour que les détenus de Birkenau aient la place de travailler.

Je me mis au travail comme un aveugle, comme un automate, essayant d'oublier la puanteur de l'endroit, de chasser l'image de ces femmes de mon esprit mais en pure perte. Chaque fois que je ramassais un vêtement d'enfant je pensais à ces os, chaque fois que je chargeais un lot de vêtements féminins je pensais à celles qui étaient nues.

On travailla trois heures dans ce baraquement comme des fourmis creusant des sillons dans un cimetière, et quand ce fut fini et qu'on se retrouva dans le camion, je fus tout à coup saisi par la frayeur de revoir ces femmes et en même temps attiré par une sorte d'abominable fascination. Je devais savoir, pensais-je, ce qui leur était arrivé, combien d'entre elles étaient restées, combien d'entre elles allaient mourir.

Elles étaient toujours là, nues dans le froid glacial ; mais cette fois les rangées étaient clairsemées et les camions bourrés au maximum. Seul le silence, le silence oppressant était le même, mais à mesure que nous nous approchions il fut brutalement rompu.

Les moteurs de quarante camions se mirent à rugir simultanément faisant trembler l'air immobile, le dominant, sans réussir pourtant à masquer la honte de l'abominable forfait.

Des gorges de ces milliers de femmes sur le point de mourir, s'éleva une plainte prophétique de plus en plus aiguë de plus en plus forte qui n'en finissait pas, une protestation vibrante que seule la mort pouvait interrompre, puis ce fut l'inévitable panique.

Les camions s'ébranlèrent. Une femme sauta par-dessus bord puis une autre et encore une autre. Les SS se précipitèrent avec les matraques et les fouets pour empêcher les autres de les suivre. Celles qui avaient sauté furent battues et essayèrent de remonter.

Elles tombèrent sous les roues des camions qui roulaient de plus en plus vite jusqu'à ce qu'on ne les vit plus.

Moses Sonenschein dit dans un murmure :

— *Il n'y a pas de Dieu.*

Puis sa voix s'enfla en un cri :

— *Ici il n'y a pas de Dieu et s'il y en a un maudit soit-il, maudit soit-il, maudit soit-il !*

Là encore je ne dis rien, il n'y avait rien à dire. Au lieu de cela je tournai le dos à Birkenau avec l'espoir de ne plus jamais revoir ce lieu.

Je suis content rétrospectivement de me souvenir qu'à cet instant précis, je ne savais pas que je serais bientôt transféré du camp de base à Birkenau et que j'y resterais un an et demi.

XII

Décembre 1942 fut un mois très mouvementé pour les administrateurs d'Auschwitz. Noël approchait. Et bien que la naissance de l'Enfant Jésus ait été un événement rarement salué dans l'évangile nazi, les SS qui se complaisaient dans la cruauté se complaisaient aussi dans le sentimentalisme. Ils pouvaient brûler sans scrupule et avec une ardeur toute patriotique un millier d'enfants, mais leurs yeux se mouillaient de larmes en regardant les photographies de leur progéniture bien-aimée.

Noël ne pouvait donc pas passer inaperçu surtout avec ces sales juifs qui ne croyaient pas au Père Noël et dont les ancêtres avaient crucifié le Sauveur. Mais comment célébrer l'événement sans relâcher ce que l'on appelait, par euphémisme, la discipline ? Cela fut résolu de la manière la plus simple, en rendant obligatoire l'apprentissage de « Douce Nuit ». Dans chaque baraquement il fut décidé que les détenus qui chantaient faux iraient au lit sans dîner.

Aussi chaque soir après le travail, les hommes du Canada étaient rassemblés devant le chef de block, Polzakiewicz. Un violoniste, prêté par l'orchestre, tirait gentiment sur son archet et nous nous mettions à brailler les paroles de cet ancien et beau chant de Noël. Pour ceux qui parlaient allemand ce n'était pas un pensum, pour les autres et surtout les Polonais c'était une tâche ardue.

Polzakiewicz s'arrachait les cheveux en les entendant massacrer tous ces mots allemands, il se promenait au milieu des détenus, essayant de faire entrer les paroles dans les têtes dures à l'aide de sa matraque. En conséquence de quoi, peu d'entre eux dormaient en paix contrairement à la chanson.

Toute cette mise en scène était exaspérante sans plus. Bien plus grave était la façon dont le typhus progressait et inquiétait les SS. Une sélection, du même type que celle que le Dr Uhlenbrook avait organisée le mois d'août précédent, fut décidée. Ce que j'avais vu dans la section des femmes à Birkenau allait se répéter à Auschwitz. La moitié du camp allait périr.

Nous allions connaître la même routine mais menée cette fois par une température glaciale. En ce qui me concernait, il y avait une différence essentielle. Je savais que ma vie n'était plus en danger, j'étais membre du Canada, kommando des hommes les plus robustes de tout le camp. Fries savait qu'un homme du Canada était soit en pleine forme soit mort et c'est pourquoi il ne nous demandait pas de courir. Néanmoins, on dut se déshabiller dans le froid intense, se précipiter sous les douches chaudes et ressortir en courant dans le froid. Ce qui fait que beaucoup parmi ceux qui survécurent au dépistage du typhus moururent de pneumonie. On nous laissa nus et sans nourriture deux jours entiers, une épreuve qui en élimina encore quelques autres.

Je souffrais plus du froid que de la faim et je crois bien que le plus beau cadeau de Noël que j'aie jamais reçu fut l'uniforme rayé que l'on nous distribua le 23 décembre.

— Tout est calme, chantaient les SS, tout est joyeux. Courez salopards, courez et il n'y aura pas de typhus à Noël.

Malheureusement pour eux et pour nous, les chants et les coupes sombres ne pouvaient résoudre le dernier et le plus important des problèmes. Depuis des semaines, des rumeurs circulaient que des SS se livraient à la contrebande d'or, de bijoux et de devises. Ces rumeurs arrivèrent finalement aux oreilles du Dr Rudolf Milner, chef de la Gestapo de Katowice, ville voisine d'Auschwitz, qui vint enquêter sur place.

Personnellement, je croyais au bien-fondé de ces rumeurs

sans vraiment connaître les dessous de l'affaire. J'avais appris que les dirigeants du mouvement clandestin volaient de grandes quantités d'or, de bijoux et des sommes considérables, non pas pour eux-mêmes mais pour soudoyer nos gardes. La plupart des kapos du Canada étaient au courant et l'arrivée inopinée de Milner créa un climat de tension dans le kommando. Nous savions que les SS parleraient s'ils étaient pris, seul le ciel alors pourrait aider les détenus concernés.

Jour après jour l'enquête se poursuivait, on s'y habituait et l'inquiétude diminuait ce qui était une erreur, ce sentiment de sécurité se révélant vite illusoire. Le 26 décembre, Ernst Burger, notre secrétaire, appela les numéros de quinze hommes du kommando Canada après l'appel. Ils furent dirigés vers le block 11, le block disciplinaire, parmi eux se trouvaient quelques membres de la clandestinité.

La situation, déjà grave, devenait désespérée. Si ces hommes craquaient sous la torture, cela signifiait plus que leur mort et plus que des représailles féroces contre nous. Cela voulait dire la liquidation du mouvement clandestin, premier signe d'unité que j'avais rencontré depuis les débuts de la déportation.

Tout à fait conscients du danger, les dirigeants prirent des mesures à la hauteur de l'événement. Ils firent entrer clandestinement du poison dans le block 11 et en l'espace de quelques heures tous ces hommes étaient morts. Plutôt que de courir le risque de révéler les noms de leurs camarades, ils s'étaient suicidés. Cet acte de courage délibéré procura à tous un soulagement provisoire. Cependant, derrière le décor se dessinaient de nouveaux dangers bien plus sinistres encore. Une bataille s'était engagée entre deux hommes puissants et de son issue dépendait la vie des détenus du kommando Canada.

L'administration en titre était dans les mains du commandant Rudolf Hoess et de ses officiers SS, l'impitoyable routine journalière était en d'autres mains. Dans celles par exemple de l'Oberscharführer Fries et du Scharführer Wiglep et voilà que maintenant ces deux géants se livraient une guerre sans merci. Peu à peu des informations filtrèrent jusqu'à nous ; elles nous permirent de nous faire une idée de l'évolution du combat bien que nous n'en ayons jamais la description round par round.

Les arguments de Fries étaient simples. Quinze hommes du kommando Canada, disait-il, avaient été jugés coupables de voler des objets de valeur et de l'argent, combien d'autres étaient passés entre les mailles du filet ?

La seule façon d'arrêter complètement les vols était d'envoyer tout le kommando aux chambres à gaz et d'en former un nouveau avec des hommes que lui, Fries, désignerait.

Wiglep s'opposait avec véhémence à ce projet. Il lui avait fallu des mois pour mettre son kommando au point. Il y avait réussi en forçant la cadence à un rythme tel, que trois détenus sur quatre en étaient morts, seuls avaient résisté les plus durs et les plus rusés. Il n'acceptait pas l'idée d'avoir à recommencer le boulot.

Il semblait bien qu'un des deux géants allait devoir jeter le gant, ce qui signifierait la fin de sa carrière à Auschwitz, une telle défaite rendant sa situation intolérable dans le camp.

Hoess, simplement parce qu'il ne pouvait pas se permettre de perdre ni l'un ni l'autre de ces sous-officiers si efficaces, proposa un compromis.

— Nous allons les déménager à Birkenau, dit-il, nous les aurons à portée des chambres à gaz et à la moindre anicroche on s'en débarrasse.

Il fit une erreur lourde bien qu'excusable. S'il avait adopté la proposition de Fries, il aurait liquidé d'un coup plusieurs membres importants du réseau clandestin sans pour autant supprimer le principal dirigeant, dont j'avais alors découvert l'identité.

C'était Ernst Burger, le gentil et affable secrétaire du block 4.

Quand les hommes du kommando Canada apprirent qu'ils étaient transférés à Birkenau, l'esprit de résistance se renforça spontanément et imperceptiblement. On redoubla de vigilance et l'on vit apparaître une atmosphère de rébellion soigneusement contrôlée. Nous savions où nous allions mais nous ne savions pas pourquoi. Allions-nous vraiment travailler là-bas ? Était-ce un piège ? Allions-nous être dirigés directement vers les chambres à gaz ?

Je crois que chaque homme avait décidé de vendre chèrement sa peau, il se battrait et dans les yeux de tous les autres il voyait la même détermination.

Et ce n'est seulement que lorsque nous fûmes alignés, prêts au départ, que je vis les premiers signes positifs de cette unité. On se faisait des signes discrets, chaque détenu était à l'affût comme un chat dans l'obscurité, et je sus que j'avais pris la mesure exacte de la situation quand l'assistant-kapo Schimon me chuchota :

— Regarde-nous, Rudi, regarde-nous !

Nous restâmes une heure debout devant le portail, deux heures, trois heures. Fries à la grosse matraque arriva et nous sûmes que nous partirions bientôt. Le portail s'ouvrit et quelque part, quelqu'un hurla :

— En avant, marche !

On se mit à marcher au pas avec une précision qui faisait honneur au kommando Canada. On passa sous la devise « Arbeit Macht Frei », je sentis que je ne la reverrais jamais plus et devant Fries toujours aussi impassible. On passa dehors, sur la route goudronnée, flanqués de la plus importante force SS, armée jusqu'aux dents, qu'il m'ait été donné de voir réunie à Auschwitz.

Je me dis que si nous devions nous battre la bagarre serait brève.

Birkenau était divisé en deux sections principales. En marchant le long de la route goudronnée qui les séparait, nous apercevions devant nous les lueurs grandissantes des fosses flambantes, le bâtiment neuf et imposant des crématoires et les flammes jaunes qui s'échappaient de sa haute cheminée et déchiraient le ciel.

Chaque pas nous rapprochait de ces symboles d'Auschwitz ; une seule pensée nous habitait tous.

Était-ce notre dernière marche ? Était-ce la fin ? Dans quelques minutes allions-nous nous jeter contre un peloton de mitraillettes ? Le voile de fumée pendait lourdement au bout de « l'allée des Bouleaux » et nous ne savions toujours pas si nous ferions bientôt partie de ses volutes.

Soudain la tête de la colonne tourna à gauche. Nous entrions au camp malgré tout. On nous avait encore accordé un répit ; aussi bref qu'il pouvait être cela nous suffisait car personne à Auschwitz ne pouvait se permettre de penser à long terme. On ne pouvait demander qu'à vivre un peu plus longtemps.

Ce moment de soulagement fut mis à rude épreuve quand nous fûmes face à notre nouvelle demeure. Quittant la route goudronnée, nos galoches furent aspirées par une boue lourde et envahissante qui entravait nos pas et nous montait audessus des chevilles.

Nous nous enfoncions dans un cloaque qui semblait imprégner toute l'atmosphère. Ici il n'y avait pas de rangées bien droites d'immeubles en briques rouges, uniquement de sombres et humides baraques en bois. Ici il n'y avait pas d'ordre aseptisé, produit d'une discipline impitoyable. A la place un chaos cafardeux, une odeur putride, un compost humain dans lequel les corps et les âmes pourrissaient.

A travers le bourbier, je commençais à discerner des détails. De partout des musulmans squelettiques traînaient leurs morts vers un bâtiment central, vers un dépôt de haillons et d'ossements où le seul client était le soutier, et devant chaque baraquement il y avait d'autres morts empilés, pêle-mêle, si bien enfoncés dans la boue luisante et tellement épaisse que les membres décharnés semblaient soudés ensemble.

Je regardais, écœuré, puis je regardai plus attentivement. Étaient-ils vraiment morts ? Avais-je vu un mouvement se produire ? Je fixai un amas grisâtre, une forme inerte bougea imperceptiblement. Une tête se souleva lentement du monceau de cadavres, puis des épaules... des ongles au bout de bras squelettiques grattèrent faiblement la boue, jusqu'à ce qu'un kapo qui passait par là repoussât d'un coup de pied ce rebelle à sa place, d'un mouvement rageur contre ce mort qui ne voulait pas se tenir tranquille.

Avec effort je réussis à m'extraire de cette pourriture ambiante, à penser à l'avenir immédiat. Nous pouvions encore être sur la route conduisant aux fours, pensai-je, et dans ce cas nous allions nous battre ; si tel n'était pas le cas j'avais de l'espoir car je n'avais pas quitté le camp de base sans m'assurer des atouts. A Birkenau aussi les clandestins étaient à l'œuvre, Josef Farber m'avait donné les noms de deux personnes à contacter : David Schmulewski et le docteur Andréas Milar.

On nous emmena vers une salle d'eau et je demandai à un infirmier s'il connaissait l'un ou l'autre. Il me montra du doigt quelqu'un de l'autre côté de la salle et dit :

— Celui aux lunettes, c'est le Dr Milar.

Je vis un homme mince, roux, à lunettes, au fin visage d'intellectuel, j'avais entendu dire qu'il était le fils brillant d'une famille juive extrêmement riche. Un homme qui aurait sans doute pu éviter d'aboutir à Auschwitz s'il avait ouvert sa bourse et accepté de se taire.

Je me frayai un chemin vers lui et me présentai. Il me sourit, ses yeux derrière ses lunettes m'examinèrent avec finesse et sans agressivité, puis il dit :

— Alors c'est Farber qui t'envoie ? T'a-t-il donné un message ?

— Non, il m'a simplement dit de te contacter. Dis-moi, que se passe-t-il exactement ici ? Nous prépare-t-on pour les chambres à gaz ?

— Non, ne t'en fais pas. Tout ira bien. Il ne s'agit que d'une séance d'épouillage, je ne peux pas t'en dire plus pour l'instant mais si tu as besoin de quelque chose fais-le moi savoir.

Je le remerciai et lui demandai comment je pourrais joindre Schmulewski. Il me répondit :

— Je ne le connais pas personnellement mais tu le trouveras au block 27, il est l'assistant du chef de block.

Ainsi fonctionnait le mouvement clandestin, par petites cellules ; les contacts entre les membres étaient réduits au strict minimum. Moins on en savait, moins on risquait d'en dire sous la torture.

Je connaissais aussi Schmulewski de réputation. Il avait combattu sous toutes les latitudes pour défendre ses idées et il n'avait jamais cessé de lutter. Il avait connu les persécutions en Pologne parce qu'il était juif. Il avait résisté jusqu'au jour où il avait réussi à s'échapper et à partir pour la Palestine illégalement. Là, pourchassé par les Anglais, il avait lutté jusqu'à ce qu'une nouvelle cause l'eût appelé cette fois en Espagne. Il s'était engagé dans les Brigades internationales pour combattre Franco. Quand la guerre avait été perdue, il avait traversé la France où il avait été arrêté et interné. C'est là que les Allemands le trouvèrent et qu'il prit le chemin d'Auschwitz, un chemin qui passait par Dachau et Sachsenhausen. Il n'avait que trente ans, grand, brun, fort et remarquablement indemne pour un homme qui s'était battu toute sa vie. Dès qu'il sut que j'étais de Slovaquie, il me dit :

— Formidable, tu connais peut-être Fred Wetzler. C'est un de tes compatriotes, il est secrétaire à la morgue, juste la porte à côté.

Fred Wetzler ! Comme moi il était de Trnava, je ne lui avais jamais parlé parce qu'il avait six ans de plus que moi mais je l'avais toujours admiré ne fut-ce que pour sa façon d'être, insouciante, légère et ses succès avec les filles.

— Viens, dit Schmulewski, allons le voir. Il nous offrira un café.

On alla vers un baraquement en bois derrière le block 27, Schmulewski poussa la porte, je le suivis dans une salle vaguement éclairée et je m'arrêtai pétrifié.

Chaque pouce disponible du sol était occupé par des cadavres soigneusement empilés par rangées de dix. Il pouvait bien y avoir quatre cents cadavres, ce qui n'avait pas l'air de gêner mon guide pas plus que ne l'auraient fait autant de carcasses dans une boucherie.

Il traversa la salle négligemment tandis que j'avançais en trébuchant sur ses talons. J'avais pourtant pris l'habitude de la mort mais de voir tant de corps entassés dans un si petit espace me mettait mal à l'aise. Soudain je compris que j'étais à l'intérieur du bâtiment qui était à Birkenau l'équivalent de celui aux briques rouges sans fenêtres, où j'avais eu ma première révélation de ce qu'était Auschwitz, le bâtiment d'où les corps prenaient leur envol comme des oiseaux.

Schmulewski frappa poliment à une porte intérieure. Une voix enjouée nous invita à entrer et là, devant moi, apparut Fred Wetzler, un peu plus mince peut-être mais toujours aussi gai, les yeux rieurs, expansif et plein d'humour.

— Rudi ! s'écria-t-il, quelle joie de te voir ! Entre et mets-toi à l'aise.

Si je fais aujourd'hui un retour en arrière, je vois cette scène extraordinaire sous son vrai jour. Nous étions là, entourés de cadavres et Fred me recevait comme un ami de toujours venu lui rendre visite chez lui à Trnava. Pourtant à ce moment-là cela ne m'avait pas paru incongru le moins du monde. J'étais simplement content et flatté que Fred, si adulé, se souvînt du gamin que j'étais, celui à qui il n'avait jamais adressé la parole auparavant.

— Je reviens dans un instant, dit-il, le temps de faire disparaître ce lot.

— Ce lot ?

— Oui, les macchabées.

Je vis qu'un camion s'était rangé devant la porte d'entrée. Quatre Polonais costauds entrèrent, ceux qui allaient faire voler les oiseaux et Fred, registre à la main, les rejoignit.

L'un des hommes regardait un bras, lisait le numéro tatoué, Fred le notait. Un autre ouvrait la bouche des morts avec des pinces, arrachait les dents en or et les jetait dans un seau.

Les deux derniers ramassaient le corps et l'envoyaient à travers la porte en direction du camion.

Ils travaillaient rapidement, en cadence, comme une équipe très unie. On criait le numéro, on arrachait les dents, on les envoyait en l'air et Fred maintenant tout à son affaire, surveillait les opérations pour empêcher la machine de s'enrayer, comme un contremaître expérimenté guetterait la moindre anicroche. Je regardais moi aussi essayant de vaincre une irrépressible nausée et pourtant complètement fasciné.

Enfin la salle fut vide. Un SS vint chercher le seau de dents en or, certaines encore attachées à des bouts de mâchoires. Le camion démarra et Fred nous ramena dans sa chambre, grommelant en chemin :

— Ce maudit Polack devra être transféré, dit-il en secouant la tête, il nous ralentit. Si ça continue ils s'en prendront à moi parce que le camion est en retard et j'aurais un mal de chien à m'en sortir.

Il ferma la porte derrière lui et sourit comme s'il avait laissé tous ses soucis à l'extérieur.

— Bon, mes amis, dit-il, et ce café si on le prenait maintenant.

On s'assit, on but le café, on bavarda. Nous nous mîmes à vagabonder dans les rues de Trnava, frappant aux portes de vieux amis, oubliant un bref instant que beaucoup d'entre eux étaient morts. Lentement le souvenir des cadavres volants s'estompait dans la nostalgie et je me détendais.

Ce fut la première des nombreuses tasses de café que je pris l'habitude de boire avec Fred. Chose curieuse, sa petite maison des morts devint pour moi un endroit où je pouvais me réfugier un moment, loin de toutes les horreurs environnantes car bien que j'eusse fait mes classes à Auschwitz il me fallut du temps pour m'habituer à Birkenau.

La mortalité était terrifiante. A Birkenau, nombreux étaient ceux qui mouraient non parce qu'ils avaient commis une faute même vénielle aux yeux des SS ou des kapos mais simplement parce que ces messieurs aux matraques faciles voulaient s'amuser, rompre la monotonie des jours.

Pour eux, les musulmans n'étaient rien de plus que des ballons de football. Il leur arrivait de voir l'un d'entre eux, embourbé, incapable de marcher parce qu'il n'avait plus la force de dégager ses picds de la boue.

— Ne t'en fais pas vieux, criaient-ils, on va te sortir de là.

Ce qu'ils faisaient en le bourrant de coups jusqu'à ce que son corps inerte repose au-dessus de la boue au lieu d'y être à moitié englouti. C'était des tueries fortuites bien que quotidiennes. Les meurtres organisés étaient encore plus horribles. A côté de l'hôpital de Birkenau par exemple, la clinique du « docteur » Klehr du camp de base paraissait presque humaine.

Il n'était pas question de piqûres de phénol pour les malades que l'on destinait à la mort. Des kapos au triangle vert, criminels accomplis, allongeaient la victime par terre, installaient une barre de fer sur le cou d'une épaule à l'autre puis ensemble ils sautaient dessus, rompant ainsi les os de l'infortuné.

Mais ces massacres quotidiens n'étaient rien face à la haute cheminée qui dominait le camp et nos pensées, et symbolisait la grande hécatombe. Là se trouvait le noyau de l'usine à tuer. Là se trouvait le centre de l'extermination et pour la première fois, j'étais à même de voir de mes propres yeux ce que j'avais seulement imaginé.

Je travaillais encore sur la rampe tout en vivant à Birkenau. Chaque nuit je déchargeais les wagons et voyais le chargement humain s'aligner pour la sélection mais maintenant au lieu de retourner au block du kommando Canada si bien organisé avec mes sardines et mes figues, je suivais la même direction que les victimes. Bien souvent j'étais de retour au camp à temps pour les voir regroupées devant le bâtiment gris à l'aspect innocent avec ses salles d'eau factices. Ils croyaient encore, sauf quelques-uns, qu'on les emmenait vers une vie nouvelle. C'est ici que les statistiques que je rassemblais si scrupuleusement, les chiffres que je gardais en tête devinrent subitement des hommes, des femmes, des enfants, des vivants à deux pas de la mort.

Ce n'était pas très agréable à voir, et pourtant c'est eux qui donnèrent une réalité à ma tâche. J'avais devant les yeux des gens qui pouvaient être sauvés si seulement un individu au courant de tous les faits, arrivait à s'évader et à transmettre l'information au monde, j'étais sûr qu'on ne verrait plus de moutons faire la queue devant la boucherie d'Auschwitz s'ils étaient prévenus du destin qui les attendait avant de monter dans les convois.

A Birkenau, j'avais bien plus de possibilités pour vérifier, contre-vérifier, et augmenter mes chiffres. Fred à la morgue était l'un de ceux qui pouvaient m'aider. Je fis la connaissance d'autres secrétaires, repris contact avec Filip Müller, qui devint une de mes meilleures sources d'information. Filip alimentait les fours du crématoire. Grâce à la quantité de coke fourni il pouvait déduire combien de corps allaient être brûlés, les SS ne gaspillaient jamais le combustible en surchargeant les feux. Mon dossier augmentait chaque jour et j'étais de plus en plus décidé à m'évader.

Mes chances de réussir ne s'étaient pas amenuisées par mon transfert à Birkenau. Ici, la grande majorité — les musulmans et les nouveaux arrivants fraîchement débarqués des convois — étaient condamnés mais les kapos au triangle vert, les tueurs du camp, traitaient les détenus endurcis et expérimentés avec un semblant de respect et si j'ajoute que mes contacts avec les clandestins se développaient, ma situation était de plus en plus assurée.

Par l'intermédiaire de Fred, mon statut social par exemple s'affirma. Il me présenta à son kapo, Lubomir Bastar de Brno, qui allait jouer un rôle énorme dans ma vie à Birkenau.

Il avait été arrêté en 1939 et était passé par toute une série de camps de concentration nazis avant d'échouer à Auschwitz, un aristocrate qui au départ me traita avec une condescendance toute paternelle.

— Encore un Slovaque, me dit-il, tu sais probablement qu'il est interdit de venir à la morgue, mais c'est la faute de Fred. Bon, un peu de café ?

On s'assit, un peu gênés et pendant un instant il me dévisagea comme l'aurait fait un maître d'école jaugeant un élève doué mais turbulent.

— Un Slovaque, dit-il encore. Connais-tu des langues étrangères ?

— Oui quelques-unes.

— Lesquelles ?

— L'allemand, le polonais, le hongrois, le russe.

— Le russe ! Un Slovaque qui parle russe voilà qui est intéressant.

Je sentis que je montais dans son estime et me surpris en train de penser à mes bagarres avec ma mère à propos de la grammaire russe. A l'époque je n'avais pas réalisé à quel point ces heures d'études illégales allaient m'être précieuses.

Lubomir répandit la nouvelle. La clandestinité, qui jusqu'alors n'avait vu en moi qu'un rouage utile mais bien petit, commença à s'intéresser à ma personne de plus près. D'autres aussi car très vite je fus invité à me joindre à la crème des intellectuels tchèques qui se réunissaient parfois pour dîner chez Lubomir dans sa petite chambre.

Ces repas étaient fort simples, des pommes de terre, de la margarine, de la bouillie, contraste étonnant avec les dîners plantureux offerts par certains kapos du camp de base. L'austérité ici n'était pas obligatoire mais délibérée. Ces hommes pouvaient obtenir pratiquement tout ce qu'ils voulaient, le trafic de nourriture marchait parfaitement bien. Je comprenais leur attitude, ils auraient perdu l'estime d'eux-mêmes s'ils s'étaient permis de festoyer alors que les autres mouraient de faim autour d'eux.

De toute façon, mon statut s'améliora rapidement. Bien qu'étant encore un détenu ordinaire, je mangeais souvent avec des kapos aux triangles rouges, les politiques, ou avec des membres de la clandestinité qui parfois se trouvaient être les mêmes. Quand je n'étais pas sur la rampe, je me déplaçais dans le camp avec une relative liberté et peu à peu je devins l'ami de tous ceux qui avaient de l'importance, de ceux qui luttaient, des intellectuels, des gens qui donnaient aux détenus une certaine cohésion et une orientation.

La vie était aussi agréable qu'elle pouvait l'être dans un endroit comme Birkenau, jusqu'en juin 1943, quand tout fut remis en question une fois de plus par le typhus.

Il y eut une autre sélection, en rien comparable à celles que j'avais expérimentées auparavant, mais suffisamment importante néanmoins pour nécessiter des transferts dans l'autre section de Birkenau, divisée elle-même en sept sous-sections dont aucune n'avait été occupée jusque-là.

Là encore j'eus de la chance. Nous avions été envoyés à la sous-section D où notre nouveau chef de block dit à Fred :

— Il va y avoir quelques milliers de nouveaux prisonniers dans ces sous-sections. Arrange-toi pour ne pas manquer d'assistants.

Je devins ainsi secrétaire-assistant. Je ne fus pas désigné par Fred qui naturellement n'avait pas autorité pour le faire, mais Lubomir et des membres de la clandestinité se débrouillèrent pour que je fusse nommé, non seulement par amitié pour moi mais surtout parce qu'il était important d'avoir quelqu'un de confiance dans la place, qui pouvait fournir des renseignements.

Cela me donna encore plus de liberté. Aussi longtemps que j'avais un registre sous le bras et l'air préoccupé, je pouvais me déplacer à ma guise, presque partout, à l'intérieur du camp. J'avais plus ou moins accès aux registres du secrétaire en chef, ce qui me permettait d'augmenter substantiellement mes informations.

Mon habillement subit également une amélioration spectaculaire. Je remplaçai mon pantalon zébré par une culotte de cheval superbement coupée par un prisonnier polonais, mes bottes auraient fait envie à un officier de cavalerie et bien que je n'eusse pas le droit d'abandonner ma veste rayée, je me débrouillai pour qu'elle soit parfaitement à ma taille.

J'étais sans doute un peu trop bien vêtu pour ma modeste fonction mais des circonstances imprévues se chargèrent d'y mettre bon ordre. Six semaines après ma nomination, on ouvrit la sous-section A comme camp de quarantaine pour de nouveaux prisonniers et grâce à la clandestinité je fus nommé premier secrétaire.

Là encore ce ne fut pas sur ma bonne mine. Les camps A et D étaient officiellement des sections complètement séparées, parfaitement étanches. Il était donc impératif pour la résistance d'avoir quelqu'un dans le nouveau camp qui puisse servir de messager entre les deux, et en tant que secrétaire mon travail m'obligeait pour ainsi dire à passer régulièrement d'un camp à l'autre.

J'accueillis cette double responsabilité avec contentement. Mon rang me donnait des privilèges, mes activités clandestines me donnaient de l'orgueil. C'était bon de penser qu'en quelques mois j'étais passé de messager du kapo Bruno à courrier pour la résistance.

Le seul ennui était mon nouveau chef de block, un nommé Albert Hammerle connu dans tout le camp sous le sobriquet d'Ivan le Terrible. C'était un droit commun qui était déjà passé par de nombreux camps de concentration depuis 1933. Avant cette date il avait été dans plusieurs prisons allemandes et depuis son arrivée à Auschwitz il s'était construit la réputation d'être le plus grand des tueurs dans un camp de tueurs. Et ce n'était pas seulement un on-dit. Nous savions tous que les kapos, criminels de droit commun, faisaient des concours entre eux à qui tuerait le plus. Ils marquaient leur victoire comme des pilotes de chasse et il était notoire qu'Ivan le Terrible était un as qui pulvérisait tous les records.

Il était aussi virtuose d'un autre genre de sport. Lui et ses acolytes pariaient sur celui d'entre eux qui serait le premier à abattre un détenu d'un seul coup de poing, exactement le genre de concours auquel ils s'adonnaient lorsque je pris mon poste au camp A.

Ils étaient trois, Lager Alteste « Tyn le singe », chef de tous les chefs de blocks, à la force et au physique d'un gorille, Mietek Katerzynski, un chef de block polonais et Ivan le Terrible.

Je vis Tyn le Singe attraper un nouveau détenu qui passait devant lui et beugler :

— Alors on flâne ? Sale porc, je vais t'apprendre à te dépêcher !

Il le saisit par la veste, balança son bras comme le ferait un lanceur de poids et écrasa son poing dans la figure du malheureux. C'était un méchant coup mais légèrement mal ajusté. Le détenu s'écroula, inconscient mais respirant encore.

— Pas de chance, grimaça Katerzynski, j'ai bien cru un moment que tu l'avais eu.

Ils continuèrent leur promenade. Katerzynski fonça sur un autre détenu, l'injuria pour quelque faute imaginaire, puis l'envoya rouler dans la boue où il resta étendu, tordu de douleur.

— Tu baisses, Mietek, murmura le Singe, tu manques d'exercice.

C'était maintenant le tour d'Ivan le Terrible. Sans même prendre la peine de chercher une excuse, il empoigna un détenu et l'abattit d'un coup. Il ne bougeait plus, la nuque brisée.

Ils continuèrent à déambuler en riant.

— Comment fais-tu vieux cochon, dit le Singe, tu as vraiment l'œil pour les choisir affaiblis.

Ils entrèrent dans le baraquement d'Ivan et je les suivis. Il se tourna sur sa chaise, me dévisagea de haut en bas et dit :

— Ainsi, c'est toi mon nouveau secrétaire.

— Oui, Monsieur.

— Sais-tu ce qui est arrivé au précédent ? Sais-tu comment on inscrit les numéros de ceux qui vont mourir ? Eh bien un matin je lui ai fait inscrire son propre numéro.

Cela les fit rire aux larmes. Je les observais debout, ne disant rien. En me scrutant d'un regard pénétrant, Ivan ajouta :

— Tu n'as pas peur de moi ?

Il souriait, je lui rendis son sourire et répondit :

— Je ne crois pas.

Il pouffa à nouveau :

— Je ne suis peut-être pas aussi méchant qu'on le dit. Allons assieds-toi et bois un coup.

Il tapa dans ses mains. Un détenu entra précipitamment. Apparurent une bouteille de schnapps et quatre verres. Je portai le toast le moins sincère de ma vie.

Cette nuit-là je compris pourquoi il était si gentil avec moi. Alors que les autres détenus du baraquemente dormaient à cinq ou six par châlit, Ivan et moi avions chacun notre chambre. La sienne était magnifiquement décorée et peinte selon son goût flamboyant.

Juste avant de se coucher, il vint me trouver et me dit d'une voix étonnamment douce :

— Pourquoi ne partagerais-tu pas ma chambre en attendant que la tienne soit convenablement arrangée ? Il y a suffisamment de place et tu seras bien mieux installé.

C'était une situation difficile. Aussi poliment que possible je lui répondis :

— Merci Monsieur, mais il ne serait pas du tout convenable qu'un secrétaire partage la chambre d'un chef de block. Ce serait mauvais pour la discipline. Vous êtes quand même tellement au-dessus de moi.

Il me regarda longuement, sans parler :

— Bon, comme tu voudras, dit-il d'une voix agacée.

Cette nuit-là je me fabriquai un signal d'alarme avec six boîtes de conserve vides posées contre ma porte. Sur la table à côté de mon lit, je plaçai le long couteau que j'utilisais pour couper les rations de pain du baraquement.

Je ne faisais pas de mélodrame. Un Ivan le Terrible pouvait tuer quand il se mettait en colère. J'étais sûr qu'il n'oserait pas me tuer dans la journée parce qu'il savait que j'avais des amis puissants et que je ne serais pas facile à avoir de toute façon mais la nuit c'était autre chose. La nuit on pouvait agir sans témoin et le matin trouver une foule de prétextes.

Je savais que la mort pouvait survenir facilement, n'importe quand à Auschwitz, mais j'étais décidé à ne pas me laisser assassiner dans mon lit par un meurtrier homosexuel.

Pas plus n'avais-je exagéré le sens de son invitation. Un peu plus tard il fut envoyé au block disciplinaire pour avoir eu des rapports avec un détenu juif, « crime » odieux aux yeux des purs aryens SS.

XIII

Aucun des survivants du camp A de Birkenau n'oubliera jamais le 7 septembre 1943, car cette journée ne ressembla en rien à tout ce que nous avions vécu jusque-là. Ce matin-là, nous fûmes envahis de nostalgie et d'étonnement par ce qui se déroulait devant nous que nous avions refoulé au plus profond de nous-mêmes et que nous ne pensions jamais revoir.

Dans le camp B séparé du nôtre seulement par une rangée de barbelés, entraient des hommes, des femmes et des enfants, en vêtements civils de tous les jours, aux têtes non rasées, étonnés et abasourdis mais bien portants. Les adultes portaient les bagages, les enfants leurs poupées et leurs ours en peluche. Les hommes zébrés du camp A, qui n'étaient plus que des numéros, restaient là à les dévisager se demandant qui avait pu mettre le monde à l'envers et ramener cette vision parmi nous.

Ils étaient environ quatre mille et les spéculations allaient bon train tandis que nous les regardions s'installer. Jamais encore les familles n'étaient restées réunies à Auschwitz, sauf dans les chambres à gaz. Jamais encore les détenus n'avaient été autorisés à conserver vêtements et bagages. C'était troublant, mystérieux et nous autres, vétérans du camp, étions tout à fait sûrs que ce traitement de faveur cachait un piège.

Les SS les traitaient avec respect, plaisantaient avec eux, jouaient avec les enfants. Ensuite, quand les bagages furent rangés, tous les secrétaires furent appelés pour les inscrire dans les registres de Birkenau.

Je pensais alors pouvoir trouver une réponse à ce mystère mais le peu que j'appris ne fit que renforcer mon étonnement et mes doutes. Je remarquais tout d'abord que les numéros qu'on leur avait à tous tatoués sur le bras, même aux enfants les plus jeunes d'environ deux ans, n'avaient aucun rapport avec la numérotation en usage à Auschwitz, et chacun possédait une carte sur laquelle il était écrit : six mois de quarantaine, traitement spécial !

« Traitement spécial » était à Auschwitz une expression terrifiante, elle signifiait l'extermination et pourtant ces gens qui arrivaient du camp de Theresienstadt (aujourd'hui Terezin), un ghetto près de Prague, étaient à l'évidence gardés en vie dans un but précis. Ce problème me dépassait et dès que je le pus je fis un rapport complet à Schmulewski, qui, je le savais à présent, dirigeait le mouvement clandestin de Birkenau.

Je m'aperçus qu'il était déjà assez bien informé de ces événements surprenants. Des cellules clandestines avaient été immédiatement mises en place dans le camp B. Une réunion spéciale des membres dirigeants de la résistance fut convoquée pour examiner la situation : pourquoi avait-on pris des gants avec ces familles ? pourquoi toutes les lois du camp n'avaient-elles pas été respectées ? et très vite ils arrivèrent à une conclusion après tout raisonnable.

Nous avions appris qu'il y avait à Theresienstadt (Terezin) environ cent mille juifs. Il n'y avait aucun doute pour nous qu'ils étaient tous destinés à Auschwitz et à la solution finale, mais d'après les renseignements que nous fournissaient les nouveaux arrivants, cela ne serait pas une opération facile.

Prendre des gants avec eux était en vérité essentiel, parce que, dans ce ghetto un peu particulier, la Croix Rouge Internationale avait des observateurs.

La fiction des territoires de repeuplement devait donc être étayée par des faits indiscutables. Aucun doute, aucune rumeur, aucune crainte ne devaient filtrer car un seul rapport défavorable à Genève pouvait anéantir tout le plan. C'est ainsi que les quatre mille premiers furent transportés confortablement, choyés à leur arrivée et qu'on leur demanda d'écrire des lettres enthousiastes à leur famille du genre « nous aimerions bien vous avoir avec nous » afin de dissiper les plus vagues soupçons. C'était une vieille ruse, bien sûr, mais menée cette fois à une échelle sans précédent, l'opération en cours ne devant en aucun cas échouer. De son succès dépendait le bon déroulement des plans d'extermination imaginés par Himmler.

Donc, les SS savaient qu'il était inutile de faire écrire sous la menace d'un revolver car les courageux, les malins pouvaient toujours dissimuler entre les lignes des messages d'avertissement. C'est pourquoi ils décidèrent de ne leur donner aucun motif de se plaindre : ils les aidèrent à s'installer le mieux possible, ils réussirent à gagner la confiance des enfants en leur apportant des bonbons et des fruits, et les parents, bien sûr, étaient émus de voir ces rudes soldats câliner leurs petits, il leur restait à apprendre à quel degré de bassesse ces tueurs pouvaient descendre pour atteindre leurs objectifs.

Je les regardais, stupéfait, de l'autre côté des barbelés, organiser leur nouvelle et temporaire existence, croyant que Birkenau était un camp de transit. Je les voyais réserver une baraque pour les enfants, une garderie en quelque sorte à l'ombre des crématoires. Je remarquais un homme blond, la trentaine, athlétique, organiser études et jeux et cela me faisait du bien alors que j'étais rongé par l'intolérable soupçon que ces enfants allaient mourir.

D'autres détenus, plus âgés, plus terre à terre, lorgnaient au-dessus des barbelés avec des idées bien différentes en tête. Ils y voyaient de ravissantes jeunes filles en bas de soie et talons hauts, tout comme celles qu'ils avaient connues chez eux des siècles auparavant ! Subrepticement des amourettes se nouèrent. On commença par échanger des prénoms. On se donna des rendez-vous, pris et tenus à des distances d'une dizaine de mètres. Subitement des idylles se mirent à fleurir gentiment au cœur de l'enfer. Elles se développèrent si rapidement que les barbelés entre les deux camps devinrent bientôt insupportables. Mais les hommes d'Auschwitz savaient s'adapter aux circonstances et très vite il n'y eut plus d'obstacle pour les plus audacieux. Une équipe qui creusait des égoûts parallèles aux barbelés fit soudain glisser les pelles de telle façon qu'un tunnel fut vite creusé, un tunnel d'amour par lequel les plus ardents roméos se faufilaient la nuit. Ils risquaient évidemment leur peau mais, affirmaient-ils, la récompense en valait la peine.

Je n'ai jamais utilisé ce tunnel. Cela ne veut pas dire que j'étais insensible aux charmes de ces ravissantes jeunes filles tchèques, bien au contraire. Je les admirais de loin, beaucoup trop timide pour me permettre d'avoir une de ces aventures fugitives qui enjolivaient la vie de mes compagnons plus expérimentés et plus hardis.

Je n'avais que dix-neuf ans, même si je me sentais bien plus vieux grâce aux leçons de l'Université d'Auschwitz. Quant à mes relations avec les jeunes filles j'étais toujours le même garçon maladroit de dix-sept ans qui fanfaronnait au sujet de ses conquêtes à Trnava alors qu'en réalité mes exploits se bornaient à quelques rapides baisers à la sortie du bal.

Ce fut sans doute pour cette raison qu'inévitablement je tombai follement amoureux d'une jeune fille à laquelle je n'avais encore jamais parlé.

Là, à Birkenau, au milieu de ce climat de désespoir, de pourriture, je me mis à souffrir les mille morts d'une passion adolescente.

Cela se produisit un jour que je parlais, à travers les barbelés, à Fredy Hirsch, le responsable du dortoir des enfants, qui dépensait des efforts énormes pour essayer de leur faire mener une vie normale au milieu de ce chaos. Juif allemand, il avait émigré en Tchécoslovaquie où il avait été moniteur de culture physique par profession et animateur de mouvements de jeunes par vocation.

Il m'expliquait un de ses nouveaux projets pour les enfants et j'étais émerveillé par son enthousiasme, quand une jeune fille nous interrompit, après cela je n'entendis plus que vaguement ce qu'il me disait, il semblait s'être évanoui dans l'espace.

Elle avait environ vingt-deux ans, grande, brune, élancée, une grâce naturelle et des yeux rieurs. J'entendis vaguement Fredy dire :

— Je te présente notre voisin, Rudi Vrba. Il est secrétaire. Rudi, je te présente Alice Munk, une de mes assistantes.

Je marmonnai une phrase de politesse du genre : « Enchanté », tout en continuant à fixer ses yeux sombres, presque noirs jusqu'à ce que, embarrassée, elle baisse les paupières. Je m'injuriai intérieurement de ma maladresse mais elle me sourit et me demanda d'une voix douce :

— Depuis quand es-tu là Rudi ?

C'était une question banale, mais prononcée comme si nous dansions ensemble pour la première fois dans une salle de bal inconnue et qu'elle me dise :

— Tu viens souvent ici ?

Ses paroles furent pour moi une musique enchantée, je m'avançai et répondis :

— Un peu moins de deux ans.

— Deux ans ! Mais tu as l'air si fort, je veux dire, si différent des autres !

Mon visage s'illumina de plaisir. Je fus soudain profondément heureux d'être secrétaire, d'avoir une culotte de cheval si bien coupée, des bottes brillantes, une veste ayant un semblant d'élégance et une casquette propre couvrant ma tête rasée. Je réussis à balbutier :

— Eh bien parfois ce n'est pas si terrible, pas quand on sait se débrouiller.

Notre conversation hésitante suivit son cours avec des arrêts embarrassés, des reparties rapides sans grand intérêt. Aucun de nous ne s'aperçut que Fredy Hirsch s'était éclipsé discrètement. Nous ne remarquions plus rien en-dehors de nous deux.

Auschwitz, ses barbelés, ses murs, son horreur même semblaient s'être évanouis et un soleil tout neuf, éclatant nous enveloppait.

Après cela, nous nous rencontrâmes chaque jour. L'embarras disparut et fut remplacé par une douce intimité. Nous parlions de nous, de ses parents, riches industriels d'une ville du nord de Prague, de ses études. Elle riait quand je lui racontais mes études clandestines de russe, mes disputes avec ma mère et ses yeux se remplissaient de tristesse à l'évocation de mon voyage en Hongrie qui semblait rétrospectivement si pathétique. On évoquait l'avenir comme si nous étions sûrs qu'il y en aurait un pour nous et pendant tout ce temps je détournais les yeux de la cheminée qui ne connaissait que des cœurs ayant cessé de battre.

Ce n'était, bien sûr, qu'un leurre et une fuite si compréhensible hors de la réalité, c'était mon premier amour et j'essayais désespérément de repousser l'idée qu'un danger puisse menacer Alice. Effort sans lendemain puisque chaque jour me rappelait que la situation était alarmante, situation qui en décembre se compliqua encore quand un autre convoi de quatre mille Tchèques arriva du ghetto de Theresiendstadt.

Les clandestins furent très sérieusement inquiets de ce nouvel arrivage, ils devaient faire face à une situation sans précédent — les enfants par exemple — et ils mirent toutes leurs forces en branle pour sinon résoudre les problèmes en tout cas y remédier. Les rations de pain furent réduites pour permettre aux petits de manger à leur faim. Du savon, des médicaments furent fournis Dieu seul sait comment ! Ce fut un chef-d'œuvre d'improvisation rapide.

Je voyais chaque jour Schmulewski pour faire mon rapport et chaque jour j'avais l'impression que son regard se durcissait. Je devais me retenir pour ne pas lui demander ce qu'il pensait mais c'eût été manquer à la discipline. Au fur et à mesure que le temps passait, je devenais de plus en plus inquiet car je sentais qu'il les savait condamnés.

Le premier indice précis de son pessimisme se manifesta lorsqu'il me dit un jour :

— J'ai besoin de savoir combien il y a exactement de membres du mouvement clandestin dans le camp des familles.

— Pourquoi questionnai-je, il se passe quelque chose de mauvais ?

Sa première réaction fut un regard sévère puis il grimaça un sourire, il était au courant pour Alice et dit brièvement :

— Cela ne sent pas bon.

Cette nuit-là, je parlai non seulement à Alice mais aussi à ses deux amies Héléna et Véra Rezek, deux sœurs de Prague. Toutes les trois étaient membres du groupe clandestin et je leur demandai de me donner les chiffres dont Schmulewski avait besoin.

Elles restèrent silencieuses un moment, puis Héléna me demanda calmement :

— Que se passe-t-il, est-ce sérieux ?

Je jetai un regard rapide à Alice. Elle était aussi calme, impassible que les deux autres. Aussi fermement que possible je répondis :

— Rien ne pourrait être plus grave.

Le lendemain Héléna vint aux barbelés m'informer :

— Il y a trente-trois membres clandestins en comptant les deux groupes. As-tu d'autres nouvelles ?

Je hochai la tête négativement. Comme elle, je me demandais pourquoi Schmulewski voulait des chiffres exacts, il dut lire l'interrogation dans mes yeux quand je lui portai le renseignement :

— Ce n'est pas beaucoup, dit-il, mais c'est peut-être assez, juste assez. Je ne peux pas t'en dire plus.

Au fur et à mesure que le temps passait, que se rapprochait la date fatidique du 7 mars, mon travail de courrier devint de plus en plus impératif. Des messages secrets s'échangeaient entre Schmulewski et le mouvement clandestin du camp des familles. Je les analysais soigneusement chaque jour, essayant d'y trouver une parcelle d'espoir mais toujours sans succès. D'une dizaine de sources différentes, Schmulewski glanait des bribes de renseignements qui semblaient tous aller dans la même direction... vers la cheminée. Pourtant, pendant ce temps, je savais qu'il n'avait pas renoncé, que derrière le masque indéchiffrable de son visage il y avait un plan qui pourrait éviter le désastre, sauver les Tchèques, sauver Alice. Je n'avais aucune idée de ce que cela pouvait être mais j'avais confiance en lui en tant qu'homme, en tant que dirigeant.

Ce ne fut que le 4 mars, jour J moins trois, qu'il me dévoila une partie de ce qu'il pensait, c'était loin d'être rassurant.

— Rudi, cette affaire sent de plus en plus mauvais. On leur a dit d'écrire chez eux et de postdater leur lettre d'un mois. Les SS prétendent que c'est à cause de la censure, qu'elles doivent d'abord aller à Berlin, Ça ne tient pas debout.

— Mais pourquoi, insistai-je, ne serait-ce pas possible ?

Il fit un signe négatif de la tête :

— Non, Rudi, désolé ce n'est pas possible. Le Sonderkommando a reçu l'ordre de préparer les fours pour quatre mille personnes pour la nuit du 7 mars. Les SS parlent d'une opération spéciale, difficile.

Il me regarda durement, j'étais déconcerté :

— Tu ne comprends donc pas ? ça ne va pas être facile de gazer ces gens. Ce ne sont pas des innocents qui descendent d'un train. Ceux-là savent, ils pourraient se défendre. Va les voir et répète-leur tout ce que je viens de t'expliquer.

Je retournai au camp, les faits martelés par Schmulewski se bousculaient dans mon crâne. Un combat ! Je pensais aux enfants pris dans les feux croisés d'une centaine de mitrailleuses. Je pensais aux jeunes filles qui n'avaient jamais vu de sang. Avant tout, je pensais à Alice. Pourtant, lentement l'idée faisait son chemin, ce n'était qu'en combattant qu'ils avaient une chance de s'en sortir ; alors tout allait dépendre du soutien que les autres détenus pourraient leur apporter. Quelle était la force de la résistance ? Était-elle disposée à agir ?

C'était facile de dire, les résistants se dresseront pour se joindre à eux mais il fallait bien admettre que c'était leur demander un énorme sacrifice. Ces hommes avaient réussi à survivre à des situations innommables, chaque jour leur chance de survie augmentait. Déjà quelques-uns d'entre eux parlaient de la libération, du rouleau compresseur russe qui écraserait les défenses d'Auschwitz et des SS balayés par la vague déferlante des vainqueurs.

Allaient-ils tout risquer, ces prisonniers endurcis pour sauver quatre mille Tchèques, eux qui avaient vu mourir un million de gens ? Ou peut-être se battraient-ils pour quelque chose de beaucoup plus important ? Pour la destruction d'Auschwitz par exemple ? Pour une évasion massive dans les forêts où les partisans polonais rôdaient ? Qu'est-ce que Schmulewski avait en tête et que voulait dire son message brutal ? Intérieurement, je maudissais la discipline qui m'interdisait de poser des questions puis je me mis à la recherche d'Alice, Héléna et Véra pour leur transmettre ce qu'il avait dit.

Elles m'écoutèrent attentivement et en silence, se jetant parfois des regards rapides puis Héléna dit :

— J'ai du nouveau Rudi. Je crois que nous allons déménager demain dans votre camp. Une rumeur affirme que nous serons bientôt transférés.

— Tu veux dire partir d'Auschwitz ?

Elle acquiesça. Il y avait de l'excitation dans son regard et je savais qu'elle faisait plus confiance à ses propres sources de renseignements qu'aux miennes. Un court instant j'en fus tout revigoré mais vite je réalisai que ce n'était pas autre chose qu'un vœu pieux.

— Peut-être Héléna, mais tu dois répéter à tout le monde ce que Schmulewski a dit. Ce sont ses ordres.

Le lendemain cependant la première partie de la prévision s'avéra exacte. Brusquement les SS déménagèrent tous les détenus du camp A, n'y laissant que ceux qui avaient un travail permanent comme moi. Dès qu'ils furent partis, les quatre mille Tchèques de septembre les remplacèrent.

Malgré la tristesse et les rumeurs, malgré Schmulewski et ses sinistres avertissements, j'étais aux anges. Depuis six mois j'étais follement amoureux d'Alice et tout ce temps des barbelés nous avaient tenus séparés, nous ne nous étions seulement jamais frôlés et voici à présent qu'elle s'avançait vers moi d'un pas rapide, décidé, ses yeux marron souriaient et ses longs cheveux dansaient au vent.

Un court instant nous fûmes l'un contre l'autre et je sentis sa chaleur, sa fraîcheur. Sa joue rencontra la mienne une seconde et déjà elle était partie me laissant un message que je n'avais jamais osé espérer.

— A tout à l'heure, chéri, dans le baraquement.

Ce soir-là elle vint me retrouver dans ma chambre avec Véra et Héléna. On resta assis une heure ou deux à discuter les dernières nouvelles. Alice était assise près de moi, sa main dans la mienne et la pression de ses doigts faisait disparaître mon angoisse. Les rumeurs tombaient maintenant comme flocons de neige en plein hiver, et chacune contredisait les prévisions menaçantes du dirigeant clandestin.

— Ils disent que nous allons vers le nord affirma Héléna, du côté de Varsovie.

— Fredy Hirsch dit qu'ils n'oseront pas tuer les enfants ajouta Véra, il croit qu'ils auront peur que la nouvelle se propage au-dehors.

— Bientôt, peut-être la guerre sera finie, dit Alice très doucement, et alors... et alors...

Je l'embrassai cette nuit-là pour la première fois, c'était un piètre baiser, je manquais d'expérience mais ma maladresse ne semblait avoir aucune importance et je m'endormis en pensant : « Peut-être la guerre sera bientôt finie. »

Mais ces pensées à l'eau de rose furent vite dissipées. Le lendemain matin quand j'allais chercher les rations de pain en compagnie de vingt détenus, Schmulewski était plus lugubre que jamais :

— Écoute attentivement Rudi, me dit-il d'un ton cassant, je n'ai pas beaucoup de temps. Donc, brièvement la situation est aussi mauvaise que possible. Tu dois de nouveau les prévenir de s'attendre au pire. Dès que j'ai des nouvelles précises je te préviens. Ça peut venir d'une minute à l'autre.

J'hésitai. Une fois de plus il devina ce que j'avais en tête. D'une voix bourrue il ajouta :

— Personnellement je suis pratiquement sûr qu'ils vont mourir demain. C'est ça que tu veux savoir ?

J'acquiesçai. Tout à coup les rumeurs gaies, emplies d'espoir de la veille me semblèrent vides de sens. Là était la vérité, elle émanait d'un homme qui avait des espions partout, qui avait tant de fois frôlé la mort qu'il était capable de la sentir.

Je fis mon rapport. Comme le soir précédent, Héléna, Véra et Alice vinrent dans ma chambre, mais cette fois il n'était plus question de rêves éveillés, ni d'espoir. Je ne fis rien pour annoncer la nouvelle gentiment où chercher des faux-fuyants, il était bien trop tard pour cela. Il fallait faire vite. Je demandai à Héléna :

— Et les autres ? Qu'est-ce qu'ils disent ? Croient-ils Schmulewski ?

— Certains le croient me répondit-elle en secouant la tête, d'autres pas. Mais pratiquement aucun d'eux ne croit que les enfants vont mourir. Ils ne peuvent imaginer des gens prêts à tuer des groupes d'enfants, surtout après la façon dont les SS se sont conduits avec eux.

Pendant presque une heure on discuta de la question, épluchant les faits, les demi-faits, les rumeurs, les bruits de couloir, tournant en rond sans arriver nulle part. Finalement Héléna se leva d'un bond, nous sourit gentiment à Alice et moi et dit :

— Bon, vous avez probablement envie de parler d'autre chose vous deux. Viens Véra.

Nous étions seuls. C'était la première fois que je me trouvais seul avec une fille dans ma chambre. J'étais tellement embarrassé que j'en perdais l'esprit et tout en sachant bien ce que je voulais, la timidité s'empara de moi et me retint :

— Je me demande ce que Schmulewski va faire, dis-je d'une voix guindée, je sais qu'il est en train d'organiser quelque chose.

Alice ne répondait rien.

— Peut-être une révolte, un soulèvement, ça pourrait être la fin d'Auschwitz !

Elle était toujours silencieuse.

— Beaucoup mourront, bien sûr, mais ça vaudra peut-être la peine...

— Rudi, m'interrompit-elle d'une voix douce, regarde-moi !

Je me tournai lentement et la regardai. Elle était pelotonnée sur le lit à présent et je n'avais encore jamais rien vu d'aussi beau.

Ses cheveux bruns tombaient sur ses épaules. Ses yeux embrumés elle continuait de sourire. Elle s'allongea et ses seins se soulevèrent légèrement sous son corsage bleu pâle.

Toutes les barrières cédèrent d'un coup tandis que je me penchai sur elle, si près que son parfum m'enveloppa et cette fois il n'y eut pas de maladresse.

— Tu sens si bon, murmurai-je bêtement sans raison, pourquoi sens-tu si bon ?

Elle rit, d'un rire ému :

— Le savon, chéri, souffla-t-elle, rien que le savon. Pourquoi parles-tu tant ?

Après cela je me tus un long moment. Auschwitz n'avait plus d'importance, Auschwitz n'existait plus. Les miradors, les fusils, les chiens, la boue et la mort, la haute cheminée diabolique, tout fut effacé, gommé par une allégresse qu'aucun de nous deux n'avait encore jamais connue.

Quelqu'un me secouait. Vaguement j'entendais une voix dire :

— Réveille-toi, Rudi, réveille-toi, dépêche-toi !

Je luttais contre cette voix, je ne voulais pas me réveiller, je refusais de retrouver la réalité, mais on continuait de me secouer et à la fin je m'assis encore tout ensommeillé.

Héléna était debout près de mon lit, le visage tiré, les yeux anxieux :

— Schmulewski te demande, il dit que c'est urgent. Tout le camp est entouré de SS.

Je clignai des yeux et le camp, le camp détesté refit surface. Au bout du lit, il y avait un corsage bleu pâle tout froissé. A mes côtés Alice dormait toujours, un sourire aux lèvres. Elle remua, s'étira voluptueusement avec langueur et en se retournant mit son bras autour de moi.

Gentiment, aussi gentiment que possible je murmurai :

— Réveille-toi, chérie, c'est le matin, je dois partir.

Elle fut immédiatement réveillée, s'assit toute droite et pour la première fois je vis la peur dans ses yeux. Puis voyant Héléna, elle tira la couverture à elle.

— Dépêche-toi, Rudi, répéta Héléna, au nom du ciel, dépêche-toi. Quelque chose d'effroyable est en train de se passer.

Elle partit et je m'habillai. Alice avait retrouvé son sang-froid et fut prête avant moi. Elle me donna un léger baiser, très doux :

— Vas-y, chéri, tu as du travail.

Nous sortîmes ensemble dans l'aube grise de ce matin du 7 mars 1944 ; le compte à rebours avait commencé.

J'allai avec mes vingt détenus chercher pour le camp A, le pain au camp D et je vis qu'Héléna avait raison. Les SS mitraillettes au bras étaient partout. J'en reconnus quelques-uns, d'autres pas mais tous avaient un air résolu et je compris que le commandant s'attendait à tout y compris à un soulèvement.

Les Russes m'avaient préparé le pain et je restai un instant à causer avec eux reculant l'entrevue que subitement je n'avais plus envie d'avoir pour éviter les mots que je ne voulais pas entendre. Je leur demandai des citrons pour les enfants, n'importe quoi pour gagner du temps, ne serait-ce que quelques minutes.

Finalement, il me fut impossible de reculer davantage. J'allai trouver Schmulewski, dont les yeux étaient cernés comme quelqu'un qui n'avait pas dormi de la nuit ; il alla directement au but avec une franchise brutale :

— Les nouvelles sont les suivantes, le camp des familles meurt aujourd'hui.

— Tu veux dire qu'il y aura une sélection ? Ils vont se débarrasser des vieux, des enfants, des malades ?

— Non, tout le monde y passe. Et ce sera peut-être à cause de cela notre grand jour. C'est la première fois qu'ils vont essayer de gazer plusieurs milliers de personnes parfaitement au courant de ce qui se passe. C'est le moment de la révolte et les SS le savent très bien.

Son visage était totalement dénué d'expression mais on percevait en lui une tension extrême. Je sentais chaque fibre de son être réclamer une action immédiate mais il savait parfaitement se contrôler.

— Je ne peux pas demander à nos camarades de risquer leur vie pour une cause perdue. Mais si les Tchèques se soulèvent, s'ils engagent un vrai combat, ils ne se battront pas seuls. Des centaines, peut-être des milliers d'entre nous seront à leurs côtés et avec un peu de chance ce pourrait être la fin de ce merdier. Va leur dire. Dis-leur qu'ils n'ont rien à perdre, ils combattent ou ils meurent. Mais dis-leur aussi qu'ils n'ont pas la moindre chance sans un dirigeant à la hauteur.

— Un dirigeant, mais lequel ?

— Nous l'avons déjà choisi, bien qu'il n'en sache rien. Mais il est essentiel que tu leur fasses comprendre pourquoi nous l'avons choisi. Tu sais comme nous qu'il y a une demi-douzaine d'organisations politiques représentées dans le camp... des communistes, sionistes, anti-sionistes, sociaux-démocrates, nationalistes tchèques, tout le lot quoi. Si nous nommons quelqu'un d'un de ces groupes il y aura des querelles, des divisions et nous courons à l'échec. Il nous faut une personne respectée par tout le monde et à qui tous obéiront sans discuter. Quelqu'un qui puisse leur demander de se battre et puisse les mener à la bataille tous unis.

— Mais qui ? Où allez-vous dénicher cet oiseau rare ?

— Je te l'ai déjà dit, nous l'avons trouvé, c'est Fredy Hirsch.

Fredy Hirsch ! Un Allemand ! L'athlétique, le grand Fredy qui avait organisé le dortoir des enfants ! Je pensai d'abord que Schmulewski était devenu fou mais peu à peu je vis combien il avait raison. Hirsch avait gagné le respect de tous. Allemand oui mais un juif allemand. Complètement intégré à son pays d'adoption, il avait souffert avec ses habitants. Il était prêt à mourir avec eux. Je savais qu'il se battrait avec eux et pour eux.

— Voici ce que tu dois faire. Retourne et convoque immédiatement une réunion des clandestins du premier groupe, le groupe de septembre qui est pour le moment le seul en cause. Dis-leur tout ce que je viens de te dire. Dis-leur que nous nous battrons s'ils se battent mais qu'ils doivent commencer et surtout bien commencer. Ensuite appelle Fredy et dis lui le rôle que nous lui demandons de jouer. D'accord ?

— D'accord.

— Bonne chance.

— Merci.

Je retournai au camp avec le pain, quelques citrons et deux oignons que j'avais réussi à chaparder. Dès que j'arrivai, je fis passer les ordres de Schmulewski par Héléna et j'allai attendre dans ma chambre, la chambre où quelques heures auparavant Alice et moi avions fait l'amour.

Les clandestins du camp des familles arrivèrent un par un et s'assirent par terre, je n'avais que deux chaises. Je me mis sur le lit, Alice près de moi, son bras autour de mes épaules. Ils sortirent des cigarettes, ou en roulèrent et pendant ce temps je les comptai. Exactement seize et plus de filles que de garçons.

J'essayai de les imaginer comme une armée en lutte, mettant le feu aux poudres et embrasant le camp, ce n'était pas facile. Ils étaient jeunes, braves, dévoués mais ce n'était que des enfants pas encore endurcis par la vie, les difficultés ou la haine. Je me demandais quelle dose de courage il leur faudrait pour contrebalancer leur innocence, pour qu'ils aient une chance au milieu d'un massacre.

Crûment, sans prendre de gants, je leur fis part de la situation. En parlant, j'étudiai leurs visages et quand j'eus fini, j'étais sûr que leur cœur était assez grand pour accepter la sale besogne qui les attendait, car ils étaient calmes et sans crainte peut-être parce qu'il leur restait à affronter la réalité de la mort.

Héléna dit :

— Je vais chercher Fredy Hirsch.

Elle revint avec lui quelques minutes plus tard et on nous laissa seuls. Je regardais ce jeune Allemand costaud, ce visage ouvert qui m'interrogeait et je savais qu'il ferait selon sa conscience même si cela signifiait la mort. Une fois de plus, je répétai le message de Schmulewski. Son expression ne changea pas, il resta silencieux jusqu'à ce que je lui dise :

— Fredy, tu es le seul à pouvoir le faire. Le seul qu'ils suivront.

— Mais Rudi, murmura-t-il, et les enfants ?

Je craignais cette question depuis le début. Je savais combien il aimait ces gosses, combien eux l'aimaient aussi. Il était leur second père, l'axe autour duquel tournaient leurs jeunes existences.

— Fredy, les enfants vont mourir c'est sûr. Tu dois le croire. Des dizaines de milliers d'enfants sont déjà morts avant. Nous avons une chance d'y mettre fin. Détruire ce camp pour qu'aucun autre enfant n'y soit jamais plus gazé. Dis-toi que quelques centaines mourront aujourd'hui parce que personne ne peut les sauver mais que des dizaines de milliers d'autres vivront.

Son visage était pâle et tendu, sa main tremblait en allumant une cigarette.

— Comment pourrais-je les abandonner Rudi ? Comment pourrais-je me battre pour sauver ma peau et les laisser massacrer ? Ne comprends-tu pas qu'ils me font confiance, qu'ils ont besoin de moi !

— Ils sont condamnés Fredy. Tu ne peux pas les sauver. Pense aux autres. Pense aux milliers d'enfants dans toute l'Europe. Des enfants qui vivent avec leurs parents et qui viendront brûler à Auschwitz si nous n'agissons pas maintenant.

Ses yeux reflétaient une intense détresse, la détresse d'un homme encore trop civilisé et qu'Auschwitz n'avait pas encore réussi à endurcir suffisamment pour prendre une telle décision.

— Donne-moi une heure Rudi. Donne-moi une heure pour y réfléchir.

Il était 11 heures, le gazage ne commencerait sans doute que tard dans l'après-midi. Je dis à Fredy :

— D'accord mais rappelle-toi, tu n'as qu'une façon d'aider les autres.

Alice attendait dehors. Je lui racontai ce qui s'était passé et elle me demanda :

— Rudi, es-tu sûr ? Schmulewski est-il sûr ? Cela semble si impossible.

— Je suis sûr, je connais les SS, ils n'ont pas d'autre façon d'agir.

— Mais les enfants, sûrement pas les enfants !

— Les enfants aussi. Mais parlons d'autre chose.

On parla d'autre chose. D'un avenir qui ne connaissait pas de barbelés. D'un monde sans fusils. D'une maison ordinaire dans une rue ordinaire avec un épicier au coin de la rue. De quatre murs solides entourant une chambre, une cuisine, d'un feu dansant dans la cheminée le soir. De la paix que j'avais pour ainsi dire oubliée dont elle ne pouvait admettre la disparition. Des mots splendides. Des mots vides. Des mots mensongers car nous nous mentions l'un à l'autre pour essayer de nous aider. Et nous nous mentions à nous-mêmes.

Puis ce fut midi. Je retournai au baraquement pour demander sa décision à Fredy Hirsch, pour savoir si nos plans prendraient forme. Il était inanimé, étendu sur le lit.

Je courus à lui. Il respirait lourdement. Son visage était bleu. De la mousse pendait de ses lèvres et je vis tous les signes d'un empoisonnement.

Je sortis comme un fou du baraquement et me mis à la recherche d'un médecin-détenu. Je tombai sur deux d'entre eux et ils revinrent avec moi vers l'homme qui devait vivre à tout prix. Sa respiration était encore plus oppressée, désespérée.

Sans un mot, ils l'examinèrent tandis que j'attendais impuissant dans l'ombre. Finalement, ils se tournèrent vers moi, le visage fermé. Le plus âgé des deux me dit :

— Je peux le sauver Rudi.

— Dieu merci !

— Mais ça prendra du temps. Il ne sera pas sur pied avant quinze jours.

— Ça ne sert à rien hurlai-je, il doit mourir aujourd'hui de toute façon. Ils vont tous mourir. Il est le seul à pouvoir les sauver. Il est le seul à pouvoir les pousser à se battre !

Les deux médecins se regardèrent. Puis le plus âgé dit lentement :

— Si c'est vrai, laisse-le mourir maintenant. C'est ce que nous pouvons faire de mieux, de plus gentil puisque nous ne pouvons rien faire d'autre.

Je regardais Fredy Hirsch, l'Allemand au grand cœur, qui ne pouvait pas supporter de voir les petits enfants souffrir et je compris que je lui avais demandé de faire quelque chose au-dessus de ses forces. Pourtant tout espoir n'était pas perdu. Il y avait encore du temps. Schmulewski trouverait quelque chose, un autre dirigeant, un autre homme de confiance. Je ressortis en courant du baraquement et je m'arrêtai net.

Le camp A était entouré de SS. Nous étions isolés.

J'allai aux barbelés qui nous séparaient du camp B où le deuxième groupe de familles tchèques vivait encore et appelai Hugo Lenk, l'un des dirigeants clandestins.

— Hirsch est mort, pour l'amour du ciel fais parvenir le message à Schmulewski !

— Comment diable pourrais-je, Rudi, on est complètement isolé.

— Essaie, je t'en prie, essaie ! Je ne peux pas donner d'ordre moi-même. Je ne peux pas leur dire de se battre sans Hirsch. Seul Schmulewski peut le faire.

— Bon, je vais essayer, je ferai de mon mieux mais ce sera très difficile.

Je savais bien sûr que ça allait être plus que difficile mais j'en étais à demander des miracles. La responsabilité de la situation m'écrasait et tout à coup je me sentis fatigué, lessivé, découragé. Inconsolable, je me traînai vers le baraquement où je trouvai Alice, Héléna et Véra.

Alice me prit dans ses bras immédiatement :

— Qu'as-tu Rudi, tu es malade chéri ? qu'est-il arrivé ?

— Hirsch est mort. Il ne peut pas y avoir de soulèvement.

— Pourquoi pas ? On peut le faire sans lui. Donne-nous des ordres et nous nous battrons.

Je m'attendais à cela. Comment auraient-elles pu savoir ce qui était en jeu ? Elles ne comprenaient pas comment travaillait la résistance. Elles ne savaient rien de sa discipline de fer, de la façon froide, impersonnelle et logique d'aborder les problèmes.

— Je ne peux pas donner d'ordre, je ne suis qu'un sous-fifre dans l'organisation. Je n'ai pas le droit de prendre des responsabilités sans l'autorisation des dirigeants.

— Mais nous devons nous battre, dit Véra, désespérément. Nous ne pouvons pas mourir comme des chiens. Mettons le feu aux baraquements, n'importe quoi plutôt que rien.

Héléna la regarda d'un air désapprobateur puis me demanda :

— As-tu d'autres messages de Schmulewski Rudi ? Aucun ordre du tout ?

— Je n'ai rien, rien.

Elle se retourna vers sa sœur et lui dit :

— Ne sois pas idiote Véra. Nous ne voulons rien faire qui

puisse mettre la vie des autres en danger. Nous devons attendre des ordres.

Je la regardai avec gratitude. Elle au moins comprenait.

Le temps passa ensuite très vite. J'essayai toutes les fissures possibles et imaginables autour de notre section. Je dis aux SS que je devais aller au camp D porter des documents importants. Ils secouèrent la tête en refusant. J'eus même un moment l'idée de leur dire que je devais sortir le corps du pauvre Fredy Hirsch hors du camp, mais je savais que cela n'avait aucun sens. Je pris encore contact avec Hugo Lenk, dans l'espoir insensé qu'il avait réussi à passer un message mais il hocha la tête tristement en disant non.

Nous étions pris au piège. Je savais maintenant que ce n'était plus qu'une question d'heures, et que seul un miracle pouvait encore changer la suite des événements. Comme un automate, je retournai au baraquement vers Alice, Héléna et Véra.

Je ne me souviens pas combien de temps nous sommes restés là, ni ce que nous nous sommes dit mais jamais je n'oublierai le bruit que firent, en arrivant dans le camp, une douzaine, deux douzaines, quarante, cinquante, soixante camions, je ne sus jamais combien.

On se dirigea vers la porte mais trop tard. Un groupe de kapos, d'étranges kapos envahirent le baraquement, matraques en mouvement :

— Dehors, ouste, dehors, hurlèrent-ils, Raus... ! Raus... ! Raus... !

Les matraques se levaient et retombaient. Les gémissements des femmes se heurtaient aux cris terrifiés des enfants. Alice se jeta dans mes bras et pendant que je la serrais contre moi, les kapos poussaient à coups de poing, à coups de pied, à coups de gueule le troupeau vers les camions. Ils grouillaient autour de nous, nous ignorant momentanément, car d'après mes vêtements ils voyaient que j'étais l'un des leurs mais je savais que ce n'était qu'une protection provisoire. C'était, je le savais si bien, la fin.

Un enfant ensanglanté tomba à mes pieds. La mère releva son corps, et fut projetée dehors d'un coup de matraque dans le dos. Le visage d'Alice était tout contre le mien et elle me chuchota dans l'oreille :

— Nous nous retrouverons chéri, nous nous retrouverons et ce sera merveilleux. Mais si cela n'était pas... c'était merveilleux.

Un kapo buta contre nous, nous poussa et se mit à gueuler :

— Séparez-vous, ce n'est pas le moment de flirter. Emmène la garce aux camions.

Nous nous tenions toujours enlacés, lèvres jointes, les doigts désespérément entremêlés.

— Allons, dépêche-toi, salaud, lâche cette fille ou monte avec elle dans le camion.

Alice l'entendit. Elle relâcha son étreinte. Son visage était tout blanc, sans larmes :

— Va chéri, va maintenant.

Puis elle partit en courant vers un camion. Je la vis trébucher sous un coup, se redresser et disparaître.

Je la suivis mais je ne la vis plus. Le baraquement était complètement entouré par les kapos et les SS, mitraillettes en position. Si je restais à l'intérieur de ce cercle, je savais que je serais aussi jeté dans les camions, culotte de cheval ou pas. Si je me mettais à courir, je serais immédiatement abattu.

Je pris une cigarette dans ma poche, l'allumai et me dirigeai vers un kapo que je connaissais. Je lui fis un brin de conversation mais il ne m'écoutait pas. Puis, cigarette à la bouche, mains dans les poches, j'allai vers le cordon de SS :

— Halte !

Une mitraillette se planta sur mon ventre.

— Je suis le secrétaire du block 14. On m'a ordonné de me rendre immédiatement chez le chef de block.

— Bon, mais fais vite.

Il fit avec son arme signe de me laisser passer et je m'éloignai rapidement du baraquement, de la folie, d'Alice.

Je restai là devant la porte du block 14 et regardai. Un secrétaire que je connaissais me dit :

— Quel fou ! Tu étais à deux doigts de finir dans les fours.

Je ne lui répondis pas. Je l'entendais à peine. Les camions recommencèrent à tousser et se dirigèrent vers le portail comme une division motorisée. Le bruit des moteurs semblait inonder le camp et noyer mes oreilles.

Et soudain au-dessus de ces sons durs, rauques, nous parvint une musique très douce, un millier de femmes chantaient. Elles chantaient l'hymne national tchèque « Où est ma patrie » (Kde Domov Myj). Il s'estompa au fur et à mesure que les camions disparaissaient.

De nouvelles voix reprirent alors un nouveau chant avec la même inspiration. C'était cette fois l'hymne national juif « L'Espoir » (la Hatikvah).

Pendant des heures je restai devant le baraquement, bien longtemps après le départ du dernier camion et la disparition de l'odeur des gaz d'échappement. Je restai là, torturé, jusqu'à ce que je voie un nuage noir se mélanger à l'énorme flamme jaune qui s'élevait du crématoire.

Puis, je retournai dans ma chambre, vers mon lit où vingt-quatre heures auparavant j'avais été si heureux. Je m'y étendis mais je ne dormis pas.

Filip Müller avait travaillé toute la nuit. Son visage était sale, ses yeux fatigués. Avec une indifférence feinte, je lui demandai :

— Comment ça s'est passé ?

— Calmement Rudi, très calmement. Ils ont chanté les hymnes thèque et juif sans arrêt puis ils sont entrés dans les chambres à gaz.

— Pas de résistance ?

— Nous l'attendions mais elle n'est pas venue. S'ils avaient commencé à se battre, nous nous serions joints à eux. Sans doute ont-ils pensé aux enfants.

— Aucune révolte alors ?

— Rien de bien spectaculaire. Trois jeunes femmes se sont débattues. Il a fallu les pousser à l'intérieur à coups de matraque. C'est tout, juste trois jeunes femmes.

Je me demandais lesquelles mais je ne posai pas d'autres questions à Filip.

XIV

Hormis le fait que je n'avais nullement l'autorité requise pour appeler les Tchèques à se soulever, il y avait une autre raison qui me forçait à garder le silence. Mes propres plans d'évasion étaient prêts. Il était devenu impératif que quelqu'un s'évadât d'Auschwitz pour avertir le monde que l'usine à exterminer venait d'être équipée pour commettre le plus grand massacre de sa déjà longue histoire sanglante.

Les tout premiers signes de l'horreur à venir se manifestèrent quand en janvier 1944 la nouvelle voie ferrée fut mise en construction le long de la large route entre Birkenau 1 et Birkenau 2. Des détenus y trimaient jour et nuit, sous la lumière des projecteurs nécessaire et chaque matin on pouvait voir les voies avancer de quelques mètres vers l'objectif qui visiblement était les chambres à gaz et le crématoire.

Il semblait que la rampe allait tomber en désuétude, ce qui se préparait dépassait les possibilités des camions. Il ne serait plus question semblait-il, de sélection, de récupérer les jeunes et les robustes, plus rien qu'une voie unique vers la mort.

J'en parlai avec Filip Müller et il put me donner de plus amples informations. Les anciennes fosses où l'on brûlait les corps avant la construction des crématoires étaient remises en état. On en creusait de nouvelles. Même la capacité d'Auschwitz, la plus grande usine à tuer dans toute l'histoire du monde, allait être tirée au-delà de ses propres limites.

On estimait que les nazis se préparaient à exterminer au moins un million de personnes. On se demandait dans quel pays il pouvait encore rester autant de juifs, et ce n'est que peu à peu, au fur et à mesure que des indices nous parvenaient, que nous sûmes qui était destiné à pulvériser les records.

Les Hongrois, que la plupart d'entre nous croyaient relativement à l'abri.

Après tout, la Hongrie n'était-elle pas un État indépendant et les juifs n'y avaient-ils pas toujours joué un rôle important ? Il semblait inconcevable qu'une nation où les juifs étaient si intimement imbriqués dans toutes les activités du pays, ne bougerait pas et assisterait silencieusement à leur destruction.

Puis subitement tout devint clair. Par les journaux allemands, interdits bien sûr aux détenus mais que nous autres les vétérans réussissions à nous procurer, on apprit qu'il y avait des remous en Hongrie. Ensuite nous parvint la nouvelle relatant l'entrée des troupes allemandes dans ce pays pour « restaurer l'ordre » suivie d'un fait nouveau proprement incroyable et ridicule. Szalasi avait été nommé Premier ministre. Szalasi, le petit joujou nazi qui avait été un objet de risée dans tout le pays tout au long de sa pitoyable existence !

Horthy restait chef de l'État mais n'était guère plus qu'une marionnette. Tout comme Szalasi, bien sûr, lui aussi n'était qu'une marionnette mais complètement à la solde des nazis, sa présence, à quelque échelon que ce soit d'ailleurs, apportait la preuve absolue que les nazis de Berlin détenaient seuls dorénavant tout le pouvoir.

C'est ainsi que nous autres à Auschwitz, dans le coin le plus isolé d'Europe, nous apprîmes un secret qui n'était partagé que par la hiérarchie à Berlin. En réalité il fallut un peu de temps avant que la vérité ne parvienne jusqu'à nous et finalement tous nos doutes furent balayés par les SS eux-mêmes qui travaillaient en contact étroit avec le Sonderkommando dans les chambres à gaz et les crématoires. Les confirmations qui nous manquaient encore venaient de leurs plaisanteries alors qu'ils parlaient entre eux du salami hongrois qui bientôt serait disponible par tonne.

Je sus que le moment était venu. Depuis deux ans je pensais à m'évader d'abord par un réflexe égoïste pour retrouver au plus vite la liberté, puis d'une façon plus pressante, plus objective, pour aller dire au monde ce qui se passait à Auschwitz, maintenant j'avais une raison impérative, urgente. Il n'était plus seulement question d'informer sur les crimes mais d'essayer d'en empêcher d'autres, d'avertir les Hongrois, de soulever une armée forte d'un million d'individus qui se préparerait à combattre plutôt que de mourir.

Je ne sous-estimais pas les difficultés qui m'attendaient. Auschwitz était le camp le mieux gardé d'Europe, un secret que les nazis étaient bien décidés à ne pas laisser révéler, car si jamais un murmure s'en échappait, le mouton ne se laisserait plus conduire si tranquillement à l'abattoir.

Je n'avais pas non plus d'illusions sur le sort qui attendait les candidats à l'évasion une fois repris par les SS. J'en avais été brutalement instruit seulement sept jours après mon arrivée au camp.

Nous avions fini de travailler et nous retournions vers notre block pour l'appel du soir. Quand pour une raison que nous ne comprenions pas, le rituel changea et on se retrouva alignés avec des milliers d'autres détenus devant la cuisine, un immense bâtiment sur le toit duquel on pouvait lire en lettres hautes d'environ trois mètres ce superbe dicton :

« Honnêteté, propreté, amour du travail et amour de la patrie sont les fondements de la liberté. »

Cette noble phrase ne nous faisait aucun effet en ce beau soir d'été !

Nos yeux, nos pensées ne pouvaient se détacher des deux potences mobiles dressées devant nous sur un terrain vide, et de l'énorme déploiement de SS armés jusqu'aux dents qui nous entouraient. Il y en avait sur quatre ou cinq rangs, assez pour nous faucher tous en quelques minutes, ce qui ne nous étonnait pas outre mesure mais nous étions intrigués par autre chose, une rangée de SS armes en bandoulière.

Cette rangée disposait de grands tambours militaires, ajoutant une note bouffonne à une scène autrement inquiétante.

L'appel avait toujours lieu en présence d'officiers SS, mais cette fois nous avions droit à la grande parade des chefs. Il y avait le ban et l'arrière-ban. Le commandant Rudolf Hoess [1] en personne, taillé d'une pièce, vigoureux, impeccable. Son assistant le commandant Hans Aumeier [2], silhouette bien proprette d'un mètre soixante, qui battait le double record d'être le plus petit et le plus féroce officier d'Auschwitz.

C'était impressionnant et effrayant. Pourtant nous les détenus n'avions pas la moindre idée de ce qui allait se passer jusqu'à ce que l'Oberscharführer Jakob Fries, qui possédait la voix la plus tonitruante du camp, s'avançât pour nous faire un petit discours.

— Deux prisonniers polonais, hurla-t-il si fort que le camp entier résonna, ont été surpris en train de préparer leur évasion. Preuve évidente de leurs intentions, ils portaient des vêtements civils sous leurs vestes. Voilà une chose que l'administration ne tolérera pas. Tout homme découvert en train de préparer une évasion sera puni de mort, tué sur la potence, comme nous allons le faire présentement pour ces deux prisonniers. Que cela vous serve de leçon. Les règlements doivent être suivis à la lettre.

Josef Erdelyi, près de moi, chuchota :

— C'est du bluff. Il essaie de nous faire peur. Je parie qu'on va les pendre par les poignets pendant une demi-heure et ce sera tout.

Il n'eut pas le temps d'en dire davantage. Une autre colonne de SS arriva, encadrant deux prisonniers d'une maigreur incroyable, pieds nus et qui tant bien que mal arrivaient à

1. et 2. Hoess et Aumeier furent pendus à leurs propres potences d'Auschwitz en exécution du jugement du 4 avril 1947 (N.d.T.).

garder la tête haute, dès qu'ils furent à notre hauteur les deux douzaines de grosses caisses se mirent à battre de plus en plus fort jusqu'à étouffer tout autre bruit dans le camp, nous assourdissant, noyant la moindre parole et chassant toute pensée personnelle de nos cerveaux.

Les potences n'étaient qu'à quinze mètres de moi. Je vis les deux prisonniers monter sur les estrades. Le bourreau, un kapo, se dirigea vivement vers le premier, lui attacha les chevilles et les cuisses, ses mains avaient déjà été ligotées dans le dos, une seconde après le nœud coulant était passé autour de son cou.

L'homme ne montrait aucune émotion, aucun signe de peur, de tristesse ou de panique. Près de lui son camarade parlait en s'adressant à nous tous, mais le fracas des grosses caisses, comme prévu, recouvrait complètement ses paroles. Il se rendait bien compte que nous ne pouvions l'entendre, mais il continua de parler même quand on lui glissa la corde autour du cou.

Le kapo travaillait à toute vitesse tant il haïssait ce qu'il faisait. Il courut derrière la première potence, actionna un levier. L'estrade s'ouvrit avec un bruit violent et à notre grande horreur nous vîmes le détenu ne chuter que de quinze centimètres. Il était hors de question que son cou cassât net, ni que la mort fût instantanée. Il était tout bonnement étranglé le plus lentement possible. Je voyais sa poitrine se soulever de plus en plus vite tandis que ses poumons cherchaient l'air désespérément. Puis son corps se contracta, ses jambes se relevèrent lentement jusqu'à ce qu'elles fussent parallèles au sol et aussi lentement, retombèrent. Ce mouvement se renouvela plusieurs fois, le faisant tournoyer doucement devant nous. Un autre fracas plus fort que le tonnerre des grosses caisses se fit entendre, et le discours du deuxième détenu s'acheva.

Il eut la même réaction : le rapide halètement des poumons, la lente gymnastique des jambes, la rotation du corps. Cela dura trois minutes, puis ce fut fini. Les poumons étaient vides, les jambes toutes droites, seule une brise légère les faisait bouger.

Tout à coup, les grosses caisses s'arrêtèrent et le silence envahit l'espace, bientôt rempli par le bourdonnement de milliers de chuchotements jusqu'à ce que Jakob Fries beugle :

— Personne ne bouge ! Vous restez là une heure !

Le commandant Hoess et le commandant Aumeier rentrèrent chez eux, ils avaient eu une journée bien fatigante. Les SS, les grosses caisses, les armes et tout le tremblement partirent en bon ordre, au pas. On resta là, regardant le soleil se coucher derrière la cuisine, les ombres longues des potences s'allonger vers nous sur la place de parade, les corps des deux hommes qui avaient porté des chemises civiles se balancer tout doucement. C'était le crépuscule et les mots sur le toit n'étaient presque plus visibles.

« *Honnêteté, propreté, amour du travail et amour de la patrie sont les fondements de la liberté.* »

— Rudi, murmura Josef Erdelyi à côté de moi, tu te souviens de la page 3 de notre livre d'histoire à l'école ? L'image qui montrait le soulèvement des serfs et leur pendaison ?

— Bien sûr !

— Les temps n'ont guère changé depuis, tu ne trouves pas ?

En vérité, il avait tort, mais nous ne le savions pas alors. Les temps changeaient. La mort se mécanisait. Les fours crématoires étaient en train de s'élever à Birkenau. Les exterminations massives étaient en marche.

Et ces victimes montrées avec tant de précision dans mon livre d'histoire n'avaient pas non plus la liste de leurs crimes inscrite sur la poitrine. A Auschwitz on raffinait. Après une heure de pénitence pour les péchés de nos camarades, on nous donna la permission de nous déplacer librement dans le camp. Je passai près des corps. Leurs langues pendaient d'une façon grotesque et pourtant leurs visages étaient étrangement apaisés. Je les contemplai un instant et je pus lire, comme j'y étais invité, les confessions épinglées sur leurs vestes zébrées.

Des phrases simples, frappantes, on pouvait lire : « Parce que nous avons essayé de nous évader... »

C'était de la psychologie simpliste mais je ne le remarquai pas ; je dois dire que je n'avais pas alors dix-huit ans et j'étais bien naïf. Je me souviens avoir pensé : Quand je sortirai d'ici et que je le raconterai à tout le monde, on ne me croira pas.

Je me mis immédiatement à étudier l'agencement du camp, à chercher les failles dans son système de défense et ce que j'observai ne me réjouit guère. Le camp de base d'Auschwitz — j'appris plus tard qu'un système identique s'appliquait aussi à Birkenau — était divisé en un camp extérieur où nous allions travailler et en un camp intérieur où nous venions dormir.

Le camp intérieur à Birkenau était protégé par un fossé de six mètres de large et cinq mètres de profondeur rempli d'eau. Ensuite il y avait deux rangées de barbelés électrifiés sous haute tension d'une hauteur de cinq mètres. Des lampes à arc éclairaient le camp intérieur toute la nuit et des SS avec des mitraillettes surveillaient du haut des miradors. Le matin les gardes se retiraient après notre départ au travail et d'autres gardes venaient immédiatement occuper les miradors du périmètre extérieur, d'une longueur d'environ sept kilomètres. Les abords de ce périmètre étaient désertiques et aucun détenu ne pouvait le traverser en plein jour sans être immédiatement pris sous le feu croisé des miradors.

Si un détenu réussissait à se glisser à travers ce filet, s'il était porté manquant dans le camp intérieur la nuit, les miradors extérieurs étaient immédiatement occupés et mis en activité, des renforts — trois mille hommes et deux cents chiens — appelés pour boucler tout le territoire. Cet imposant dispositif restait en service trois jours et trois nuits durant lesquels les troupes et les chiens passaient le camp au peigne fin. Si le détenu n'avait pas été repris au bout de ce laps de temps, on supposait qu'il avait franchi les limites du camp et d'autres SS étaient déjà à sa recherche à l'extérieur. La garde était alors renvoyée et l'affaire remise entre les mains des autorités en dehors d'Auschwitz.

Je voyais clairement que si on pouvait rester caché entre les deux périmètres trois jours et trois nuits, on avait une sérieuse chance de réussir. Ce qui me paraissait moins évident, c'était comment y parvenir. Je commençais alors ce qui devait être ma première étude scientifique : la technique de l'évasion.

Je me mis à étudier toutes les tentatives ratées, à analyser les erreurs et à trouver des correctifs. C'était un processus lent, assommant mais qui finalement me conduisit à la réussite. Pourtant je dois dire que je ne m'en serais pas si bien sorti sans cet ami qui mit à ma disposition sa vaste expérience et me sauva ainsi la vie une bonne dizaine de fois.

Dmitri Volkov, de Zaporoje sur le Don, était un de ces cent Russes que nous appelions nos « prisonniers de guerre d'occasion ». Ils avaient tous été capturés sur le front de l'est, envoyés dans des camps de prisonniers de guerre ordinaires et transférés à Auschwitz pour n'avoir pas suivi aveuglément les règlements : tentatives d'évasion, vols de pain, etc. Ils furent envoyés à Birkenau au camp A encore revêtus de leur vieil uniforme militaire et j'avais beaucoup affaire à eux, surtout en tant que secrétaire et aussi parce que je parlais assez bien le russe.

J'appris à très bien connaître Dmitri Volkov mais cela me prit beaucoup de temps. C'était un homme d'une stature impressionnante, un cosaque aux yeux sombres enfoncés dans les orbites, cheveux noirs, pommettes saillantes, visiblement intelligent et apparemment sans grade. Je m'exerçais à parler russe avec lui et en échange je lui donnais mon pain et ma ration de margarine que je m'étais promis de ne jamais manger tant que j'aurais d'autres sources d'approvisionnement.

Il fut au début extrêmement réservé avec moi. Il me remerciait courtoisement pour la nourriture et la partageait méticuleusement en quatre parts égales avec ses amis, qui comme lui, mouraient de faim. Ce n'est que plus tard que les SS leur donnèrent du travail aux cuisines, non pas par pitié pour leurs ventres vides mais parce qu'ils avaient appris qu'à Moscou, on tenait un compte précis de tous les prisonniers de guerre et comme la plupart de ceux qui étaient passés à Auschwitz y étaient morts, il devenait urgent d'en garder en vie quelques-uns comme monnaie d'échange. Dmitri et ses camarades étaient en fait une assurance prise par les SS, mais personnellement je ne crois pas que je m'y serais fié.

Cela, cependant, ne faisait pas partie de nos sujets de conversation, Dmitri était très réticent sur son passé et sur la politique dans le camp. Au lieu de cela, nous parlions littérature russe, de Dostoïevski ou de Tolstoï. Quand on se connut mieux, on s'attaqua aux grands écrivains soviétiques, Maïakovski, Block, Gorki, Cholokhov, Ehrenbourg, même Zoschenko, l'humoriste qui n'avait pas eu l'heur de plaire au régime à force d'être un petit peu trop satirique.

Tout cela était d'un niveau assez élevé, aussi je fus très surpris quand un beau jour Dmitri me dit :

— Rudi, il m'a fallu du temps pour te comprendre. La première fois que tu m'as donné ton pain, j'ai trouvé ça un peu suspect. La sixième fois j'étais à peu près sûr que tu étais un mouton nazi. Maintenant je sais que je peux te faire confiance car aucun nazi ne peut apprécier les écrivains russes comme tu le fais. Alors pour changer, parlons ouvertement. Comme tu l'as sans doute deviné je ne suis pas un soldat de deuxième classe, je suis capitaine. J'ai réussi à le cacher depuis ma capture car, comme tu le sais, tous les officiers russes sont immédiatement exécutés par les Allemands.

Avec cette simple phrase, il mettait sa vie entre mes mains. C'était un homme qui dès qu'il vous avait jugé vous faisait entièrement confiance. C'est ainsi que les jours qui suivirent il me raconta sa stupéfiante existence depuis qu'il avait été fait prisonnier.

Il avait été dans plusieurs camps de concentration avant

d'arriver à Sachsenhausen près de Berlin. C'était un camp bien organisé dont il était aussi difficile de s'évader que d'Auschwitz. Pourtant Dmitri Volkov avait réussi cet exploit. De plus, il avait parcouru des milliers de kilomètres en territoire ennemi avant de pénétrer en Russie et d'atteindre les rives du Dniepr près de Kiev, toujours occupée par les Allemands.

Il savait qu'il ne pouvait emprunter le pont qui enjambait le fleuve, celui-ci étant soumis à d'incessantes patrouilles. Il n'y avait pas d'autre solution que de nager en pleine nuit jusqu'à la rive lointaine qu'il ne pouvait même pas voir.

Il accomplit ce tour de force et dans sa joie exubérante, il commit sa première et dernière faute. Il se sentait si léger d'être à nouveau sur la terre ferme qu'il se mit à gambader dans les buissons comme une gazelle et se trouva nez à nez avec le canon d'un revolver allemand.

— C'était la faute à pas de chance, Rudi, le pauvre type n'était même pas de service. Il était dans les buissons avec une belle et il m'a pris pour un voyeur ! Enfin, cela me servira de leçon pour la prochaine fois !

« Et maintenant, je vais te donner quelques conseils car je sais que tu n'es pas du genre à aller finir aux chambres à gaz. Tu es comme moi. Tu t'évaderas ou tu mourras en combattant.

« Leçon n° 1 : Ne fais confiance à personne. Par exemple ne me dis pas quand ni comment tu vas t'évader. J'ai aussi mes plans mais je ne t'en dirai rien. Dès que l'on signalera ton évasion, ils viendront me trouver, ils t'ont vu me donner du pain. Et qui sait, sous la torture je pourrais parler. Je ne le crois pas mais c'est une possibilité avec laquelle il faut compter, personne ne sait exactement ce qu'il est capable de supporter.

« Leçon n° 2 : N'aie pas peur des Allemands. Il y en a beaucoup mais chacun pris à part est tout petit. Ici à Auschwitz, ils essaient de te briser, corps et âme. Ils essaient de te convaincre qu'ils sont des surhommes invincibles, mais je sais moi qu'ils peuvent mourir aussi vite que n'importe qui, j'en ai tué suffisamment en mon temps pour le savoir.

« Leçon n° 3 : Une fois dehors, ne fais pas confiance à tes jambes, une balle courra toujours plus vite que toi. Ne leur donne pas l'occasion de tirer. Sois invisible. Ne te déplace jamais le jour, c'est le moment de te reposer. Et assure-toi d'avoir trouvé un endroit avant qu'il ne fasse jour, pour dormir à l'abri des regards.

« Leçon n° 4 : N'emporte pas d'argent. Je sais que tu peux en avoir tant que tu veux au Sonderkommando, n'y touche à aucun prix. Si tu es affamé, tu seras tenté d'acheter à manger. Si tu n'as pas d'argent tu ne peux pas. Vis de l'habitant, vole dans les champs et dans les fermes les plus isolées et évite les gens.

« Leçon n° 5 : Voyage avec trois fois rien. Tu auras besoin d'un couteau et d'une lame de rasoir. Le couteau pour chasser ou pour te défendre. La lame de rasoir si jamais on est sur le point de te reprendre, ne les laisse pas te prendre vivant.

« Tu auras besoin d'allumettes pour faire cuire ce que tu auras volé. Tu auras besoin de sel parce qu'avec du sel et des patates tu peux tenir des mois. Tu auras besoin d'une montre pour calculer tes étapes, t'assurer de ne pas être surpris par le lever du jour. Enfin elle peut te servir de boussole. »

Il m'apprit à le faire. En un mot il établit pour moi le manuel du parfait évadé. Il m'expliqua, par exemple, comment je pouvais tromper les chiens policiers en portant sur moi du tabac russe préalablement trempé dans de l'essence et ensuite séché.

— L'odeur les chasse. Souviens-toi, uniquement du tabac russe, insista-t-il, ce n'est pas du patriotisme. Je ne sais qu'une chose ça ne marche qu'avec de la « machorka » [1].

Il me recommanda de ne jamais porter de viande pendant l'évasion, si je ne voulais pas attirer les chiens et le dernier conseil qu'il me donna fut sans doute le plus pertinent.

---

1. Tabac russe.

— N'oublie jamais que le combat ne fait que commencer une fois hors du camp. Reste sur tes gardes aussi longtemps que tu te trouves en territoire ennemi. Ne deviens jamais ivre de liberté, comme je l'ai été près de Kiev, on ne sait jamais qui est couché dans les buissons !

Ce fut une longue instruction étalée sur plusieurs jours et dès qu'elle fut terminée on ne se parla plus du tout, les derniers mots de Dmitri Volkov ayant été :

— Il serait plus sage de ne plus nous rencontrer, on nous a assez vu discuter ensemble et moi aussi j'ai l'intention de me sauver. Adieu, Rudi, bonne chance. Peut-être qu'on se reverra un jour, ailleurs !

A ce jour, nous ne nous sommes jamais revus ; j'espère que Dmitri a survécu à Auschwitz. Si jamais il lit ce livre, j'aimerais qu'il m'écrive, j'aimerais tellement le remercier.

J'avais eu, bien sûr, d'autres instructeurs, mais peu d'entre eux ont survécu. Les erreurs mortelles qu'ils commirent me servirent de leçons. Il y eut, par exemple, Fero Langer. Le grand, fort et joyeux Fero avec qui j'avais joué à un curieux jeu de quilles pour du salami à Novaky tout au début du périple qui devait me mener à Auschwitz.

Il arriva inévitablement d'une façon théâtrale à Birkenau, car il ne pouvait rien faire comme tout le monde. Un jour de janvier 1943, Schmulewski vint me trouver et me dit :

— Trois juifs slovaques viennent d'arriver. Ils sont dans mon block, vois si tu peux les aider.

— Mais comment ? Il n'y a pas eu de convoi de Slovaquie. D'où viennent-ils ?

— C'est la Gestapo qui les a amenés. Ils ont été pris à la frontière suisse sous une pile de bois dans un train de marchandises. Quelques minutes de plus et ils étaient libres.

J'allai au block de Schmulewski et y fus accueilli par un énorme éclat de rire qui me ramena tout droit à la cellule de Novaky. Fero, avec l'air de quelqu'un qui vient passer ses vacances ici, me prit dans ses bras et s'exclama :

— Rudi, qu'entends-je ? On dit que tu fais carrière ici. Mais regardez-moi ces chaussures ! Allons, donne-les-moi, je ne peux pas me déplacer avec ces horribles choses en bois.

Fero Langer — mon père devait de l'argent à son père avant de mourir — n'avait pas du tout changé. Son humour était plus tapageur que jamais et son esprit perspicace plus rapide que l'éclair. Bien que depuis seulement quarante-huit heures à Birkenau, il avait déjà une idée assez précise de la situation.

Bientôt, il fut connu de tout le monde sous le nom de Fero le Taureau et non de Fero Langer. Il fit facilement son chemin dans la hiérarchie du camp et vite il me traita avec un air protecteur, moi un vétéran du camp.

Une fois bien installé, il organisa sa vie soigneusement et méthodiquement. On ne lui demanda jamais de faire partie du mouvement clandestin, cela lui était bien égal, il était la résistance à lui tout seul. Il entra en contact avec le Sonderkommando par exemple, et en un rien de temps il disposa d'une fortune telle que ses riches parents de Telgart, à l'est des Tatras, auraient pu paraître pauvres.

Il voyait grand en toute chose et plus encore lorsqu'il commença à faire des plans d'évasion. Comme moi, il ne pensait pas qu'à sa propre liberté. Il voulait raconter la vérité au monde mais, contrairement à moi, il décida qu'il fallait la raconter en cinq langues. Ainsi, il projeta d'emmener avec lui : un Hollandais, un Français, un Polonais et un Grec. Je ne savais pas exactement quels étaient ses projets, ni comment il comptait s'enfuir avec son équipe polyglotte ; nous ne discutions pas nos projets d'évasion, nous évitions même de prononcer le mot.

Je sentis toutefois qu'il pensait avoir fait des progrès considérables dans cette direction lorsqu'il vint me trouver un jour, le regard pétillant d'excitation et qu'il me lança négligemment :

— Je viens de rencontrer un type intéressant, un SS.

— Garde tes amis pour toi, ils ne m'intéressent que morts.

— Attends une seconde, ce gars-là est différent. Figure-toi, ce matin je partais au travail et qui me gardait, crois-tu, un vieux copain d'école ! Un gars nommé Dobrovolny. Son père est slovaque, il a même travaillé chez mon père et sa mère est allemande, ce qui fait de lui un Allemand aux yeux du Führer. Nous partagions le même pupitre et les mêmes filles. Nous avons été élevés ensemble comme des frères.

— Écoute-moi bien, Fero, tout ça c'est du passé, depuis il est devenu un salaud de SS, surtout ne l'oublie pas. Dès qu'un homme enfile cet uniforme, il se passe quelque chose, il devient une ordure.

— Ridicule ! Pas ce bon vieux Dobrovolny. Attends et tu verras !

Bientôt il me fallut admettre qu'il avait peut-être raison. Il n'était pas question pour lui et son camarade d'école de se parler au vu et au su des SS, on leur aurait vite réglé leur compte à tous les deux. Leur vieille amitié semblait reprendre là où ils l'avaient laissée quelques années auparavant à Telgart.

Fero se montrait de plus en plus organisé. Quand Dobrovolny partait chez lui en permission, il avait une lettre pour M. et Mme Langer senior. Quand il la remettait au riche propriétaire terrien, il était convenablement récompensé et ramenait une réponse à son retour. Fero non seulement recevait des lettres personnelles de chez lui mais de plus il établissait des chèques dans le camp sur des bouts de papier qui avaient la même valeur que les vrais. Il ajoutait des post-scriptum au bas de ses lettres, demandant que l'on remette au porteur de ces missives dix mille ou vingt mille couronnes. Pour M. Langer aîné, du moment qu'il avait des nouvelles de son fils, l'argent n'était pas un problème.

Inévitablement, Dobrovolny devint la clé de voûte des plans d'évasion de Fero. Je surpris certains détails un après-midi en me rendant au baraquement de Fred Wetzler pour manger un plat de pommes de terre, j'y trouvai Fero en conversation avec Fred et Rosin, le seul chef de block slovaque du camp. Ils ne m'invitèrent pas à me joindre à leur discussion mais ils ne s'arrêtèrent pas pour autant et j'écoutais tout en mangeant mes patates.

— Voici mon plan, disait Fero doucement, chaque jour un certain nombre de détenus sont emmenés au-delà du périmètre extérieur pour travailler. Ils sont très bien gardés, le SS de service doit montrer des permis spéciaux aux gardes du portail. Dobrovolny peut facilement se procurer des permis et les signer. Je peux lui donner suffisamment d'argent pour acheter un camion qu'il fera stationner à cinq ou six kilomètres d'Auschwitz. Ce qui nous reste à faire, c'est se rendre au camion, grimper dedans et se diriger vers la frontière slovaque à toute vitesse.

— Et les autres SS qu'en fais-tu ? demanda Fred.

— On les emmènera avec nous, répondit Fero en haussant les épaules, on s'en débarrassera aussitôt après. Ce n'est qu'un détail.

— Tu crois, dit Rosin lentement, tu connais le vieux proverbe hongrois Fero ? « Ne fais jamais confiance à un Allemand. »

— Ne sois pas ridicule allons, Dobrovolny n'est pas vraiment Allemand. C'est mon pote, il l'a prouvé depuis que nous nous sommes retrouvés ici à Birkenau. De plus, cette promenade va lui rapporter la coquette somme de vingt millions, ce n'est tout de même pas de la gnognote.

— Bien, dit Rosin en poussant un soupir, je t'aurais prévenu. Bonne chance tout de même.

Quelques jours plus tard, à quinze heures, un après-midi début janvier 1944, la sirène annonçant les évasions retentit. Immédiatement le camp fut plein de SS et de chiens. Je vis plusieurs kapos courir, se criant l'un à l'autre : « C'est Fero le taureau. »

Intérieurement je lui souhaitais le plus de chance possible, et me demandais où il pouvait bien se trouver. En route vers la frontière slovaque ? Se battant avec les SS en surnombre ? J'étais persuadé qu'il réussirait, car pour moi Fero Langer était bel et bien indestructible. Au fur et à mesure que l'après-midi s'avançait, je suivais son itinéraire dans ma tête, me récitant les villes traversées, les imaginant en train d'abandonner le camion pour disparaître dans les forêts slovaques.

Fero n'atteignit jamais les forêts. Il n'alla pas très loin d'Auschwitz. A 18 heures ce soir-là, on ramenait son corps ainsi que ceux de sa brigade internationale personnelle. Ils avaient été tués net, mais d'une façon peu ordinaire. Des balles dum-dum qui explosent comme des grenades les avaient déchiquetés.

Ce n'était pas par simple sadisme. Il y avait une raison. Les SS apportèrent cinq chaises et les placèrent au centre du camp D à l'endroit où tout le monde pouvait les voir en rentrant du travail. Ils ligotèrent les corps sur les chaises et posèrent sur chacun une pancarte où on pouvait lire :

— Nous sommes de retour !

La moitié du visage de Fero avait été emportée. Les autres étaient tellement mutilés qu'ils étaient méconnaissables.

Je me demandais ce qu'était devenu Dobrovolny. Je me disais qu'il était peut-être encore torturé, il aurait à souffrir bien plus que les détenus. Le lendemain matin, je découvrais que j'avais gaspillé ma sympathie pour rien.

Traversant le camp, se souriant à lui-même, je vis le vieux copain d'école de Fero Langer. Il nous fallut quelques jours pour découvrir ce qui s'était exactement passé : un cas banal de trahison.

Dès que Fero eut révélé ses plans à Dobrovolny, le SS alla tout raconter à ses supérieurs. La section politique fut ravie de délivrer les permis qui allaient leur permettre de sortir du périmètre extérieur du camp. En effet, les SS allaient tirer un bénéfice important de cette opération. Tout se passa selon les plans prévus, jusqu'à l'arrivée des cinq détenus près du camion. Alors les SS se jetèrent à terre et un feu nourri, meurtrier déchira en lambeaux nos cinq amis. Dobrovolny avait gagné ses galons de sergent et probablement les vingt millions en supplément.

La leçon à tirer de cette tentative d'évasion était contenue dans le vieux proverbe hongrois cité par Rosin : « Ne fais jamais confiance à un Allemand. » Et pourtant pour une raison que je n'arrive pas à comprendre, si j'y pense maintenant, je n'assimilai cette leçon qu'à moitié. Peu de temps après, je faillis tomber dans le même piège.

J'étais alors en termes très amicaux avec un capitaine de l'armée française, Charles Unglick. Il était né à Czestochowa en Pologne mais ses parents, juifs, avaient émigré en France où Charles avait une femme française et deux enfants. Il avait été fait prisonnier à Dunkerque et c'est à cause de son ascendance qu'il se trouvait à Auschwitz.

Je fis sa connaissance alors qu'il était chef de block dans le camp de quarantaine où j'étais secrétaire, un bandit au grand cœur, puissant dans le camp bien qu'il ne fît pas partie des clandestins. Charles Unglick pouvait être un ennemi redoutable ou un ami dévoué.

Il était d'une telle force physique que même Tyn le Singe, le chef du camp A en avait peur. Ses relations avec les détenus importants en général et avec le Sonderkommando en particulier (qui avait accès aux richesses des victimes des chambres à gaz) étaient encore plus étroites que celles de Fero Langer. Il était millionnaire même d'après les critères de Birkenau, où j'avais vu des billets de vingt dollars servir de papier hygiénique. Il utilisait sa fortune pour assurer sa puissance sur les SS par le simple moyen de la corruption.

Deux de ses plus proches associés, je ne dirai pas amis, étaient les SS Unterscharführer Buntrock et Unterscharführer Kurpanik [1], une paire d'assassins notoires. Combien de fois ne les avais-je pas vu entrer dans le camp de quarantaine, après l'appel, ivres morts et tuer pour le plaisir. Leurs mains n'étaient jamais loin de leur revolver et même sans provocation ils le sortaient et abattaient un détenu à bout portant en pleine figure.

1. Buntrock et Kurpanik furent pendus en même temps que Hoess aux potences d'Auschwitz.

Leurs façons de faire étaient très différentes avec Charles Unglick, comme j'en fus témoin un soir peu après que nous fûmes devenus amis. Nous étions assis dans sa chambre en train de bavarder quand on entendit frapper timidement à la porte, une voix chuchota :

— Tu dors, Charlot ?

Avec un mouvement d'irritation il ouvrit la porte. Dehors, aussi embarrassés que deux petits employés devant leur patron, se tenaient Buntrock et Kurpanik.

— Entrez ! gueula-t-il.

Ils le suivirent dans la pièce et Charles se laissant tomber sur sa chaise tapa dans ses mains. Aussitôt le détenu qui était son serviteur personnel apparut et le Maître lui commanda un repas.

Une nappe blanche comme neige recouvrit la table. En cinq minutes, un superbe repas de poulet froid fut servi, arrosé de deux bouteilles de Riesling yougoslave. A la fin du repas, Unglick alla vers son placard et revint avec une poignée de dollars. Il en jeta cent à Kurpanik et autant à Buntrock.

Après leur départ il cracha par terre, fit la grimace et me dit :

— Les ordures ! Mais il faut bien les chauffer, ça vaut la peine Rudi, car bientôt toi et moi allons quitter ce camp dégueulasse. Nous irons à Paris, nous ferons la noce. Je reverrai ma femme et mes gosses, même si cela doit me coûter tous les dollars-or qui traînent dans le crématoire.

A cette époque-là je ne le prenais pas très au sérieux tout en connaissant son énorme influence. Je pris l'habitude de voir Buntrock et Kurpanik venir chercher leurs dollars deux ou trois fois par semaine. Un soir je fus extrêmement surpris de trouver Unglick discutant avec un SS que je ne connaissais pas et quand je les entendis parler yiddish, langue maternelle de Unglick, je ne pus en croire mes oreilles.

Un SS parlant yiddish ! C'était incroyable mais le plus étonnant était ce qu'ils se disaient. Ils étaient en train d'organiser une évasion qui à première vue paraissait infaillible.

Le SS était, paraît-il, un Allemand devenu orphelin en Roumanie et élevé par une famille juive. Quand les Allemands occupèrent le pays, il reprit sa nationalité d'origine et s'engagea dans les SS, le yiddish, que je comprenais mais que je parlais fort mal, était sa langue maternelle.

J'écoutais attentivement, sans rien dire, la conversation très rapide qui se poursuivait tout bas. Je compris que le SS était chauffeur. Le plan d'Unglick consistait à faire entrer le camion dans le camp de quarantaine avec un chargement habituel de bois, en laissant la boîte à outils ouverte à l'arrière du camion. Nous devions sauter dedans et le SS devait la fermer à clé. Au portail, bien sûr, il serait arrêté par les gardes qui normalement fouilleraient le camion et regarderaient dans la boîte à outils, la routine quoi. Il dirait alors qu'il avait oublié la clé et que la boîte était déjà fermée à l'arrivée, ce qui suffirait sûrement à le laisser passer.

Il n'y avait qu'une chose que je n'arrivais pas à comprendre. Pourquoi ce SS-là voulait-il nous aider ? Je me doutais qu'il en attendait une récompense : yiddish ou pas, il n'allait pas risquer sa peau en mémoire de sa chère mère d'adoption de Bucarest. Cela aussi Unglick l'expliqua en termes précis :

— J'attends d'un jour à l'autre l'arrivée d'un kilo de dollars-or et de diamants. On va partager en trois et nous serons millionnaires dès que cette foutue guerre sera finie.

Le SS sourit, je souris, Unglick sourit aussi. Donnant une grande tape sur la table de sa large paume, il grogna avec délectation :

— Paris, me voilà !

Quand l'Allemand nous quitta, il me dit doucement :

— Nous y voilà Rudi. Nous serons dehors avant la fin de la semaine. Je ne sais pas quand exactement, notre ami nous préviendra.

Ce fut l'une des rares occasions où je le vis vraiment sérieux mais ça ne dura pas. La minute d'après, il s'égosillait :

— Allons, vieux ! Que dirais-tu d'un verre d'eau-de-vie ?

Il farfouilla dans son placard, en tira une bonne bouteille

de cognac français et en versa aussi libéralement que de la bière. Levant son verre, il me fit un clin d'œil et chuchota en grimaçant d'aise :

— A l'Arc de Triomphe ! A la tour Eiffel !

Il devait sûrement être très tendu mais ne le montra à aucun moment dans les jours qui suivirent. Comme d'habitude, il houspillait les détenus d'une façon joviale, bourrue mais je ne le vis jamais les frapper. Il faisait pas mal d'histoires à propos de ses vêtements. Il était de loin le plus élégant du camp, il fit un chahut de tous les diables parce que l'un des tailleurs polonais ne lui avait pas livré une veste neuve. Tous ses vêtements étaient parfaitement coupés par l'un des tailleurs les plus réputés de Varsovie : sa culotte de cheval, sa veste, ses bottes faites sur mesure avec le cuir le plus fin, ses chemises en soie. Il était particulièrement fier d'un superbe pull-over blanc qui avait été tricoté spécialement pour lui avec des fils de laine tirés d'une couverture en mohair.

Il prenait un plaisir enfantin à se voir bien vêtu et se procurait constamment de nouveaux effets. Un jour de cette fameuse semaine, je me trouvais aux latrines avec lui et vis qu'il portait une magnifique ceinture de cuir que je ne lui avais jamais vue.

— Tu as encore volé quelqu'un, Charlot ! Tu as une nouvelle ceinture ?

— Oui, elle est drôlement belle.

— Tu ne veux pas la donner à ton vieux pote Rudi, tu en as déjà des douzaines ?

— Eh bien mon cochon tout ce que tu vois, tu le veux ! Je vais te dire, tu l'auras quand je serai mort, je te la laisserai par testament.

Puis il murmura :

— Dis, je viens t'apprendre que notre voiture part dans trois jours à dix-neuf heures après l'appel. Ne sois pas en retard.

On était le 22 janvier 1944. Les trois jours qui suivirent n'en finissaient pas, pourtant le 25 janvier au soir je me retrouvais au garde-à-vous pour l'appel.

Je pouvais à peine croire que dans quelques heures je ne serais plus là, que c'était peut-être mon dernier appel devant mon block ou quelque block que ce soit.

Il était 18 h 45. J'allais et venais non loin de l'endroit où le camion devait s'arrêter, comptant les minutes, luttant contre l'excitation que je sentais monter en moi, m'efforçant de paraître calme et détendu. Je m'éloignai du lieu du rendez-vous d'une centaine de mètres, minutant soigneusement mon temps, échangeai quelques mots avec un secrétaire que je connaissais puis je revins sur mes pas.

Il était 18 h 55. Je jetai un coup d'œil vers le portail. Aucun signe du camion. Je refis une courte balade, j'avais peur à présent de trop m'éloigner.

19 heures. Pas d'Unglick ; pas de camion. J'avais les nerfs à vif mais je m'obligeais à marcher lentement, à m'écarter calmement de quelques pas seulement cette fois. Des détenus se déplaçaient autour de moi mais je les voyais à peine, déjà j'avais l'impression de ne plus être des leurs.

19 h 05, 19 h 10, ciel, quelque chose clochait. Le SS avait-il vendu la mèche ? Où diable était ce maudit camion ?

— Rudi !

Je fis un bond et me retournai. Un détenu de mon block me souriait :

— Tu es aussi nerveux qu'un chat, que se passe-t-il ? Tu vas te jeter sur les barbelés ou quoi ?

— Ne m'en veux pas, j'étais si loin d'ici, tu veux quelque chose ?

— Non, c'est le Dr Milar qui m'envoie, il te présente ses compliments et te fait dire que le dîner est servi !

Andrej Milar était à ce moment-là mon chef de block, c'était un intellectuel slovaque pour lequel j'avais beaucoup de respect. En temps normal, j'aurais été ravi de manger avec lui mais pas juste maintenant.

— Dis-lui que je n'ai pas faim, bégayai-je, je le verrai plus tard.

— On aura tout vu, dit-il en se moquant de moi, un homme

qui n'a pas faim à Auschwitz ! J'irais si j'étais toi, c'est du goulash.

Il était 19 h 15. Ou le camion avait du retard ou il ne viendrait plus. Je décidai d'aller voir Milar, d'avaler vite une assiette de soupe et de revenir. De toute façon je n'en aurais pas pour longtemps et peut-être que je ne le reverrais jamais.

Au block 7, je vis une marmite de goulash qui devait durer plusieurs jours. Il m'en servit une grande assiette et me fit la causette pendant que je l'avalais. Je lui répondais distraitement sans trop savoir ce que je disais et aussitôt que j'eus fini, je bégayai des remerciements et sortis rapidement. Un secrétaire courut vers moi :

— Unglick te cherche partout Rudi, dit-il. Il avait l'air d'avoir besoin de toi.

Mon estomac se crispa. Cette assiette de soupe m'avait coûté la liberté.

— Où est-il ? A-t-on déjà apporté le bois pour son block ?

— Il était devant le block 14. Oui, le bois est arrivé. Je les ai vus le décharger.

Je courus au block 14. Le bois était bien là mais le camion était parti, le camion qui devait me faire passer le portail dans la boîte à outils. J'allai en courant dans la chambre d'Unglick et soulevai la planche sous laquelle il avait caché les dollars-or et les diamants. Comme un fou, ma main chercha dans la poussière. Le sac qui pesait un kilo et contenait une fortune avait disparu !

J'eus envie de vomir, la désillusion me fit chanceler, oppressé je retournai chez Andrej Milar. Je ne pouvais attendre aucun réconfort de sa compagnie, il était bien un camarade slovaque, un camarade de la résistance et de plus mon chef de block, mais je ne pouvais rien lui dire de notre projet d'évasion, une loi non écrite du camp exigeait d'éviter ce sujet à tout prix.

Je réussis à cacher ma détresse ou du moins il fit comme s'il ne la voyait pas. A nouveau on parla de tout et de rien jusqu'à environ vingt heures. Nous fûmes alors interrompus. On entendit crier dehors :

— Chef de block 14 !

C'était Unglick ! Les SS le cherchaient. L'appel était relayé de block en block...

— *Chef de block 14... chef de block 14... chef de block 14...*

Je sortis rapidement, Andrej Milar me suivit. Près du portail, j'aperçus un groupe de SS et même des officiers de haut rang. Le Sturmbannführer Schwarzhuber, l'assistant de Hoess à Birkenau rival d'Aumeier était là, preuve certaine qu'il était arrivé quelque chose d'important. Je me précipitai voir ce qui se passait.

Tyn le Singe était au garde-à-vous. Schwarzhuber lui disait insidieusement :

— Vous n'avez pas encore retrouvé le chef de block 14, Herr Lager Alteste ?

Le visage cramoisi, Tyn le Singe mit ses mains en porte-voix et hurla une fois de plus :

— *Chef de block 14* !

— Pauvre imbécile, dit Schwarzhuber en ricanant, le voici, il est là.

Il se recula et je vis le corps d'Unglick par terre derrière lui. Le visage tout taché de sang, il y avait un trou rouge sombre sur son pull-over blanc. Les superbes vêtements étaient maculés de boue, on l'avait traîné là de l'endroit où il avait été tué.

Je le fixai intensément pendant une bonne minute. Puis, dans un brouillard complet je m'en retournai vers mon block, le block 7. L'entourage s'était comme estompé et je n'agissais plus que par réflexe. Ma main prit une cuillère. Je me remis à manger la soupe sans m'en rendre compte du tout. Je continuai jusqu'au moment où je fus devant une marmite vide. Je la regardai étonné puis je cherchai les autres du regard.

Ils se tenaient en demi-cercle autour de moi, visages hostiles je n'arrivais pas à comprendre pourquoi. De toute façon ça n'avait pas d'importance, jusqu'au moment où Andrej Milar rompit le silence :

— Cette soupe était destinée à cinq personnes, dit-il calmement, cela m'est égal que tu l'aies mangée entièrement, ce qui m'étonne par contre c'est que tu aies pu y toucher après avoir vu ton meilleur ami raide mort, la seule chose qui semble te préoccuper c'est manger ! Je ne savais pas trop que penser de toi, à présent je sais que tu n'es qu'un animal [1].

Je m'apprêtais à m'expliquer mais je m'arrêtai juste à temps. On se méprenait sur mon compte, mais je ne pouvais rien y faire, aussi je quittai le block.

Charles Unglick était déjà exposé. On l'avait assis sur un tabouret, soutenu de chaque côté par des pelles. Je restai à son côté environ une demi-heure puis retournai au block remplir une bassine d'eau que je rapportai. Je trempai mon mouchoir et doucement lavai le sang et la boue sur son visage tuméfié aux traits puissants. Je lui parlais tout en le nettoyant et quand finalement je retournai dans ma chambre il avait au moins le visage propre, il avait retrouvé un peu de dignité.

Il était encore là le lendemain. On le laissa sur le tabouret quarante-huit heures, et entre-temps j'appris ce qui s'était passé. Le SS avait roulé directement vers un garage vide, ouvert la boîte à outils et tué Unglick d'une balle dans le cœur. Après cela il avait simplement empoché la fortune et était allé dire qu'il avait déjoué les plans d'un détenu qui s'apprêtait à s'évader.

Le jour suivant, quatre hommes de la morgue venaient l'emporter. La tradition d'Auschwitz voulait que les vête-

1. Cinq ans plus tard je rencontrai le Dr A. Milar à l'université de Slovaquie où il enseignait la biologie. A ce moment-là il connaissait toute l'histoire de Charles Unglick et il me dit : « Ne m'en veux plus, Rudi, depuis la dernière fois que nous nous sommes vus j'ai appris que les gens trop oppressés peuvent subitement se mettre à dévorer, je comprends maintenant pourquoi tu as mangé toute la soupe ! »

ments soient distribués par ordre d'ancienneté, la hiérarchie des détenus l'entourait et attendait qu'il soit déshabillé.

Il y avait Tyn le Singe et Léon Sziwy, un chef de block polonais. Ce fut ce dernier qui se tourna vers moi en me disant :

— Prends ce que tu veux, Rudi, c'était ton meilleur ami.

J'étais incapable de parler. Sziwy insista :

— Que veux-tu ? Ses bottes ?

— Je veux la ceinture, finis-je par dire, rien que la ceinture.

— Ne sois pas idiot, prends ce que tu veux. Pourquoi pas la culotte de cheval ?

— Je veux la ceinture !

— Mais bon dieu pourquoi pas la fermeture Éclair de son pull-over, c'est une belle fermeture Éclair !

Il se pencha sur le corps, coupa la fermeture Éclair et me la tendit. Je secouai la tête, me penchai sur Unglick et défis la ceinture qu'il m'avait laissée dans son testament trois jours avant sa mort.

Je la serrai bien fort autour de ma taille et restai à contempler les autres, faire leur choix.

Bientôt il fut complètement nu. Je dis lentement aux hommes de la morgue :

— C'est Charles Unglick. Il y a longtemps qu'il est au camp.

Ils comprirent. On l'emmena à la salle d'eau, on le lava. On l'enveloppa dans une couverture et on mit une autre couverture sur lui. Les quatre hommes soulevèrent avec précaution leur fardeau et on les accompagna d'un pas lent jusqu'au portail. Il s'ouvrit et on regarda les hommes qui d'habitude traînaient les cadavres dans la boue, porter Charles Unglick avec respect. Je porte encore sa ceinture, c'est mon seul souvenir d'Auschwitz-Birkenau et je n'en veux pas d'autre.

XV

Depuis que Charles Unglick avait été trahi, j'étais en proie à des émotions contradictoires. J'éprouvais une tristesse profonde pour la perte de mon ami, une colère retenue contre celui qui l'avait tué, un soulagement égoïste d'avoir été épargné par hasard et l'amertume d'être l'unique dépositaire d'une déception impossible à partager.

J'avais déjà été échaudé avant, je ressentais donc avec moins d'acuité la déception subie. J'avais vu quelques mois plus tôt mes propres plans d'évasion réduits à néant ; qu'ils aient été détruits par le commandant R. Hoess en personne n'en rendait pas la pilule moins amère.

C'était un plan très simple sur lequel je butai littéralement par accident. Une nuit, alors que je courais descendant la rampe en portant deux lourdes valises et un sac à dos, je trébuchai sur une planche branlante et tombai lourdement. Je restai un instant allongé et tout à coup je me rendis compte que par un interstice entre les planches je voyais le sol à environ trois mètres au-dessous de moi, je me relevai en pensant combien il serait merveilleux de se faufiler à travers cette fente et de rester là un petit moment sous la rampe, loin des fusils, loin des wagons, loin de ce travail forcé et de cette misère environnante.

Le hurlement d'un SS brisa cette chimère et je me remis à courir le restant de la nuit, jusqu'à ce que tous les wagons soient vides et tout le butin amassé.

Plus tard, affalé sur ma couchette, cette vision d'un havre

de paix sous l'enfer de la rampe ne cessait de me tourmenter et plus j'y pensais, plus une idée se faisait jour en moi et mûrissait.

Je pensais tout d'abord à la position géographique de la rampe. Elle s'étendait entre le camp de base et Birkenau et en dehors du périmètre extérieur des deux camps. Si l'on réussissait à échapper aux SS pendant un certain laps de temps on avait une chance de se sauver.

Comme tout lièvre malin, je me mis à observer les chiens, leurs mouvements, leur système de défense. Quand un train arrivait les SS l'entouraient entièrement. On commençait à décharger à une extrémité et au fur et à mesure le cordon de surveillance se resserrait autour de nous. Il n'y avait aucune possibilité à aucun moment de passer au travers. Mais il y avait un espoir d'échapper par-dessous la rampe. Sous le poids d'un million de pieds faisant leurs derniers pas avant leur entrée dans les chambres à gaz, les planches de la rampe commençaient à se fendre. Si un détenu parvenait à soulever une planche et à se glisser rapidement dessous, il était pour ainsi dire libre. S'il parcourait sous la rampe toute la longueur du train, vide et non gardé, il serait en dehors du cordon de surveillance et réellement libre.

La nourriture et les vêtements n'étaient pas un problème, il n'y avait qu'à se servir. Le seul problème sérieux se trouvait à l'extrémité de la rampe lorsque le détenu sortirait à l'air libre. J'ignorais si les SS n'avaient pas aussi pensé à ce point faible et posté un garde à cet endroit, dans ce cas on pouvait contourner la difficulté à l'aide d'un couteau bien aiguisé.

Je me mis à étudier de près les fissures de la rampe, les planches usées et branlantes que l'on pouvait soulever vite fait et remettre en place aussi vite. Je notais très soigneusement ces endroits et peu à peu je me persuadais qu'avec un peu de chance de mon côté je pouvais réussir. Je refusai même une occasion de travailler comme secrétaire à Birkenau, pour ne pas être éloigné de mon théâtre d'opération. J'avais atteint le moment où je n'attendais que l'occasion propice pour m'échapper lorsque mon plan fut complètement saccagé.

Subitement le commandant Hoess décida de renforcer la rampe en la faisant cimenter. Est-ce qu'il le fit parce qu'il décela une faiblesse dans ses défenses ou parce qu'il craignait que le tout ne s'écroule, interrompant le processus de l'extermination ? Je ne devais jamais l'apprendre. Je ne savais qu'une chose, tandis que je dormais, un jour des centaines de détenus furent mis au travail et quand je pris mon service la nuit suivante, toutes les fissures avaient disparu et avec elles mes espoirs.

Je ne me décourageais pas pour autant, peut-être parce que j'étais jeune et robuste, j'avais fait mienne la philosophie optimiste du soldat, persuadé que son voisin immédiat sera peut-être tué mais lui sûrement pas.

J'acceptais presque comme un axiome que tous les gens du camp puissent mourir mais je croyais dur comme fer que je m'échapperais et je ne me souviens pas d'avoir jamais perdu cette foi, même en voyant différents essais rater et se terminer par une mort humiliante.

J'éprouvais parfois, c'est vrai, un sentiment de frustration. La discipline des clandestins était telle que je ne pouvais envisager une évasion sans une autorisation préalable. Je devais obtenir d'eux mon passeport pour la liberté et ces papiers de voyage étaient délivrés avec parcimonie, pour des raisons tout à fait sérieuses et valables.

Bien avant que l'idée ne m'en soit venue, les membres de la clandestinité s'étaient penchés sur le problème crucial de faire connaître Auschwitz, de révéler ses secrets et de prévenir les juifs d'Europe de la signification réelle de la déportation. Leur but était totalement désintéressé, ils recherchaient seulement le meilleur plan, le meilleur moment, la meilleure personnalité. Quand je me permis de leur faire part, assez timidement, de mes intentions, ils ne se montrèrent pas très enthousiastes. En premier lieu, ils me trouvaient trop impétueux pour réussir, ils étaient persuadés que seul un homme de grande expérience et très discipliné aurait la force d'aller jusqu'au bout. De plus ils me trouvaient trop jeune pour convaincre le monde de ce qui se passait dans le camp. Qui, disaient-ils, écouterait un gamin de dix-huit ou dix-neuf ans ? N'était-ce pas une évidence que le monde civilisé aurait déjà bien du mal à croire le même récit fait par un adulte ? En un sens, ils n'avaient pas tort car lorsque mon rapport, après mon évasion, fut transmis à Londres et à Washington, Churchill aussi bien que Roosevelt eurent du mal à croire tout d'abord que de telles atrocités puissent être commises à une aussi grande échelle.

Il était presque impossible de parler évasion avec qui que ce soit. Dans les conversations le mot même était évité comme une grossièreté, car les nazis qui n'étaient pas des naïfs avaient leurs mouchards infiltrés partout, rendant tout projet presque irréalisable. De ce point de vue j'avais la chance d'avoir un ami, Fred Wetzler de Trnava, en qui je pouvais avoir entière confiance. Il occupait au camp une position particulière. Il était bien avec tout le monde, avec les Allemands, les détenus ordinaires et ceux qui avaient des postes. Il ne sut jamais, tant que nous restâmes au camp, que j'étais membre de la clandestinité. Contrairement à la plupart des détenus, il ne s'intéressait pas du tout à la politique, ce qui ne veut pas dire que les gens lui étaient indifférents. Le cœur de Fred était peut-être apolitique mais il était très chaleureux.

Grâce à sa popularité, il avait des contacts très variés, toujours utiles et inspirés par une sympathie authentique et non par la corruption. Beaucoup se confiaient à lui non seulement parce qu'ils l'aimaient bien mais surtout parce qu'ils l'estimaient. Sa connaissance du camp était profonde et étendue.

La confiance qu'il inspirait lui amena une étrange proposition d'une source plus étrange encore.

En allant un soir à son baraquement du camp D dîner avec lui, je le trouvai en train de partager un plat de pommes de terre avec un SS nommé Pestek, un Unterscharführer d'environ vingt-six ans, particulièrement beau.

Dès que j'entrai, Fred dit à son invité :

— J'aimerais en toucher deux mots à Rudi, excusez-nous un instant.

L'Allemand acquiesça. Fred m'emmena dans la pièce voisine et me raconta :

— Rudi, ce type a un plan extraordinaire qui peut très bien marcher. Il veut m'aider à m'évader et son idée est de me faire revêtir un uniforme d'officier supérieur SS et que nous passions ensemble le portail. Après c'est simple, la seule chose à faire c'est de prendre le train pour Prague.

— Ne fais pas l'idiot Fredo, lui dis-je d'une voix sèche, rappelle-toi Fero Langer, rappelle-toi Unglick, c'est un piège.

— Rudi je ne le crois pas, je connais ce type, j'ai souvent mangé et pris des cuites avec lui. Il n'est pas comme les autres, c'est l'un des rares SS honnêtes, peut-être le seul.

J'avais un grand respect pour le jugement que Fred portait sur les gens mais la double image de Fero le visage à demi arraché, de Charles Unglick assis sur un tabouret soutenu par deux pelles, était trop présente dans ma mémoire.

— Non Fred, le risque n'en vaut pas la peine. Langer et Dobrovolny étaient comme des frères et tu sais ce qui est arrivé.

Pendant un bon moment, Fred médita puis retourna dans sa chambre et dit au SS :

— Merci, Pestek. Je ne crois pas que ça puisse marcher. Si on rate on est comme mort tous les deux.

L'Allemand haussa les épaules, se tourna vers moi en disant :

— Fred t'a expliqué, Rudi ?

Je fis un signe de tête affirmatif.

— Alors pourquoi pas toi ? Je suis sûr qu'on peut y arriver.

— Pourquoi faites-vous cela ? Qu'est-ce que cela vous rapporte ? Pourquoi risquer votre carrière et votre tête ?

— Parce que j'ai toutes ces tueries en horreur, répondit-il calmement, je ne peux plus supporter de voir les enfants et les femmes assassinés. Je veux faire quelque chose, n'importe quoi, pour m'arracher de cette puanteur qui me poursuit, pour me sentir un peu plus propre.

— Comment allons-nous passer le portail ? Imaginez qu'on me pose des questions ? Il y a des centaines d'obstacles possibles !

— Si on s'adresse à vous, vous faites un signe de tête dans ma direction. N'oubliez pas vous êtes un Obersturmbannführer, je suis votre aide de camp, vous ne vous abaissez pas à répondre aux sous-fifres. Vous avez votre chien pour aboyer à votre place et donner des ordres.

— Et dans le train ? Qu'arrivera-t-il si on s'adresse à moi ? Le contrôleur, la police militaire, les gardes-frontières ?

— Vous serez en train de dormir. On ne dérange pas un Obersturmbannführer. Votre aide de camp pourvoiera à tout.

C'était un plan audacieux et simple, tellement simple qu'il avait de grandes chances de réussir.

Je pris mon temps pour répondre, réfléchissant en silence, cherchant les points faibles et n'en trouvant aucun, mais les fantômes de Fero et de Charlot étaient encore trop présents.

Je finis par dire :

— Merci quand même pour votre offre, mais franchement le jeu n'en vaut pas la chandelle.

Quelques jours plus tard, Hugo Lenk, l'homme des Brigades internationales, arrivé avec le deuxième convoi de Tchèques, me dit :

— Tu connais le SS Pestek ? Il a un plan. Il veut me faire évader déguisé en officier supérieur SS. Ça a l'air cinglé mais quand même...

— Je suis au courant, répondis-je, il nous a fait la même proposition à Fred Wetzler et à moi. Il a l'air bien, si on peut dire cela d'un SS mais cette affaire me paraît louche, si tu veux un conseil, oublie-le.

Il suivit mon conseil, mais Pestek était bien décidé à mettre son plan à exécution. Il contacta Lederer, un ami de Lenk du camp des Tchèques et Lederer accepta de partir avec lui.

Je ne sais pas exactement quand ils s'enfuirent, mais je me

souviens des sirènes se mettant à hurler. Je me souviens aussi m'être dit : « Il sera bientôt de retour, la cervelle éclatée. »

Lederer cependant ne revint pas. Il voyagea avec Pestek jusqu'à Prague en première classe. Il est en Israël. Il doit sa vie au seul digne et honorable SS qu'il m'ait été donné de rencontrer.

Un homme que j'avais jugé à l'aune de ses compères et par là même rejeté.

Un homme qui avait résisté au lavage de cerveau, qui voyait toute l'abjection existante sous le bel uniforme vert, et qui eut le courage de la combattre. Il la combattit même deux fois, bien que la deuxième fois ce fut pour des raisons plus personnelles, dirons-nous moins idéalistes.

Il était comme moi, tombé amoureux d'une jeune fille du camp tchèque, et encouragé par la réussite de sa fuite avec Lederer, il décida de revenir à Auschwitz une toute dernière fois pour essayer de la faire sortir.

C'était une idée folle, condamnée à l'avance puisqu'il était recherché. L'amour hélas ne connaît pas de logique et apparemment il se sentait assez sûr de lui pour la transformer elle aussi en Obersturmbannführer d'un jour en lui coupant les cheveux.

Il revint au camp, sur le lieu de son « crime » pour son ultime méfait. Un droit commun allemand le reconnut, donna l'alarme et Pestek fut emmené au block 11, le block disciplinaire.

On ne le revit plus, mais on eut de ses nouvelles. Quelques jours plus tard, un message nous parvint par le téléphone arabe du Sonderkommando. « Pestek est dans le four, du moins ce qu'il en reste. »

Je crois que je fus plus déçu de ne pas avoir fait confiance à Pestek que de l'échec de mes plans précédents. Mais cette fois encore, cela ne me découragea pas. Avec Fred, je continuais d'espérer, d'échafauder des plans, de rechercher la moindre faille dans le système défensif d'Auschwitz et un peu plus tard il vint vers moi avec des nouvelles importantes.

— Quatre gars de la morgue — ceux qui étaient venus chercher Unglick — vont tenter leur chance Rudi, et ils ont besoin de notre aide.

Je les connaissais bien. Étant donné que leur travail consistait à ramasser les morts, ils pouvaient se déplacer assez facilement d'une section à l'autre, ce qui leur donnait un avantage évident quand il s'agissait de s'évader.

— Tu sais où sont les planches que l'on vient d'apporter pour la construction du nouveau camp ? me demanda Fred.

— Oui, répondis-je.

Il s'agissait des travaux entrepris pour Birkenau 3, qui allait s'élever parallèlement à Birkenau 2 et qui était destiné à recevoir le flot des Hongrois.

— Ils ont soudoyé des kapos pour que les planches soient empilées de telle façon qu'il y ait une cavité au milieu suffisamment grande pour abriter nos quatre amis.

Je compris immédiatement ce qu'ils essayaient de faire. Les planches se trouvaient dans le camp extérieur qui n'était pas gardé la nuit alors que tous les détenus étaient dans l'enceinte des lignes à haute tension et des miradors du camp intérieur. S'ils arrivaient à rester cachés trois jours, pendant que les gardes en alerte fouilleraient le camp, ils avaient des chances de réussir. Au bout de ces trois jours, on supposerait qu'ils avaient quitté les limites du camp et la tâche de les retrouver serait confiée à d'autres autorités. La garde entourant le camp pendant ces fameux trois jours serait retirée et ils n'auraient plus qu'à attendre l'obscurité pour se glisser devant les miradors extérieurs abandonnés pour la nuit.

— Comment peut-on les aider, demandai-je, et pourquoi nous ont-ils choisis ?

— L'un d'eux est Sandor Eisenbach, il nous aime bien et nous fait entièrement confiance.

Je souris : Sandor Eisenbach ! Un Slovaque bien plus âgé que moi qui avait connu mes parents. Depuis que nous nous étions rencontrés au camp il avait une façon paternelle de veiller sur moi.

— Ils ne veulent rien d'autre qu'être tenus au courant de ce qui va se passer dans le camp pendant qu'ils resteront cachés et vérifier qu'ils vont bien.

En tant que secrétaires, Fred et moi étions assez libres de nos mouvements, leur demande était donc raisonnable. Quelques jours plus tard les sirènes se mirent à mugir et c'est avec inquiétude que l'on regarda les hommes et les chiens passer le camp au peigne fin. Ils passèrent près de la pile de bois plusieurs fois mais l'idée ne sembla pas les effleurer que les hommes qu'ils recherchaient étaient tapis dans un espace si réduit sous des planches.

Ce soir-là tandis que les recherches continuaient un peu plus loin, je m'approchai d'un air désinvolte de la chambre d'évasion et sans la regarder, je dis à voix basse :

— M'entendez-vous ?

— Oui.

La voix était faible mais distincte. Tout en faisant semblant d'étudier des papiers que je portais sur moi, j'ajoutai :

— Tout va bien. Ils sont maintenant près des crématoires. Ils sont passés par ici une douzaine de fois mais ils n'ont même pas eu un regard pour ce tas de bois.

— Bien, merci.

Fronçant les sourcils, comme si j'avais un problème bien difficile à résoudre je retournai au camp D avertir Fred que tout allait bien.

Le jour suivant, les recherches s'intensifièrent. A tour de rôle nous tenions nos copains informés et à la tombée de la nuit nous savions que la partie était presque gagnée, car les chasseurs commençaient à se convaincre que les proies s'étaient envolées. Le troisième jour et la troisième nuit il ne s'agissait plus que de recherches de pure routine. Le quatrième matin lorsque je parlai tout bas près de la pile de bois, je n'obtins aucune réponse.

Ils étaient libres ! Je sentis monter en moi une joie enivrante non seulement parce qu'ils avaient franchi la première épreuve mais aussi parce qu'ils laissaient derrière eux une cachette parfaite dont nous pourrions nous servir. On en discuta ce soir-là Fred et moi et on décida que nous serions les prochains à nous cacher sous la pile de bois, tout en nous mettant d'accord sur la nécessité de laisser un certain temps s'écouler avant de mettre notre plan d'évasion à exécution. Les quatre ex-détenus avaient encore une longue route à parcourir et je pensais à la dernière recommandation du capitaine Dmitri Volkov :

— Souviens-toi, le vrai combat commence une fois les barrières du camp franchies.

On décida donc d'attendre quinze jours avant d'entreprendre quoi que ce soit. Nous nous disions qu'après un tel laps de temps ils seraient soit morts, arrêtés, ou en sécurité chez des amis. Au fur et à mesure que les jours passaient l'optimisme nous gagnait.

Nous étions néanmoins assez sages pour ne pas nous laisser envahir par notre joie et hélas bien nous en prit. Exactement une semaine jour pour jour après ma dernière visite à la pile de bois, il y eut une vive agitation près du portail et je vis mes quatre camarades entrer dans le camp, entourés de SS un sourire de satisfaction aux lèvres.

Je me sentis envahi d'amertume, de colère et de tristesse. Ils avaient échoué, ce qui était loin d'être réjouissant, mais de plus l'aventure que Fred et moi voulions tenter devenait improbable. J'étais sûr que le secret de leur moyen d'évasion leur serait lentement arraché au block 11.

Et pourtant, en passant devant moi, Sandor Eisenbach chercha mon regard et me fit un clin d'œil.

Je comprenais le sens de ce signe fugitif. Le secret n'avait pas été dévoilé pourtant leurs visages tuméfiés apportaient la preuve formelle qu'ils avaient déjà subi un premier interrogatoire. En effet, les choses sérieuses ne commenceraient que dans le block 11.

La capture des quatre hommes de la morgue ne fut pas la seule nouvelle sensationnelle du jour. Quelques heures après, deux juifs français, un kapo et son assistant, tentèrent de s'évader et furent repris presque sur-le-champ. Ils avaient sur eux une miche de pain et cachés dedans des diamants qui valaient bien dix millions de francs, ils furent aussi envoyés au block 11.

C'était pain bénit pour Hoess, pensions-nous. Jamais dans l'histoire du camp, il n'avait eu six évadés à se mettre sous la dent en même temps. Jamais il n'avait eu une occasion aussi propice de faire comprendre aux autres détenus que les crimes de ce genre ne payaient pas. On ne fut donc pas vraiment surpris quelques jours plus tard de voir arriver les deux potences mobiles et le déploiement SS avec fusils et grosses caisses.

C'est le Sturmbannführer Schwarzhuber qui fit le discours précédant l'exécution. Il nous sermonna pendant quelques minutes sur ce qui nous attendait si nous suivions les traces des six misérables, qui se tenaient devant nous, mains liées dans le dos. Il nous donna la valeur des diamants volés et avec un plaisir évident il annonça : « Avant de mourir sur ces potences, ils vont recevoir cinquante coups de fouet. »

Un SS s'avança, le chat à neuf queues à la main. Un par un les prisonniers se penchèrent sur le chevalet à bastonnades. Pendant une demi-heure on n'entendit rien que le bruit sourd des lanières sur les chairs.

Ce n'étaient que les préliminaires, le clou étant la pendaison. Dès que le roulement des grosses caisses se fit entendre, les deux Français montèrent les marches, le bourreau travailla vite. Les trappes s'ouvrirent en claquant contre les côtés de l'estrade et les horribles contorsions commencèrent.

Au bout de quelques minutes, les corps pendaient mollement. Nous attendions qu'ils soient décrochés pour laisser la place aux deux prochaines victimes, nous cuirassant contre ce spectacle auquel jamais nous ne nous étions habitués même après y avoir assisté maintes fois.

Personne ne bougeait autour des potences. J'entendis un SS donner un ordre bref et à ma grande surprise je vis qu'on emmenait les quatre hommes, qui s'étaient évadés grâce à la cavité sous le bois, vers le block disciplinaire.

On les épargnait pour l'instant, mais pourquoi ? pour plus de tortures ? cela voulait-il dire que les SS ignoraient encore comment ils s'étaient échappés et qu'ils voulaient le leur faire avouer ? Cette nuit-là, Fred et moi essayâmes de déchiffrer l'énigme et notre conclusion fut que nos chances étaient fort minces. Que nos copains craquent n'était qu'une question de temps, la carcasse humaine a ses limites, et les SS étaient des experts en matière de torture.

Cependant quelques jours plus tard, à mon grand étonnement, ils réapparurent dans le camp et pas sous la potence. Il est vrai qu'on les envoya directement à l'infâme kommando disciplinaire mais ils étaient vivants. Fred et moi tentions en vain de trouver une explication à ce répit sans précédent ; cette fois nous étions complètement déroutés.

Néanmoins, il nous fallut très peu de temps pour trouver la réponse à la question essentielle : avaient-ils oui ou non révélé l'existence du trou dans la pile de bois ? Le kommando disciplinaire était isolé du reste du camp mais je trouvai une excuse pour m'y rendre.

Je passai tout près de Sandor Eisenbach et sans le regarder chuchotai :

— Est-ce qu'ils savent ?

Avec les autres, il creusait un fossé à mains nues, entassant la terre dans sa casquette rayée. Sans s'arrêter et sans lever la tête il bougonna :

— Non.

— En es-tu sûr ?

— Je le jure sur la tête de ton défunt père. Crois-moi, tu seras parti d'ici peu.

Il ramassa sa casquette pleine de terre gelée et courut la vider. Je retournai voir Fred, fou de joie, je savais que je pouvais me fier entièrement à tout ce que Sandor m'avait dit ; mêlé à ma joie je ressentais un sentiment d'effroi devant la force de cet homme et de ses trois amis.

Le lendemain je retournai le remercier. Il murmura :

— Ne sois pas bête, mais tu peux nous rendre un dernier service.

— Bien sûr. Je ferai tout ce que je peux.

— Nous avons laissé un petit souvenir dans la cavité, un message gravé sur les planches. On l'a signé de nos numéros, s'ils le trouvent cette fois nous sommes des hommes morts.

— Je le gratterai dès que je serai dedans. Mais que disait votre message ?

— On vous pisse à la raie !

J'étouffai un rire. Puis je pensai à eux quatre tassés dans ce petit espace, écoutant les bruits de bottes des SS martelant le sol autour d'eux, je me demandais si je conserverais aussi facilement mon sens de l'humour quand je serais dans ce trou.

— Qu'est-ce qui a raté ? murmurai-je. Comment avez-vous été repris ?

— Nous sommes tombés sur une patrouille militaire près de Porebka. Ne vous en approchez pas. C'est une toute petite ville, mais elle fourmille de soldats pour je ne sais quelle raison et elle est entourée de barrages de ballons.

A présent que Fred et moi étions pratiquement prêts à partir, chaque bribe d'information nous était indispensable. Le Canada — grands magasins du camp ! — nous avait livré nos vêtements : des costumes et des pardessus hollandais de bonne qualité, et des bottes solides. Notre tabac russe avait été trempé dans de l'essence et mis à sécher. Et surtout nous avions trouvé deux Polonais qui avaient accepté de remettre les planches en place dès que nous serions descendus dans notre trou.

Enfin l'heure et la date furent choisies : le 3 avril 1944 à deux heures de l'après-midi. Notre premier obstacle allait être de nous trouver tous ensemble au rendez-vous ; nous avions tous les quatre une relative liberté de mouvement mais une centaine d'embûches pouvaient nous empêcher d'arriver à la pile de bois au même moment.

Le premier jour je n'eus aucune peine à quitter le camp A. J'expliquai au SS du portail que je devais me rendre au crématoire et il me répondit :

— Rapporte-moi une paire de chaussettes.

Les deux Polonais de la morgue étaient là aussi mais Fred manquait à l'appel. J'appris le soir qu'il n'avait pas osé quitter le camp parce qu'il aurait dû passer devant un SS particulièrement méfiant.

Le second jour j'eus la même facilité pour sortir et la même demande de chaussettes. Cette fois un des Polonais était absent, son kapo avait eu besoin de lui pour un boulot spécial. Cela se répéta quatre jours de suite. Chaque fois je retournais au camp découragé et je devais raconter au SS que j'avais oublié ses chaussettes.

Je commençais à me faire du souci, je craignais de le voir se mettre à soupçonner quelque chose et mes oublis n'arrangeaient certainement pas son humeur.

Le cinquième jour il grommela :

— Si cette fois tu ne me rapportes pas mes chaussettes ne prends pas la peine de revenir.

Je lui promis de ne pas l'oublier et je m'éloignai du portail en espérant lui donner raison mais pas dans le sens où il l'entendait.

Je faillis disparaître d'une manière qu'aucun de nous n'avait imaginée.

Alors que je me dirigeais vers la pile de bois deux SS m'empoignèrent, deux nouveaux Unterscharführers que je n'avais encore jamais vus.

— Eh bien, dit l'un d'eux en ricanant, qu'est-ce que c'est que ça? Un civil ou un détenu? Ma parole, une vraie gravure de mode, qu'est-ce que t'en penses Fritz?

J'avais toute l'apparence d'un riche Hollandais, cela n'aurait pas étonné un SS habitué aux libertés vestimentaires que pouvait se permettre un secrétaire. Ma tenue recherchée n'aurait paru que le signe d'une excentricité de ma part car la plupart des SS me connaissaient et me considéraient comme un pilier du camp.

Pour ces deux-là, cependant, j'étais bizarre et je savais que leur inexpérience pouvait me conduire à la mort, car sous ma chemise, contre ma poitrine, j'avais la montre volée pour notre voyage. S'ils la trouvaient, je serais envoyé au block disciplinaire et pendu pour « tentative d'évasion ». Déjà je croyais entendre le Sturmbannführer Schwarzhuber déclamer devant la potence : « Pourquoi un prisonnier aurait-il une montre, si ce n'est pour essayer de s'évader ? »

Ils continuaient à se moquer de moi, menaçants et je savais que d'une minute à l'autre, quand ils auraient assez ri, ils se mettraient à me fouiller. Je pensais à Fred et aux Polonais qui m'attendaient, je maudissais ma malchance, être retenu d'une façon aussi stupide !

— Je me demande Hans, dit finalement l'autre SS, ce que ce monsieur peut bien avoir dans les poches ? On regarde ?

Il plongea une main dans une poche de mon pardessus et en sortit une pleine poignée de cigarettes. Il les laissa tomber une à une dans la boue et dit :

— Regarde-moi ça Hans, monsieur est un grand fumeur !

Ils retirèrent une centaine de cigarettes dont j'avais rempli mes poches à la dernière minute et j'attendais qu'ils se mettent à me fouiller pour de bon. Je souhaitais même qu'ils le fassent vite et qu'on en finisse, sûr que j'étais perdu. La sueur me coulait dans le dos mais j'arrivais pourtant à garder un visage impassible alors que je bouillonnais de rage.

Puis je me rendis compte comme dans un rêve qu'ils n'avaient pas ouvert mon pardessus. Au lieu de cela, ils restaient là à me contempler.

— Espèce d'insolent, dit Fritz en levant sa matraque et en l'écrasant sur mon épaule, je vais t'apprendre à jouer au monsieur.

La matraque me frappa encore et je titubai.

— Je vais t'apprendre à te promener déguisé en singe endimanché. Je vais t'apprendre à faire de la contrebande avec des cigarettes que tu as volées. Note son numéro Hans, il est grand temps que monsieur le secrétaire fasse connaissance avec l'intérieur du block 11.

Derrière lui je vis passer les deux Polonais qui pâlirent en m'apercevant dans les mains des SS. Soudain, Fritz m'envoya un coup de matraque en pleine figure et dit :

— Salaud, fous le camp, dégage de ma vue !

Je vacillai de douleur, de dégoût et de rage.

— Mais le block 11, Herr Scharführer, bégayai-je, je croyais...

— Pas maintenant imbécile, j'ai mieux à faire que d'embarquer un pou dans ton genre, je vais te signaler à la section politique et ils te ramasseront après l'appel. Maintenant, retourne à ta section avant que je ne te brise les os !

Un quart de seconde je le dévisageai les yeux ronds. Je n'étais pas arrêté ! Ils n'allaient plus me fouiller ! Je partis sans un mot de plus, courant vers ma section et dès que je fus hors de leur vue, je bifurquai et me dirigeai tranquillement vers ma petite cabane en bois.

J'avais suffisamment de temps pour être à l'heure à mon rendez-vous mais avant d'arriver au tas de bois, je fus encore retardé mais cette fois ce fut plus irritant que dangereux. Je tombai sur l'Unterscharführer Otto Graff, qui, il y avait des siècles, m'avait persécuté au Canada. Il travaillait à présent au Sonderkommando.

Sachant que d'autres SS pouvaient me voir, je me mis au garde-à-vous casquette à la main. Otto sourit et me dit :

— Et alors vieux cochon comment vas-tu ?

Je jurai intérieurement car de toute évidence il avait envie de bavarder et je répondis :

— Bien, Herr Unterscharführer, et vous ?

— J'ai pas arrêté de la nuit, dit-il avec une grimace, bien plus dur que toi sûrement. Je peux à peine garder les yeux ouverts.

— Je suis navré pour vous, dis-je avec un sourire forcé, mais après tout c'est la guerre.

— C'est bien vrai, soupira-t-il, prends une cigarette grecque, c'est mieux que rien.

Je compris alors pourquoi il avait tant travaillé. Il y avait eu un grand convoi de Grèce.

— Non merci je n'en fume jamais, elles me font mal à la gorge.

— Toujours aussi difficile, répondit-il en riant, toujours aussi effronté. Bon, à une autre fois.

Il s'en alla, ce fut pour moi un symbole que la dernière personne à qui je parlai à Auschwitz fût le bel et cruel Otto.

Je voyais les planches à présent et les Polonais faisant semblant de travailler dessus. Fred était là aussi et tous les trois restèrent bouche bée lorsqu'ils me virent ; ils étaient sûrs que j'étais déjà au block disciplinaire. Personne ne dit mot. Les Polonais déplacèrent les planches et nous firent un signe de tête imperceptible.

Les dés étaient jetés. Un court instant nous hésitâmes tous les deux, nous savions qu'une fois à l'intérieur il n'y avait plus de retour en arrière possible. Ensemble on se hissa en haut du tas de planches et on se glissa dans le trou. Les planches furent remises en place au-dessus de nos têtes, nous plongeant dans les ténèbres et le silence.

Nos yeux s'habituaient vite à l'obscurité et nous pouvions nous voir grâce à la lumière qui s'infiltrait à travers les interstices. Nous osions à peine respirer, encore moins parler. Il nous fallut un bon quart d'heure avant de nous détendre un peu et je me mis à examiner soigneusement les murs de notre demeure.

— Qu'est-ce qui se passe ? chuchota Fredo si bas que j'avais du mal à l'entendre, qu'est-ce que tu fais ?

— Je cherche le message de Sandor, inutile de laisser des gros mots sur les murs !

Je le trouvai et le grattait avec mon couteau. Cette tâche. me calma et je décidai de faire quelque chose au lieu de ruminer mes pensées. Je sortis la poudre de tabac russe et commençai à bourrer les fentes étroites qui séparaient les planches tandis que Fredo assis me regardait faire dans le noir.

Il me fallut au moins une heure pour imprégner correctement notre prison provisoire de cette odeur que les chiens ne supportaient pas. Puis je m'assis le dos contre le mur rugueux et essayai de penser à autre chose. Je m'efforçais de chasser de mon esprit l'idée que nous puissions être découverts et je me répétais sans arrêt : « Plus d'appel, plus de travail, plus de courbettes devant les SS, bientôt la liberté ! »

Libre ou mort. Je passai la main sur la lame aiguisée de mon couteau et je me promis que s'ils tombaient sur notre cachette, ils ne m'auraient pas vivant.

Le temps était immobile. Je jetai un coup d'œil à la montre qui avait bien failli me coûter la vie et constatai qu'il n'était que 15 h 30. L'alarme ne serait pas donnée avant 17 h 30 et je m'aperçus que j'avais hâte de l'entendre. J'avais l'impression d'être un boxeur assis dans un coin du ring attendant la sonnerie, ou d'être un soldat dans une tranchée avant l'attaque.

J'appréhendais le hurlement de la sirène, l'attente m'était insupportable. Je voulais que la bataille commence.

Nous ne pouvions pas nous lever et nous eûmes vite des crampes. Nous n'osions pas parler et cela aussi empêchait le temps de passer. Les mouvements dans le camp que nous connaissions tous les deux par cœur nous parvenaient faiblement, mais ils nous semblaient loin dans le temps et dans l'espace, car déjà mon esprit était libre en avance sur mon corps.

Dans l'heure qui suivit, je n'arrêtai pas de regarder ma montre la portant à mon oreille de temps en temps dans la crainte qu'elle ne se soit arrêtée. Puis je décidai de me discipliner et de l'ignorer, souriant dans le noir je pensais à ma mère dans sa cuisine qui me menaçait du doigt en me disant sérieusement : « Plus on désire une chose plus elle se fait attendre. »

Je n'avais d'ailleurs pas besoin de regarder ma montre, les

bruits du camp m'indiquaient à peu près l'heure. Finalement après une attente qui me parut durer une semaine j'entendis le martèlement des pas et je fus immédiatement sur le qui-vive. Les détenus rentraient au camp après le travail. Bientôt ils seraient alignés en rangées de dix pour l'appel. Bientôt on s'apercevrait de notre absence, on entendrait la sirène, les aboiements des chiens, le bruit de bottes des SS.

On entendait les ordres dans le lointain qui nous parvenaient affaiblis dans la nuit. On revivait par la pensée le déroulement de la scène qui plus jamais ne ferait partie de notre vie. Les alignements immobiles des vivants, les entassements silencieux des morts. Les kapos et les chefs de block hurlant après leurs ouailles, s'agitant, affolant tout le monde. Les SS, distants, supérieurs, comptant leurs unités.

Je pensais à mon chef de block, le docteur Andrej Milar, et je me demandais comment il allait réagir. Depuis que je l'avais choqué en mangeant tout le goulash la nuit où Charles Unglick mourut, notre amitié s'était refroidie mais je savais qu'il me souhaiterait bonne chance et qu'il espérerait que je réussisse. Je pensais à Tyn le Singe se précipitant chez les SS pour leur annoncer que Rudi, le secrétaire que tout le monde considérait comme faisant partie des meubles à Auschwitz, était porté manquant. Je pensais à tout ce qui nous attendait et je réalisais que si tout allait bien je serais libre le 10 avril.

Je m'offris le luxe de jeter un coup d'œil à ma montre, il était 17 h 25. Cinq minutes avant le déclenchement de la sirène. Déjà ils devaient s'être aperçus de notre absence. Déjà ils devaient discuter de ce qu'il fallait faire, avions-nous été retardés ou nous étions-nous échappés, devaient-ils donner l'alarme et passer pour ridicules si nous réapparaissions, ou fallait-il attendre et risquer la fureur de Hoess et de Schwarzhuber s'il se révélait que nous nous étions bien évadés.

17 h 30. Le silence. Fredo et moi nous nous regardions étonnés sans parler pensant la même chose. 17 h 45, toujours pas un son. J'eus un frisson de panique car de mauvais augure, cela pouvait signifier de gros ennuis, peut-être la fin.

Par exemple quelqu'un avait pu nous trahir. Peut-être dans quelques minutes entendrait-on tirer les planches et apercevrait-on le canon des mitrailleuses. Instinctivement j'agrippai mon couteau et dressai l'oreille, attentif aux moindres bruits qui me donneraient une indication sur ce qui se passait.

18 h. Le silence nous torturait. Je chuchotai à Fred :

— Ils jouent avec nos nerfs. Ils doivent savoir où nous sommes.

Il ne dit rien mais je savais qu'il était d'accord avec moi. Quelqu'un passa tout près. On sursauta en retenant notre souffle. Les pas s'éloignèrent. On entendit des voix, des voix allemandes trop lointaines pour que nous puissions saisir ce qu'elles disaient. Les murs de notre abri semblaient se rapprocher de nous, briser nos nerfs et notre enthousiasme, nous envelopper dans une petite boîte qu'il n'y aurait plus qu'à tendre avec cérémonie à un Oberscharführer méprisant. Je pouvais déjà entendre les grosses caisses. Je pouvais déjà lire les pancartes : « Parce qu'ils ont essayé de s'évader... » Je me sentais au supplice face à l'humiliation, repoussant avec horreur les rires, les moqueries et le triomphe insolent qui accueilleraient notre capture.

Enfin la sirène retentit, chassant mes idées noires et me redonnant force et courage. Le hurlement s'éleva jusqu'à son point culminant, s'y arrêta puis s'éteignit tristement.

Je voyais briller les yeux de Fred et je pouvais entendre le chaos naître, se déchaîner, se répercuter tout autour de nous. Cent, deux cents, cinq cents pieds battaient la mesure. Un millier de voix hurlaient et deux milliers leur répondaient. Les ordres ricochaient d'un baraquement à l'autre et les chiens émettaient de longues plaintes anxieuses.

La chasse avait commencé. Une chasse longue, soigneuse, méticuleuse qui allait continuer trois jours durant jusqu'à ce que chaque millimètre de Birkenau ait été examiné et chaque cachette connue explorée. Nous ressentions une sorte d'ivresse au fur et à mesure que la fouille se rapprochait car il nous était facile d'imaginer cette scène que nous connaissions si bien.

Les voix étaient très proches à présent. J'entendis l'Unterscharführer Buntrock gueuler :

— Regardez derrière ces planches, vous êtes là pour chercher et pas pour prendre l'air. Nom de Dieu utilisez vos cerveaux autant que vos yeux !

Des bottes crissèrent sur les planches au-dessus de nos têtes nous envoyant une petite pluie de sable. Les pas lourds soulevaient la poussière et on se couvrit le nez pour ne pas éternuer. Encore des pas de bottes et la lourde respiration des hommes, puis les chiens reniflant, haletant, grattant le bois de leurs griffes tandis qu'ils glissaient et trébuchaient de planche en planche. J'avais sorti mon couteau et je voyais Fred prêt à bondir, les dents serrées dans un rictus tendu par l'attente.

Puis la cacophonie s'éloigna, les voix discordantes s'estompèrent et le silence envahit notre cachette, un silence accompagné d'un étrange sentiment de sécurité. Nous avions gagné le premier round. Nos nerfs avaient été mis à rude épreuve mais ils ne nous avaient pas lâchés. La haine disparut du sourire de Fred. Il me fit un clin d'œil et dit :

— Les sales cons, quels crétins !.

Très vite évidemment, ils furent de retour, fouillant ce qui avait déjà été fouillé, grattant dans tous les coins, sondant chaque pouce de terrain avec encore plus d'acharnement. De nouveau, on entendit le bruit des bottes, les chiens et les jurons exaspérés des hommes frustrés de leur victoire.

Ce fut ainsi toute la nuit, les bruits s'enflaient, faiblissaient, s'évanouissaient, revenaient en force nous entourer de tous les côtés à la fois. Nous avions du pain et de la margarine mais nous ne pouvions pas manger, du vin, mais nous ne pouvions pas boire. Quand les patrouilles s'éloignaient, nous nous assoupissions sans vraiment trouver le repos, des bruits que nous n'avions pas encore remarqués nous empêchaient de nous réfugier dans des rêves agréables et nous rejetaient sans cesse dans la réalité.

Nous pouvions entendre la relève des sentinelles du périmètre extérieur et l'échange des mots de passe. Puis le ronflement des camions commença, quarante, cinquante, soixante roulant vers les chambres à gaz avec leurs victimes car au-delà de nos murs de bois la routine continuait à Birkenau. Nous les imaginions, entrant calmement dans les « salles de douche » et une heure ou deux plus tard on entendit le cliquettement des grilles de fer qui grinçaient en pénétrant dans les fours avec les chargements de chairs mortes, se retournaient et les précipitaient dans les flammes.

C'était un bruit monotone et sinistre qui nous lançait un défi, nous savions que ce n'était qu'en réussissant à nous évader que nous pourrions le faire cesser.

Le second jour était décisif. Les autorités savaient que le temps jouait contre elles et elles activaient leurs hommes sans trêve. Ils tournaient et tournaient autour de nous. Les voix étaient dures et surmenées, les intervalles de silence devenaient plus courts tandis que la tension s'accentuait à l'extérieur, elle s'infiltrait jusqu'à nous d'une manière grossière et déformée car nous ne pouvions pas voir ce qui se passait. Nos nerfs étaient mis à rude épreuve, et nos estomacs étaient noués. Nous ne pouvions toujours rien manger ni boire bien que nous n'ayons rien avalé depuis plus de vingt-quatre heures.

La nuit n'apporta aucun répit. Les hommes continuaient de piétiner au-dessus de nous en courant et en grommelant et ce n'est qu'à l'aube que la pression se relâcha un peu.

— Plus qu'un jour et demi, dit Fred. Ça ne devrait pas être trop dur. Ils doivent penser à présent que nous sommes à des lieues d'ici.

D'une certaine façon, il avait raison, ce troisième jour fut le plus calme que nous ayons vécu, mais en même temps il avait tort.

A environ 14 h 30, cet après-midi-là, on entendit deux détenus allemands discuter près de nous et l'un d'eux déclarer :

— Ils n'ont pas pu s'échapper, ils doivent encore être dans le camp.

Pendant un moment, ils échangèrent des théories folles sur les endroits où nous pourrions être cachés. Alors le second détenu :

— Otto et cette pile de bois ? Tu crois qu'ils pourraient s'y planquer ? Ils se sont peut-être construits un trou à l'intérieur.

— Les chiens sont passés dessus une douzaine de fois, répondit Otto. Ils les auraient sentis ! A moins bien sûr qu'ils n'aient un truc pour détruire les odeurs.

Il y eut un long silence. Fred et moi, accroupis, sans un mouvement, entendîmes Otto dire lentement :

— C'est un long boulot ! Mais ça vaut la peine d'essayer. On y va ?

Ils grimpèrent sur le tas de bois et nous sortîmes nos couteaux. Ils soulevèrent une planche, puis deux, trois, quatre. Environ quinze centimètres nous séparaient maintenant de l'ennemi, nous étions prêts à l'attaque, retenant notre respiration. Toujours accroupi, car on ne pouvait pas se lever, je m'arc-boutais contre le mur de bois.

Soudain il y eut un vacarme à l'autre bout du camp. On entendit des cris d'excitation, et des bruits de pas précipités. Les deux Allemands au-dessus de nous ne parlaient plus, ne bougeaient plus. Puis Otto s'écria :

— Ils les ont eus, viens vite !

Ils dégringolèrent du haut des planches et se précipitèrent vers cette fausse alerte qui nous sauva.

— On peut dire une chose, murmura amèrement Fred, à Auschwitz on rencontre des gens vraiment bien ! Quelles ordures !

Dans la nuit du 9 avril, un choc d'une autre nature nous attendait. Vers 20 h on entendit dans le lointain le ronflement de gros avions, ce qui ne nous était encore jamais arrivé à Auschwitz. Ils se rapprochaient de plus en plus et les bombes commencèrent à tomber près de nous.

Notre pouls se mit à battre plus vite. Allaient-ils bombarder le camp ? Le secret avait-il fini par être révélé ? Les bombes allaient-elles arracher les fils à haute tension, démolir les miradors, écraser les gardes et leurs chiens ? Est-ce que c'était la fin d'Auschwitz ?

Les explosions se rapprochaient, encore plus violentes. Puis presque à nos côtés il y eut des bruits nouveaux, le fracas des canons antiaériens venant de l'intérieur du camp. Les planches tremblaient à chaque tir. Du gravier nous tombait dessus et notre cachette était éclairée par les lueurs intermittentes des explosions. Je dis à Fred :

— Qu'en penses-tu ? On s'en va ? Ils ne nous verront pas dans ce chaos.

Fred, moins fougueux que moi, répondit :

— Non, on ne va pas bouger. N'oublie pas que ce sont des soldats, bombes ou non ils surveillent le camp, s'ils nous voient de leurs miradors ils feront leur boulot jusqu'au bout.

Il avait tout à fait raison mais l'attaque aérienne eut au moins une utilité, le bruit retentissant des bombes et des obus couvrait nos voix. Nous fûmes tristes quand les avions s'éloignèrent et que nous pûmes à nouveau entendre le cliquetis des grilles.

Les dernières vingt-quatre heures furent assez calmes. Les recherches continuaient mais sans beaucoup d'ardeur. Les heures se traînaient et notre tension montait dans l'attente du signal qui indiquerait la levée du cordon du périmètre extérieur.

Nous savions exactement comment cela allait se dérouler. Un SS apporterait l'ordre à un mirador. Il serait crié de proche en proche à tous les miradors encerclant le camp, c'était admettre une défaite provisoire. Les miradors se videraient. Les gardes retourneraient au camp. Le terrain serait à peu près libre.

Nous entendîmes alors le premier cri :

— *Postenkette abziehen* ! (Rompez !)

Le cri se répercuta de mirador en mirador. Il devint de plus en plus faible jusqu'à ce qu'on ne l'entendît plus et revint de plus en plus fort en finissant le tour complet du camp puis s'arrêta.

Il était 18 h 30, le 10 avril 1944. On entendit le martèlement des pas puis rien d'autre que le ronronnement habituel de l'activité de Birkenau. Officiellement nous n'y étions plus !

Pourtant nous ne bougions toujours pas, l'isolement avait augmenté nos craintes et nos soupçons. Je dis à Fred :

— Il vaut mieux attendre un peu. C'est peut-être un piège. Peut-être attendent-ils qu'on se montre.

On attendit. 19 h ! 20 h ! 21 h !...

Sans un mot on se leva en même temps et on essaya avec précaution de soulever les planches qui formaient notre toit.

Il y eut un moment de panique. Elles ne bougeaient pas !

Grommelant, peinant, transpirant, nous conjuguions toutes nos forces. Très lentement presque douloureusement on réussit à soulever les planches de quelques centimètres et on put saisir leur bords rugueux. On les repoussa sur les côtés et soudain on vit les étoiles au-dessus de nous dans le ciel noir d'une nuit d'hiver sans lune.

— Heureusement que ces salauds d'Allemands ont failli nous débusquer, murmura Fred. S'ils n'avaient pas remué les planches de l'extérieur nous étions faits !

Nous sortîmes dans l'air froid et replaçâmes très soigneusement les planches pour le cas où quelqu'un voudrait se servir de ce trou pour une évasion ultérieure. Un instant nous restâmes assis sur le tas de bois, immobiles, invisibles, fixant intensément l'intérieur du camp que nous étions bien décidés à ne jamais revoir.

Je voyais Auschwitz de l'extérieur comme l'apercevaient ses victimes en arrivant. Les lumières intenses dessinaient dans l'obscurité un halo jaunâtre qui donnait à l'endroit une aura de mystère, presque de beauté. Nous savions ce que recouvrait cette terrible beauté : dans ces baraquements des gens mouraient, crevaient de faim, intriguaient, le meurtre rôdait partout.

Nous tournâmes le dos au camp, nous nous glissâmes à terre et nous nous mîmes à ramper lentement loin des miradors rendus inoffensifs, vers le petit bois de bouleaux qui cachait les anciennes fosses et qui avait donné son nom à Birkenau. Nous l'atteignîmes et debout tête baissée le traversâmes jusqu'à ce que nous soyons à nouveau dans un espace dégagé où nous recommençâmes à ramper.

Tout en avançant je pensais à Dmitri Volkov. Le combat ne faisait que commencer.

Je me souvenais aussi de cette phrase : « Attention aux mines. »

C'est un risque que nous devions courir, il faisait noir et si nous ne nous dépêchions pas l'aube nous surprendrait à découvert. Nous continuâmes et au moment où nous nous y attendions le moins, nous butâmes sur un obstacle totalement inattendu.

Je crus d'abord que c'était une rivière. Cela avait environ huit mètres de large, ruban blanchâtre qui s'étendait de chaque côté à perte de vue. Je m'agenouillai pour l'examiner, c'était du sable... Des mètres et des mètres de sable blanc et doux qui vraisemblablement entourait complètement Auschwitz-Birkenau. C'était pire que de l'eau, lorsque nous l'aurions traversé l'empreinte de nos pas serait comme des flèches que les patrouilles n'auraient qu'à suivre dès que le jour serait levé. Je réalisais que cela pouvait être encore plus dangereux qu'il n'y paraissait. Ce sable pouvait dissimuler les mines dont Dmitri Volkov m'avait parlé.

Néanmoins nous n'avions pas le choix. Ensemble nous plongeâmes dans ce désert miniature et nous arrivâmes sur une lande recouverte de fougères. Par-ci, par-là, il y avait des poteaux indicateurs qui signalaient peut-être les mines mais il faisait trop noir pour les lire et il n'était pas question de gratter une allumette. Nous continuâmes sans nous arrêter jusqu'à ce qu'on aperçoive une autre forêt devant nous alors que le ciel blanchissait. Instinctivement nous pressâmes le pas pour nous mettre à l'abri ; pourtant je m'arrêtai un court instant pour lire un des poteaux indicateurs : « Attention ! Ceci est le camp de concentration d'Auschwitz. Quiconque trouvé sur cette lande sera abattu sans sommation. »

Nous étions encore dans les limites du camp et la forêt semblait toujours aussi loin. Au lever du jour nous étions encore en danger. La lande se terminait et faisait place à un champ de blé. Nous nous arrêtâmes pour vérifier notre position et après un coup d'œil autour de nous, nous nous jetâmes à terre.

A cinq cents mètres nous vîmes une équipe de femmes détenues étroitement surveillées par des SS.

Nous restâmes là haletants. Puis levant prudemment la tête nous vîmes que la colonne partait au travail, apparemment ils ne nous avaient pas vus. Pourtant nous n'osâmes pas nous relever. Nous continuâmes donc à ramper utilisant tous les creux et fossés sur notre chemin. Se dépêcher à ce moment-là aurait été de la folie, il nous fallut deux heures pour atteindre la sécurité des arbres.

Après un rapide repos, nous reprîmes notre route à travers la forêt épaisse. La verdure calma nos nerfs à vif jusqu'à ce que subitement nous entendîmes des voix, des voix de douzaines d'enfants.

Nous nous précipitâmes derrière des buissons, en épiant à travers les branches nous aperçûmes un groupe important de jeunesse hitlérienne, sac au dos. Quel ne fut pas notre effroi de les voir s'installer sous les arbres à moins de trente mètres de nous pour manger leurs sandwichs. Nous étions piégés, pas par des SS cette fois mais par leurs enfants.

Nous restâmes couchés là environ une heure lorsque grâce aux intempéries la chance tourna en notre faveur. De grosses gouttes de pluie se mirent à tomber. Les jeunes hitlériens levèrent la tête et continuèrent à manger tranquillement mais, quand l'ondée devint une grosse averse, ils déguerpirent en poussant des cris.

Nous reprîmes notre marche. Le sol était spongieux mais nous avions des bottes solides. La pluie tombait dru sur nos têtes nues mais ne traversait pas nos pardessus. Nous nous sentions presque heureux tout en avançant péniblement et même la vue d'une patrouille de SS avec un autre groupe de femmes détenues ne réussit pas à nous décourager. Nous nous cachâmes tout simplement dans un fossé jusqu'à ce qu'ils soient hors de vue.

Enfin je dis à Fred :

— Nous devons dormir. Cherchons un coin bien abrité, où même un SS n'amènerait pas une petite amie.

Nous cherchâmes une bonne demi-heure avant de trouver un massif bien épais. Nous nous glissâmes à l'intérieur et allongés sur les fougères nous avions le sentiment d'être en sûreté.

Un frileux soleil d'avril filtrait à travers les branches. Les oiseaux les plus audacieux gazouillaient au-dessus de nos têtes, Fred très gentiment me donna une leçon d'échecs et nous nous endormîmes.

C'était un champion. Le champion d'Auschwitz et je suis heureux de dire qu'il a pris sa retraite invaincu.

XVI

La frontière slovaque est à environ cent vingt kilomètres d'Auschwitz à vol d'oiseau. Malheureusement Fred et moi n'étions que des juifs, il nous fallait donc marcher et le pays que nous devions traverser était empli d'embûches.

Tout Allemand, militaire ou civil, avait ordre de tirer à vue sur tout étranger. Les Polonais avaient été clairement prévenus qu'eux et leurs familles seraient fusillés s'ils aidaient les prisonniers évadés, et de fait ils payèrent un lourd tribut. Même si nous ne commettions pas d'erreur ces cent vingt kilomètres étaient hérissés de traquenards et nous étions loin d'être infaillibles.

Nous nous surpassâmes la nuit qui suivit le jour où Fred m'avait bercé pour m'endormir en me parlant de cavaliers, de fous et de tours. Il faisait nuit noire et nous nous jetâmes tout droit sur le périmètre extérieur d'un camp de concentration !

Nous vîmes les miradors vides, les contours indistincts des baraquements et tous les accessoires concentrationnaires du travail, nous avions beau essayer désespérément de nous sortir de ce labyrinthe effrayant, nos pas nous ramenaient sans cesse vers cet environnement que nous connaissions trop bien, alors que nous venions de risquer notre vie pour nous en échapper.

Notre connaissance de la routine des camps loin de nous aider exacerbait notre tension nerveuse. Nous savions que les miradors seraient opérationnels dès le lever du jour et que nous serions immédiatement repérés. Cependant nous n'avions aucune idée du plan de ce camp, nous étions donc aussi démunis que ceux qui débarquaient.

Il ne nous restait qu'à avancer à l'aveuglette dans l'espoir de découvrir des indices qui nous guideraient en lieu sûr. Juste au moment où le ciel virait du noir au gris, je remarquai un petit bois qui ne pouvait être qu'en dehors des limites du camp. On réussit à l'atteindre sans problème et on disparut au cœur d'un taillis, nous couvrant de branchages arrachés aux arbres.

Nous nous détendîmes un peu nous sentant sinon en sécurité du moins un peu plus rassurés qu'à l'ombre des miradors mais quand le soleil s'éleva dans le ciel il balaya le peu de confiance qui nous restait encore. Nous n'étions pas dans un bois. Nous nous trouvions dans un jardin public et au fur et à mesure que la matinée s'avançait nous nous apercevions qu'il s'agissait d'un jardin apparemment réservé aux SS et à leurs petites amies, leurs femmes et leurs enfants. De notre misérable berceau de verdure, nous les voyions se promener dans leurs uniformes verts, détendus, se reposant de leurs rudes épreuves en territoire ennemi.

Certains avaient des chiens qui flairaient et bondissaient partout, cela nous inquiéta tellement que nous négligeâmes des animaux autrement plus dangereux : les enfants. Ils sautaient, riaient, criaient en passant devant notre refuge et nous les ignorions jusqu'à ce qu'à notre grande horreur nous vîmes un petit garçon et une petite fille se diriger vers nous. A quinze pas derrière eux se promenait un Oberscharführer en uniforme, pistolet à la ceinture, à son bras sa femme, une blonde bien en chair.

Nous retînmes notre souffle. Les enfants gambadaient ci et là comme des lucioles, s'approchant de nos buissons, changeant de direction, revenant vers nous, jouant avec nos nerfs, et puis ce fut l'inévitable : deux paires d'yeux ronds étonnés et bleus, des yeux aryens, nous fixaient. Nous vîmes deux bouches s'arrondir d'étonnement et s'écrier :

— Papa, papa, viens voir, il y a deux hommes dans les buissons, ils sont bizarres.

Fred et moi avions sorti nos couteaux. Nous vîmes papa redresser la tête, son front se plisser, il ne souriait plus. Il s'avança vers les buissons, nous observa un long moment. Nous le regardâmes prêts à nous jeter sur lui. Puis nous vîmes l'étonnement disparaître de ses yeux, remplacé par un sourire ironique. Il prit ses poussins sous son aile et les emmena loin de cette scène.

Nous les regardâmes s'éloigner. L'Oberscharführer parlait sérieusement à sa femme et elle prenait l'air choqué qui convenait. Voilà donc où on en était : une respectable mère de famille allemande ne pouvait plus promener ses enfants dans un jardin public sans trouver deux hommes couchés ensemble dans les buissons !

Ce malentendu sur nos mœurs nous sauva la vie. Nous passâmes le reste de la journée dans notre taillis sans être dérangés. Dès que la nuit fut tombée nous continuâmes notre route, avançant lentement et avec précaution, Volkov m'avait prévenu que toute hâte conduisait inévitablement à la mort.

Les conseils de Volkov se révélaient toujours aussi précieux mais il n'avait pas réussi à m'apprendre à y voir dans le noir, malgré nos rapides progrès nous nous perdîmes encore une fois le cinquième jour de notre périple.

Nous nous dirigions vers les monts Bezkyd près des Tatras où zigzaguait la frontière. En apercevant dans le lointain les lumières d'une ville qui ne pouvait être que Bielsko, nous étions sûrs d'être dans la bonne direction. Nous ne nous étions pas trompés mais malheureusement quand les lumières s'éteignirent, nous nous perdîmes et au lieu de la contourner nous nous retrouvâmes en plein centre.

Alors que nous avions l'impression d'être tranquillement en pleine campagne, nous nous retrouvâmes dans des rues bordées de grands immeubles menaçants. Nous rebroussâmes chemin pour essayer de quitter la civilisation mais les immeubles nous poursuivaient et nous savions que nous pouvions à tout moment tomber sur une patrouille de miliciens armés.

Pourtant nous gardions notre sang-froid et à l'aube nous étions hors de Bielsko. Nous n'étions pas pour autant à l'abri dans les champs, nous avions troqué le danger énorme que représentait Bielsko contre un danger moindre le village de Pisarovice. Il faisait maintenant grand jour et nous savions que nous ne pouvions pas continuer à avancer.

Nous étions confrontés à un dilemme d'importance. Il était évident que c'était folie de croire que l'on pourrait sortir du village sans être vus. Cela signifiait tout simplement que nous devions chercher de l'aide. Pour la première fois depuis notre évasion nous allions devoir parler à des gens et plus effrayant encore leur faire confiance.

Nous risquions de tomber sur une maison allemande, plus vraisemblablement avec de la chance sur une maison polonaise. Cependant nous ne pourrions leur reprocher de nous chasser. En hébergeant deux étrangers, ils risquaient leur vie, celle de leur femme et de leurs enfants.

Nous n'avions pas le choix. On opta pour une maison plus ou moins au hasard. En la contournant pour entrer par la cour arrière, des poulets se bousculèrent dans nos jambes et une oie poussa un cri indigné. Une vieille femme, vêtue d'une ample robe noire, un fichu blanc de paysanne polonaise sur la tête, vint à la porte, derrière elle il y avait une jeune fille de dix-huit ans environ au visage tourmenté. Dans notre meilleur polonais nous la saluâmes selon la tradition du pays :

— Béni soit le Christ.

— Que son nom soit sanctifié pour l'éternité, amen, entonna-t-elle. Entrez messieurs, je vous en prie.

Nous entrâmes dans une grande cuisine au sol en pierre, nous sentant relativement en confiance. La vieille femme était loin d'être sotte. Elle savait que nos beaux habits étaient volés, que nous étions en cavale, sinon nous n'aurions pas sonné à son humble demeure.

La calme dignité de son regard, le fier maintien de sa tête

nous donnèrent la certitude qu'elle ne nous dénoncerait pas aux Allemands, elle nous le fit immédiatement sentir.

— Je ne parle pas bien le russe, dit-elle, mais vous parlez bien le polonais. Vous devez avoir faim.

Elle se tourna vers la jeune fille qui n'avait encore rien dit mais qui ne nous quittait pas des yeux et lui dit :

— Maria, prépare un petit déjeuner pour nos hôtes.

Il était clair qu'elle nous prenait pour des soldats soviétiques évadés d'un camp militaire, elle avait certainement peur mais elle se maîtrisait fort bien. Quand avec reconnaissance nous prîmes place pour un déjeuner de café et des pommes de terre que Maria nous avait apporté, elle nous mit au courant calmement de la situation locale.

— Les montagnes sont encore loin d'ici. Pour y arriver vous devez traverser des plaines constamment sous surveillance allemande à cause des partisans de la région. Si vous essayez de passer en plein jour vous serez pris, vous devez rester chez moi jusqu'à la nuit. Si mes fils étaient ici, ils vous auraient aidés davantage mais l'un est mort et l'autre est dans un camp de concentration, il faudra vous contenter de mes conseils.

Nous la remerciâmes chaleureusement et comme la porte s'ouvrait nous fîmes un bond. La vieille femme sourit et dit :

— Ne vous inquiétez pas, c'est un de mes vieux amis.

Un homme âgé, fumant une pipe encore plus vieille que lui entra dans la grande cuisine et nous souhaita le bonjour avec simplicité comme si rencontrer des étrangers dans ce village était monnaie courante.

— Vous tombez bien les gars. Il y a du bois à couper derrière la maison, pourriez-vous nous donner un coup de main ?

Nous fûmes aussitôt d'accord, enlevâmes nos épais pardessus et nous mîmes au travail. Vers treize heures, la jeune fille nous appela timidement pour le déjeuner, un repas de soupe de pommes de terre et de pommes de terre. Quand tout le bois fut coupé nous rentrâmes dans la maison et nous nous endormîmes immédiatement.

Il était trois heures du matin quand je sentis que l'on me secouait. Je me levai d'un bond et reconnus la vieille femme dans le noir.

— Excusez-moi de vous avoir fait peur, dit-elle en souriant, mais il est temps de partir. Réveillez votre ami et venez prendre un café.

Je réveillai Fred et on chassa le sommeil avec deux ou trois tasses de café chaud, de l'ersatz de café que la vieille femme nous avait préparé. Elle nous regardait en souriant tristement, plus inquiète pour nous que pour elle. Puis elle me glissa quatre marks dans la main et me dit :

— Prenez ça, vous avez travaillé dur toute la journée.

J'avais deux raisons de refuser son argent. D'abord j'estimais que nous lui étions bien plus redevables qu'elle à nous. Ensuite, j'avais en tête l'avis catégorique de Volkov — ne pas prendre d'argent pour ne pas être tenté de le dépenser — et j'étais bien décidé à le suivre.

— Merci, lui dis-je gentiment, nous n'avons pas besoin d'argent. Vous nous avez aidés au-delà de ce que nous pouvions espérer et nous avons été trop heureux de pouvoir vous rendre service.

— Prenez-le s'il vous plaît, insista-t-elle, ça vous portera bonheur.

A contrecœur je le mis dans ma poche. C'était beaucoup d'argent pour elle plus qu'elle ne pouvait se permettre. Mais je sentais qu'elle pensait à ses fils, l'un mort et l'autre dans un camp peut-être même à Auschwitz. Nous la remerciâmes à nouveau et partîmes dans le noir, trois heures plus tard nous étions au pied de la montagne encore couverte de plaques de neige.

Nous progressions moins vite à présent. Dix jours après être sortis de notre cachette, quarante-huit heures après avoir quitté la vieille femme, nous étions à mi-chemin de notre but. C'était encourageant et en même temps un peu effrayant car l'endroit qui nous permettait de calculer notre position n'était autre que la ville de Porebka, celle-là même où Sandor Eisenbach et ses trois amis s'étaient fait prendre. Nous l'apercevions nichée au fond de la vallée ; des barrages de gros ballons se balançaient dans le ciel lugubrement et les paroles de sinistre présage de Sandor nous revenaient :

— Évitez Porebka... Ça pue le soldat.

Nous décidâmes de suivre son conseil malgré les marks qui me brûlaient les doigts à présent ; étendus sur une colline pour nous reposer nous nous sentions fiers et satisfaits d'avoir résisté à la tentation.

Mais nous ne nous rendîmes pas compte que le pullulement ne concernait pas seulement la ville de Porebka, il s'étalait aussi sur les flancs de la montagne. Allongés les yeux clos, nous entendîmes un fusil claquer et une balle siffler au-dessus de nos têtes.

En un éclair nous fûmes debout. A sept cents mètres environ sur une autre colline il y avait une patrouille allemande avec des chiens. Nous nous mîmes à grimper la colline, pataugeant dans la neige. Si nous pouvions atteindre le sommet et disparaître dans l'autre vallée nous pouvions nous en sortir mais il nous fallait couvrir cette distance sous le feu nourri et précis des Allemands.

Fred courait devant moi, il réussit à se cacher derrière un gros rocher. Je le suivis, trébuchai et tombai à plat ventre. Le rocher n'était plus qu'à quelques mètres mais il aurait pu être à des lieues de là, les balles bourdonnaient autour de moi comme des abeilles, entaillant les rochers. J'enfouis mon visage dans la terre et restai immobile.

Je ne faisais pas le mort. J'avais tout bêtement peur de bouger, cet instant de panique me sauva. Dans l'air vif et clair de la montagne j'entendis distinctement l'ordre : « Cessez le feu ! On l'a eu ! »

Ils commencèrent à dégringoler le long de la pente, je me relevai, me débarrassai de mon manteau et me précipitai vers le rocher. Après un autre hurlement la fusillade reprit mais cette fois j'étais à l'abri.

— Viens vite ! cria Fred, courons vers les arbres.

A mi-côte, sur l'autre colline en face de nous, il y avait un petit bois mais au fond de la vallée coulait un torrent large et rapide. Nous y filâmes à toute allure, pressés par les aboiements des chiens. Nous plongeâmes dans l'eau glacée luttant pour rejoindre l'autre rive. Le froid vif nous pénétrait jusqu'aux os. Le courant entraînait nos vêtements alourdis. Deux fois je perdis l'équilibre et roulai sous l'eau. Nous finîmes par nous hisser sur la berge et cherchant notre respiration, nous avancions péniblement dans la neige qui nous arrivait parfois jusqu'à la taille.

Nous atteignîmes le refuge bienvenu des arbres avant que les Allemands n'aient gravi la colline, cette fois nous avions l'avantage. Le torrent arrêterait les chiens et ce délai nous donnerait le temps de nous éclipser. Nous poursuivîmes notre chemin, zigzaguant entre les hauts sapins jusqu'à ce qu'on n'entendît plus les aboiements et nous nous affalâmes épuisés dans un fossé plein de fougères et d'herbes.

Nous restâmes là allongés une bonne heure, l'oreille aux aguets mais nous n'entendions que le bruissement de la neige fondante et les murmures de la vie secrète des sous-bois.

Après cette alerte, nous marchâmes plus vite, sûrs de bientôt quitter la Pologne. Nous ne nous écartions plus des chemins isolés, l'idée d'une capture de dernière minute nous était insupportable et rencontrer des gens pouvait être dangereux, soit par leur désir de nuire, soit par leur imprudence. Mais les gens ont la déplorable habitude de surgir là où on les attend le moins et c'est ainsi que le lendemain en traversant un champ nous tombâmes face à face avec une vieille Polonaise.

Nous restâmes un long moment silencieux à nous regarder, essayant de jauger la situation. La paysanne n'avait pas peur mais elle savait que nous étions porteurs d'ennuis, que nous étions des fuyards. Si elle nous aidait, les Allemands pouvaient la tuer, si elle ne nous aidait pas nous pouvions la tuer. C'était aussi simple que cela.

Je finis par lui dire :

— Nous nous dirigeons vers la frontière slovaque. Pouvez-vous nous montrer le chemin ? Nous nous sommes évadés du camp de concentration d'Auschwitz.

La tromper n'avait aucun sens et je me rendis compte brusquement que c'était la première fois que je parlais d'Auschwitz à quelqu'un de l'extérieur du camp. Cela n'avait naturellement aucune signification pour elle mais si je mourais à cet instant j'aurais au moins parlé du camp à une personne.

— Il vous faut attendre ici, répondit-elle lentement sans nous quitter des yeux. Ce soir j'enverrai un homme qui vous aidera. Et tout de suite je vais vous envoyer à manger.

Je sentis alors que nous mourions de faim. Il n'y avait pas eu grand-chose à glaner dans la montagne, mais la tension nerveuse avait émoussé notre appétit après la rencontre avec la patrouille allemande. Nous avions bu l'eau des torrents et à peine grignoté depuis plusieurs jours.

Nous la remerciâmes mais n'avions pas confiance en elle. Tandis qu'elle s'éloignait, nous nous mîmes à étudier notre position et nous vîmes qu'elle devait traverser un pont à environ mille mètres de là. A deux cents mètres dans la direction opposée se trouvait une forêt. Si elle nous dénonçait aux Allemands, nous les verrions arriver sur le pont et nous aurions tout le temps d'atteindre la forêt avant qu'ils ne nous aient aperçus.

Deux heures plus tard, nous vîmes quelqu'un s'approcher du pont, ce n'était pas un soldat mais un gamin d'environ douze ans. Il gravit la colline jusqu'à nous et avec un sourire timide il nous tendit un gros paquet. Nous l'ouvrîmes, il contenait un kilo de pommes de terre cuites et un peu de viande que nous avalâmes goulûment. Le sourire du gamin s'épanouit en nous voyant manger et, quand nous eûmes fini, il nous dit :

— Ma grand-mère reviendra à la tombée de la nuit.

La nourriture apaisa notre faim mais pas nos soupçons. Si elle revenait à la nuit, nous ne pourrions pas voir qui était avec elle quand elle traverserait le pont. Un instant nous discutâmes s'il ne valait pas mieux déguerpir tout de suite mais nous décidâmes que d'après le bruit des pas nous serions à même de juger combien de personnes venaient avec elle et nous aurions le temps de fuir vers la forêt, si nécessaire.

Nous attendîmes des heures. Je tremblais de froid sans mon manteau, alors que le ciel s'assombrissait et que la fraîcheur du soir me pénétrait jusqu'aux os. Mais j'oubliai vite le froid quand j'aperçus dans l'obscurité la vieille femme qui revenait avec un paysan.

Nous restions pourtant sur nos gardes, cela aussi pouvait être un piège. Nous attendîmes sans parler qu'ils fussent près de nous et nous vîmes que l'homme avait un pistolet dans la main.

Instinctivement nos mains serraient nos couteaux dans nos poches. La situation était dangereuse mais pas désespérée, car s'il voulait nous ramener à la Gestapo, nous avions une longue route devant nous et nous étions très décidés tous les deux. Nous étions sûrs de pouvoir le tuer avant qu'il n'ait tiré dans le noir et nous étions prêts à le faire.

La vieille femme se comporta exactement de la même façon que le matin, gardant son calme. Elle nous donna un autre gros paquet :

— Voilà encore de quoi manger. Vous semblez en avoir besoin.

L'homme au pistolet ne disait pas un mot et nous ne le quittions pas des yeux tout en mangeant. Comme nous étions toujours affamés il ne nous fallut que quelques minutes pour tout avaler et à notre grande surprise il éclata de rire. Mettant le pistolet dans sa poche il dit :

— Vous sortez bien d'un camp de concentration. Il n'y a que des gens vraiment affamés qui puissent manger à cette vitesse. Mais au début j'ai bien cru que vous étiez des agents de la Gestapo.

— Des agents de la Gestapo ?

— Oui, parfois ils essaient de nous avoir. Ils savent que nous aidons les partisans et ils nous balancent des mouchards dans les pattes dans l'espoir que nous nous ferons prendre. Mais c'est assez facile de s'y retrouver. Venez avec moi. Vous pouvez passer la nuit chez moi et demain soir je vous ferai franchir la frontière en toute sécurité.

Nous nous levâmes, riant comme des enfants. La frontière... des gens qui parleraient slovaque... des amis... sains et saufs... dans notre pays. C'était trop beau pour être vrai.

Mais est-ce que j'allais y arriver ? J'avais mal aux pieds depuis un bon bout de temps, ils étaient tellement enflés que je ne pouvais plus marcher. Je ne pouvais que clopiner.

Il nous emmena chez lui, une jolie petite maison dans la vallée. Là je m'écroulai sur une chaise et essayai d'enlever mes bottes. Elles résistaient, je tirai dessus grimaçant de douleur tandis que Fred et notre hôte me regardaient avec inquiétude.

— Il n'y a qu'une chose à faire, dit Fred, il faut les couper, tu ne peux plus marcher avec ça.

Il avait raison. Dès que nous serions en Slovaquie j'étais sûr de pouvoir me procurer une paire de bottes ou de chaussures et j'étais bien décidé à passer la frontière, quitte à marcher sur les mains s'il le fallait.

D'une poche intérieure, je sortis la lame de rasoir que Volkov m'avait conseillé d'avoir sur moi pour me suicider en cas de besoin. Avec précaution je découpai le cuir, mes pieds en se dégageant frémirent de soulagement.

— Tu ne peux pas marcher en chaussettes, grommela le Polonais, tiens prends mes pantoufles. C'est tout ce que je peux t'offrir.

Cette nuit-là nous connûmes les délices d'un lit douillet. Toute la journée suivante nous demeurâmes dans la maison tandis que notre ami allait travailler. A son retour on dîna ensemble puis il nous dit :

— C'est l'heure de partir mais avant il faut que je vous avertisse de ce qui vous attend. Cette frontière est assez bien surveillée. Les gardes patrouillent suivant un horaire très précis, ce qui fait que je peux prévoir assez exactement où ils sont à un moment donné. Si vous faites bien ce que je vous dis, je vous ferai passer la frontière.

Dix minutes plus tard nous partions. Ce vieil homme malgré son âge marchait vite et sans bruit, j'avais bien du mal à le suivre avec mes pantoufles. Il s'arrêta tout à coup et consulta sa grosse montre :

— La patrouille allemande passe ici toutes les dix minutes, dit-il tranquillement, comme s'il nous annonçait l'heure du prochain train. On va laisser passer la prochaine.

Nous nous cachâmes dans les buissons. Bientôt on entendit le crissement des pas et, en regardant à travers les feuilles avec précaution, nous vîmes passer les soldats si près de nous que nous aurions pu toucher leurs uniformes verts.

Le trajet dura plus longtemps que nous n'avions prévu, il dura deux jours. Enfin nous arrivâmes à une clairière et notre guide s'arrêta :

— Vous voyez la forêt là-bas ? C'est la Slovaquie. Ici les patrouilles allemandes passent toutes les trois heures. Attendez le prochain passage avant de continuer.

Nous regardâmes la forêt à cinquante mètres de nous, refrénant l'envie de nous y précipiter sur-le-champ. Puis nous tournant vers le vieux Polonais endurci nous le remerciâmes vivement.

— Je suis très content d'avoir pu vous aider, dit-il en souriant, puis jetant un coup d'œil à mes pieds il ajouta : j'espère que les pantoufles ne vous lâcheront pas !

Il disparut sans ajouter un mot. Nous nous cachâmes au milieu des arbres en bordure de la clairière jusqu'à ce que la patrouille soit passée, puis nous fonçâmes vers la Slovaquie. C'était la première fois que nous nous sentions vraiment libres depuis que nous avions escaladé notre tas de bois, même si le pays était toujours sous la botte de Monseigneur Tiso, de ses gardes Hlinka et de ses nombreux Quislings.

Mais la liberté ne nous suffisait pas. Ce n'était pas la raison principale de notre évasion, il nous restait à entrer en contact avec les sionistes, les comités juifs dont l'aide permettait aux Allemands d'organiser la déportation. Nous devions leur dire que les territoires de repeuplement n'étaient rien d'autre que des chambres à gaz et nous savions que les rencontrer n'allait pas être simple.

Cela voulait dire entrer en ville sans papiers avec le risque d'être contrôlé par des gardes Hlinka ou des Allemands, il nous faudrait demander notre chemin, chercher des adresses de juifs, nous exposer en tant qu'étrangers venant de Dieu sait où.

Il aurait été moins dangereux de rester dans la forêt, de rejoindre les partisans, de nous battre avec eux mais ce luxe devait attendre que nous ayons terminé la tâche que nous nous étions fixés.

Après avoir marché environ deux heures dans la forêt, nous arrivâmes dans la plaine. Un paysan qui travaillait dans un champ se releva et nous fixa en nous voyant approcher. A présent j'étais en terrain familier, je connaissais la mentalité des gens. Je l'observai attentivement et je sentis que je pouvais lui faire confiance.

Sans ménagement, car le tromper aurait été inutile, je lui demandai :

— Où sommes-nous ?

— Près du village de Skalite non loin de la ville de Cadca.

Je connaissais ces deux endroits. Je regardai une fois de plus l'homme avec attention. Il était grand, fort, les yeux noirs et le visage impénétrable. D'instinct je continuais de penser qu'il était digne de confiance, bien que mes habitudes de méfiance renforcées par Auschwitz m'aient incité à être prudent. Je savais que Fred pensait plus ou moins comme moi mais nous n'avions pas d'autre choix que de nous fier à lui. Il n'était pas stupide. Il savait que nous n'étions pas de la région et que nous désirions nous rendre à la ville ou au village le plus proche. Même si nous le quittions là, il pouvait encore nous dénoncer et nous faire arrêter dans l'heure.

— Nous avons besoin d'aide, dis-je, nous devons aller à Cadca.

Il nous regarda de la tête aux pieds et sourit. Puis il nous dit :

— Vous feriez mieux d'abord de venir chez moi, vous n'iriez pas bien loin attifés comme vous l'êtes. A propos je m'appelle Canecky.

Fred et moi nous nous regardâmes et il nous parut évident qu'il avait raison. Nous n'avions plus du tout l'air de deux élégants commerçants hollandais, ce qui de toute façon n'aurait pas été une bonne chose. Nous avions l'air de deux commerçants hollandais que l'on aurait roulés dans la boue et jetés dans les ronces. Sans un mot nous le suivîmes chez lui.

Il nous donna à manger et pendant notre repas il chercha parmi le peu de vêtements qu'il possédait ce qu'il pouvait nous proposer pour nous permettre de passer inaperçus au milieu de cette communauté de fermiers. Nous nous changeâmes et de nouveau assis nous lui fîmes un rapide récit de notre histoire.

— Nous devons entrer le plus vite possible en relation avec les responsables de la communauté juive de Cadca, dis-je enfin.

Aller vite était à présent primordial. Un calendrier mural qui faisait de la réclame pour des graines, me rappela que l'on était le 21 avril. Je savais qu'avant longtemps les convois de Hongrois commenceraient leurs macabres voyages vers Auschwitz.

— Il est certain, dit notre hôte qui, semblait-il, était un petit fermier, que vous devez vous éloigner de la frontière. Mais vous devez avoir une bonne raison pour voyager une fois que vous serez en ville. Dans trois jours j'amène des cochons au marché de Cadca. Vous m'aiderez et personne ne posera de questions. En attendant vous devez rester ici pendant que je continuerai à travailler, si on ne me voyait pas quelqu'un pourrait avoir des soupçons.

Fred et moi échangeâmes un rapide coup d'œil. Le fermier nous comprit et sourit :

— Messieurs ne vous inquiétez pas je ne vais pas vous

dénoncer. Vous avez ma parole... ma parole de Slovaque! Une fois à Cadca je vous mets en rapport avec un médecin juif que je connais, le docteur Pollak.

C'est ainsi que durant trois jours nous restâmes dans la maison pendant que M. Canecky vaquait à ses occupations. Tôt le quatrième jour nous partîmes pour la ville poussant dix cochons devant nous, nous mêlant à la foule du marché je me sentais léger et heureux.

J'entendais autour de moi la douce musique de la langue slovaque. Les marchandages se mêlaient à de vives plaisanteries que l'on n'avait pas besoin de me traduire. Près de moi, une femme proposa un prix très étudié pour ses poules et, les mains sur les hanches, elle demanda à son client :

— Qu'est-ce que tu es? Un juif ou un être humain?

J'éclatai de rire. J'étais de retour parmi les miens.

On vendit nos porcs un bon prix et M. Canecky était de fort bonne humeur. Nous étions contents pour lui mais en quittant le marché nous eûmes l'occasion de constater que son plaisir n'était pas égoïste.

— Messieurs, nous n'aurons plus de souci à nous faire. A présent j'ai de l'argent, il est à vous si vous en avez besoin. Allons chez le docteur Pollak.

Devant le cabinet du médecin, le fermier voulut nous forcer à prendre de l'argent mais nous refusâmes. Il avait risqué sa vie pour nous et quand nous voulûmes le remercier il rit et dit :

— J'aurais souhaité que vous preniez quelques couronnes. La pauvreté n'est pas une honte mais elle est parfois inconfortable.

Sans cesser de rire, il nous quitta.

Nous nous tournâmes vers le grand bâtiment où le docteur avait son cabinet et nous nous arrêtâmes tout net. Devant l'entrée principale se tenaient deux soldats de l'armée du Quisling slovaque. Lentement nous nous approchâmes pour constater que nous allions entrer dans le quartier général de l'armée, où apparemment le médecin disposait d'une pièce.

— Au diable, marmonna Fred, on a bien le droit d'être malade comme tout le monde. Pourquoi pas ?

La sentinelle ne nous jeta pas un regard et quelques minutes plus tard nous étions assis dans une petite pièce aseptisée et nous racontions notre histoire au docteur Pollak.

Il nous écouta attentivement, posant parfois une question. Puis il nous dit :

— Ce soir vous dormirez chez moi. Demain je vous conduirai chez les dirigeants de la communauté juive de Zilina. Ils sauront ce qu'il faut faire.

Le lendemain, 25 avril, Fred et moi sirotions un verre d'alcool, au quartier général du conseil juif de Zilina en racontant notre histoire au docteur Oscar Neumann, porte-parole de tous les juifs de Slovaquie, à Oscar Krasnansky, Erwin Steiner et un nommé Hexner. Nous parlions toujours lorsqu'ils nous menèrent dans une salle à manger où la table était mise sur une table étincelante de blancheur. Nous continuâmes de parler tout en avalant le meilleur repas qu'aucun de nous deux ait jamais mangé de sa vie, nous n'avions encore qu'effleuré la réalité d'Auschwitz quand on nous apporta liqueurs et cigares.

Je regardai les visages de nos hôtes autour de la table et j'eus l'horrible sensation qu'ils ne croyaient pas un mot de ce que nous leur racontions.

Pourquoi auraient-ils dû nous croire ? Comment le pouvaient-ils ? Comment un être humain aurait-il pu réussir à concevoir l'idée de l'extermination massive à l'échelle d'Auschwitz ?

Après le repas ils nous mirent à l'épreuve. Ils nous firent entrer dans une autre pièce et sortirent de grands registres. Là, étaient inscrits tous les départs des juifs déportés slovaques avec la date et le lieu d'où ils étaient partis.

— Quand êtes-vous parti M. Vrba ?

— Le 14 juin 1942.

Ils tournèrent les pages. Les têtes approuvèrent. Une autre voix me demanda :

— D'où êtes-vous parti ?

— Novaky.

D'autres signes de tête. Puis :

— Pouvez-vous nous donner des noms d'autres gens de votre convoi ?

Je débitai environ trente noms parmi ceux dont je me souvenais de mon wagon. Un doigt descendait lentement le long de la page de ce grand registre. Je vis leur visage changer imperceptiblement et dans leurs yeux les soupçons firent place à une horreur absolue. Ils se rendirent compte à ce moment-là que leurs gros livres ne contenaient que des rubriques nécrologiques, que le but initial de ces livres qui était de ramener les déportés après la guerre en Slovaquie était devenu sans objet. Le mythe des territoires de repeuplement s'effaçait et le choc était terrible.

Pourtant ils avaient encore des doutes et c'était bien compréhensible. Ils ne voulaient pas nous croire et je ne les en blâme pas. Je dois dire à leur décharge qu'ils ne nous écartèrent pas comme des fous ou des provocateurs. Ils nous emmenèrent dans des pièces séparées et nous demandèrent à chacun d'écrire un témoignage.

Pendant des heures je dictai mon rapport. Je leur donnai des statistiques détaillées sur le taux de mortalité. Je décrivis chaque étape de ce piège monstrueux et secret qui avait permis de tuer 1 760 000 personnes dans les chambres à gaz rien que durant mon passage dans le camp. J'expliquai tout le mécanisme de l'usine d'extermination et son aspect commercial, l'énorme profit qui résultait du vol de l'or, des bijoux, de l'argent, des vêtements, des membres artificiels, des lunettes, des voitures d'enfants, et des cheveux utilisés pour calfater les têtes de torpilles. Je leur racontai que même les cendres servaient d'engrais.

Je leur fis un tableau complet de l'innommable avec les informations que j'avais rassemblées soigneusement pendant si longtemps et quand j'eus fini je leur répétai ce que je leur avais dit au début.

— Un million de Hongrois vont mourir, Auschwitz est prêt à les recevoir. Mais si vous les prévenez maintenant, ils se révolteront. Ils n'iront pas dans les fours. Votre tour viendra aussi, aujourd'hui c'est celui des Hongrois. Il faut les avertir le plus vite possible.

— Ne vous en faites pas, dirent-ils d'un ton apaisant. Nous sommes en contact quotidien avec les dirigeants hongrois. Votre témoignage sera dans leurs mains dès demain matin.

Je m'affalai sur ma chaise avec lassitude, non pas à cause de mon trajet depuis Auschwitz et des difficultés rencontrées, non pas parce que je venais de parler pendant des heures me mettant à nu corps et âme mais parce que le soulagement me frappait de plein fouet.

— Vous êtes fatigués, ajoutèrent-ils, vous et M. Wetzler devez rester ici. On va vous trouver des vêtements convenables et vous préparer des papiers d'identité qui vous permettront de vous déplacer sans danger. Ne vous en faites pas pour vos dépenses.

Cette nuit-là, je dormis tranquille dans un lit douillet. J'avais réalisé tout ce que je m'étais promis. J'avais l'esprit libre car j'étais à peu près assuré qu'Auschwitz ne verrait plus arriver d'autres convois. La vérité sur son but réel serait rapidement transmise non seulement à la Hongrie, mais à toutes les communautés juives existant encore dans les pays occupés par les Allemands.

Le lendemain matin, une vieille bonne m'apporta mon petit déjeuner au lit. Elle s'esquiva et revint avec une garde-robe complète : un costume élégant, des chaussettes, une chemise, des sous-vêtements, une cravate et un mouchoir de soie. Il ne manquait qu'une chose :

— Et mes chaussures, lui demandai-je en souriant, je ne peux pas sortir en chaussettes.

— Ils n'en ont pas encore trouvées, dit-elle avec un sourire triste. Ils vous font dire que vous les aurez demain.

Je me levai, pris un bon bain, me rasai, m'habillai de neuf et descendis en chaussettes, toutes mes vieilles fringues avaient été enlevées. Le Dr Neumman et Oscar Krasnansky m'attendaient et je leur réclamai des chaussures.

— Ne vous en faites pas, vous les aurez bientôt. De toute façon vous ne pouvez pas sortir avant que l'on vous ait procuré des papiers. En attendant détendez-vous.

— Avez-vous transmis mon témoignage ? Est-ce que les Hongrois l'ont reçu ?

— Oui, il est en leur possession. En ce moment précis il est étudié par le docteur Kastner, l'homme le plus important de la communauté hongroise.

J'essayais de me détendre, la nourriture était excellente, bientôt je pourrais me promener dans Zilina, regarder les vitrines, m'asseoir dans les cafés, peut-être rencontrer des jeunes filles avec Fred. J'avais fait tout ce que je m'étais fixé, à présent c'était au Dr Kastner de continuer.

Innocemment, chaque jour je demandais des nouvelles de la Hongrie, espérant entendre parler de révolte. Mes hôtes me répondaient tout tranquillement :

— Le Dr Kastner s'occupe de tout. Il a la situation bien en main. On peut lui faire confiance, il fera tout ce qu'il faut au moment voulu. C'est un homme de grande expérience.

J'étais heureux d'entendre ces propos rassurants jusqu'à ce qu'un matin la servante âgée arrive dans ma chambre avec mon petit déjeuner en pleurant. Je lui demandai immédiatement ce qui était arrivé.

— Ils déportent les Hongrois, sanglota-t-elle, par milliers. Ils traversent Zilina dans des wagons à bestiaux.

XVII

— Ils déportent les Hongrois. Par milliers. Ils traversent Zilina dans des wagons à bestiaux.

Une simple affirmation d'une femme simple. Une rubrique nécrologique, un reportage sur un crime abominable, un réquisitoire, une défaite. Tout cela enveloppé en si peu de mots me tourbillonnait dans la tête. Tandis que je descendais l'escalier, je me moquais de moi-même et je sentais monter en moi une colère froide. Colère d'autant plus forte que je ne pouvais rien faire.

Aucune trace de Neumann, de Krasnansky ou de Steiner. Il n'y avait que Hexner[1], un de leurs sous-fifres qui m'expliqua :

— Ils sont tous partis à Bratislava.

— Ne savent-il donc pas ce qui se passe ? Les trains sont en route. Les Hongrois sont envoyés à Auschwitz. Que font-ils ? Que fait Kastner ? Au nom du ciel que se passe-t-il ?

Son visage se plissa de contrariété. Ces questions n'étaient pas du tout de son ressort et rien que l'idée d'avoir à répondre le rendait nerveux.

— Ils font ce qu'ils peuvent. La nuit dernière ils ont fait porter des sandwiches et du lait aux enfants des convois !

— Ils sont fous ! Ne savent-ils pas que ces pauvres gens sont maintenant en train de griller dans les fours ? Ne leur

1. Hexner avait confiance en ses dirigeants mais ignorait leurs façons réelles d'agir. Il mourut à Auschwitz avec sa famille.

ont-ils pas dit ce qui les attendait ? Ne les ont-ils pas avertis ?

Il poussa un profond soupir et comme un perroquet fatigué au vocabulaire restreint il me dit :

— Soyez calme. Ils savent ce qu'ils font. Le Dr Kastner est un homme important, au bras long, un homme d'une grande expérience. Il sait ce qu'il doit faire.

Je n'écoutais plus. Je marchais de long en large, écœuré, tremblant, me parlant plus à moi-même qu'à Hexner, crachant ce que j'avais sur le cœur pour essayer de me convaincre que je ne devenais pas fou.

— Pourquoi me suis-je évadé ? Dans quel but ? Est-ce qu'ils se rendent compte que dix mille personnes vont mourir chaque jour, que les bourreaux d'Auschwitz se sont préparés à cela depuis des mois et des mois ? Les crématoires vont travailler jour et nuit jusqu'à ce qu'ils aient avalé un million de personnes. Ne m'ont-ils pas compris ? Ne m'ont-ils pas cru ?

— Calmez-vous ! Ils savent ce qu'ils font. Ce sont des hommes intelligents, plus intelligents que vous ou moi.

Je m'assis et allumai une cigarette. Je faisais des efforts consciencieux pour me maîtriser, je m'efforçais de réprimer la panique qui montait en moi. Hexner pouvait avoir raison ? Peut-être n'étais-je qu'un imbécile maladroit qui ne comprenait que les atrocités d'Auschwitz, un gamin sans expérience qui ne pouvait pas saisir toutes les subtilités de ses aînés. Peut-être jouaient-ils un jeu habile qui me dépassait. Peut-être en sacrifiaient-ils quelques-uns pour sauver le plus grand nombre. Étaient-ils sûrs de faire pour le mieux ? Ce fut à mon tour de soupirer. Je n'avais aucune réponse à ces questions. Je savais simplement que le triomphe de mon évasion tournait à la débâcle.

— Écoutez, M. Vrba, dit Hexner d'une voix suppliante, ils ont laissé un message pour vous, un message important. Peut-être cela vous convaincra-t-il qu'ils savent ce qu'ils font.

Il respira profondément. J'avais l'impression qu'il essayait de se convaincre lui-même plutôt que moi.

— Ils ont appris hier soir que la Gestapo[1] avait donné l'ordre de vous arrêter vous et Wetzler à n'importe quel prix. Ils se sont donc arrangés pour vous faire partir munis de faux papiers à Liptovsky Svaty Mikulas dans les Tatras où l'organisation aura soin de vous. Ils ont même prévu de vous donner cinq cents couronnes[2] par semaine chacun. Vous ne manquerez de rien et vous serez à l'abri.

Il s'arrêta de nouveau puis ajouta :

— Nous savons tous ce que vous avez enduré, le sacrifice que vous avez fait et les risques que vous avez pris pour apporter ces abominables informations, nous sommes fiers de vous. Mais pour votre propre sécurité vous devez partir aujourd'hui même. Restez là-bas jusqu'à ce que l'on vous fasse signe et essayez de vous distraire. Vous avez bien mérité de vous reposer.

Le jour même, Fred et moi, papiers en poche prouvant que nous étions des étudiants aisés, partions pour Liptovsky Svaty Mikulas, il n'y avait rien d'autre à faire. Nous n'étions même plus les rouages nécessaires de la machine, nous avions fini notre tâche. Notre jeunesse et notre force avaient été très utiles. Sans elles, le message ne serait jamais arrivé à bon port, la suite ne nous appartenait plus, elle appartenait à des hommes expérimentés pas à des apprentis.

Nous étions même des apprentis dans l'art de vivre, pendant si longtemps nous n'avions pensé qu'à survivre. Nous n'arrivions pas au début à nous conduire comme tout un chacun, pas même dans le train qui nous emportait vers notre nouvelle demeure. Dès que nous apercevions un soldat nous nous crispions. Nous sursautâmes quand le contrôleur nous

1. Plus tard, beaucoup plus tard, j'appris pourquoi notre arrestation était essentielle. Dès que Kastner eut reçu nos rapports il les montra à Eichmann à Budapest. Eichmann, qui avait la charge d'envoyer les juifs hongrois dans les fours d'Auschwitz sans complications inutiles, savait que toute l'opération était en danger si nous restions en vie et en liberté.

2. Environ cinq mille francs 1988 (N.d.T.).

demanda nos billets. Et quand dans la rue un garde Hlinka vérifia nos papiers nous étions tout prêts à le tuer.

Nous n'avions qu'un seul credo : tuer ou être tués, courir ou être pris. Ne faire confiance à personne. Être constamment sur nos gardes. Vivre un peu plus mais jamais vivre tout court.

Nous finîmes cependant par nous détendre peu à peu et réapprîmes à vivre. Il nous fut même possible après un certain temps d'aller dans les cafés et de boire une bière sans jeter des coups d'œil derrière nous, ou de voir un ennemi dans chaque passant. Nous apprîmes à lever le bras et à dire « Heil Hitler » chaque fois qu'il le fallait, et à nous moquer de nous-mêmes. En fin de compte nous étions comme tout le monde.

Je m'en rendis compte pour la première fois en allant me faire couper les cheveux. Ils avaient enfin repoussé après deux ans, pendant mon séjour au centre de l'organisation juive de Zilina, j'allai chez un coiffeur qui contrairement à ses confrères d'Auschwitz ne rêvait pas de couper la gorge à ses clients, juste pour le plaisir. Cela allait être pour moi un grand événement.

J'arrivai à la porte en même temps qu'un Unterscharführer. Il recula aussitôt, claqua des talons et dit en souriant :

— Après vous, monsieur.

Cette fois je ne me crispai pas. Je lui rendis son sourire et lui répondis avec la même politesse :

— Non... je vous en prie... Après vous.

— Monsieur... j'insiste.

Le remerciant d'un signe de tête, j'entrai le premier. Nous étions assis l'un près de l'autre et le SS m'offrit une cigarette. J'en pris une, il me donna du feu, et tandis que les coiffeurs s'occupaient de nous en même temps il me fit la conversation en un slovaque hésitant. Je lui répondis poliment en slovaque tout en me demandant ce qu'il ferait s'il savait que je venais d'Auschwitz. Je me demandais aussi qu'elle serait son attitude après une semaine au camp.

Là gisait le lièvre. Nous pensions être fondus dans la foule mais la barrière était là. Il y avait toujours quelque chose qui nous rappelait notre passé récent. Nous comparions tout à Auschwitz, nous jugions tout d'après les critères d'Auschwitz que personne ne connaissait ou ne comprenait. Chaque fois que nous pensions être redevenus des gens normaux un aiguillon du passé revenait nous égratigner.

Un jour par exemple nous nous promenions dans la rue quand une colonne de soldats slovaques passa près de nous. Soudain l'un d'eux s'écria :

— Fredo !

Il se détacha du groupe et vint vers nous, c'était un gars d'une vingtaine d'années. Il attrapa la main de Fredo, la lui serra vigoureusement en disant :

— Vieux, mais où étais-tu donc caché ? Il y a bien six mois que je ne t'ai vu !

Les yeux de Fred s'agrandirent, simulant l'étonnement :

— C'est pas possible, ça ne peut pas faire si longtemps ! Comme le temps passe !

— Je suis en garnison ici. On se rencontrera peut-être en ville ce soir.

Il s'éloigna en courant pour rejoindre les autres. Fred secoua la tête lentement, sourit et dit :

— On jouait au foot ensemble. Six mois ? Mon Dieu s'il savait qu'une éternité s'est écoulée depuis qu'on ne s'est vus.

C'était bien ça. Pour les autres ces deux années n'étaient rien de plus que six mois. Pour nous c'était un siècle. Il ne nous semblait pas normal que le monde ait continué d'aller son train, tandis qu'Auschwitz s'activait, que des gens aient ri, plaisanté, bu et fait l'amour tandis que des millions d'autres mouraient, que nous nous battions pour survivre.

Nous ne nous complaisions pas dans le passé. Nous faisions des efforts désespérés pour nous en détacher. Nous sortions et nous buvions beaucoup. Nous changions de filles sans arrêt, nous avions de l'argent plein les poches. Avec une volonté opiniâtre nous voulions profiter de la vie comme on nous l'avait recommandé au Centre de l'organisation juive de Zilina et nous faillîmes réussir.

Mais l'ombre de la mort nous submergeait sans cesse. Nous nous promenions le long des torrents slovaques, essayant d'oublier, mais les visages de ceux que nous ne reverrions jamais plus s'y reflétaient. Nous retournions dans des endroits où nous avions été heureux avant la guerre, dans l'espoir de retrouver une joie oubliée, mais les pierres des rues étaient tachées du sang des gens que nous avions connus.

Inévitablement, il vint des moments où nous nous demandions si nous serions à nouveau heureux un jour, ou bien si Auschwitz, ayant gagné la partie, vivrait en nous jusqu'à notre mort et irait ensuite hanter ceux qui auraient compris. Ce furent des moments très pénibles où nous eûmes la crainte de ne jamais pouvoir reprendre une vie normale. Pourtant aujourd'hui je suis sûr que nous avions raison et que les autres ignoraient la vérité. Ce ne pouvait pas être une période de plaisir et cela très vite nous devint insupportable.

Après six semaines à Liptovsky Svaty Mikulas je finis par trouver le temps long et j'eus envie de bouger. Je décidai de prendre des risques et d'aller à Trnava voir ma mère. Retourner chez moi était évidemment dangereux mais cela en valait la peine.

En descendant du train j'allai chez un ami. Il me fixa comme si j'étais un fantôme et me dit :

— Rudi ! Après tout ta mère n'est pas folle !

— Qu'est-ce que tu veux dire, pourquoi folle ?

— Elle dit à tout le monde que tu reviendras cet été, que tu n'es pas le genre à rester plus de deux ans au même endroit. Nous pensions qu'elle ne tournait pas rond, car personne ne revient jamais.

Je souris. Décidément ma mère n'avais pas changé.

— Va chez elle, dis-lui que je suis là. Tu n'as pas besoin de prendre des gants puisque manifestement elle m'attend.

Une demi-heure après elle entra dans la pièce, un peu vieillie, un peu assagie, mais à peu de chose près telle que je l'avais quittée. Elle me fit un signe, regarda tout autour de la pièce, fronça les sourcils et dit à mon ami :

— Quand mon fils arrivera-t-il ?

Elle ne m'avait pas reconnu ! Je me rendis compte alors à quel point c'était moi qui avais changé. J'étais parti, gamin de dix-sept ans et bien que deux ans seulement se soient écoulés, je revenais précocement mûri.

J'avais vu mourir 1 760 000 personnes et cela m'avait fortement marqué.

— Il est là, dit mon ami, vous le trouvez grandi !

Elle resta un moment interdite. Puis elle m'embrassa et recula pour mieux me regarder, comme si j'arrivais en retard pour dîner, les genoux sales.

— Tu es un garçon impossible, finit-elle par dire. Tu ne m'as pas écrit une seule fois, tu ne m'as même pas envoyé ton adresse.

— Excuse-moi maman c'était un peu difficile, on n'arrêtait pas une minute.

— Ça ne fait rien. Je savais que tu reviendrais cet été. Tu n'es pas le genre à rester longtemps au même endroit. D'ailleurs j'ai fait tes confitures préférées. L'année dernière je n'en avais pas fait, je savais que tu ne reviendrais pas.

Elle essuya furtivement une larme sur sa joue et continua à me poser des questions. Où est-ce que je vivais ? Est-ce que j'avais du travail ? Est-ce que quelqu'un faisait mon lit ? Qui lavait mon linge ? Où est-ce que j'avais acheté mon costume ?

Je réussis enfin à placer un mot :

— S'il te plaît, maman, assieds-toi. J'ai des tas de choses à te raconter.

Elle s'assit. Aussi brièvement que possible je lui expliquai où j'avais été, évitant au maximum les détails trop sinistres. Quand je m'arrêtai elle resta silencieuse un bon moment, puis elle dit :

— Évidemment, il était plutôt difficile d'écrire. Maintenant il t'est impossible de rentrer à la maison. Ça ne fait rien. Attends-moi ici je vais chercher la confiture.

Elle sortit d'un air affairé, me montrant ainsi qu'elle avait compris. J'étais fier de la façon dont elle contrôlait ses émotions, j'étais sûr que mon récit expurgé de la vie à Auschwitz ne l'avait pas trompée. Elle arrivait à imaginer ce que j'avais supprimé mais n'en parlait pas, comprenant que c'était ce que je désirais.

Cette nuit-là, je retournai à Liptovsky Svaty Mikulas avec mon pot de confiture. L'idée de reprendre une vie oisive ne m'emballait pas, j'en avais assez de cette existence sans but. Dès le lendemain de mon retour l'objectif que je recherchais me fut proposé par un visiteur.

C'était Oscar Krasnansky de Zilina. Il semblait mal à l'aise et soucieux, après quelques paroles sans intérêt il me dit :

— Monsieur Vrba, je suis un peu inquiet de la tournure des événements. Je voudrais que vous sachiez que j'ai envoyé un exemplaire de votre rapport au nonce apostolique de Slovaquie.

— Que voulez-vous dire ? Il y a des problèmes ? Que vient faire le nonce dans tout ça ?

Il haussa les épaules :

— Ne vous occupez pas de cela pour l'instant. Le nonce veut vous voir. Je vous ai organisé un rendez-vous dans un monastère près de Svaty Jur, il va sans dire que cette rencontre doit rester secrète.

Svaty Jur est proche de Bratislava. Je m'y rendis quelques jours plus tard et fus introduit par un moine dans une grande pièce sobrement meublée où le nonce m'attendait.

C'était un homme grand et élégant d'environ quarante ans, il se leva pour me saluer et je vis qu'il avait mon témoignage à la main. Après un échange de politesses d'usage, il entra dans le vif du sujet et durant six heures il me questionna avec la compétence d'un juge d'instruction. Il éplucha mon rapport ligne par ligne, page par page, revenant souvent en arrière sur certains points précis jusqu'à ce qu'il fut sûr que je ne mentais pas, pas plus que je n'exagérais. Quand nous eûmes fini de disséquer toutes les horreurs que j'avais décrites il était en larmes et il me dit :

— Monsieur Vrba je vais porter votre rapport à la Croix-Rouge internationale à Genève. Ils prendront les décisions qui s'imposent et le feront parvenir aux personnes concernées.

A cette époque je ne mesurais pas l'importance de cette rencontre. J'ignorais que la mission que j'avais entreprise en commençant à rassembler les statistiques à Auschwitz n'avait pas encore abouti.

J'ignorais que le Dr Kastner n'avait pas prévenu les juifs hongrois qu'ils allaient mourir et qu'il menait des négociations secrètes avec Adolf Eichmann à Budapest.

J'ignorais que les convois hongrois roulaient jour et nuit vers Auschwitz, que les SS pulvérisaient leurs propres records en assassinant douze mille Hongrois toutes les vingt-quatre heures.

J'ignorais que 200000 de ceux que j'avais essayé de sauver et que je croyais sauvés étaient déjà morts.

J'ignorais que d'autres se préparaient à agir, tandis que le Conseil juif de Budapest discutait avec l'homme chargé d'exterminer un million des leurs.

J'ignorais enfin que, selon l'historien britannique Gérald Reitninger, le bombardement de la conscience de l'amiral Horthy allait commencer.

Le nonce porta mon rapport à Genève. De là il parvint au pape Pie XII, au Premier ministre Winston Churchill et au Président Roosevelt.

Le 25 juin 1944, deux mois exactement après que j'eus dicté mon rapport à Zilina, monseigneur Angelo Rotta, nonce de Hongrie, remettait une lettre du pape Pie XII au régent, l'amiral Horthy.

C'était un message ambigu mais contenant tout de même une protestation contre la déportation des juifs hongrois. Il était d'autant plus important qu'il venait d'un pontife qui jusque-là n'avait jamais condamné les crimes de Hitler contre les juifs.

Pour deux raisons différentes ce message frappa particulièrement Horthy. Il était catholique et son fils avait épousé une juive qui bien que protégée n'en était pas moins un rappel permanent d'un peuple en danger.

La lettre du pape fut suivie le lendemain d'une note diplomatique de M. Cordell Hull, secrétaire d'État américain, menaçant de représailles les responsables des déportations. Le roi de Suède offrit d'accueillir les juifs hongrois qui voulaient émigrer et le 5 juillet 1944, le professeur Karl Burckhardt, président de la Croix-Rouge internationale fit un appel personnel à Horthy.

Le régent ne répondit pas, mais les jeux étaient faits. Le 7 juillet M. Anthony Eden, ministre britannique des Affaires étrangères, annonça aux Communes que « 700 000 à 1 000 000 de juifs hongrois étaient en train d'être exterminés », il tenait l'information de mon rapport.

En même temps le gouvernement suisse leva la censure dans les journaux pour tout ce qui concernait les camps, et le monde entier apprit enfin ce qu'était Auschwitz. Mon évasion n'avait pas été vaine.

Horthy fit arrêter les déportations et sur le million de juifs désignés pour les chambres à gaz, « seulement » 400 000 moururent. Si mon rapport donné le 25 avril avait été transmis immédiatement par Kastner aux juifs hongrois, le nombre des morts, j'en suis sûr, aurait été infiniment moindre.

Au moment de mon entrevue avec le nonce à Svaty Jur, je n'avais aucune idée des répercussions internationales qu'elle allait entraîner.

Je rentrai à Liptovsky Svaty Mikulas, intrigué par ce rendez-vous bizarre dans un monastère tranquille. Je n'en comprenais pas la nécessité, étant persuadé que les dirigeants juifs de Budapest avaient alerté les gens, tuant dans l'œuf l'opération Eichmann. Krasnansky, toutefois, semblait toujours inquiet et dès mon retour, il me dit :

— Vous allez rencontrer le rabbin Weissmandel à Bratislava.

J'avais entendu d'étranges histoires romantiques sur le rabbin Michael Dov Weissmandel[1], comment seul et à la barbe des nazis, il avait sauvé des centaines de juifs de la déportation. Comment il vivait dans la plus grande austérité, tout en enseignant dans une école rabbinique. Comment il était non seulement un homme profondément croyant et mystique, admiré par ses élèves mais surtout un symbole de la résistance.

Il me restait à apprendre que trois semaines après que j'eus écrit mon témoignage, il fit passer clandestinement son propre compte rendu précis sur Auschwitz en général et sur les juifs hongrois en particulier, aux dirigeants des communautés juives de Turquie, de Suisse et de Palestine. Il les suppliait d'agir. Il les suppliait de faire connaître les exterminations massives au monde entier, et surtout aux Alliés afin qu'Auschwitz et les lignes de chemins de fer qui y conduisaient soient bombardés, tout spécialement les lignes qui venaient de Hongrie et les ponts dans la région de Karpato-Rus.

C'était un cri de désespoir :

« Arrêtez tout pour ne vous occuper que de ce problème. Souvenez-vous qu'un seul jour d'inaction tue 12 000 âmes.

« Vous, nos frères, fils d'Israël, êtes-vous fous ? Ignorez-vous l'enfer qui nous entoure ? Pour qui gardez-vous votre argent ?

---

1. Au mois d'août 1944, quelques mois après que j'eus rencontré le rabbin Weissmandel, il fut capturé par les SS et mis dans un train en direction d'Auschwitz. Dans un morceau de pain rassis il avait caché une fine lime qui pouvait couper l'acier et grâce à laquelle il réussit cette nuit-là à sauter de son wagon dans le noir. Plus tard il reprit son travail de sauvetage clandestin.

Après la guerre il se rendit à New York où il fonda une école rabbinique. Il continua à mener une vie très austère, rejetant toute offre financière faite par de riches Américains. Il y mourut aux environs de 1956.

« Comment se fait-il que nos supplications vous touchent moins que les plaintes d'un mendiant à votre porte ?

« Assassins ! Fous ! Qui fait la charité ? Vous avec quelques pièces de monnaie bien en sécurité dans vos maisons ? Ou nous, qui versons notre sang dans les profondeurs de l'enfer ?

« Il n'y a qu'une explication qui puisse vous servir d'excuses, vous ne connaissez pas la vérité.

« Cela est possible.

« L'ennemi fait son travail avec tant d'hypocrisie que peu de gens découvrent la vérité.

« Nous vous avons dit la vérité à plusieurs reprises. Est-il possible que vous ayez plus foi en nos assassins qu'en nous-mêmes ?

« Que Dieu vous ouvre les yeux et vous donne en cette dernière heure le courage de sauver ceux qui restent... »

Le rabbin Michael Dov Weissmandel ne reçut aucune réponse à cette lettre.

On m'emmena dans son école clandestine dans un des plus vieux quartiers de la ville. Je traversai un couloir qui longeait des pièces où des jeunes gens pieux étudiaient le Talmud et je me trouvai en présence d'un homme grand, brun, au regard exceptionnellement vif. Il avait à peine quarante ans, mais son épaisse barbe noire le faisait paraître plus âgé. Je sentis que j'étais devant quelqu'un de remarquable, en dépit de ses vêtements élimés, de sa chemise sans boutons et sans col, de son pantalon taché et de ses chaussures éculées, je remarquai que l'une était attachée avec une ficelle et que l'autre ne l'était pas du tout.

Il me salua en slovaque à l'étonnement de ses étudiants habitués à l'entendre s'exprimer en hébreu et à se faire traduire tout ce qui était dit dans une autre langue. D'un geste il fit sortir les étudiants de la pièce et il me dit :

— Ainsi vous vous êtes évadé d'Auschwitz. Je dois donc m'adresser à vous comme à l'ambassadeur de 1 760 000 personnes.

Je comprenais ce qu'il voulait dire. Il avait cité le nombre des morts d'Auschwitz pendant que je m'y trouvais, il avait donc lu mon rapport.

Nous en discutâmes longuement. J'appris avec consternation qu'il partageait les craintes inavouées de Krasnansky, qu'il pensait que les convois continuaient de quitter Budapest tous les jours car il ne parut pas autrement surpris quand je lui parlai des deux convois qui avaient traversé Zilina alors que j'y étais encore.

— Peut-on faire quelque chose ? demandai-je. Ne peut-on pas les avertir ? Ne peut-on pas leur dire de se battre, ils n'ont rien à perdre ?

Il soupira et dit :

— Je ferai tout ce qui est en mon pouvoir. Si j'avais deux revolvers je tirerais des deux mains.

Était-ce la réponse que j'attendais ? Je repensai à ces paroles tout le long de mon retour à Liptovsky Svaty Mikulas, et quand j'arrivai à la gare j'étais convaincu que cet homme sage et courageux m'avait montré la voie à suivre. C'en était fini de tourner en rond.

J'allai voir des partisans avec qui j'avais déjà établi des contacts et leur demandai :

— Mes amis j'ai besoin d'un revolver. Un de ces jours un SS un peu finaud va découvrir que mes papiers sont faux et ce jour-là je veux que la discussion soit équilibrée.

A mon grand étonnement ils me répondirent durement :

— On ne donne pas de revolver à des gars comme toi.

Cela me rendit furieux. Alors ils sourirent et ajoutèrent :

— On leur donne des mitraillettes !

Trois mois plus tard, j'allai à l'ouest de la Slovaquie dans un village près de Nove Mesto, où habitait la famille de Laco Fisher, et me présentai au sergent Milan Uher qui était en passe de devenir une figure de légende. Après la guerre, en tant que capitaine Milan Uher il devait être nommé « héros de l'insurrection » à titre posthume.

Ils m'acceptèrent avec empressement, je reçus un rapide entraînement de vingt-quatre heures et ils m'avertirent :

— Demain soir une action est prévue. Il y a environ sept cents SS logés dans une école de Stara Tura. On doit les supprimer non seulement parce que ce sont des SS, ce qui est suffisant en soi, mais aussi parce qu'ils ont été amenés dans la région pour nous liquider.

— On va attaquer à combien ?

— Environ cent vingt, avec des mitraillettes et des grenades.

La nuit suivante on se glissa dans Stara Tura, nous faufilant le long des maisons vers l'école. Silencieusement on s'en approcha. Puis le sergent Uher donna le signal et on se précipita sur les murs et les fenêtres.

Un feu nourri partit de la porte, auquel on répondit aussitôt. Deux hommes près de moi tombèrent, je m'en aperçus à peine. Je courais et des larmes de joie inondaient mes joues, j'étais enfin devenu un combattant.

On atteignit le mur de l'école et on lança les grenades par les fenêtres. On entendit des cris, des plaintes de douleur et de peur. On défonça la porte, dans un chaos épouvantable on arrosa la pièce de balles.

Mission accomplie on quitta Stara Tura, je riais d'allégresse.

J'étais sûr que la réponse que m'avait apportée le rabbin Michael Dov Weissmandel était la seule valable.

D'autres paroles me revinrent en mémoire. Les paroles du capitaine Dmitri Volkov :

— N'aie pas peur des Allemands. Il y en a beaucoup mais chacun d'eux est petit. Ici à Auschwitz ils essaient de briser nos corps et nos âmes. Ils essaient de nous convaincre qu'ils sont des surhommes invincibles. Mais je sais qu'ils meurent aussi vite que n'importe qui, j'en ai tué suffisamment en mon temps pour le savoir.

Il avait raison. Les SS mouraient et criaient comme le faisaient leurs victimes à Auschwitz, les vieux, les femmes, les enfants. Ils n'étaient pas invincibles. Je pensais au rabbin mystique et au soldat soviétique. Curieux quand même que leurs pensées et leurs réponses fussent si proches.

Mais était-ce vraiment si curieux ? Je réalisais que je connaissais la réponse depuis longtemps, depuis l'enfance même, quand j'étudiais les textes sacrés. Je me souvenais avoir lu :

— Il est mauvais de consentir activement ou passivement au mal, en tant qu'instrument, spectateur ou victime...

A ce moment-là en quittant Stara Tura ces paroles prenaient tout leur sens, elles n'ont jamais cessé depuis.

ÉPILOGUE

Dans ce livre j'ai préféré mettre en évidence des faits plutôt que des opinions. La conscience humaine est encore facile à choquer et 2 500 000 personnes ne peuvent pas mourir sans provoquer au moins quelques controverses, sinon le cynisme serait total.

La question principale est : comment cela a-t-il été possible ? Pourquoi des centaines de milliers de gens sont-ils allés sans résistance dans les chambres à gaz ? Une des réponses a été donnée par le juge Benjamin Halévi de la Cour de justice de Jérusalem.

En mai 1953, exactement neuf ans et deux semaines après que mon témoignage sur Auschwitz eut été remis aux dirigeants juifs de Budapest, Benjamin Halévi eut à juger Malchiel Greenwald poursuivi par l'État d'Israël.

Malchiel Greenwald, 72 ans, écrivain inconnu, distribuait des brochures fripées, mal polycopiées dans les cafés de Jérusalem. Il était accusé de diffamation envers le Dr Rudolf Kastner, ancien chef du Comité de Secours juif de Hongrie et au moment du procès, éditeur du journal hongrois le plus populaire d'Israël et porte-parole du ministère de l'Industrie et du Commerce.

Dans un de ses pamphlets, il accusait Kastner d'être un collaborateur nazi.

En juin 1955, après un procès qui ébranla Israël de fond en comble, le juge Benjamin Halévi déclara le vieux Malchiel Greenwald non coupable. En rendant son verdict, il déclara :

« La population juive des ghettos hongrois monta passivement dans les trains, dans l'ignorance de ce qui l'attendait. Elle suivait aveuglément les fausses informations qui prétendaient qu'on les emmenait à Kenyermeze.

« Les nazis n'auraient pas réussi à tromper les juifs aussi complètement s'ils n'avaient pas fait parvenir les fausses nouvelles par l'intermédiaire des voies juives. Les juifs des ghettos n'auraient jamais fait confiance aux nazis ni aux gouvernants hongrois mais ils avaient confiance en leurs propres dirigeants. Eichmann et les autres inclurent ce point essentiel dans leur plan d'action pour tromper les juifs. Ils n'ont pu les déporter pour les exterminer qu'avec l'aide des dirigeants juifs. »

En janvier 1958, la Cour Suprême d'Israël, après une décision acquise par trois juges contre deux, inversa le jugement de la Cour de Jérusalem sur le problème de la collaboration. Ils ne nièrent pas le fait que Kastner avait acheté la sécurité de 1684 juifs hongrois de son choix, comprenant sa propre famille, à Eichmann, au moment où 400 000 autres étaient en route pour Auschwitz et ses fours, au rythme de 12 000 par jour et que 600 000 attendaient leur tour.

Kastner acheta la vie de ces 1684 personnes par son silence. Pendant le procès il admit qu'Eichmann lui avait dit qu'il ne voulait pas d'un second « Varsovie ». Il ne voulait pas voir se reproduire ce combat de 27 jours qui avait mobilisé contre 33 000 hommes, femmes et enfants des milliers de soldats de la Wehrmacht et des troupes SS armés de tanks et de canons.

Kastner admit qu'il avait été prévenu que toutes les négociations avec Eichmann avaient pour but de distraire les juifs de la connaissance de leur extermination et il ajouta :

« J'en étais profondément convaincu. »

Il admit que, vers la fin d'avril 1944, il avait reçu l'information[1] selon laquelle Auschwitz se préparait à recevoir les

1. L'information à laquelle il se référait était contenue dans le rapport que j'avais dicté aux dirigeants juifs à Zilina et qui fut envoyé à

juifs hongrois et à une question du juge Halévi, il répondit qu'au milieu de mai 1944 il savait que les juifs étaient déportés de Hongrie au rythme de 12000 par jour.

Pourquoi le Dr Kastner a-t-il trahi les siens alors qu'il aurait pu en sauver la plupart en les avertissant, en leur donnant une chance de se battre en leur donnant la possibilité de provoquer un deuxième « Varsovie » dont Eichmann avait la hantise ? Pour le juge Benjamin Halévi : « Il avait vendu son âme au diable nazi. »

Aurait-il pu y avoir une autre raison ? Le juge de la Cour Suprême Shlomo Chesin dit dans son verdict que Kastner avait caché l'amère vérité parce qu'« il pensait que celle-ci ne serait pas utile et que toute action résultant de l'information apporterait plus de mal que de bien. »

Naturellement je m'incline devant la perspicacité de ce juge qui a si bien su pénétrer les pensées intimes de Kastner, même si celles-ci déprécient tristement le désir de lutte des Hongrois. Après tout les Hongrois avaient trente fois la force numérique de leurs frères et sœurs polonais. Les forces allemandes et gouvernementales hongroises qui s'opposaient à eux étaient dérisoires comparées aux unités de la Wehrmacht et des SS qui furent bloquées pendant près d'un mois à Varsovie.

Est-il possible que le défaitisme du Dr Kastner ait été renforcé par le souvenir des paroles du Dr Chaim Weizmann (premier président d'Israël) lorsqu'il prononça son discours au Congrès sioniste à Londres en 1937 ?

Il déclara :

« J'ai dit à la Commission Royale Britannique que les espoirs de six millions de juifs convergeaient vers l'émigration. On m'a demandé : — Pouvez-vous faire entrer six mil-

---

Budapest. Dès qu'il l'eut reçu Kastner alla trouver Eichmann et lui raconta qu'il connaissait son secret. Eichmann comprit immédiatement qu'il devrait marchander avec cet homme car il n'avait à sa disposition que cent cinquante SS pour encadrer ces déportations. Il ne pouvait se permettre le risque d'une révolte.

lions de juifs en Palestine ? J'ai répondu : — Non. Les vieux disparaîtront. Ils supporteront leur sort ou pas. Ils ne sont que poussière, économiquement et moralement dans un monde cruel... Une branche seulement survivra... Ils doivent l'accepter... A travers leurs souffrances ils trouveront leur voie — beachareth hajamin [1] — un jour... Je prie pour que nous sauvegardions notre unité nationale, c'est tout ce que nous avons. »

« Une branche seulement survivra... » Kastner, comme Hitler, croyait-il à l'existence d'une race de surhommes, d'une nation juive composée d'êtres supérieurs, créée par des êtres supérieurs, pour des êtres supérieurs ? Est-ce ainsi qu'il interprétait l'oraison funèbre du Dr Weizmann et avait-il raison ? Si oui, qui allait choisir la bonne branche ? Qui allait décider quelle graine formerait la poussière économique et morale destinée à attendre l'arrivée du Messie ?

A travers l'Europe, il est vrai qu'il y eut des juifs qui eurent leurs défenseurs. Les communistes, les socialistes, les nationalistes avaient leur réseau clandestin, les riches avaient leur argent, les sionistes avaient leur Kastner.

Mais les autres ? La masse des gens simples qui n'étaient ni communistes, ni socialistes, ni millionnaires, ni sionistes, des gens comme mon frère Sammy assassiné à Maïdanek, comme ma mère que je réussis à sauver, seulement parce que je m'étais évadé avec les secrets d'Auschwitz jusqu'en Slovaquie et que je représentais un gage précieux pour les sionistes ?

Ceux-là formaient peut-être la poussière à balayer dans les fours par les nazis qui utilisèrent les dirigeants juifs comme balais. La façon dictatoriale dont ces balayeurs travaillèrent n'est pas seulement intéressante pour les historiens mais elle est matière à réflexion pour les générations futures.

Sans aucun doute les nazis firent fonctionner un système d'extermination de masse qui en dehors des juifs aurait pu

1. Quand le Messie viendra, tous les morts ressusciteront.

convenir aussi bien à tout autre groupe ethnique, politique, social, national ou religieux. Des documents, saisis après la défaite de l'Allemagne nazie, montrent clairement qu'ils avaient l'intention d'appliquer ces méthodes aux Tchèques, aux Polonais et à tous ceux qui auraient osé s'opposer à eux ou qui tout simplement leur auraient été plus utiles morts que vivants.

C'était un système d'une habileté diabolique mêlant corruption et meurtre, même aujourd'hui malgré des progrès techiques considérables, il serait difficile d'exterminer six millions de personnes dispersées dans toute l'Europe. Les nazis réussirent il y a vingt ans parce qu'ils utilisèrent à plein l'intrigue politique, le népotisme, la corruption, non seulement pour mener à bien leur « solution finale » mais aussi pour exterminer environ quatorze millions de non-juifs à travers l'Europe.

La création de Quislings, volontaires ou non, fut un élément important de la politique nazie. Kastner savait avec précision d'après mon rapport d'avril 1944 ce qui était prévu pour un million de ses compatriotes juifs. Il garda le silence et le résultat fut que 400 000 d'entre eux allèrent innocemment et passivement mourir dans les chambres à gaz.

La politique des Quislings fut pratiquée avec un succès spectaculaire dans les pays occupés par les nazis. Elle fut particulièrement tragique pour les juifs puisqu'elle aboutit à la destruction de presque les quatre cinquièmes de la population juive d'Europe.

Des polémiques ne rendront pas la vie à vingt millions de personnes pas plus qu'elles ne ressusciteront le Dr Kastner, assassiné devant chez lui, 6, rue Emmanuel à Tel Aviv en mars 1957. Elles peuvent cependant répondre à une question plus immédiate et relancer le débat parmi ceux qui ont survécu.

Dix-neuf ans après la libération d'Auschwitz par l'armée soviétique, la République Fédérale d'Allemagne met en jugement quelques-uns des hommes qui firent fonctionner cette machine infernale. Je me rappelle beaucoup d'entre eux —

l'ex-Oberscharführer Josef Klehr par exemple qui injectait du phénol dans le cœur de ceux trop faibles pour travailler, et l'ex-Oberscharführer Wilhelm Boger, virtuose d'une torture particulièrement perverse connue sous le nom de « balançoire espagnole » (Le perroquet). Je me rappelle de bien d'autres qui ne sont pas au banc des accusés comme l'ex-Oberscharführer Jakob Fries qui pour moi sera toujours Monsieur Auschwitz mais là n'est pas la question, bien que je regrette amèrement qu'il ne soit pas jugé avec ses anciens camarades.

Il est important que ces hommes soient jugés par une Cour allemande même avec un tel retard, car cela présente Auschwitz dans la seule perspective qui lui convienne. Cela rectifiera par exemple la croyance populaire que Hitler créa sa machine à exterminer en masse, simplement pour satisfaire son désir de voir disparaître les juifs.

Il ne fait aucun doute que son antisémitisme obsessionnel fut à la base de la création des camps d'extermination en général et d'Auschwitz en particulier. Le système nazi qui détestait le gaspillage transforma vite cette obsession en profit. L'extermination fut menée avec une telle efficacité que peu d'experts en études de cadences y trouveraient à redire et de plus elle fut très rentable.

Il y eut du sadisme bien sûr, mais ce ne fut qu'un sous-produit de la grande entreprise qui fit beaucoup pour soutenir l'économie allemande et le moral des soldats et des civils.

En trois ans, par exemple, six tonnes d'or furent envoyées de ce seul camp à la Banque de Berlin. Une partie de cette encaisse-or fut utilisée pour manipuler, à travers les banques suisses, les monnaies internationales et ainsi mettre l'économie des Alliés dans l'embarras. L'or retiré de la bouche des victimes aussi bien que de leurs poches s'ajouta aux monnaies non seulement de l'Europe occupée mais du monde entier. Des dollars, des livres sterling, des francs suisses acquis au marché noir firent leur chemin jusqu'à Auschwitz.

L'or et l'argent ne furent qu'une partie du butin. Les vêtements soigneusement inventoriés, selon la taille, la qualité etc., furent redistribués partout dans un Reich qui avait de plus en plus de mal à s'habiller au fur et à mesure que la guerre se prolongeait.

Les manteaux de fourrure furent retaillés et envoyés sur le front russe. Rien que pendant les six dernières semaines de la vie du camp, 222 259 chemises d'hommes, 192 652 corsages furent envoyés en Allemagne pour réconforter la population civile en mal de vêtements.

Tout cela avait un grand effet psychologique. Hans avait la vie dure sur le front russe, il maudissait la guerre et se faisait du souci pour sa femme Erika, sous les bombardements de Hambourg et pour son bébé qui manquait de tout.

Il recevait alors une lettre d'Erika, lui racontant que le Führer avait fourni un vestiaire complet pour leur fils et Hans repartait se battre jusqu'à la mort pour ce « saint » compatissant qui au milieu de tous ses soucis avait trouvé le temps de penser à Erika. S'il se battait bien, en plus de la croix de guerre il pourrait être récompensé d'une montre en or provenant du grand magasin d'Auschwitz.

Prothèses dentaires, membres artificiels, lunettes, landaus... refluaient vers l'Allemagne. Rien n'était perdu, même pas les cheveux des victimes qui servaient à calfater les ogives des torpilles, pas même les os et les cendres qui devenaient engrais.

Là se trouvait une arme secrète, qui avançait sur plusieurs fronts. Le quartier général allemand utilisait l'extermination en masse et le brigandage aussi facilement que les fusils, les tanks et les bombes, bien que les ex-généraux l'aient sans cesse nié avec une régularité monotone depuis des années. Le général Warlimont, ex-adjoint du général Jodl, a affirmé catégoriquement que l'armée allemande n'avait jamais participé à ces atrocités, comme un accusé qui nierait avoir participé au meurtre d'un veilleur de nuit pendant un vol, alors qu'il savait très bien que le vol impliquait le meurtre.

Pourtant l'accusation principale au procès de Francfort est l'extermination en masse et le problème essentiel posé aux juges est comment punir les coupables. Je pense que le juge Benjamin Halévi pourrait utilement les conseiller mais il ne sera sûrement pas consulté.

On peut espérer qu'ils seront traités avec moins d'indulgence que les criminels de guerre déjà jugés par d'autres cours allemandes ces dernières années. A Karlsruhe, par exemple, le chef d'une escouade d'extermination qui a assassiné plus de mille juifs, hommes, femmes, enfants, a été condamné à douze ans de prison. A Giessen trois hommes convaincus de complicité pour le meurtre de cent soixante-deux personnes ont été condamnés de deux ans neuf mois à trois ans trois mois de prison. A Munich, un homme qui a participé à l'assassinat de quinze mille personnes s'en est sorti avec dix ans de prison et à Ansbach un autre homme coupable du meurtre de neuf Polonais a été condamné à quinze mois de prison desquels on a déduit les onze mois de détention préventive.

Il est possible, bien sûr, qu'avec le temps la mémoire se soit estompée, que l'odeur du sang se soit évaporée et que les taches se soient effacées. A Francfort [1] je crois que les juges devraient être plus réalistes quant aux peines à infliger aux coupables. Ils devraient se souvenir d'une lettre écrite par le Premier ministre britannique à son ministre des Affaires Étrangères le 11 juillet 1944 après avoir reçu mon rapport sur Auschwitz.

Winston Churchill écrivait : « Il n'y a aucun doute que cette persécution des juifs en Hongrie et leur expulsion est le crime le plus énorme et le plus horrible jamais commis dans toute l'histoire du monde, il a été exécuté scientifiquement par des hommes dits civilisés au nom d'un grand État et de l'une des races importantes de l'Europe.

---

1. Au procès de Francfort qui eut lieu en 1964, donc après la publication de ce livre, entre autres, Schobert et Schatz ont été acquittés, Klehr et Boger condamnés à la prison à perpétuité. (N.d.T.).

« Il est tout à fait évident que tous ceux impliqué[s] dans ce crime qui tomberont dans nos mains y compris ceux q[ui n'ont] fait qu'obéir aux ordres en exécutant ces vraies boucheri[es] seront condamnés à mort si on peut prouver leur participation.

« Je ne pense pas qu'on puisse assimiler ces atrocités à celles par exemple du manque de nourriture et d'hygiène dans certains camps de prisonniers de guerre.

« Il ne devrait donc y avoir à mon avis aucune négociation à ce sujet. On devrait rendre public le fait que quiconque, impliqué dans ces atrocités, sera pourchassé et condamné. »

Depuis lors, deux décennies se sont écoulées et un événement ne permet plus aux juges de Francfort de tenir compte de l'avis de sir Winston Churchill même s'ils sont d'accord au plus profond d'eux-mêmes.

L'une des premières décisions du gouvernement de la RFA à sa création a été l'abolition de la peine de mort. Nombreux furent ceux qui approuvèrent cette loi progressiste, oubliant comme le gouvernement lui-même sans doute que certains crimes tellement énormes sont au-delà d'une juridiction ordinaire faite pour des criminels de droit commun.

Je crois que ce que Winston Churchill écrivit à cette époque reste vrai aujourd'hui. Je pense que les coupables d'Auschwitz doivent être condamnés à mort. Je crois que la RFA doit accepter le précédent établi par le gouvernement israélien placé devant le même dilemme en 1961.

A la fondation de l'État d'Israël il n'y avait pas place pour la peine de mort dans ses lois. Ses habitants avaient vu trop de potences non seulement en Palestine mais dans toute l'Europe.

Puis ils eurent à juger Eichmann et pour lui seul la peine de mort fut introduite.

Je sais que je serai accusé de rancœur pour cette prise de position. Ceux qui n'ont pas connu les cheminées des crématoires m'accuseront d'être empoisonné par un désir de vengeance à une époque où je pourrais faire preuve de charité et de tolérance.

C'est vrai que je ne peux pas oublier Auschwitz et que je ne peux pas pardonner aux hommes qui en ont fait la plus grande machine à tuer de tous les temps. Pourtant ce ne sont pas ces raisons qui me font exiger la peine de mort.

Je ne peux pas oublier Auschwitz. Mais je ne peux pas non plus oublier le pays des Beethoven, Mozart et Mendelssohn, Kant et Hegel, Goethe et Thomas Mann, Einstein et Heisenberg, même s'il m'est parfois difficile de croire que le même pays ait pu produire les sommets de la barbarie et les sommets de l'humanisme.

C'est par égard pour cette autre Allemagne que je demande l'exécution des coupables. Rien d'autre ne pourra convaincre le monde que ce sont les musiciens, les poètes, les philosophes, les scientifiques de génie qui ont triomphé et que les éléments sinistres qui les avaient submergés ont à jamais disparu. Il ne s'agit pas simplement de punir des criminels — quelle punition serait à la hauteur d'un tel crime ? — mais de purger la conscience d'une nation publiquement.

Pourtant si cela est très important ce n'est pas encore l'essentiel. Auschwitz n'est pas seulement une leçon pour le monde, c'est aussi un avertissement que tous les hommes devraient examiner de très près avant de le condamner. Les nazis, il est vrai, ont créé cette machine monstrueuse mais ce faisant ils ont démontré avec une minutie teutonne jusqu'à quelle profondeur l'homme peut tomber.

Faisons en sorte que ces méthodes ne soient plus jamais imitées, que plus jamais des êtres humains d'aucune nationalité ne dégradent leurs semblables.

PRÉFACE À L'ÉDITION ANGLAISE DE 1963

Rudolf Vrba ne coïncide pas avec l'image que l'on se fait d'un survivant d'Auschwitz. Son visage est à peine ridé. Il n'a pas un cheveu blanc. On peut même dire qu'il ne fait pas ses trente-neuf ans et dans son regard on lit plus d'humour que de tragédie. Il n'a pas de rancœur et s'il ressent de l'amertume elle est soigneusement nourrie de faits indéniables et non de fantasmes amplifiés par les ans.

Il paraît vraiment ce qu'il est, un intellectuel cosmopolite doublé d'un scientifique, fait remarquable en soi, car dans sa Slovaquie natale, Vrba en tant que juif dut quitter l'école à l'âge de quinze ans et se mettre au travail.

Il étudia chez lui en secret jusqu'à ce que sa révolte contre le régime fasciste de monseigneur Tiso lui vaille le privilège d'être embarqué pour Auschwitz où les activités intellectuelles n'étaient guère encouragées. Même après son évasion il se refusa le luxe de reprendre ses études une année encore, il pensait qu'il avait mieux à faire : lutter contre les nazis dont il connaissait intimement l'idéologie dépravée et les actions barbares.

Il rejoignit les partisans dans l'ouest de la Slovaquie, fut décoré de l'Ordre de l'Insurrection, de la médaille du Courage et de celle de l'Honneur, c'est seulement après la victoire qu'il reprit ses études.

En 1945 il entra au Département de technologie de la chimie à l'université technique de Prague, il y fut diplômé en 1949 et obtint une bourse universitaire du ministère de l'Éducation nationale. En 1951 il devint docteur es sciences techniques. Depuis ses travaux ont retenu l'attention du monde scientifique. Il a amplement écrit dans le domaine de la neurochimie qui est le sien, il a donné des cours non seulement en Grande-Bretagne où il poursuit ses recherches mais aussi en France, au Danemark, en Israël, en Autriche et en Union Soviétique.

Pour moi ses succès universitaires sont encore plus spectaculaires que sa dramatique évasion d'Auschwitz. Il est vrai que rien n'eût été possible sans sa remarquable intelligence. Si l'évasion avait exigé un grand courage physique, ses exploits universitaires avaient demandé des qualités encore plus rares.

Dans son cas des qualités ordinaires n'auraient pas suffi. Il dut refouler sinon détruire ses souvenirs du passé. Il dut étouffer sinon faire table rase de l'odeur des crématoires, de la vision d'agonies atroces, des dégradations absolues des individus, et plus important et plus difficile encore du souvenir des hommes qui en étaient responsables.

Le Dr Rudolf Vrba de la petite ville slovaque de Trnava y est parvenu à un degré que j'aurais cru impossible. Son numéro d'Auschwitz 44070 reste tatoué sur son bras, mais il a effacé les traces du camp, les cicatrices mentales et physiques.

Il est difficile d'expliquer exactement comment il y est arrivé, sans doute l'ignore-t-il lui-même. Je sais peut-être mieux que personne que sa thérapie personnelle a été extraordinairement efficace. En effet j'avais quelques appréhensions quand je lui ai demandé de me raconter son histoire d'Auschwitz pour écrire ce livre. Je craignais de voir se rouvrir ces cicatrices en l'obligeant à se replonger dans l'enfer du camp et ses horreurs.

Je suis heureux de dire que j'avais tort. Il serait faux de laisser croire qu'il trouva aisée la tâche que je lui imposais. Je pense qu'il accepta parce qu'il croyait de son devoir de rappeler au monde, qui a tendance à oublier trop rapidement, qu'il a existé et qu'il existe des hommes prêts à aider à l'assassinat de millions d'autres.

Il travailla avec moi assidûment et patiemment. Je tiens à le remercier pour la peine infinie qu'il consacra à chaque détail, au respect méticuleux, presque fanatique, de l'exactitude des faits, pour le courage qu'il lui fallût pour se remémorer avec sang-froid ces deux années épouvantables.

Alan BESTIC

RAPPORT SUR LES CAMPS DE CONCENTRATION D'AUSCHWITZ, BIRKENAU et MAÏDANEK[1]

I — AUSCHWITZ ET BIRKENAU

Le 13 avril 1942, notre groupe de mille hommes fut entassé dans des wagons au camp de rassemblement de Sered. Les portes furent fermées, nous ne pouvions pas voir dans quelle direction nous allions ; lorsqu'elles furent ouvertes après un long voyage nous vîmes que nous avions passé la frontière slovaque et que nous nous trouvions à Zwardon. Le train avait été surveillé jusque-là par des gardes Hlinka qui furent alors relevés par des SS. Quelques wagons furent détachés de notre train et le voyage se poursuivit jusqu'à Auschwitz où nous arrivâmes à la nuit. On nous arrêta sur une voie secondaire. Il semble que c'est à cause du manque de place à Auschwitz qu'une partie des wagons furent laissés en attente. Ils devaient cependant nous rejoindre quelques jours après. Dès l'arrivée, on nous plaça par rangs de cinq et on nous compta : nous étions six cent quarante-trois. Après avoir marché environ vingt minutes en portant nos lourds bagages (nous étions partis bien équipés de Slovaquie) nous atteignîmes le camp de concentration d'Auschwitz.

On nous conduisit immédiatement dans une énorme baraque. On nous fit déposer tous nos bagages d'un côté, puis, du côté opposé, il nous fallut nous déshabiller entièrement, abandonner nos vêtements et nos objets de valeur. Nus, nous

1. Rédigé par Rudolf Vrba et Fred Wetzler le 25 avril 1944 (N.d.T.).

passâmes dans la baraque voisine où on nous rasa la tête et le corps et on nous désinfecta avec du Lysol. A la sortie chacun reçut un numéro commençant par le 28 600. Numéro en main nous fûmes chassés vers une troisième baraque où une sorte d'incorporation eut lieu. Tout d'abord on nous tatoua sur le sein gauche le numéro que nous venions de recevoir dans la deuxième baraque. Cela fut fait avec une telle brutalité que beaucoup d'entre nous s'évanouirent. On releva ensuite nos identités. Puis on nous enferma par groupe de cent dans une cave. Plus tard on nous conduisit dans une baraque où on nous distribua des tenues rayées de détenus et des sabots. Cela dura jusqu'à dix heures du matin. L'après-midi, on nous reprit nos vêtements rayés pour les remplacer par de vieux uniformes soviétiques sales, véritables haillons. Ainsi équipés nous fûmes conduits à Birkenau.

Auschwitz est un camp de concentration pour prisonniers politiques prétendument « en détention préventive ». Au moment de mon arrivée, en avril 1942, il y avait environ 15 000 détenus — en majorité des Polonais, des Allemands et des civils soviétiques en détention préventive. Les criminels et les éléments « paresseux » ne formaient qu'une petite fraction des détenus.

Le commandant du camp d'Auschwitz a aussi sous ses ordres le camp de travail de Birkenau et l'exploitation agricole du camp de Harmense. Tous les détenus passent par Auschwitz où on leur attribue des numéros ; ils sont ensuite gardés à Auschwitz, ou envoyés à Birkenau ou à Harmense en petit nombre. Les détenus reçoivent leur numéro dans l'ordre d'arrivée. Chaque numéro n'est utilisé qu'une seule fois, si bien que le dernier numéro indique toujours le nombre total des détenus arrivés jusque-là. Au moment de notre évasion, au début d'avril 1944, le numéro d'ordre approchait de 180 000. A l'origine le numéro était tatoué sur le sein gauche. Plus tard, comme le tatouage s'effaçait, il fut effectué sur l'avant-bras gauche.

Tous les détenus, sans considération de catégorie ou de

nationalité, sont traités de la même façon. Mais pour les identifier plus facilement on les différencie par des triangles de diverses couleurs cousus sur le côté gauche de la veste au-dessous de leur numéro d'immatriculation. Une lettre majuscule indique la nationalité du détenu. Cette lettre (par exemple P pour les Polonais), est inscrite au milieu du triangle. Voici la signification des différentes couleurs :

triangle rouge : détenu politique en détention préventive ;
triangle vert : criminel professionnel ;
triangle noir : paresseux, asocial (surtout des Soviétiques) ;
triangle rose : homosexuels ;
triangle violet : témoins de Jéhovah.

Les détenus juifs portent une marque différente de celle des « aryens », le triangle de leur catégorie (en général rouge) est transformé en étoile de David par l'adjonction de pointes jaunes.

PLAN DE MASSE DU CAMP D'AUSCHWITZ

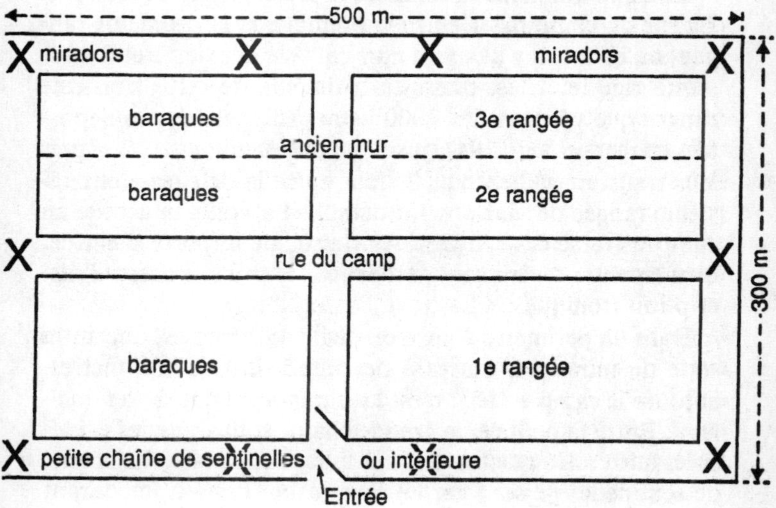

Sur le territoire du camp d'Auschwitz se trouvent plusieurs usines : une usine d'armement [Deutscher Aufrüstungswerk (DAW)], une usine Krupp, une usine Siemens. A l'extérieur de l'enceinte du camp, sur une étendue de plusieurs kilomètres, se trouve un immense chantier : « Buna ». Les détenus travaillent dans toutes ces usines.

Les habitations des détenus (si on peut leur donner ce nom), situées à l'intérieur du camp couvrent une surface d'environ 500 mètres sur 300. Elles sont entourées d'une double rangée de poteaux en béton, hauts de trois mètres environ, reliés entre eux (à l'intérieur et à l'extérieur) par de nombreux fils électriques sous haute tension fixés à des isolateurs. Entre ces deux clôtures à intervalles de 150 mètres s'élèvent des miradors de cinq mètres de haut équipés de mitrailleuses et de projecteurs. A l'intérieur, un peu en avant de la clôture interne sous haute tension, se trouve une barrière ordinaire de fils de fer barbelés. Quiconque touche cette dernière clôture essuie un tir nourri des miradors. Ce système de surveillance est appelé : « la petite chaîne de sentinelles ».

Le camp lui-même se compose de trois rangées de maisons. La rue du camp passe entre la première et la deuxième rangée ; au début, il y avait un mur entre la deuxième et la troisième rangée. C'est dans les bâtiments de cette troisième rangée que vécurent les 7 000 jeunes filles slovaques déportées en mars et avril 1942, jusqu'au milieu d'août 1942. Après leur transfert à Birkenau, le mur entre la deuxième et troisième rangée de maisons fut démoli. La voie qui accède au camp traverse ces rangées. Au-dessus de la porte d'entrée, bien entendu sévèrement gardée jour et nuit, se dresse l'inscription ironique : « Le travail rend libre. »

Dans un périmètre d'environ deux mille mètres, une autre série de miradors, placés à des intervalles de 150 mètres, entoure le camp entier : c'est la « grande chaîne de sentinelles ». Entre la petite et la grande chaîne sont situés les usines et les autres lieux de travail. Les miradors de la petite chaîne de sentinelles ne sont gardés que durant la nuit, le courant électrique étant branché sur la double clôture. De jour les équipes de garde des miradors de la petite chaîne se retirent et ce sont les miradors de la grande chaîne de sentinelles qui sont gardés. Une évasion à travers cette chaîne de sentinelles (beaucoup de tentatives de ce genre ont eu lieu) est, pour ainsi dire, impossible. Personne ne pourrait traverser la petite chaîne de nuit ; quant aux tours de la grande chaîne, elles se trouvent si près les unes des autres (l'intervalle est de 150 mètres, ce qui revient à dire que le rayon à surveiller pour chaque tour n'est que de 75 mètres) qu'il est impossible d'y passer inaperçu. Toute apparition déclenche le tir sans avertissement préalable. Après le crépuscule, on ne retire les équipes de garde de la grande chaîne qu'à la fin de l'appel qui se fait à l'intérieur de la petite chaîne, lorsqu'on a bien établi que tous les détenus se trouvent à l'intérieur. Si au cours de l'appel on découvre qu'un détenu est absent, des sirènes donnent le signal d'alarme.

L'équipe de la grande chaîne reste en place, alors que l'équipe de la petite chaîne occupe ses positions. Des centaines de SS accompagnés de chiens policiers commencent les recherches dans la zone située entre les deux chaînes de sentinelles. Comme les sirènes mettent toute la région environnante en état d'alerte, il est plus que probable que le détenu qui aurait miraculeusement réussi à passer la grande chaîne de sentinelles se fasse arrêter par les patrouilles de SS ou de la police. Le détenu est de plus très reconnaissable grâce à sa tête rasée de près, à se tenue rayée, à des pièces rouges cousues sur ses vêtements ; de plus, il serait en butte à la passivité des habitants apeurés. Le simple fait de négliger de dénoncer un prisonnier, à plus forte raison de l'aider, est puni de mort. A moins que le fugitif ne soit arrêté plus tôt, la grande chaîne de sentinelles reste à son poste pendant trois jours et trois nuits. Après ce laps de temps on suppose que le fugitif a réussi, d'une manière ou d'une autre, à passer à travers la double chaîne de sentinelles et le lendemain soir on retire la garde. Si le fugitif est arrêté vivant, il est pendu en présence du camp entier. Si on le trouve mort quel que soit l'endroit où il a été découvert, son corps est ramené au camp, le numéro tatoué permettant facilement de l'identifier. On le met en position assise à la porte d'entrée, avec dans la main un écriteau : « Je suis de retour. » Pendant nos deux années d'internement, de nombreux détenus ont essayé de s'évader mais, à part deux ou trois, ils furent tous repris morts ou vifs. Nous ne savons pas si les deux ou trois évadés qui ne furent pas repris ont réussi à s'enfuir définitivement. Nous pouvons cependant affirmer que parmi les juifs déportés de Slovaquie à Auschwitz et Birkenau, nous sommes les deux seuls à avoir totalement réussi notre évasion. Comme il a été dit plus haut, nous fûmes transférés à Birkenau le jour même de notre arrivée à Auschwitz.

ESQUISSE DE LA SITUATION APPROXIMATIVE D'AUSCHWITZ ET BIRKENAU

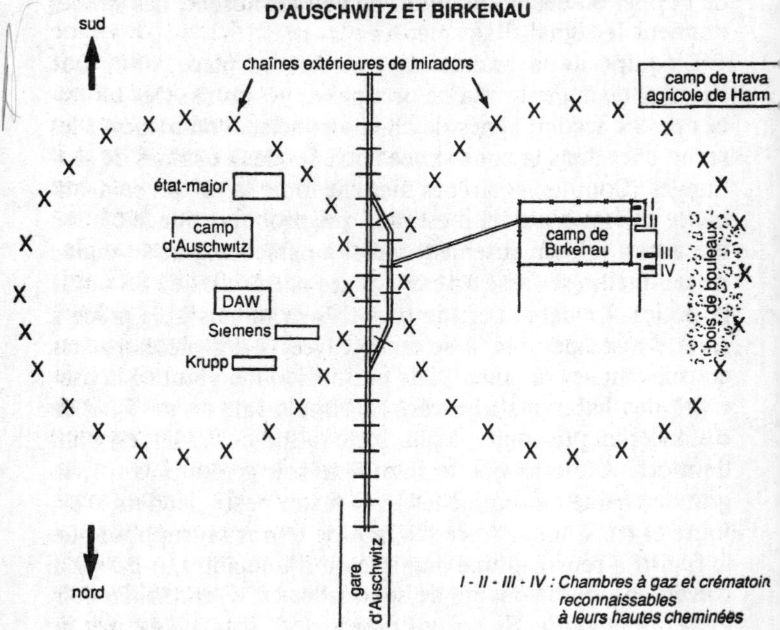

I - II - III - IV : Chambres à gaz et crématoin reconnaissables à leurs hautes cheminées

En fait, aucune commune ne porte le nom de Birkenau. Le nom lui-même est nouveau : il provient de la forêt de bouleaux (Brzezinsky) située à proximité. C'est du nom de « Rajsko » que la population désigne, comme elle l'a toujours fait, la région appelée maintenant « Birkenau ». Le centre actuel du camp de Birkenau est éloigné d'environ quatre kilomètres du camp d'Auschwitz. Les deux grandes chaînes de sentinelles d'Auschwitz et de Birkenau se touchent et ne sont séparées l'une de l'autre que par une voie ferrée. Nous n'avons jamais entendu parler de « Neu-Berun » que nous étions obligés d'indiquer comme adresse postale à la place de Birkenau. Cette ville doit être située à environ 35 km de Birkenau.

Au moment de notre arrivée à Birkenau il n'existait qu'une énorme cuisine pour 15 000 personnes, ainsi que trois bâtiments dont deux étaient terminés alors que le troisième était en construction. Ces bâtiments étaient entourés d'une clôture de fils de fer barbelés. On y logeait les détenus de même que dans ceux qui furent construits plus tard. Tous sont construits d'après le même modèle. Ils sont longs de 30 mètres et larges de 8 à 10 mètres. La hauteur des murs ne dépasse guère deux mètres, tandis que le toit a une hauteur tout à fait disproportionnée, d'environ 5 mètres. L'ensemble donne l'impression d'une étable au-dessus de laquelle serait construit un grenier à foin. L'intérieur n'étant pas coupé par un plafond, la hauteur centrale est de 7 mètres environ. Le toit pointu repose directement sur les quatre murs. A l'intérieur, une cloison sépare la maison dans le sens de la longueur en deux parties, avec une ouverture au milieu qui permet de communiquer. Sur les parois latérales, de même que des deux côtés de la cloison du milieu, deux rangées de planches sont fixées : l'une à environ 80 cm, l'autre à environ 1,60 m du sol, formant des étages divisés en cellules. On obtient ainsi avec le sol trois niveaux. Dans chaque cellule trois personnes doivent s'installer. Ces cellules sont évidemment trop étroites pour qu'on puisse s'y étendre et pas suffisamment hautes pour qu'on puisse s'y tenir assis. C'est ainsi que 400 à

500 personnes sont logées dans chaque maison ou plutôt chaque block comme on l'appelle habituellement.

Le camp actuel de Birkenau se trouve sur un terrain d'environ 1 600 m sur 850. De même que le camp d'Auschwitz, il est entouré d'une petite chaîne de sentinelles. Un peu plus loin on travaille sur un terrain plus grand encore et qui, une fois les travaux terminés, sera rattaché au camp actuel. Nous ignorons le but de ces préparatifs gigantesques. Dans un périmètre d'environ deux kilomètres, le camp de Birkenau, de même que celui d'Auschwitz, est entouré d'une grande chaîne de sentinelles. Le système de garde est le même qu'à Auschwitz.

Les bâtiments qui, au moment de notre arrivée, se trouvaient à Birkenau, avaient été construits par 12 000 prisonniers de guerre soviétiques qu'on y avait amenés en décembre 1941.

Pendant cet hiver très rude, ils peinèrent dans des conditions si inhumaines que, à l'exception du petit nombre de ceux qui travaillaient à la cuisine, la plupart périrent. Ils portaient les numéros allant de 1 à 12 000, mais ce numérotage s'était fait en dehors de l'attribution courante de numéros telle qu'elle a été décrite plus haut. Au moment de leur arrivée à Auschwitz, les prisonniers soviétiques ne recevaient pas de numéros dans l'ordre de leur arrivée comme les autres détenus, mais toujours un ancien numéro entre 1 et 12 000 à la place d'un Soviétique qui avait succombé. Aussi n'est-il guère possible, en ce qui concerne cette catégorie spéciale de détenus, de tirer des conclusions quant au nombre total des prisonniers arrivés. Il paraît que c'est à titre punitif qu'on avait transféré ces Soviétiques de leurs camps de prisonniers à Auschwitz et à Birkenau. Nous avons trouvé les survivants dans un état lamentable, véritables loques humaines. Ils habitaient dans le bâtiment en construction, exposés sans la moindre protection au froid et à la pluie. Ils mouraient « en masse ». Leurs corps, par centaines et par milliers, à peine recouverts de terre, répandaient une odeur pestilentielle. Plus tard on nous força à déterrer les cadavres et à les brûler.

Une semaine avant nous, le premier convoi de juifs était arrivé à Auschwitz. Il s'agissait de 1 320 juifs naturalisés français de Paris[1]. On leur attribua les numéros commençant par 27 500. (Les femmes étaient mises à part. On leur appliquait un numérotage parallèle à celui des hommes, les Slovaques portaient les numéros de 1 000 à 8 000.) Nous avons déjà dit que nos numéros commençaient à 28 600 : il en résulte qu'aucun convoi d'hommes n'est arrivé à Auschwitz entre le convoi français et le nôtre. Nous rencontrâmes des survivants parmi ces juifs français, au nombre de 700, vivant dans une misère terrifiante ; les 600 autres étaient morts au cours de la première semaine.

Dans les trois blocks achevés étaient installés :

1° Ceux qu'on appelait « Prominencia », c'est-à-dire des criminels professionnels et des détenus politiques polonais d'un certain âge qui assumaient l'administration du camp ;

2° Les survivants des juifs français, environ 700 ;

3° Les 643 premiers juifs slovaques auxquels vinrent s'ajouter, quelques jours après, ceux qui avaient été laissés à Zwardon ;

4° Les Soviétiques qui étaient encore en vie se tenaient dans le bâtiment en construction ou en plein air. Leur nombre diminuait si vite qu'ils formaient à peine un groupe.

Les juifs slovaques travaillaient avec les prisonniers soviétiques à la construction de bâtiments, tandis que les juifs français exécutaient des travaux de terrassement. Au bout de trois jours je reçus l'ordre de travailler avec 200 juifs à Auschwitz, dans les usines d'armement. Nous continuions cependant à habiter à Birkenau. Tôt le matin nous nous rendions au travail pour ne revenir que le soir. Nous travaillions à l'atelier de menuiserie et à la construction de routes. A midi nous touchions un litre d'une soupe de raves et le soir 300 grammes

1. Les auteurs du rapport ignoraient alors qu'il s'agissait de juifs étrangers vivant en France de longue date et non de juifs naturalisés français (N.d.T.).

d'un mauvais pain. Les conditions de travail étaient d'une dureté inimaginable et la plupart d'entre nous, affaiblis par la faim et l'infecte nourriture ne les supportaient pas. La mortalité était terrifiante. Dans notre groupe de 200 nous eûmes tous les jours 30 à 35 morts. Beaucoup de nos camarades furent simplement battus à mort par les surveillants (les « kapos ») pendant le travail, sans qu'ils n'aient rien commis de répréhensible. Chaque jour on comblait les pertes de ce groupe par des détenus de Birkenau. Le retour du travail, chaque soir, était particulièrement dur et dangereux. Sur un parcours de cinq kilomètres nous devions traîner nos outils, notre bois de chauffage, de lourdes marmites et enfin nos morts de la journée — ceux qui avaient succombé au cours du travail ou avaient été massacrés. Chargés de ces fardeaux nous étions obligés de marcher à une allure militaire. Celui dont la tête ne revenait pas au kapo était brutalement battu, sinon abattu. Au moment de l'arrivée du convoi suivant, au bout de quinze jours, il ne restait en vie de notre convoi que 150 hommes. Chaque soir on nous comptait et on plaçait les cadavres sur des wagonnets plats de chemin de fer ou sur un camion, pour les transporter dans la forêt de bouleaux (Brzezinsky). Là on les brûlait dans une fosse, profonde de plusieurs mètres et longue d'environ quinze mètres.

Chaque jour, en nous rendant au travail, nous rencontrions un kommando de 300 jeunes filles slovaques qui faisaient des travaux de terrassement aux environs. Elles étaient vêtues de vieux uniformes soviétiques en loques et portaient des sabots. Leurs têtes étaient rasées et malheureusement nous ne pouvions pas leur parler.

Jusqu'à la mi-mai 1942 quatre convois de juifs slovaques arrivèrent à Birkenau, et ils subirent le même traitement que nous.

Parmi les hommes du premier et du deuxième convoi on choisit 120 détenus, dont je fis partie, pour les mettre à la disposition de l'administration du camp d'Auschwitz, qui avait besoin de médecins, de dentistes, de personnes instruites et de secrétaires. Ce groupe comptait 90 juifs slovaques et 30 juifs français. Comme entre-temps, mes efforts pour obtenir une bonne place à Birkenau avaient abouti (je me trouvais en effet à la tête d'un kommando de 50 personnes, ce qui me valait des avantages appréciables), je ne désirais pas au début aller à Auschwitz. Mais je me laissai convaincre et je partis. Au bout de huit jours, on choisit parmi ces 120 personnes instruites, 18 médecins et infirmiers et 3 autres personnes. Les médecins furent employés à « l'infirmerie » d'Auschwitz, tandis que nous trois fûmes renvoyés à Birkenau. Mes deux camarades : Ladislas Braun de Trnava et Gross de Vrbove, morts depuis tous les deux, furent affectés au block slovaque, et moi au block français. On nous chargea des travaux d'identification et des prétendus soins à donner aux malades. Les 99 autres personnes furent envoyées dans la carrière de gravier où toutes succombèrent très vite.

Quelque temps plus tard, une prétendue « infirmerie » (Krankenbau) fut installée dans le block 7, de terrible réputation. J'y fus employé d'abord comme infirmier principal, ensuite comme administrateur. Le chef de cette « infirmerie » était un Polonais. En fait cette baraque n'était rien d'autre qu'un lieu de rassemblement des candidats à la mort. Tous les détenus inaptes au travail y furent transférés. Il n'y était jamais question de traitement ou de soins médicaux. Chaque jour, nous enregistrions environ 150 morts dont les corps étaient transportés au four crématoire d'Auschwitz.

A la même époque commencèrent ce qu'on appela « les sélections ». Deux fois par semaine, le lundi et le jeudi, le médecin du camp fixait le nombre des détenus à gazer et à brûler. Les « sélectionnés » étaient chargés sur des camions et conduits dans le bois de bouleaux. Ceux qui y arrivaient encore vivants étaient gazés dans une grande baraque construite près de la fosse d'incinération, puis jetés dans cette fosse et brûlés. Les pertes hebdomadaires au block 7 oscillaient autour de 2 000, dont environ 1 200 « de mort naturelle » et quelque 800 « par sélection ». Pour « les non-sélectionnés » on établissait des certificats de décès qu'on envoyait à l'administration centrale d'Orianienbourg. Quant aux « sélectionnés » on tenait un registre sous le titre « SB » (« Sonderbehandlung » traitement spécial). Jusqu'au 15 janvier 1943 j'occupais le poste d'administrateur du block 7, ce qui me permit d'observer les événements de près : environ 50 000 détenus y périrent, soit de « mort naturelle », soit par « sélection ».

Les détenus — nous l'avons dit plus haut — portant des numéros dans l'ordre de leur arrivée au camp, nous sommes à même de reconstituer, de façon relativement précise, l'ordre de l'arrivée et le sort des différents convois.

Le premier convoi d'hommes juifs arrivé à Auschwitz-Birkenau était composé de 1 320 Français naturalisés qui reçurent les numéros suivants :

environ de 27 400 à 28 600

environ de 28 600 à 29 600
avril 1942, premier convoi de juifs slovaques (notre convoi).

environ de 29 600 à 29 700
100 hommes (« aryens ») venant de différents camps de concentration.

environ de 29 700 à 32 700 3 convois de juifs slovaques.

environ de 32 700 à 33 100
400 criminels professionnels (aryens des prisons de Varsovie).

environ de 33 100 à 35 000
1 900 juifs de Cracovie.

environ de 35 000 à 36 000
1 000 Polonais (aryens) détenus politiques.

environ de 36 000 à 37 300

En mai 1942, 1 300 juifs slovaques de Lublin-Maïdanek.

environ de 37 300 à 37 900

600 Polonais (aryens) de Radom dont quelques juifs.

environ de 37 900 à 38 000

100 Polonais du camp de Dachau.

environ de 38 000 à 38 400

400 juifs naturalisés français avec leurs familles. Le convoi entier comprenait environ 1 660 personnes. 200 jeunes filles et 400 hommes environ furent amenés au camp, tandis que le reste, 1 000 personnes (femmes, vieillards, enfants et même des hommes), sans avoir fait l'objet d'aucune identification, furent conduits directement de la voie de chemin de fer au bois de bouleaux pour y être gazés et brûlés.

A partir de ce moment tous les convois juifs furent traités de la même manière. A peu près 10 % des hommes et 5 % des femmes entraient aux camps, tandis que les autres étaient gazés immédiatement. Cette méthode d'extermination avait déjà été appliquée auparavant aux juifs polonais. Pendant de longs mois, sans interruption, des camions amenèrent des milliers de juifs des différents « ghettos » directement à la fosse dans le bois de bouleaux.

environ de 38 400 à 39 200

800 juifs naturalisés français, — le restant du convoi fut gazé comme il vient d'être dit.

environ de 39 200 à 40 000

800 détenus politiques polonais (aryens).

environ de 40 000 à 40 150

150 juifs slovaques avec leurs familles. A l'exception de 50 jeunes filles placées dans le camp des femmes, tous furent gazés dans le bois de bouleaux. Parmi les 150 hommes qui entrèrent dans le camp se trouvaient un certain Zucker et Sonnenschein Viliam, tous les deux de l'est de la Slovaquie.

environ de 40 150 à 43 800

Presque 4 000 juifs naturalisés français, de professions libérales. 1 000 femmes furent envoyées au camp des femmes. Environ 3 000, le reste, furent gazés dans le bois de bouleaux.

environ de 43 800 à 44 200

400 juifs slovaques de Lublin, parmi lesquels Matej Klein, n° 43 820, Meiloch Laufer de l'est de la Slovaquie. Ce convoi arriva le 30 juin 1942.

environ de 44 200 à 45 000

800 juifs slovaques. Ce convoi comptait 1 000 personnes. Un petit nombre de femmes furent placées dans le camp des femmes, le reste fut gazé dans le bois de bouleaux. Parmi les détenus envoyés au camp, Jozef Zelmanovic de Snina, Adolf Kahan de Bratislava, Walter Reichmann de Sucany, Esther Kahan de Bratislava.

environ de 45 000 à 47 000

2 000 français (aryens) communistes et autres détenus politiques parmi lesquels le frère de Thorez et un jeune frère de Léon Blum. Ce dernier fut atrocement torturé puis gazé et brûlé.

environ de 47 000 à 47 500

500 juifs venant de Hollande, surtout des émigrés allemands. Le reste de ce convoi, 2 500 personnes environ, fut gazé.

environ de 47 500 à 47 800

Environ 300 civils soviétiques en détention préventive.

environ de 48 300 à 48 620

320 juifs de Slovaquie. 70 jeunes filles furent placées dans le camp des femmes, le reste (environ 650 personnes) gazé dans le bois de bouleaux. Dans ce convoi se trouvaient 80 personnes, qui avaient été données par la police hongroise au camp de Sered. Parmi eux se trouvaient le Dr Zoltan Mandel (depuis décédé), Holz (prénom inconnu) boucher de Piestany, Miklos Engel de Zilina, Chaim Katz de Snina (sa femme et ses 6 enfants furent gazés).

environ de 49 000 à 64 800

15 000 juifs naturalisés français, belges et hollandais. Ce nombre ne comprend que 10 % des déportés des convois qui arrivèrent entre le 1er juillet et le 15 septembre 1942, comprenant des familles des différents pays d'Europe. Ils furent directement dirigés sur le bois de bouleaux. Le commando spécial (Sonderkommando), affecté aux opérations de gazage et d'incinération, travailla par équipes de jour et de nuit. Des centaines de milliers de juifs furent gazés pendant cette période.

environ de 64 800 à 65 000

200 juifs slovaques. De ce convoi, 100 femmes partirent pour le camp de femmes, le reste fut gazé et brûlé. Parmi ces nouveaux arrivés se trouvaient : Ludwig Katz de Zinina, Avri Burger de Bratislava, Poprad (dont la femme était morte), Mikilas Steiner de Povazska Bystrica, Juraj Fried de Trentin, Buchwald Josef Rosenwasser de l'est de la Slovaquie, Julius Neuman de Bardejov, Sandor Wertheimer de Vrbove, Misi Wertheimer de Vrbove, Bela Blau de Zinina.

environ de 65 000 à 68 000

Des juifs naturalisés français, belges et hollandais. Environ 1 000 femmes de ce convoi furent sélectionnées pour être envoyées au camp. Les autres, au moins 30 000, furent gazées.

environ de 68 000 à 70 500

2 500 juifs allemands du camp de concentration de Sachsenhausen.

environ de 71 000 à 80 000

Des juifs naturalisés français, belges et hollandais. Le nombre de ceux qui ont été admis au camp dépasse à peine 10 % du total du convoi. D'après une évaluation prudente, 65 000 à 70 000 personnes furent gazées.

Le 17 décembre 1942, 200 jeunes juifs slovaques du « kommando spécial », affectés au gazage et à l'incinération des condamnés, furent exécutés à leur tour à Birkenau. Cette exécution eut lieu à la suite d'une tentative de mutinerie et d'évasion. Un juif dénonça les préparatifs. Ce kommando fut remplacé par 200 juifs polonais, qui venaient d'arriver avec un convoi de Makow.

Les hommes du « kommando spécial » étaient logés à part. On les fréquentait peu, ne serait-ce qu'à cause de l'horrible odeur qui en émanait. Ils étaient sales, totalement négligés, ils devenaient cruels et sauvages. Il n'était pas rare de voir un homme du kommando spécial assommer un de ses camarades. Ce qui était d'ailleurs considéré par les autres détenus comme une sorte de distraction. On enregistrait simplement que tel numéro était mort.

Un jour je vis personnellement un jeune juif polonais nommé Jossel faire une démonstration de meurtre « scientifique » sur un autre juif en présence d'un SS. Il ne s'est servi d'aucune arme, simplement de ses mains pour tuer sa victime.

Avec le numéro d'ordre 80000 commence la destruction systématique des ghettos polonais.

environ de 80000 à 85000

A peu près 5000 juifs de différents ghettos dont ceux de : Mljawa, Makow, Zichenow, Lomza, Grodno et Bialystok. 30 jours durant, ces convois arrivèrent sans interruption. 5000 personnes seulement furent amenées au camp, toutes les autres furent gazées sur-le-champ. Le « kommando spécial » travaillait en 2 équipes, 24 heures par jour. Il lui était presque impossible de venir à bout des gazages et des incinérations. On peut évaluer sans exagération à 80000 ou 90000 le nombre de personnes qui reçurent « un traitement spécial » ; avec ces convois arrivèrent aussi de fortes sommes d'argent, des objets de valeur et des pierres précieuses.

environ de 85000 à 92000

6000 juifs de Grodno, Dialystok et Cracovie, et 1000 Polonais « aryens ». La plupart des juifs furent gazés tout de suite. Chaque jour, 4000 environ passaient par les chambres à gaz. Au milieu de janvier 1943, 3 convois de 2000 personnes chacun arrivèrent de Theresienstadt. Ils portaient les sigles « CU » « CR » et « R » : nous ignorons la signification de ces sigles, dont on avait marqué leurs bagages. Sur ces 6000 personnes, 600 hommes environ et 300 femmes seulement furent incorporés dans le camp. Le reste fut gazé.

environ de 99000 à 100000

Fin janvier 1943, arrivèrent des grands convois de juifs français et hollandais, une fraction infime de ceux-ci seulement entrèrent au camp.

environ de 100 000 à 102 000

En février 1943, 2 000 Polonais aryens, surtout des intellectuels.

environ de 102 000 à 103 000

700 Tchèques aryens. Plus tard, les survivants de ce convoi furent envoyés à Buchenwald.

environ de 103 000 à 108 000

3 000 juifs français et hollandais et 2 000 Polonais aryens. En février 1943 arrivaient tous les jours deux convois. Ils étaient composés de juifs polonais, français et hollandais — presque tous furent gazés. Le nombre de ceux qui furent gazés pendant ce mois peut être évalué à 90 000.

A la fin de février 1943, un four crématoire moderne et une installation de gazage furent inaugurés à Birkenau. Les gazages et les incinérations dans la forêt de bouleaux cessèrent pour faire place à des opérations exécutées dans les quatre fours crématoires neufs, spécialement construits à cet effet. La grande fosse fut comblée, le terrain aplani. Les cendres ayant servi d'engrais à l'exploitation agricole du camp de Harmense, il n'est plus possible de découvrir aujourd'hui aucune trace de ces horribles massacres massifs.

A l'heure actuelle, quatre fours crématoires fonctionnent à Birkenau, deux grands (1 et 2) et deux plus petits (3 et 4). Les fours du type 1 et 2 se composent de trois parties : (A) salle des fours, (B) le grand hall, (C) la chambre à gaz. Une gigantesque cheminée surmonte la salle des fours ; il y a neuf fours ayant chacun quatre orifices. Chaque orifice peut recevoir à la fois trois cadavres de taille normale : ceux-ci sont totalement consumés en une heure et demie, ce qui correspond à une capacité quotidienne d'environ 2 000 cadavres.

PLAN APPROXIMATIF DES CRÉMATOIRES
de type I et II de BIRKENAU

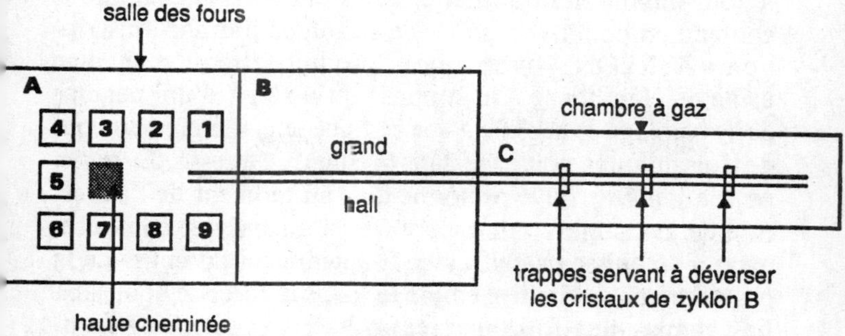

A côté se trouve un grand hall d'accueil aménagé de façon à faire croire qu'on se trouve dans le hall d'un établissement de bains. Il peut contenir 2000 personnes, et il paraît que dessous se trouve une salle d'attente de même dimension. Derrière une porte, quelques marches descendent dans la chambre à gaz, étroite et très longue. Les installations de douches sont simulées sur le mur, de manière à créer l'apparence d'une immense salle de bains, afin de tromper les victimes. Le toit plat comporte trois trappes qu'on peut fermer hermétiquement de l'extérieur. Deux rails mènent de la chambre à gaz à la salle des fours.

L'opération de gazage se déroule de la manière suivante : les victimes sont conduites dans le hall (B) où on leur demande de se déshabiller. Afin de renforcer l'idée qu'on les mène aux bains, deux hommes en blouse blanche leur remettent à chacun une serviette et un petit morceau de savon. Ensuite on les pousse dans la chambre à gaz (C) et un si grand nombre de personnes y sont entassées que tout le monde doit rester debout. Il n'est pas facile de faire entrer dans la pièce une telle foule : pour amener ceux qui s'y trouvent à se serrer davantage, on tire des coups de feu fréquents. Quand tout le monde est enfin entré dans la chambre, on ferme la lourde porte. On attend un peu, probablement pour faire monter la température à l'intérieur de la chambre jusqu'à un certain niveau. Ensuite des SS munis de masques à gaz montent sur le toit, ouvrent les trappes, et déversent dans la chambre le contenu en poudre de boîtes en fer-blanc portant l'inscription « ZYKLON - Insecticide », produit fabriqué dans une usine de Hambourg. On suppose qu'il s'agit d'un mélange de cyanure qui se gazéifie à une certaine température. Au bout de trois minutes, toute vie dans la chambre a cessé. Jusqu'ici on n'a jamais trouvé personne qui, au moment de l'ouverture de la chambre, ait encore réussi à survivre, contrairement à ce qui se passait assez fréquemment au cours de la procédure plus primitive employée dans la forêt de bouleaux. La chambre une fois ouverte, on l'aère, et sur des wagonnets plats le « kommando spécial » transporte les corps à la salle des fours, où on procède à l'incinération. Les autres fours crématoires (3 et 4) fonctionnent dans l'ensemble sur le même principe, mais leur capacité est deux fois plus petite. La capacité totale des quatre fours crématoires de Birkenau est de 6000 gazages et crémations par jour.

En principe, seuls les juifs sont gazés, les aryens seulement dans les cas exceptionnels, car ils sont d'habitude fusillés. Avant la mise en service des fours crématoires, les exécutions avaient lieu dans le bois de bouleaux, où les corps étaient brûlés dans la grande fosse ; plus tard, les exécutions furent effectuées dans le grand hall d'un des fours crématoires, aménagé dans ce but.

C'est au début du mois de mars 1943 qu'eut lieu l'inauguration du premier four crématoire, avec le gazage et la crémation de 8000 juifs de Cracovie. Des hôtes de marque, officiers supérieurs et civils, se montrèrent fort satisfaits de l'exploit accompli et utilisèrent avec empressement le judas aménagé dans la porte de la chambre à gaz. La nouvelle installation remporta auprès d'eux le plus vif succès.

environ de 109000 à 119000

Au début de mars 1943, 45000 juifs arrivèrent de Salonique. 10000 d'entre eux furent admis au camp, dont un petit nombre de femmes. Le reste d'entre eux, beaucoup plus de 30000, passèrent directement au four crématoire. La presque totalité des 10000 personnes incorporées au camp moururent peu de temps après, soit à la suite d'une maladie contagieuse semblable au paludisme, soit à la suite du typhus endémique, à cause des conditions d'hygiène désastreuses qui régnaient dans le camp.

La mortalité des détenus augmenta fortement : le paludisme sévissait plus particulièrement parmi les juifs grecs et le typhus frappait toutes les catégories d'internés. Les « sélections » furent temporairement suspendues. On ordonna aux juifs grecs de se faire connaître et, malgré nos avertissements, beaucoup se présentèrent. Ils furent tous tués, à l'aide d'une piqûre de phénol, dans la région du cœur, par un caporal du service sanitaire.

Les survivants des 10000 juifs grecs, environ 1000, furent envoyés à Varsovie, avec 500 autres juifs, pour faire des travaux de fortification. Quelques semaines plus tard, plusieurs centaines revinrent dans un état désespéré et furent gazés sur-le-champ. Les autres avaient probablement péri à Varsovie. Le traitement au phénol ayant été suspendu, 400 juifs grecs souffrant du paludisme furent envoyés à Lublin pour un prétendu « traitement ultérieur ». Il semble qu'ils y sont arrivés, mais leur sort nous est inconnu. En tout cas, il est certain que, aujourd'hui, aucun de ces 10000 juifs ne se trouve plus dans le camp.

Au moment même où les « sélections » furent suspendues, l'assassinat des prisonniers fut interdit. Des assassins notoires tels que :

les criminels professionnels allemands :

Alexander Neumann

Zimmer
Albert Haemmerle
Rudi Osteringer
Rudi Bechert

les détenus politiques allemands :

Alfred Kien
Aloïs Stahler

furent punis, et obligés de signer une déclaration dans laquelle ils reconnaissaient avoir assassiné de nombreux détenus.

Au début de 1943, la section politique d'Auschwitz reçut 500 000 formulaires de libération. On imagine notre joie à l'idée qu'au moins quelques-uns d'entre nous seraient libérés. Mais ce sont des indications relatives aux gazés qu'on porta sur ces formulaires, pour les déposer ensuite dans les archives.

environ de 119 000 à 120 000

1 000 Polonais aryens de la prison de Pawiak-Varsovie.

environ de 120 000 à 123 000

3 000 juifs grecs qui, en partie, furent envoyés plus tard à Varsovie pour remplacer leurs camarades. Le reste périt en peu de temps.

environ de 123 000 à 124 000

1 000 Polonais aryens de Radom et de Tarnow.

environ de 124 000 à 126 000

2 000 personnes de divers convois d'aryens.

Entre-temps, des convois de juifs polonais, ainsi que des juifs français et belges, arrivaient sans interruption : tous sans exception furent gazés. Parmi eux se trouvait un convoi de 1 000 juifs polonais de Maïdanek, dont trois slovaques — l'un se nommait Spira de Stropkow ou Vranov.

Le flot des convois cessa subitement à la fin de juillet 1943. Une petite pause eut lieu. Les fours crématoires furent nettoyés à fond, et on répara les installations pour les préparer à de nouvelles utilisations. Le 3 août, la machine meurtrière se remit en marche. Les premiers convois de juifs arrivèrent de Benzbirg et de Sosnowitz, d'autres les suivirent durant tout le mois d'août.

environ de 132 000 à 136 000

Seulement 4 000 hommes et un petit nombre de femmes furent incorporés au camp ; plus de 35 000 furent gazés tout de suite. Un grand nombre des 4 000 hommes moururent soit à la suite de sévices, de faim, ou de maladie, quelques-uns furent assassinés. La responsabilité principale en incombe au criminel allemand TYN du camp de concentration de Sachsenhausen et au détenu politique polonais n° 8 516 Mieczislaw KATERZINSKI de Varsovie.

Les « sélections » furent reprises sur une échelle terrifiante, spécialement dans le camp des femmes. Le médecin du camp, un SS Hauptsturmführer, fils ou neveu du préfet de police de Berlin (son nom nous échappe) s'est signalé à cette occasion par une brutalité exceptionnelle. Désormais, le système de « sélection » fut employé sans discontinuer jusqu'à notre évasion.

environ de 137 000 à 138 000

Fin août 1943, 1 000 Polonais de la prison de Pawiak et 80 juifs de Grèce.

environ de 138 000 à 141 000

3 000 hommes de différents convois d'aryens.

environ de 142 000 à 145 000

Début septembre 1943, 3 000 juifs des camps de travail polonais et des prisonniers de guerre soviétiques arrivèrent.

environ de 148 000 à 152 000

Dans la semaine qui commença le 7 septembre 1943, des convois de familles juives arrivèrent de Theresienstadt. Ces déportés jouissaient d'une situation privilégiée, absolument unique et que nous ne comprenions pas. Les familles ne furent pas séparées. Personne ne fut gazé comme à l'habitude. Sans être tondus, tous (hommes, femmes et enfants) furent installés dans un secteur séparé du camp, avec la permission de conserver leurs bagages.

Les hommes ne furent pas soumis à l'obligation de travail, une école fut même autorisée pour les enfants, dirigée par Fredy Hirsch (Makabi, Prague). Tout le monde eut la permission d'écrire librement. Ils subirent seulement des vexations de la part de leur kapo, criminel professionnel allemand du nom d'Arno Böhm numéro de détention 8, mais notre étonnement atteignit son comble lorsque la liste officielle de ces convois passa sous nos yeux, portant l'inscription « SB, convois de juifs tchèques six mois de quarantaine ».

Nous connaissions trop bien la signification du sigle « SB » (Sonderbehandlung — traitement spécial), mais nous ne trouvions pas d'explication ni au traitement dont bénéficiaient ces gens ni au délai de six mois de quarantaine. La plus longue quarantaine connue jusque-là ne dépassait pas trois semaines. Mais, plus la quarantaine de six mois approchait de sa fin, plus notre conviction s'affirmait que ces juifs aussi finiraient dans la chambre à gaz. Nous essayâmes d'entrer en contact avec les chefs de ce groupe pour leur explique la situation et à quoi ils devaient s'attendre. Plusieurs

d'entre eux (notamment Fredy Hirsch qui, de toute évidence, jouissait de la confiance de ses compagnons) nous firent part de leur projet d'organiser la résistance au cas où nos appréhensions s'avéreraient exactes. D'aucuns pensaient pouvoir déclencher, de cette façon, une révolte générale dans le camp. Le 6 mars 1944 nous apprîmes qu'on préparait les fours crématoires pour les juifs tchèques. Je me précipitai pour informer Fredy Hirsch en le priant avec insistance d'agir — ils n'avaient plus rien à perdre. Il me répondit qu'il connaissait son devoir. Vers le soir je me glissai dans le camp tchèque pour y apprendre que Fredy Hirsch était mourant : il s'était empoisonné avec du Luminal. Le lendemain 7 mars 1944, il fut transporté en camion sans connaissance, avec ses 3 791 compagnons, arrivés à Birkenau le 7 septembre 1943. Ils furent tous gazés puis brûlés dans les fours crématoires. Les jeunes allèrent à la mort en chantant, mais à notre grande déception, personne ne se révolta. Environ 500 personnes plus âgées étaient mortes pendant la quarantaine.
De tous ces juifs, onze couples de jumeaux seulement furent laissés en vie. Ces enfants servent de cobayes à Auschwitz pour différentes expériences médicales. Au moment de notre départ de Birkenau ils étaient toujours en vie. Parmi les gazés se trouvait Rozsi Furst de Sered. Une semaine avant le gazage, c'est-à-dire le 1er mars 1944, on força tous les internés à écrire à leurs familles, pour les assurer de leur bon état de santé. Ces lettres durent porter les dates du 23 ou 25 mars 1944. On leur donna l'ordre de demander des colis d'alimentation à leurs familles.

environ de 153 000 à 154 000
1 000 Polonais aryens de la prison de Pawiak.

environ de 155 000 à 159 000

En octobre et novembre 1943, arrivèrent 4 000 personnes des différentes prisons et des convois moins importants de juifs de Benzburg et ses environs, qu'on avait tiré de leurs cachettes, et aussi un groupe de civils russes de la région de Minsk et de Vitebsk en détention préventive. Enfin arrivèrent des prisonniers de guerre russes, auxquels on attribua comme nous l'avons dit, des numéros de 1 à 12 000.

environ de 160 000 à 165 000

En décembre 1943, 5 000 hommes originaires de Hollande, de France et de Belgique, et pour la première fois des *juifs italiens* de Fiume, Trieste et Rome. Au moins 30 000 autres personnes furent gazées immédiatement. La mortalité parmi ces juifs était énorme. D'autre part, le système des « sélections » décimait tous les rangs. La bestialité atteignit son point culminant entre le 10 et le 24 janvier 1944, lorsqu'on sélectionna même des jeunes gens vigoureux et bien portants, sans tenir compte de la profession ni de l'affectation aux travaux (à l'exception des médecins).

Tout le monde dut se présenter. Un contrôle sévère eut lieu pour vérifier la présence de tous, puis la « sélection » fut exécutée par le médecin du camp (fils ou neveu du préfet de police de Berlin) et le chef de camp de Birkenau le SS Untersturmführer Schwarzhuber. A l'infirmerie, qui avait été entre-temps déménagée du bloc 7 dans une section séparée du camp, les conditions de vie étaient devenues supportables. A ce moment les détenus qui s'y trouvaient furent gazés jusqu'au dernier. En plus, au cours de cette action, 2 500 hommes et 6 000 femmes du camp périrent.

environ de 165 000 à 168 000

Le 20 décembre 1943, un nouveau groupe de 3 000 juifs

arriva de Theresienstadt. La liste de ce convoi porte la même inscription que celle de ceux qui étaient arrivés le 7 septembre : « convoi SB, juifs tchèques six mois de quarantaine ». A leur arrivée ils furent tous (hommes, femmes et enfants) logés avec ceux qui les avaient précédés en septembre. Ils jouissaient des mêmes privilèges que leurs prédécesseurs. 24 heures avant le gazage du premier groupe, ils furent transférés dans une autre partie du camp. Ils y sont encore aujourd'hui. Leur quarantaine devrait arriver à échéance le 20 juin 1944.

environ de 169 000 à 170 000

1 000 personnes de différents petits groupes juifs polonais et civils russes en détention préventive.

environ de 170 000 à 171 000

1 000 Polonais et Soviétiques et un certain nombre de Yougoslaves.

environ de 171 000 à 174 000

Fin février, début mars, 3 000 juifs de Hollande, de Belgique et, pour la première fois, des juifs français de souche de la zone de Vichy, France. La plus grande partie des membres de ces convois furent gazés dès leur arrivée.

A la mi-mars arriva un petit groupe de juifs de Benzburg et de Sosnowitz qu'on avait tirés de leur cachette. L'un d'eux m'a raconté que des juifs polonais traversaient la Slovaquie et de là passaient en Hongrie — les juifs slovaques les aidaient beaucoup. Après le gazage du convoi de Theresienstadt personne n'arriva plus au camp avant le 15 mars 1944. L'effectif baissait rapidement, c'est pourquoi tous les hommes des convois qui arrivèrent par la suite, notamment des juifs hollandais, furent incorporés au camp. Le 7 avril 1944, jour où nous quittâmes le camp, nous apprîmes que de grands convois de juifs grecs étaient attendus.

PLAN APPROXIMATIF DE BIRKENAU

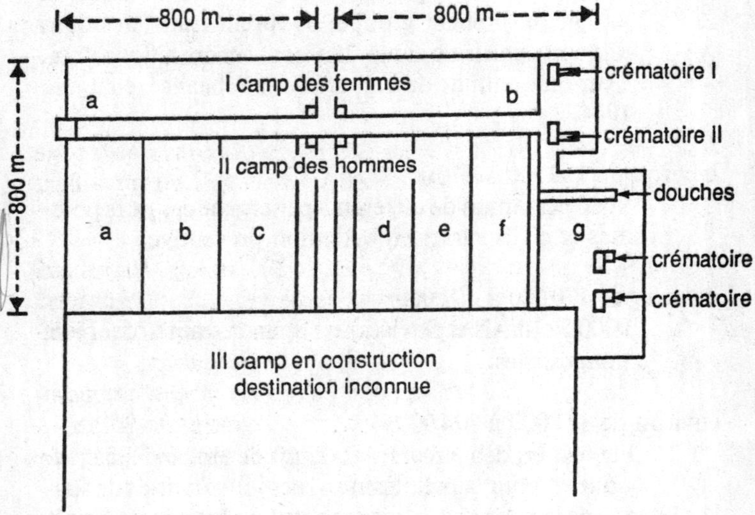

Le camp de Birkenau est formé de trois groupes de bâtiments. A l'heure actuelle, seules les sections I et 2 sont entourées de la petite chaîne de sentinelles, la section 3 étant encore en construction est inhabitée. Au moment de notre départ du camp (début avril 1944) le camp était disposé de la manière suivante :

SECTION I (camp de concentration de femmes) :

I A et I B : environ 7300 juives et 6000 aryennes en plus de 300 jeunes filles slovaques, une centaine se trouve à l'administration d'Auschwitz.

SECTION II :

2 A (camp de quarantaine) : environ 200 juifs et 800 aryens. Parmi eux deux Slovaques, dont le Dr Andréas Muller de Podolinec (chef de block).

2 B juifs de Theresienstadt : 3 500 (6 mois de quarantaine).

2 C actuellement inoccupé

2 D camp primitif : environ 6 000 aryens, 4 000 juifs dont 58 juifs slovaques.

2 E camp de tziganes : environ 4 500, ce qui constitue le reste de 16 000 tziganes. Ils ne travaillent pas et périssent rapidement.

2 F infirmerie : environ 1 000 juifs et 500 aryens. Parmi eux 6 Slovaques sont employés dans ce bâtiment.

n° 36 832 : Walter Spitzer, kapo de Nemsova, arrivé de Lublin.
n° 29 867 : Jozef Neumann (chef d'équipe au Sonderkommando) de Snina.
n° 44 989 : Josef Zelmanovic, infirmier de Snina.
Cham Katz, infirmier de Snina.
n° 30 049 : Ludwig Solmann, secrétaire de Kesmarek.
n° 32 407 : Ludwig Eisenstadter, tatoueur de Krempachy.

L'administration intérieure du camp de Birkenau est entre les mains de détenus spécialement désignés. Les habitants des blocks sont groupés, non pas suivant les nationalités, mais suivant les affectations au travail. Chaque block compte cinq fonctionnaires, à savoir : le chef de block, le secrétaire, un infirmier homme, et deux hommes de corvée.

Le chef de block porte un brassard au bras gauche, avec le numéro de son block. Il est responsable de l'ordre général dans le block, où il est le maître absolu de la vie et de la mort des internés. Jusqu'en février 1944, environ 50 % des chefs de block étaient juifs ; à ce moment-là, Berlin interdit formellement de confier cette fonction à des juifs. Ils durent tous quitter leur poste, à l'exception de trois juifs qui arrivèrent à les garder en dépit de l'ordre donné.

Le secrétaire du block est le bras droit du chef de block : il effectue tous les travaux écrits, il contrôle l'effectif et tient le fichier à jour. Son travail comporte de grandes responsabilités. Le contrôle de l'effectif demande la plus grande précision. Les détenus étant enregistrés d'après leur numéro et non d'après leur nom, des erreurs se produisent facilement, elles peuvent être fatales. Si le secrétaire du block a, par erreur, signalé la mort d'un « numéro » — chose facile et fréquente vu la mortalité extraordinaire — on rectifie simplement cette erreur en exécutant le détenu en question — aucune rectification n'étant admise. La place de secrétaire de block confère un pouvoir réel et donne souvent lieu à des abus.

L'infirmier et les hommes de corvée sont chargés des travaux d'entretien à l'intérieur du block et aux alentours. Il n'est guère question de soins aux malades.

A la tête du camp se trouve le chef de camp, c'est aussi un détenu. En ce moment, il y a à ce poste : Franz Danisch N° 11 182, prisonnier politique, de Konigshütte en Haute-Silésie. Il est le maître absolu de tout le camp, il a le pouvoir de nommer ou de destituer les chefs de block et les secrétaires. C'est lui qui répartit les travaux, etc.

A côté du chef de camp, il y a le secrétaire en chef qui possède les pouvoirs les plus étendus dans le camp. Il est en contact direct avec le commandement du camp. C'est en effet lui qui reçoit les ordres de la direction, et présente les rapports. Il a sous ses ordres tous les secrétaires qui lui remettent leurs rapports. Le secrétaire en chef de Birkenau est en ce moment Kasimir Gork, N° 31 029, un Polonais de Varsovie, autrefois employé de banque.

Le contrôle suprême du camp est exercé par six à huit Blockführer tous SS. Ce sont eux qui tous les soirs font l'appel pour transmettre le rapport à leur chef : le Lagerführer, l'Untersturmführer Schwarzhuber du Tyrol. C'est un alcoolique sadique. Il est placé sous les ordres du commandant du camp qui assume en même temps le commandement du camp d'Auschwitz, où il y a également un Lagerführer sous ses ordres. Le commandant du camp s'appelle Höss.

Le kapo est le chef du kommando de travail. Pendant le travail, le kapo exerce l'autorité suprême, il dispose des prisonniers placés sous ses ordres. Il arrive fréquemment qu'un de ces kapos tue un détenu de son groupe. Dans les groupes importants, il peut y avoir plusieurs kapos placés sous les ordres d'un kapo chef. Autrefois, des juifs occupaient souvent la fonction de kapo, jusqu'à ce qu'un ordre de Berlin l'interdise.

Le contrôle suprême du travail appartient à des spécialistes allemands.

II — MAÏDANEK

Le 14 janvier 1942, après avoir quitté Novaky et être passé par Zilina, nous arrivâmes à Zwardon vers cinq heures du soir. Là on nous fit descendre pour nous compter et des SS prirent le commandement du convoi. Un de ces hommes se montra indigné de ce qu'on ne nous eût pas distribué d'eau au cours du voyage. Cyniquement il s'écria à haute voix : « Ces Slovaques, quels barbares ! ne pas donner d'eau. » Le voyage continua et, deux jours plus tard nous arrivâmes à Lublin. Là, un ordre fut donné : « Les gens entre 15 et 50 ans, aptes au travail, descendent du train, les enfants et les vieux restent dans les wagons. » Nous descendîmes. La gare était cernée de Lituaniens en uniforme SS, armés de mitraillettes. Les wagons, avec les gens inaptes au travail, les enfants et les vieux, furent aussitôt fermés, et le train partit. Nous ignorons où ils sont allés, et ce qu'ils sont devenus.

Le chef du groupe des SS nous a dit que nous avions un long chemin devant nous. Ceux qui désiraient porter leurs bagages eux-mêmes pouvaient le faire ; pour les autres, un camion était là — on nous assura qu'il nous suivrait. Plusieurs d'entre nous traînèrent leurs bagages, d'autres les chargèrent sur le camion.

Derrière la ville, se trouvait une usine appelée : Bekleidungswerk (fabrique de vêtements) ; dans la cour se trouvaient un millier de détenus en rangs. Leurs vêtements rayés étaient très sales, ils attendaient leur déjeuner, c'était certainement des juifs. Ce spectacle ne nous inspira pas confiance. Soudain, du haut d'une petite colline, nous aperçûmes des rangées de baraques entourées d'une clôture de fil de fer barbelé haute de trois mètres : c'était le camp de Maïdanek. Le portail d'entrée à peine passé, un détenu m'avertit qu'on nous prendrait tout. Des juifs slovaques, terriblement négligés, se tenaient autour de nous. Ils étaient tondus et leurs vêtements de détenus étaient sales et déchirés, ils portaient des sabots ou étaient pieds nus, beaucoup avaient les pieds enflés. Ils mendiaient un peu de nos approvisionnements. Nous leur distribuâmes tout ce qui nous restait, car nous savions que tout nous serait enlevé. Au vestiaire nous fûmes forcés d'abandonner tout ce que nous portions. Puis, au pas de course, on nous conduisit vers une autre baraque, où nous dûmes nous déshabiller. Nous fûmes tondus, passâmes sous une douche, après quoi on nous donna des vêtements de détenus, des sabots et une casquette.

Je fus affecté à « la section de travail N° 2 ». Tout le camp est en effet divisé en trois sections, séparées les unes des autres par une clôture en fil de fer ; la section N° 2 était occupée par des juifs slovaques et tchèques. Pendant deux jours on nous enseigna comment il fallait ôter et remettre la casquette pour saluer les Allemands. Puis, sous une pluie battante, on procédait à des appels qui duraient des heures.

L'installation des baraques était assez originale, c'est le moins qu'on puisse dire. Trois longues tables (presque aussi longues que la baraque elle-même) étaient placées les unes sur les autres, formant des bat-flanc (4 niveaux, le sol plus les trois tables). Le long des murs, un passage étroit restait libre.

Tôt le matin, nous touchions une soupe, assez épaisse : il fallait la manger sans cuillère. A midi il y avait une soupe semblable. Le soir, le repas se composait d'un prétendu thé, de 300 g de pain infect et de 20 à 30 g de confiture ou d'ersatz de graisse de la pire qualité. Nos chefs attachaient la plus grande importance, pendant les premiers jours, à l'étude de l'« hymne du camp ». Nous restions de longues heures debout à chanter :

De toute l'Europe nous autres juifs
Sommes venus à Lublin.
Il y a beaucoup de travail à accomplir
Et ceci n'est que le commencement.

Pour faire face à ce devoir
Oublie le passé,
Car c'est en remplissant ton devoir
Que tu fais partie de la communauté.

C'est pourquoi au travail et que ça saute !
Que chacun participe à l'effort commun !
Nous voulons travailler ensemble,
Tous au même pas.

Il y en a qui ne veulent pas comprendre
Pourquoi on nous met en rangs.
Ceux-là il faut les forcer
A comprendre tout cela.

L'ère nouvelle
Doit nous apprendre
Que nous appartenons au travail
Et rien qu'au travail.

C'est pourquoi au travail et que ça saute !
Que chacun participe à l'effort commun !
Nous voulons travailler ensemble
Tous au même pas.

Telle est la traduction exacte de la chanson que nous devions chanter en allemand.

La section de travail N° 1 était occupée par des juifs slovaques ; la section de travail N° 2 était occupée par des juifs slovaques et tchèques, la section de travail N° 3 par des partisans. Les sections de travail N°s 4 et 5 étaient en construction par les juifs des sections 1 et 2.

Les partisans de la section 3 étaient enfermés dans leur baraque et ne travaillaient pas ; on leur lançait la nourriture comme à des chiens. Ils mouraient en masse dans leur baraque archicomble, et les gardes, qui n'osaient pas s'approcher trop près, tiraient sur eux à la moindre occasion.

Les kapos étaient des Allemands du Reich et des Tchèques. Les premiers étaient des brutes, alors que les Tchèques aidaient les détenus autant qu'ils le pouvaient. Le chef de camp était un tzigane de Holic nommé Galbavy. Son adjoint Mittler, un juif de Sered, devait son poste à sa brutalité. Il utilisait son pouvoir au maximum pour persécuter les juifs qui se trouvaient déjà dans une misère effroyable. Au cours des appels du soir les SS nous faisaient subir les pires vexations. Pendant de longues heures on nous obligeait à rester dehors après notre dure journée de travail, et à chanter l'hymne du camp tandis qu'un chef d'orchestre juif devait diriger du haut du toit d'une des baraques sous les éclats de rire des SS.

Pendant ces concerts les SS ne manquaient jamais de nous infliger des châtiments corporels. C'est ainsi que le rabbin

Eckstein de Sered connut une fin tragique. Souffrant d'une diarrhée et s'étant attardé aux feuillées, il arriva un jour à l'appel avec quelques minutes de retard. Le chef de groupe le fit plonger la tête la première dans les latrines, il l'arrosa d'eau froide, puis sortit son revolver et l'abattit.

Le four crématoire se trouvait entre les sections de travail 1 et 2, c'est là qu'on brûlait tous les corps. L'effectif de chaque section de travail était de 6000 à 8000 personnes et la mortalité s'élevait à 30 par jour, pour atteindre un peu plus tard un chiffre cinq ou six fois plus élevé. On transportait les malades par fournées de dix à vingt de l'infirmerie au four crématoire, puis on les abattait d'une façon que j'ignore avant de les brûler. Le four était alimenté par le courant électrique, les Soviétiques y travaillaient.

La nourriture infecte et les conditions de vie insupportables aggravaient et multipliaient les maladies. En plus de lésions de l'estomac, un œdème inguérissable se propageait dans le camp. Les pieds des victimes enflaient à tel point que les gens ne pouvaient plus marcher. De plus en plus de malades étaient emmenés au four crématoire. Lorsque le 26 juin le nombre des malades ainsi traités atteignit 70 je me décidai à mettre à profit la première occasion pour demander mon transfert à Auschwitz.

Le 27 juin je rendis mes vêtements de détenu et, après avoir reçu des vêtements civils, je partis avec un convoi pour Auschwitz. Après un trajet de 48 heures que nous passâmes enfermés dans notre wagon sans boire ni manger, nous arrivâmes à Auschwitz à moitié morts. A l'entrée l'énorme inscription : « Le travail rend libre » nous salua. La cour propre et bien entretenue, les bâtiments de briques que nous apercevions, après les baraques sales et primitives de Lublin, nous firent bonne impression. Nous pensions avoir réalisé un changement bénéfique. On nous conduisit dans une cave où on nous donna du thé et du pain. Le lendemain on nous enleva nos vêtements civils, on nous rasa et on nous tatoua nos numéros sur l'avant-bras. Puis on nous distribua des vêtements de détenus semblables à ceux que nous avions eus à Lublin.

Après avoir été enregistrés nous fûmes considérés comme des « détenus politiques » du camp de concentration d'Auschwitz. On nous installa dans le block 17 où il nous fallut dormir à même le sol. Dans une rangée de maisons, qu'un mur séparait de nous, étaient installées les jeunes Slovaques déportées à Auschwitz en mars et avril 1942. On nous affecta au chantier de « Buna ». A trois heures du matin, on nous poussait au travail. A midi on nous donnait une soupe de pommes de terre ou de raves, le soir du pain. Pendant le travail nous étions terriblement brutalisés. Ce chantier, situé à l'extérieur de la grande chaîne de sentinelles, était divisé en carrés de dix mètres sur dix, gardés chacun par un SS. Si pendant le travail un détenu franchissait la ligne de démarcation de son carré, il était « fusillé pour tentative d'évasion » sans avertissement. Il arrivait souvent qu'un SS donnât à un détenu l'ordre d'aller chercher un objet qui se trouvait au-delà de la ligne de démarcation du carré : lorsque le détenu exécutait l'ordre, il était fusillé pour avoir franchi la ligne. Le travail était très dur et aucun répit ne nous était accordé. Le trajet pour se rendre au travail et en revenir devait être parcouru à un rythme militaire strict — celui qui sortait du rang était fusillé. A mon arrivée 3 000 personnes dont 2 000 Slovaques travaillaient sur ce chantier. Très peu d'entre nous supportèrent ce dur travail. Malgré la certitude absolue d'un échec, des tentatives d'évasions avaient lieu chaque jour. Plusieurs détenus étaient ainsi pendus chaque semaine.

Au bout de quelques semaines de ce travail particulièrement éprouvant au chantier de « Buna », une terrible épidémie de typhus éclata soudain dans le camp. Les prisonniers affaiblis mouraient par centaines. Le camp fut consigné et les travaux sur le chantier de « Buna » suspendus. Les survivants furent envoyés fin juillet 1942 à la carrière de gravier où le travail était peut-être encore plus dur. Nos forces ayant considérablement diminué, il ne nous était vraiment pas possible, même avec la meilleure volonté du monde, de satisfaire nos surveillants. Presque tous nous avions les pieds enflés. Aussi notre kommando fut-il dénoncé et on nous reprocha notre paresse et notre mauvais travail. Une commission arriva pour nous examiner minutieusement. Tous ceux qui avaient les pieds enflés ou qui étaient particulièrement affaiblis furent mis à part. Malgré mes terribles douleurs je me dominai et me présentai bien droit devant la commission — je fus reconnu bien portant. Sur 300 personnes, 200 furent déclarées malades et envoyées aussitôt à Birkenau et gazées. On m'envoya ensuite aux usines allemandes d'armement, DAW (Deutsche Aufrüstungswerke) où nous devions peindre des skis. Le minimum était de 120 par jour. Celui qui ne l'atteignait pas était battu le soir. Il fallait fournir un effort exceptionnel pour échapper aux coups. Un autre groupe fabriquait des caisses pour grenades. Une fois il s'avéra que 15 000 caisses qu'on venait d'achever étaient trop petites de quelques centimètres. En punition, plusieurs juifs furent fusillés pour sabotage. Au milieu du mois d'août 1942 les jeunes filles de Slovaquie installées de l'autre côté du mur de notre bâtiment furent transférées à Birkenau. J'avais eu l'occasion de leur parler et j'avais pu voir combien elles étaient affamées et affaiblies. Elles portaient d'anciens uniformes soviétiques en lambeaux et des sabots. Elles avaient les cheveux tondus ras. Nous fûmes de nouveau soumis tous à un examen rigoureux et ceux que l'on soupçonnait d'être atteints du typhus furent envoyés au bois de bouleaux. Une fois de plus les survivants furent rasés, prirent un bain et reçurent de nouveaux vêtements. Ils furent logés dans les baraques que les jeunes filles venaient de quitter.

Par hasard j'appris qu'il y avait des places au kommando de déblayage (Aufräumungskommando), je me présentai et fus accepté. Ce kommando se composait d'environ 100 détenus juifs. On nous conduisit dans un coin séparé du camp, loin de nos compagnons. Là se trouvaient des entrepôts remplis de tas de sacs de montagne, de valises et de toutes sortes de bagages. Notre travail consistait à ouvrir ces bagages et à distribuer les objets qui s'y trouvaient dans des caisses spécialement préparées à cet effet. Il y avait des caisses pleines de peignes, de miroirs, de sucre, de conserves, de médicaments. On empilait les caisses suivant la catégorie d'objets qu'elles contenaient. Le linge et les vêtements étaient transportés dans une baraque spéciale où des jeunes juives les rangeaient et les emballaient. Les vêtements inutilisables étaient envoyés à « l'usine de textile » à Memel, ceux qui pouvaient servir à un centre de Berlin. Les objets de valeur tels que l'or, l'argent, les devises et les bijoux devaient être remis à la section politique. Cependant, une grande partie de ces objets étaient volés par les SS ou par des détenus. Le commandant de cette section est le SS Scharführer Wikleff, qui battait souvent les femmes.

Chaque jour les jeunes filles venaient de Birkenau pour travailler et elles nous parlaient des conditions épouvantables qui régnaient chez elles. On les tyrannisait et on les battait. La mortalité était bien plus grande parmi elles que parmi les hommes. Deux fois par semaine des « sélections » avaient lieu et de nouvelles jeunes filles venaient à la place de celles qui avaient disparu.

A l'occasion de mon premier travail de nuit, j'ai pu observer pour la première fois le traitement auquel on soumettait les convois qui arrivaient à Auschwitz. Cette fois-là c'était un convoi de juifs polonais. On ne leur avait pas donné d'eau durant le trajet. Quand on ouvrit les portes des wagons, on nous força à pousser des hurlements pour faire descendre les gens. Ils étaient complètement épuisés et environ une centaine d'entre eux étaient morts pendant le voyage. On aligna les vivants par rangs de cinq. On dut sortir des wagons les morts, les moribonds et les bagages. On entassa les morts et ceux qui ne pouvaient pas tenir debout dans une même pile. Les bagages furent rassemblés et empilés. Les wagons furent nettoyés à fond, il ne devait rester aucune trace du convoi précédent. Ensuite une commission de la section politique fit la

« sélection » : environ 10 % des hommes et 5 % des femmes furent conduits au camp. On chargea les autres dans des camions et on les expédia à Birkenau où ils furent gazés, tandis que les morts et les mourants étaient emmenés directement au four crématoire. On lança à plusieurs reprises des petits enfants sur les camions chargés de cadavres. Les colis et bagages furent emportés dans les entrepôts où on les tria de la façon déjà décrite.

De juillet à septembre l'épidémie de typhus avait fait des ravages dans le camp d'Auschwitz, surtout dans le camp des femmes de Birkenau. Les malades n'étaient pas soignés : au début de l'épidémie, un grand nombre d'entre eux furent tués au moyen d'une piqûre de phénol ; plus tard on les gaza en masse. En deux mois 15 000 à 20 000 détenus, des juifs pour la plupart, moururent. Le camp des femmes souffrit plus particulièrement. Les conditions d'hygiène y étaient inexistantes, et les pauvres filles étaient couvertes de poux. Chaque semaine de grandes « sélections » avaient lieu. Sans tenir compte du temps qu'il faisait, les jeunes filles devaient se présenter nues et chaque fois attendre dans les affres de la mort qu'on les « sélectionnât » ou qu'on leur accordât un répit d'une semaine. Beaucoup d'entre elles se suicidèrent en allant simplement se jeter sur les fils à haute tension de la petite chaîne de sentinelles. Leur nombre tomba à environ 5 % de l'effectif initial. Aujourd'hui il reste 400 de ces jeunes filles. La plupart ont pu obtenir un poste à l'administration centrale du camp de femmes. 100 jeunes filles environ ont trouvé une occupation dans le bâtiment de l'état-major d'Auschwitz. Là, elles font des travaux d'écriture qui concernent l'administration des deux camps. Grâce à leur connaissance des langues on les emploie comme interprètes. D'autres travaillent à la cuisine et à la buanderie. Ces derniers temps ces jeunes filles sont assez bien habillées : elles ont eu en effet la possibilité de compléter leur garde-robe, et elles portent même parfois des bas. On leur a permis de laisser pousser leurs cheveux et elles se portent relativement bien. Tel n'est évidemment pas le cas des autres détenues du camp des femmes. Les jeunes filles slovaques sont les détenues les plus anciennes du camp. Après avoir enduré des souffrances indescriptibles, elles occupent maintenant une position un tout petit peu privilégiée.

Je ne pus conserver mon poste relativement tranquille à l'Aufräumungskommando. Peu de temps après je fus transféré à Birkenau à titre punitif. Après y avoir passé plus d'un an et demi j'ai réussi à m'évader le 7 avril 1944 avec mon compagnon.

ESTIMATION DU NOMBRE DE JUIFS GAZÉS A BIRKENAU ENTRE AVRIL 1942 ET AVRIL 1944

Pays d'origine		
Pologne (convois de camions)	environ	300 000
Pologne (convois de trains)	-	600 000
Hollande	-	100 000
Grèce	-	45 000
France	-	150 000[1]
Belgique	-	50 000
Allemagne	-	60 000
Yougoslavie, Italie, Norvège	-	50 000
Lituanie	-	50 000
Bohème, Moravie, Autriche	-	30 000
Slovaquie	-	30 000
De différents camps de juifs étrangers en Pologne	-	300 000
		1 765 000

1. Serge et Beate Klarsfeld, dans *Le Mémorial de la déportation des juifs de France*, ont établi à 80 000 le nombre des juifs déportés de France. En revanche, aucun autre des chiffres cités par Wetzler et Vrba n'a été contesté. (N.d.T.)

TABLE

6720

Achevé d'imprimer en Slovaquie
par NOVOPRINT SLK
le 21 mars 2023.

EAN 9782290324219
OTP L21EPLNJ01931-599936-R12
1er dépôt légal dans la collection : octobre 2004

ÉDITIONS J'AI LU
82, rue Saint-Lazare, 75009 Paris

Diffusion France et étranger : Flammarion